KB272058

# 다정한
# 지옥

# 다정한 지옥

김인정 소설집

아작

차례

선화
蟬化

“죄인 육종득은 나와 오라를 받으라!”

외침과 함께 군졸이 밀어닥쳤으나 고래등 같은 기와집 안에서 육종득은 찾을 수 없었다. 이리저리 거미 새끼처럼 흩어져 절절거리는 하인들과 번쩍거리는 가구, 산처럼 그득그득 쌓인 재물들을 고스란히 남겨둔 채 수십 해 동안 악명과 함께 위세를 떨쳐온 육종득은 그야말로 연기처럼 사라지고 말았던 것이다.

어사는 곤혹스러운 표정을 애써 감췄고, 자다가 끌려 나온 가솔들만 울며 마당 한가운데 엎어졌다. 비단 치마가 부엌데기의 보따리처럼 어질러졌다. 문간방부터 측간까지 다 까뒤집는 그 난리통에 웬 젊고 화사한 여자 하나가 총총거리며 걸어 나왔다. 주인 나리가 호젓하니 세워놓고 세월을 즐기던 별당에서였다. 울음과 고함 사이를 그림자처럼 가로질러 집안 노복들 사이에 끼어 앉은 젊은 여자는 육 씨 부름을 받아 근래 자주 드나들던 기생이라고 했다.

"소첩, 이만 가도 되겠나이까? 기다리는 어르신이 하고 많사온 데….”

육종득이 부르기에 단장하고 찾아왔건만, 육 씨 본인은 측간에 간다고 나간 후로 영영 함흥차사라 애가 닳던 차였다는 여인네의 말에 어사는 그녀를 금세 풀어주고 말았다. 여자는 낭창낭창한 허리 놀림으로 그 어수선한 마당을 더욱 혼란스럽게 만들고는 대문 밖으로 유유히 사라졌다. 나붓한 걸음은 동구 밖을 지나자 이내 뜀 박질로 변했다. 여자는 뛰고, 한참 만에 멈추어 서서 낯선 집의 처 마 그림자에 몸을 의지하고는 하, 하, 하, 소리를 내어 웃었다.

웃고 또 웃으며 여자는 자신의 가슴팍을 한 번 쓸어보았다. 손바 닥 아래 부들거리는 비단이 미끄러졌다. 붉디붉은 동백 저고리에 징그러울 만큼 푸른 치맛자락. 여자의 웃음이 잦아들었다. 그녀는 둥그스름한 허리치마 아래로 빼죽한 제 꽃신을 한참이나 내려다보 았다. 그리고 자신의 그림자를 따라 발을 질질 끌 듯 걸었다.

허름한 사립 앞에서 여자는 이름을 밝혔다.

"난옥(蘭玉)이 왔소.”

도적놈도 곁눈으로 보고 팽 돌아 나갈 만한 문짝을 밀고 남자가 나타났다. 그는 섬돌에 놓인 짚신에 발도 꿰지 않고 손바닥만 한 마 당 너머 조용히 선 여자를 마주 보았다.

"선화(善花)야.”

여자의 고운 아미가 일그러졌다.

✳

기생 난옥(蘭玉)이 육종득의 통의동 저택에 처음 발을 디딘 것은 꼭 석 달 전이었다.

"입묵(入墨)이라셨습니까?"

수청을 들 기생을 사랑방까지 불러들이는 거야 세상천지에 흔한 일이겠다만, 다짜고짜 '입묵을 하자'면 천지개벽까진 몰라도 천지가 기지개를 켤 일 정도는 될 터였다.

"아이고! 못 들은 걸로 하겠나이다. 아무리 천한 년이래두 세상에, 입묵이라니요."

바깥에 선 청지기 옆으로 내려서려는데 육종득 노인의 입속 혀처럼 굴던 김 생원이 애원하며 달래자, 난옥은 도로 빙 안으로 들어앉고 말았다. 단골 노릇을 톡톡하게 해주면서 양주 땅뙈기까지 떼다 안긴 김 생원이었다. 아이, 그깟 거 쌀말이나 날까 말까 별 보잘 것도 없는 땅인데. 그렇게 쫑알거리면서도 고깃점 얻어먹고 술 헤아려 빼돌린 값은 해야 할 거 아니냐는 말엔 고개가 끄덕여졌던지. 받아먹은 것이 있는데 뒤탈이 날까 두려웠던지. 결국 난옥은 언짢은 표정을 지으면서도 못 이긴 척 문간에 앉았다.

모 비서원경(秘書院卿)* 나리 뒤 구린 일에 한 발 척 걸치더니 위로는 교태전에서 아래로는 수구문 드나드는 시체까지 두루 뒤져 뜯어먹는다고 할 만큼, 육종득의 악명은 높았다. 그가 욕을 먹을수록 통곡하는 사람만큼이나 재물도 늘었고 그 앞에 알랑대는 무리의 수도 부쩍부쩍 잘도 붙었다. 난옥은 제가 가마를 타고 흔들거리면서 스물을 헤아려도 서른 마흔 쉰을 더 헤아려도 영영 끝나지 않을 성싶던 벽을, 그리고 곧 하늘을 찌를 것처럼 높던 처마 따위를 떠올렸다. 감히 대궐을 흉내 낸 안채 건물만 보아도, 참말이지 범 없는 데서 수작질 하는 여우처럼 나랏님 턱 밑에서 관을 쓴 양 군림하는 벼

---

* 황제나 왕을 보좌하는 비서 기관인 비서원의 최고 책임자

슬아치임에 틀림이 없었다. 그 장한 비위를 못 맞추면 난옥이 하나쯤 당장 내일 수구문으로 나간단들 세상 사람 누구 하나 알지도 못할 노릇이었다.

"입묵을 혹자는 자청(刺青)이라고 한다지. 부러 멀리서 사람을 모셨으니 죄인처럼 보기 흉한 모양은 아니 될 게다. 안심해라, 아가."

의외로 부드러운 목소리였다.

난옥은 억지로 웃었다. 제 몸 아니라고 이 빌어먹을 영감탱이가 되는 대로 지껄이는구나 혼자 욕도 했다.

"아이, 참. 나리두…. 나리야 그림 한 장 멋들어지게 구경하시면 그만이겠지요. 한데 이녁은 앞으로도 장사를 해야 할 거 아닙니까? 몸뚱이 얼룩덜룩해선 장사를 어찌해요?"

"쯧쯧. 걸작도 알아보는 눈이 있어야지. 얼룩덜룩이라니."

"얼룩덜룩이 아니면요."

"아무리 고운 비단에도 수를 놓아야 값이 더하는 것을. 사람도 마찬가지다."

그가 김 생원에게 손짓해서 상자를 하나 가까이 끌어 놓았다.

"이것을 봐라, 아가. 산수를 두루 수놓으면 고울 게다. 극락같이 고울 게야."

육종득이 쪼글쪼글한 손으로 비단에 싸인 두루마리를 하나 펼쳐 보였다. 난옥의 시선이 절로 두루마리로 날아들었다. 일월이 오색으로 찬란한데 그 아래 굽이굽이 놓인 천 겹 산이며 만 겹 푸른 물결이 눈부셨다. 만경창파에 뱃전을 두드리며 노닐 거니 아홉 여울 열여섯 하늘 아래 봉래는 또 어데인고. 난옥이 타령조로 흥얼거렸다. 한 오백 년 어우러져 살고지고.

노인은 두루마리 위를 가만히 보듬었다.

새와 노루, 영지버섯이며 거북 사이로 기화요초가 무성하였다. 오래 사는 것들과 세상에서 가장 귀한 것들이 노인의 주름진 손가락 사이로 나타났다가 사라졌다.

"곱지? 내 이것을 네게 옮겨 놓으련다."

"옮겨 무엇을 하시려구요?"

"네 흰 등에 수를 놓아 극락을 만들지."

그 후로 난옥은 자주 불려 왔다. 운문(雲紋) 치맛자락을 걷고 무명옷 차림으로 앉았다가 육종득이 비스듬히 앉은 보료 앞에서 저고리를 벗었다. 뽀얀 가슴이 훤히 드러나도 노인의 눈에는 더 이상 정욕이 엿보이지 않았다. 검버섯이 핀 노인의 뺨에 시선을 고정하고 여자는 땀을 흘리고 피를 흘렸다.

바늘이 지나간 자리에 색이 스몄다.

난옥은 자신의 등에 스민 색을 볼 수 없었다. 자욱하니 깔린 약초 냄새에 물감 냄새. 바늘이 등을 찌르는 고통에 더하여 숨이 가쁘게 오르내렸다.

"네 등이 절반은 흰 깁*이요 절반은 난만한 극락이구나. 난옥아."

"극락을 다 옮겨 무엇을 하시렵니까?"

"네 등에 극락을 다 옮기면 내 거기에 가 살련다."

난옥은 고개를 들었다.

노인은 비스듬히 앉아 웃고 있었다. 흰 사슴과 신선을 그린 병풍이 노인의 등 뒤를 음산하게 감싸고 놓여 꼭 나갈 수 없는 문처럼 보였다. 노인은 왜소했다.

"극락을 소첩 등에 다 옮겨… 그리 가 혼자 사십니까?"

* 명주실로 바탕을 조금 거칠게 짠 비단

“거기 다 있으니 예서 무얼 가져가겠느냐?”

곰방대가 툭툭 흔들거렸다. 비서원경이 대궐 서편으로 펼쳐진 광대한 땅을 사들이고 수십 수백 채 가옥을 짓부술 때 우는 어린애 하나쯤은 저 육 씨 발에 차였으리라고 사람들은 수군거렸다. 생때같은 청년들이 일손을 놓고 어디 먼 바다 건너로 떠나야만 했을 때, 여인네들이 제 아이를 단념하였을 때도 육 씨는 기름진 음식을 먹고 향기로운 술을 마셨다고 했다. 난옥은 구슬땀이 송골송골 맺혀 헐떡거리는 자신을 문병(文甁)* 구경하듯 한갓지게 바라보는 노인을 향해서 배시시 웃었다.

“온갖 좋은 것을 다 가지시곤 떠나실 적엔 빈손이십니까? 나리.”

“온갖 좋은 것이 네 등에 다 있느니라. 여기 진세(塵世) 것은 다 허망하니 그 이치를 네까짓 년이 어찌 알겠느냐?”

“모릅니다.”

“네년에게 던져준 은 꾸러미보다도, 대단(大緞)** 치마보다도, 서쪽 멀리서 바다를 건너온 금붙이며 요망한 소리를 내며 화상을 찍어 간다는 기계보다도, 더 좋은 것이 산다는 것이니.”

“먼지 구덩이에서 살아가는 소첩 같은 것에겐 금붙이며 은붙이가 만 배는 더 좋사옵니다.”

“쌀 밥술 뜨는 것만 귀한 줄 아니 어리석은 것이로다.”

“쌀 밥술 뜨는 것이 귀하고 말고요.”

“네가 세상을 아느냐?”

“세상을 모릅니다.”

“모르니 입을 다물려무나. 내 필요한 것이라곤 네년의 건강한 몸

* 　장식이 새겨진 병
** 　중국에서 나는 비단의 일종

뚱어리에 물들 그 새 세상이지 네년이 아니니 말이다."

"그러합지요."

여자의 매끄러운 등에서 꿈틀거리는 산천은 영화로웠고 생물들은 유순하였다. 여자는 청산을 짊어졌다. 검은 물이 흘러 허리를 가로질렀다. 치솟아 오르는 용이 구름을 꿰뚫었고 태양은 언제나 온화하게 빛났다.

"자아, 다 되었다."

석 달 만에 그림이 완성된 날, 바늘 꾸러미에 그림 도구가 든 가방을 짊어지고 말없이 다니러 왔던 남자 곁에서 노인은 텁석부리로 활짝 웃었다.

"여기 고운 아씨도 계시고 아이들도 두루 뛰어놀고 선비들도 유유하다."

고목 껍질 같은 손가락이 여자의 허리에서 되짚듯이 기어올랐다. 난옥은 몸을 잔뜩 웅크렸다. 너울대는 물결이 함께 춤을 추었다.

"네게는 아니 보이겠지."

"아니 보입니다."

"이 아니 황홀한 극락이냐."

"소첩에게는 전혀 아니 보입니다."

"네년이 세상이 무엇인지 알겠느냐."

"모릅니다."

"이 어찌 난만하지 않으랴?"

"기꺼우십니까."

"기껍다."

노인의 손가락이 기쁨으로 떨리며 난옥의 등을 오르내렸다. 펄쩍 뛰는 광대와 고개를 숙인 비구니들, 산마다 노루요 토끼. 봉우리마

다 정자요 계곡에는 온통 꽃비가 쏟아지노니 강가에 매인 빈 조각
배를 타고 이 강에서 저 강으로 이 산에서 저 들로, 노인은 흥에 겨
웠다.

"너 사는 동안 나도 살고 지고."

난옥은 배시시 웃었다.

"너 사는 동안 나도 살고 지고."

짐을 진 사내는 옆에서 내내 말이 없었다. 난옥은 그를 돌아보았
다. 노인의 목소리가 사라졌다.

"어디에…."

난옥은 물었다.

"그 등에."

사내는 답했다. 낮은, 온도도 높낮이도 전연 느껴지지 않는 목소
리였다. 단계연(端溪硯)*에 부어놓은 계곡물처럼 차갑고, 데운 자갈
들처럼 더웠다.

"이 등에… 참말로… 이 몸뚱어리 사는 동안…."

난옥은 제게는 보이지 않는 등을 더듬었다. 사내는 무겁게 고개
를 끄덕였다.

"너 사는 동안 그 등에서 살고 지고."

"내 사는 동안 이 등에서 살고 지고."

난옥은 이제 주인을 잃고 싸늘해진 보료를 짓밟듯 올라섰다. 벗은
몸으로, 거칠 것 하나 없이, 그녀는 양팔을 한껏 벌려 신선도 병풍을
옥죄듯 끌어안았다. 속세를 벗어난 듯 신령스러운 학과 표정을 알
수 없는 신선의 형상이, 그녀의 맨가슴 아래 짓눌리듯 뭉그러졌다.

---

* 중국의 유명한 단계석(端溪石)으로 만든 벼루

이 고깃덩이 같은 몸뚱이에서 징글맞게 살고 지고, 기어이 이 껍데기 같은 목숨에 들러붙어 피를 빨며 살고 지고…….

난옥의 쉰 목소리가 핏물처럼 젖어 들었다.

'아가, 보아라. 걸작 속에서 나는 영원히 살 것이니.'

의기양양한 목소리는 이제 그녀의 기억 속에만 남았다.

그녀는 곱게 단장하고 흐트러진 머리를 올렸다. 뜨거운 등을 한 번 다독거린 후 사내는 저녁 햇살이 어스름에 뭉그러지듯이, 그렇게 방에서 사라졌다. 소리도 없이 방 안 가득히 그림자가 스몄다.

"죄인 육종득은 나와 오라를 받으라!"

문밖이 소란스러워졌을 때 난옥은 문이 벌컥 열리기도 전에 걸어 나왔고 제 발로 육종득의 식솔들에 섞여 태연하게 하인들 곁으로 가 앉았다.

그녀는 익숙한 길을 따라 걸었다.

꿈에서조차 매일 걸었던 길을 따라 그녀는 처마와 처마, 사립과 사립을 지났다. 잘 닦인 신작로를 지나 좁고 더러운 골목을 벗어나 그녀는 계속 걸었고, 어느덧 그에게 닿았다.

난옥이 이름을 부르자 그는 문밖으로 나왔다.

"선화야."

그녀는 엉성한 사립문이 오작교나 되는 것처럼 어렵게 건너가 손바닥만 한 마당을 가로질러 이윽고 남자의 몸에 제 이마를 기댔다.

"오라버님! 오라버님!"

고두리살* 에 꿰인 새가 절명하면서 내는 울음처럼 난옥은 울었다.

"형완 오라버님, 강녕하셨습니까?"

* 촉이 갈라지게 만든 화살

좁은 방 안은 어두침침했고 남자의 잠자리는 얼른 보기에도 부실하였다. 난옥은 자신을 선화라고 부르는 유일한 사람이 된 피붙이 앞에 절하듯이 그대로 쓰러졌다. 형완은 누이의 그 궁사(窮奢)*한 복색을 나무라는 대신 그녀의 어린 시절 어느 봄날처럼 묵묵히 고개를 끄덕여 보였다.

"감히 초라하고 부끄러운 꼴, 오라버님 눈앞에 나설 주제가 못 되오나 다만 이것을 보여드리고자 왔사옵니다."

난옥은 짙은 색 비단 저고리의 고름을 풀었다. 툭, 매듭이 풀리며 비단이 둥근 어깨를 미끄러져 내리자, 옥양목 속적삼 아래 흉의가 드러났다. 속곳 한 장마저도 지독히 사치스러웠건만 그것을 겹겹이 걸쳤던 난옥의 낯빛은 오랜 풍파에 깎여나간 듯 한없이 낡고 신산하기만 했다.

형완은 누이를 멈추지 못했다. 구멍 난 창호지 문틈으로 새빨간 석양빛이 새어들었다. 바늘 끝에 맺히던 핏물처럼, 난옥의 창백한 맨 어깨 위로 붉은 그림자가 점점이 떨어졌다. 결말을 예감하는 격정이 난옥의 호흡을 떨리게 만들었다.

이윽고 방 안은 온통 핏빛이었다.

"원수의 손을 타기 전에도 이미 뭇 세인의 손을 두루 떠돌았으나, 슬픔이 사무쳐 이미 마음을 다쳤으니 그 무엇도 저를 더 아프게는 못 하였습니다."

그녀의 등은 대궐의 단청처럼 화려하였고 형완은 그 안에서 세상의 온갖 좋은 것을 다 찾을 수 있었다.

"더러운 세상과 더불어 베어주십시오."

---

* 극도의 사치와 호화로운 생활

　부모를 잃고 장래를 잃고 나아가 이름도 뜻도 잃어버린 남자는 하나뿐인 피붙이의 그 당당한 등을 물끄러미 바라보았다. 치하의 말도 비탄 어린 위로도 혹은 저주조차 한마디 없이 그는 품에서 장도(粧刀)를 꺼내 들었다.

　"과연 살 만한 세상처럼 보이옵니까? 과연 견딜 만한 극락처럼 잡히옵니까?"

　여자는 묻고,

　"네게는 보이지 않느냐?"

　남자는 답했다.

　"황홀하고도 난만하다거니와 제게는 아니 보입니다."

　"내게도 아니 보이는구나."

　"베어내어 부서질 때에 이 몸과 함께 살듯이 죽겠지요."

　"붉게."

　"제가 과연 세상을 알겠습니까?"

　"네 어찌 세상을 알겠느냐?"

　"이 몸과 함께 살고 지고."

　"네 몸과 함께 피었다 지고."

　바늘 끝이 세상의 다섯 색채를 모두 가져다 그녀의 몸에 수놓을 때처럼 아득한 통증이 다시 사위를 에워쌀 때 난옥은 혹은 선화는 더 이상 눈앞에 있을 리 없는 신선도 병풍을 향하듯이 배시시 웃었다.

　"오라버님, 오라버님, 제가 과연 세상을 알겠습니까?"

　"우리가 어찌 세상을 알겠느냐."

　한겨울 매화 가지를 사방에 꽂아 놓은 듯 암향이 풍겼다. 그녀는 날아오르는 흰 학을 보았다. 그녀의 등에 새긴 극락을 모두 뒤덮은 핏빛이 이내 바다를 이루었다. 세상은 갈라지고 세상은 찢겼다.

그녀는 흡족하였고 혹은 도취하였다.

자신이 결코 볼 수 없었던 세상과 더불어 그녀는 기꺼이 무너져 내렸다.

절명한 누이 곁에서 형완은 더는 거기 없는 어느 화치(華侈)한 세상을 눈꺼풀 안쪽에 담고 바다를 건넜다. 그는 때로 눈을 감을 적마다 누이의 등에서 꿈틀거리던 완벽하게 아름다운 색채들과 서글프도록 부드럽던 피부의 감촉, 세상 그 자체인 듯한 울음소리를 보았다.

푸르른 그 그리운 것들은 자청(刺靑)이라는 이름에 가히 잘 어울렸다.

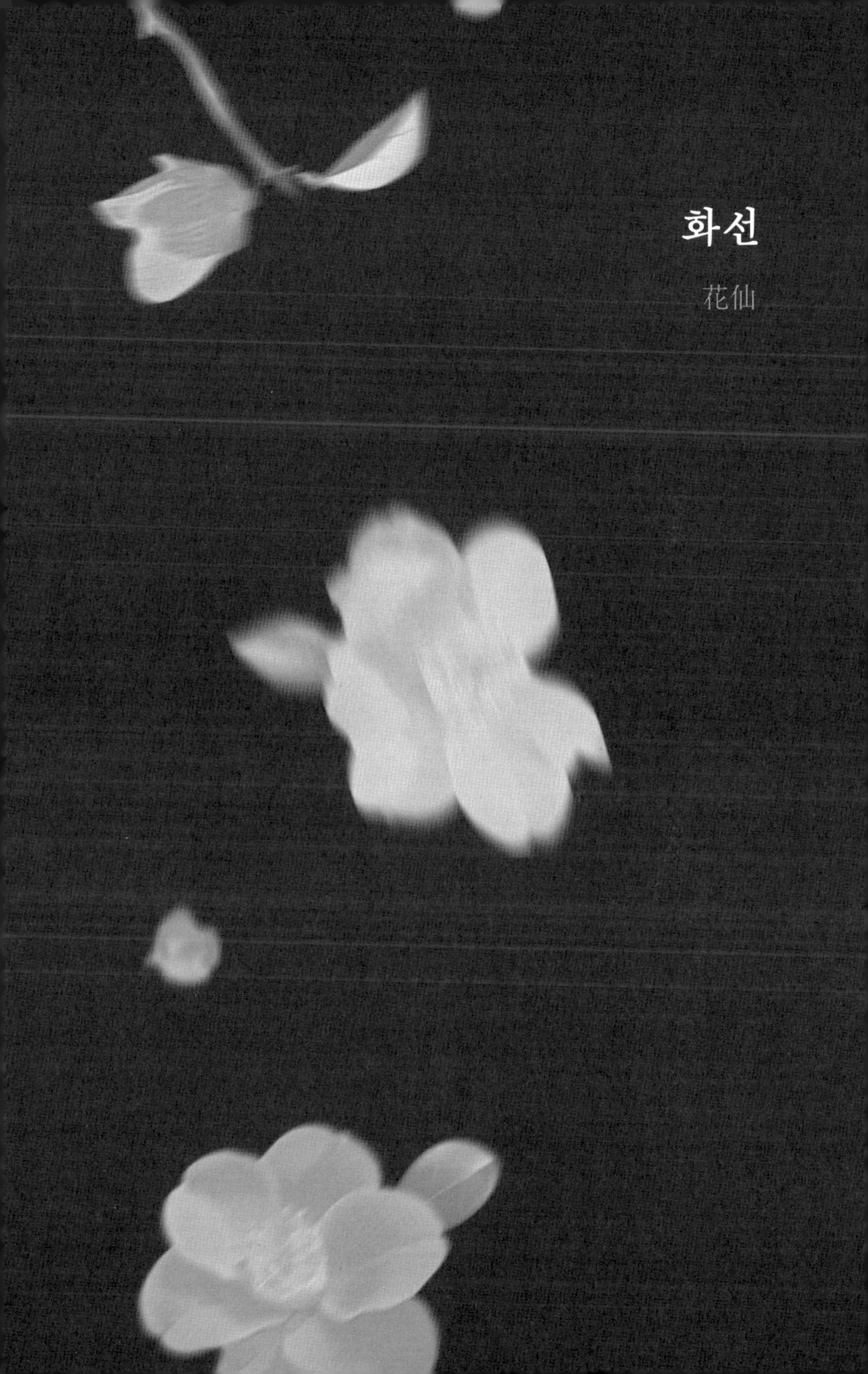
화선
花仙

물 위로 몸을 솟구쳤을 때 유난스레 맑은 달빛이 정수리를 쪼갤 것처럼 흘러내려 만월임을 알았다. 설자유(薛紫庚)는 사람 껍덕을 쓴 제 뺨을 양손으로 짝, 소리가 나게 두들겼다.

누가 보아도 훌륭한 서생 꼴이다.

'옳다. 그러면 냉큼 다니러 가자.'

자유는 붉은 더벅머리를 푸르르 털어놓고 구름을 잡아탔다. 동해는 잔잔하여 큰 파도가 드물고 하늘은 더욱이 고요하여 숨이 막힐 지경이었다. 물에 닿을 듯이 낮은 높이로 허공을 가르자 구름이 일으키는 바람에 이따금 은색 물방울이 튀어 올랐다. 달빛은 만물을 적실 수 있을 만큼 흥건하고, 여울 굽이마다 은비늘처럼 반짝이는 도장을 찍어 놓았다.

모처럼의 이승 나들이였지만 자유는 들뜬 것도 심각한 것도 아니었다. 기쁜 것도 아니었으나 그렇다고 슬픈 것도 아니어서, 그 자신도 어떤 기분을 가져야 하는가 도무지 짚어 알 수가 없었다. 사실 할 일 없는 선인이 슬렁슬렁 이승을 돌아다니는 건 이야깃거리도 안 될 만큼 흔한 일이었다. 하지만 자유는 동해 용궁에 속한 관원이었고 지금 이승에 가는 것도 이승에서 직무를 수행하고 있는 용왕녀에게 은 가위를 하나 전해드릴 임무를 받든 탓이었다. 일이 아니었다면 자유는 이승에는 조금도 가고 싶지 않았다.

＊

"너, 누구냐?"

동해 용왕의 막내딸을 알아보는 일은 어렵지 않았다. 인적 드문 바닷가 바위틈에 앉아 울음을 참으려고 입술을 꾹 깨물고 있는 태가 어린 시절 그대로였으니 못 알아볼 리 없다.

"종친부 직장(直長)* 설자유입니다, 마마."

"직장? 흥, 잔챙이나 내려보내고. 아바마마도 참으로 너무하시지 않는가?"

싸늘하게 웃더니 울음기 어렸던 얼굴은 간데없이 위엄 있게 팔을 뻗는다. 뺨에서 턱으로 내리긋는 선이 부드럽고 입술은 성성이 피처럼 붉다. 목도 손목도 어찌 저걸 버텨 내나 싶도록 가느다랗고, 신묘한 흑발 아래 두 눈은 서릿발 같다.

"말하자면 이 몸은 네 주인이 아니냐? 한데 주인을 뵈는 꼴이 제법 배포 크기도 하다. 네 놈의 두 다리는 구름 따윌 디뎌 허공에 머물렀으며 고개를 빳빳이 허공을 이고 있거니, 네 몫의 하늘은 퍽 가벼운가 보다."

---

* 조선 시대 여러 관서에 속하여 실무를 담당한 종7품직

비꼬는 목소리를 듣고야 '이것 참 낭패구나' 싶어, 자유는 그제야 구름에서 내렸다. 그리고 공손하게 모랫바닥을 짚고 무릎을 꿇었다.

"무례를 용서해주시길…. 종친부 직장 설자유, 용왕녀 마마를 뵙사옵니다."

"흥. 내다 버린 용왕녀라고 한갓 거북에게도 업신여김을 받게 되다니. 이 한사룡, 처지가 말이 아니구나."

과연. 다감한 성격이라고는 거짓으로도 말하기 어렵다. 자유는 비슬비슬 몸을 일으켜 품에 소중하게 품어 온 은 가위를 내밀었다.

"이 물건 일로 하여 왔나이다."

"은 가위로군."

받아 들어 한참이나 바라보더니 꾹, 손에 쥔다. 다른 쪽으로 시선을 피하여 한참이나 하늘을 들여다보고 있더니 머리카락에서 휭 소리가 나도록 돌아선다. 은 가위를 소매에 갈무리하고 이제 인사를 고하고 물러갈까 하여 구름이나 고르는 자유를 향해 불쑥 물었다.

"너, 이름이 뭐라 했느냐? 거북이, 너 말이다."

"설자유입니다요, 마마."

"자유, 뭐 쓸만한 이름이로구나. 넌 이승이 싫으냐? 왜 그리 서둘러 돌이가려고 구느냐?"

"그야… 뭐 오래 머문다고 해서 즐거울 것도 없으니 그런 것입니다."

자유는 비죽이 웃었다. 뭐 어리고 혈기방장하던 시절도 없었던 것 아니지만 그 생애는 끝났다. 엄밀히 말하면 이승에서 나서 선계에 오르는 자는 모두 한번 죽었던 자인 것이니까.

"흐웅. 너 이승에서도 거북이었느냐?"

"네에? 그야, 뭐, 당연한 일이 아닙니까. 거북이 아니었던 놈이 선적에 들어 굳이 거북이 노릇을 한다는 소린 금시초문인뎁쇼."

"왜, 이따금 있지 않으냐? 여우였던 주제에 꼭 사람 노릇을 하고 싶다든지 학으로 태어났는데 꼭 도미나 잉어라도 되어 냉큼 업을 갚고 싶다든지. 세상은 넓고 괴상한 일도 얼마든 있으니 말이다."

"그런 경우도 있겠습니다만, 저는 확실히 거북이었습니다요. 등딱지가 있고 사지가 들었다 나왔다 하는 그 거북이 말입니다."

한사릉은 아예 모랫바닥에 주저앉더니 소담스레 부풀어 오른 치맛자락 곁을 손가락질했다. 바닷가인지라 눈이 부시도록 흰 모래가 멀찍이까지 깔렸고 바다는 더욱이 끝없었다. 파도는 바위가 있는 데까지는 뻗어 들지 않았으나 밀려왔다 밀려가기를 지치지 않고 반복했다. 천 번이든 만 번이든 기껍다는 양 모래 위로 바스러졌다.

"앉으렴."

싫다고 윈고개를 저을 계제가 아닌 터라 자유는 뒷머리를 긁적이며 사릉 근처에 불편한 자세로 앉았다.

"등껍질까지 지고 다니는 꼴을 보니 어쩔 수 없는 거북인 건 잘 알겠다. 본녀가 알고 싶은 건 그대가 왜 이승을 싫어하는가 하는 게야. 선인들은 대개 이승에서 노는 걸 즐기지 않으냐? 괜한 사명감에 사로잡혀 인간을 돕겠다는 무리야 말할 것도 없고 됨됨이가 바르지 못한 것들도 이승을 싫어하는 일은 드물단 말이다."

"뭐어, 굳이 이야기하자면 대체로 그런 경향이 없지 않지요. 아무래도 자그만 술법이라도 부릴 줄 알면 이승은 지내기에 나쁜 곳이 아니니까요."

"그래. 그러한데 어찌하여 그대는 이승에 머물기를 꺼리는 것인가? 본녀는 그대 이야기를 듣고 싶다."

"제 이야기를요? 맙소사, 그건 뭐 그냥 거북이 이야기일 뿐이니 듣고 자시고 할 것도 없습니다요. 거북이 이야기 모르십니까? 태어나서 바다로 기어가고 알을 낳고, 그런 것이 전부입지요. 갈매기니 뭐니 하는 바다새 피해 도망 다닌 이야길 듣고 싶으신 것도 아니실 테고⋯."

괜히 말꼬리를 늘려 가며 의뭉을 떨었지만,

"감히 나를 떠보는가?"

상대가 나빴다. 아랫사람에게 괜한 흥미를 보이는 일이야 높은 신분을 가진 자들에게 인간이고 선인이고 할 것 없이 흔히 나타나는 현상이다. 하지만 그 흥미에는 두 가지가 있으니 한 가지는 순간적인 흥미, 다른 한 가지는 마음에 드는 이야기를 듣기 전까지는 직성이 풀리지 않는 흥미다. 자유는 한사릉의 날카로운 눈매를 곁눈질하며 이 용왕녀 마마가 자신에게 보이기 시작한 흥미가 두 번째 종류의 것임을 깨닫고 한숨을 쉬었다.

"그러면 어떤 이야기가 좋을까⋯. 아, 해당화 이야기가 좋겠군요. 왜, 꽃 중의 신선이라고 하지 않습니까."

"꽃 신선이란 말이냐? 재미있는 말이로군. 하면 그대는 해당화 정령이라도 만나 교유하였더냐?"

"그렇다면 그런 셈입지요. 어떻습니까, 들려드릴까요?"

"좋아. 해봐라. 그것이 그대가 이승을 꺼리는 이유가 된다면."

하여, 설자유는 바닷바람을 맞으며 주인 앞에 해당화 아씨 이야기를 하기 시작했다.

　　그 해당화 아씨를 처음 뵈온 것은 제가 우화등선하기 전의 일로, 그때 저는 제법 신선 노릇은 하되 거북이 태를 완전히 벗은 것도 아닌 반거들충이*였습지요. 그때 한창 더운데다 구름 타는 일에 맛을 들여 산이며 바다를 쏘다니던 적이었습니다. 웬 아씨가 한 분 바닷가에 오도카니 서 계셨는데, 제가 서쪽으로 갈 때도 그 모양이던 것이 동서남북 다 쏘다니고 돌아올 적에도 매양 한 가지로 모습이 같더란 말입죠. 궁금하기도 하고 두고 보기에 위태하기도 하여 구름을 낮추어 내려갔더랬지요. 그즈음이… 아마 지나는 길에 어느 결에선가 끼무릇** 알이 올망졸망했더랬으니 모르긴 몰라도 하지(夏至) 무렵 아닌가 합니다.

　　"이보오, 아씨. 게서 무얼 하고 계십니까?"

　　하고 묻자, 그 아씨는 어깨를 이렇게 움츠리더니 위태위태한 바위 위에서 걸음을 뒤로 빼더군요. 얼른 보기에도 사람 아닌 걸 제가 알아본 터라, 또한 아씨 역시 제가 예사 인간 아닌 걸 알았던지 머뭇거리다가 문득 묻더군요.

　　"선인이시오? 악한 선인이어든 이냥 가시고, 만에 하나 선한 선인이어든 소녀를 좀 동정해주시오."

　　흰빛에 붉은 물 든 옷자락 싸안고 바닷바람 마주하였기로 자태가 제법 고와 뭇 사내 마음 꽤나 흔들었겠더이다. 저는 별다른 말 없이 좋지, 좋아, 하고 낭랑을 구름에 태워 기분 풀릴 때까지 하늘을 맴돌았지요. 주천(朱天) 끝으로 내닫다 비구름을 만나면 현천(玄天)으

---

* 무엇을 배우다가 중도에 그만두어 다 이루지 못한 사람
** 천남성과의 여러해살이풀로, 덩이뿌리를 '반하(半夏)'라 하여 약으로 쓴다.

로 가고, 혹 바람이 차 옷자락이 서늘하면 염천(炎天)으로 이글이글하니 다시 날고, 또 해 지는 반대 방향으로 내리 돌고 말입니다. 한참을 그리하였을까, 별이 좀 어슷어슷 서녘에 지절대는 즈음 되어서야 낭랑이 입을 열더군요.

"고맙소. 이만 결심이 섰으니 본디 자리로 내려다 주사이다."

구름을 낮추어, 제법 바르게 자란 밤나무며 산사나무 사이로 날고 있을 적입니다. 안개처럼 푸른 구름이 수풀을 적시니 예서제서 매미 울음이 들리기 시작하고 밤새는 푸덕푸덕 놀란 닭처럼 튀어오르는데 스산하기가 보통 아니었답니다.

"구름 태워준 삯으로 아씨 이야기나 좀 하십시오. 가실 몸이거든 품은 한이나마 갈라놓고 가시어야 몸이 가벼워진답니다. 가볍지 아니하면 하늘로는 영 못 가고 구천을 떠도는 영이 되고 말 테니."

"구천을 떠돈들 무에 어떨까요. 가을 부채 모양 벼랑에 버려진 몸, 어찌 된들 더는 미련 없답니다."

저는 구름을 다시 솟구쳐 스무 방위를 휘이 아우를 수 있는 높이까지 올랐습니다. 그리고 그 아씨에게 물었지요.

"저쪽 수평선이 보이십니까. 밤인데도 옥빛을 부수어 만든 양 희게 빛나는 백사장이며 그림자처럼 이리저리 솟은 바위에 밤물결이 부닥치는 것이 보이십니까?"

"아니, 보이지 않아요. 소녀는 선인 나리처럼 눈이 좋지를 못하답니다. 오래오래 술법 쌓아 겨우 정령으로 맺힌 것을, 못난 짓으로 그 술법 모다 깎아버렸사오니 이제는 그 먼 거리까지 볼 수 없답니다. 이만 저를 수평선 너머로 보내주시어요."

해당화 아씨는 내 옷자락을 쥐고 울음을 터뜨리더니 방울방울, 꽃잎에 감췄던 이슬을 떨구어 구름 위에 자욱을 남겼답니다. 그녀는 만개한 해당화, 이제 하나씩 둘씩 잎이 시들어 오므라들고 마르고 시들어, 결국은 죽어 없어질 해당화였던 겝니다. 손을 대는 것만으로도 다홍색 물이 들 것 같은 해당화도 결국에는 한 철인 법이지요.

"왜 술법을 깎아버리셨나이까? 자, 천천히 저 밤물결로 실어다 드리리다. 시들어가는 꽃잎이나마 지기를 원하시거든 그리하리다. 하지만 만약…."

그때 저는 구름을 탈 줄 알게 된 지 오래지 않은 풋내기 선인이었습니다. 곧 바람을 타고 가장 높은 하늘까지도 오르리라 여기며 나름 마음이 자만했지요. 저 자신도 모르게, 그렇습니다, 용왕녀 마마께서도 물론 서책에서 보아 아시리라 믿사옵니다만, 선인도 인간과 다르지 않아 교만하고 욕망하는 존재이옵니다. 또한 저는, 보시다시피 우매한 거북이온지라 스스로의 그 오만조차 눈치채지 못했던 것입니다.

"만약 낭랑께서 제게 원을 빌고자 하신다면 부족한 선인이나마 힘을 다해 도와드리리다."

"…약조를 하신 겝니다? 선인의 언약은 결코 거스를 수 없는 것이니."

물이 한번 흘러내리면 새삼 거슬러 오르는 법 없듯 선인의 언약이 그러하다는 것을, 지고하신 용왕녀께옵서도 아시겠지요. 그러하니 분명 개탄하며 이르실 것입니다, 알맹이를 알지 못하는 채 무턱대고 내세운 조건이야말로 얼마나 위태한가 말입니다. 때로는 위대한 선인들마저 동정이니 안타까움 같은 소소한 가치 때문에 자신이 쌓은 모든 것이 무위로 돌아갈 만큼이나 위험한 계약에 휩쓸리고 맙니다. 염원이란 그리도 격렬한 것이거니 세상 어느 물것인들 그에 휩쓸리고 삼켜지지 아니란 법이 있겠습니까?

"약조하고 말고요."

하여, 아씨의 이야기를 듣게 되었습니다. 과연 밤 여울이 벼랑 위 암자에 닿고 소나무에 닿아 문득문득 흰 포말로 달빛을 되퉁기는데 물소리가 하도 거세어 눈이 밝지 않은 자는 제 귀를 떼버리고 싶었을 것입니다. 저는 선인으로 눈이 밝은 탓에 바위를 더듬어 아씨가 처음 섰던 자리에 뫼셔 나갔던 것인데, 아씨는 가지런히 치마를 떨치고 그 차운 바위에 앉더니만 비까지 부슬부슬 내리기 시작한 적에 담뿍 몸을 적시며 사연을 구절구절 풀었습니다. 네, 용왕녀 마마께서 쉽게 추측하실 만한 그런 이야기였습지요. 흔히 꽃 정령들이 그러는 것과 같이, 인간 사내가 건네주는 붉은 연문 한 구절에 온몸 흔들리는 이야기 말입니다.

"저는 해당화 정령으로 나서 빛 아래 바람 아래 마음 허비한 일 없었거니와 차분히 갈고 닦아 선인이 될 요량이었나이다. 하온데 막 꽃봉오리 자리가 맺힐 무렵 아직 덜 자란 몸으로 어슴푸레한 여명 무렵 모래 위를 거닐다 인간 사내를 하나 만나 마음을 주게 되었습니다. 사내는 얼굴이 희고 눈매가 선한 자로 부모상을 당해 세 해를 이 지방에 머물렀다 그날 비로소 큰 도시로 돌아가는 자로, 학문을 좋아하나 가문이 빈한해 큰 시험에 응시할 수 없다 하였습니다. 그리 말하며 제 포부가 지나치게 크고 제 신세가 지나치게 박한 것을 낮해 눈물짓기에 보는 제 마음이 아파 그만 제 몫 비녀를 빼 건네었나이다.

선인께서도 익히 아실 터입니다. 정령의 정표란 나름대로 크고 작은 재주를 부리게 마련이란 사실을요. 제 정인께 비녀를 드림은 그것으로 그이 품은 한이나마 푸시라는 것이었지 다른 마음 품으라는 것은 아니었습니다. 비녀 드리며 두 손 붙들고 헤어질 적에 눈물은 바람에 방울져 날고 귀밑머리는 흐트러졌더이다. 풀린 옷고름이 젖은 손목에 휘감기고 걸쳐 입은 푸른 치마 흰 속곳이 동정호 맑은 봄 물결처럼 이 발목을 휘휘 붙들어도 그만 정령 지위 다 내다 버리고 그 뒤 따라나설까 하였나이다. 허나 그것은 아니 되는 일이려니, 소녀에게도 품은 꿈이 있으니 먼 지척에 머물러 눈길 나누지 못하여도 마음은 함께 있으려니 여기었나이다. 그러하였던 것을….”

한데 결국 그 사내는 돌아오지 않았다 하더이다. 하기사 한창때 인간 사내에게 달이 두어 번 이지러지는 동안은 그리 긴 세월도 아닐 것이니까요. 긴 세월 사는 선인들이 이따금 인간 목숨이 덧없는 것에 크게 마음 상하듯 인간은 꽃이 열흘 붉고 그만 져버리는 것에 눈물짓는답니다. 아마도 사내는 영영 해당화 아씨를 잊은 것은 아닐 터입니다. 아마도 그럴 것입니다. 그러나 애석하게도 아씨에게는 남은 시간이 없었던 것이니. 용왕녀 마마, 두 물것이 눈 마주쳐 한 가지로 연정 품는 것마저 찰나와 찰나의 일이거니와 그나마도 서로 속한 시간 다른 탓에 이리도 덧없이 흐트러지고 어긋나는 이치임을 마마께서도 아실 것입니다.

“…이제 곧 소서, 대서 지나 입추, 처서가 차례차례 닥칠 터이니 한번 고운 해당화 제아무리 만개하여도 찬 바람에 추한 모양으로 잎 떨구고 말겠지요. 한데 다시 오마고 약조하고 거울 쪼개듯 마음 쪼개 품어 가신 이는 간 봄 그림자 이지러진 후에도 다시 올 줄 모르시니 세간(世間) 흐르는 물 모양 바람 모양 세월만 남아 공허히도 가더이다, 홀로 남은 이 땅에선 은근한 정마저 그리 무참하나니.”

“하여?”

“하여, 연정은 갈망이 되고 갈망은 곧 원념이 되느니 그리움은 그리움만을 낳아 헛된 줄 알면서도 지극히 악해지기만 하더이다.

그러하니 선인이시여…!"

그리고 해당화 아씨께서 제게, 이 미욱하고도 어리석은 탓에 손에 쥔 힘을 주체 못 하는 멍텅구리에게 소원하였던 것입니다.

"이 보잘것없는 계집의 원은 오직 한 가지이오니, 이 몸 해당화 정령 아닌 인간 자식이 되어 제 정인 곁에 반려로 남는 것이옵니다."

용왕녀 마마, 한때의 절실한 갈망이 얼마만큼이나 영원을 품을 수 있다고 생각하시나이까. 이 미욱한 거북은 아직도 알지 못하기에 이리 무엄하게 묻는 것이나이다. 갈망이 온몸을 불태워 죽음조차 두렵지 않아지는 순간, 그 불길이 격렬하다 하여 깊이 또한 끝없으리라 단정할 수 있으리까? 진심이라 믿어도 좋으리까?

"인간 자식이 되어 정인의 반려가 되는 일이라…."

꽃 정령이 인간 되는 일은 어려운 것이 아닙니다. 품고 있던 그 비녀를 다른 선인에게 건네어 부러뜨리면 인간이 될 수 있는 것이니, 그때의 저는 별로 망설이지도 않았나이다.

"좋습니다. 이 거북이라도 좋다면 낭랑의 비녀를 받아 저 깊고 깊은 동해 아래 묻어 낭랑을 인간 세상에 돌려드리겠나이다."

"고, 고맙습니다! 선인 나리! 참으로 고맙습니다!"

저는 몰랐나이다. 미욱한 탓에, 마음 깊이 자만을 품은 탓에, 저는 알지 못했나이다. 어찌하여 뭇 선인들이 다른 선인의 물건을 받시 않으려 드는 것인지. 선인이 인간 땅에 돌아가는 일이 왜 그리 어려운 일로 전해오는 것인지 몰랐나이다.

"제 임께서는 임금님 계신 경(京)으로 오른다 하시었으니 그리로 가주사이다. 도달하여 임의 성명을 찾은 즉 필시 놓치지 아니할 것이외다."

"허어? 그럼 아씨의 임께서는 이미 그 정표의 도움을 입은 일이 있나이까?”

아씨는 고통스레 아랫입술을 깨물고 아미를 숙여 그늘을 만들더이다. 그리고 사락사락 머리카락이 흘러 귓등을 스치고 목덜미를 간질이며 자그만 목소리로 답했습니다.

“…몇 번이나요, 선인 나리.”

꽃 정령 아씨는 오래도록 선인의 도를 이루기 위하여 노력해왔고 그것이 한 개 정표가 된 것입니다. 그것이야 용왕녀 마마도, 물론 아시리이다. 모든 선인에게는 용이 여의주를 품듯 지니는 한 개 물건이 꾸려져 있게 마련이니까요. 꽃이 피어 붉고 싱그러운 시간은 퍽이나 짧으므로 인간이 보기에 꽃이 제 몫 덕을 쌓은 기간 따위 하잘것없을지도 모르겠습니다. 용이 인간의 긴 고뇌를 짧다 탓하는 바와 같이 말입니다. 그러므로 그 귀한 것을, 해당화 아씨가 어떤 마음으로 건네주었는지 어떤 다짐이었는지 알지 못하는 그 인간 사내가 함부로 써버렸다는 말을 듣는 순간 어리석었던 저는 마음이 아팠답니다. 지금이라면….

글쎄요, 용왕녀 마마. 선명한 답 드리지 못하여 죄송하옵니다만 그나마 이 거북이 배운 바가 하나 있거니와 인간 땅에 ‘분명한 것’이란 진심만큼이나 불확실하더라는 것이옵니다. 돌이켜 후회하기 좋아하는 자들은 자신의 고통이 과거의 선택 때문이라고 생각하는 모양입니다만, 가지 않은 길의 목적지 따위 가지 않은 자는 알 수 없는 것이 아니옵니까?

저도 그렇사옵니다. 눈앞에 닥쳐 해당화 아씨의 머리카락이 첫눈 내리는 소리를 내며 흐르고, 눈매에 진주처럼 방울진 눈물이 그윽한 향을 품어 내고, 또한 소매를 들어 그 아씨가 제 앞에 몇 번이고 절하던 그날로 돌아가보지 않는 한 저는 어떤 답도 고쳐 내놓을 수 없나이다.

지금의 저는 쉽게 말하지요. '이제 나는 가벼운 마음으로 내민 손이 도리어 상대를 망가뜨릴 수도 있음을 안다'고. 허나 과연 그러하리까. 같은 자리에 서면 저는 다시 살아낼 수 있을까요? 필시 냉혹의 본성보다 뿌리 깊은 것이 헛된 동정의 본성인 것이니.

"그분께서는 제 술력으로 하여 재화를 얻으시고 문명마저 얻으셨으니, 이제 비녀를 돌려받을 수 있겠지요. 얻고자 하는 것은 모두 얻으셨을 터입니다."

"돌려주지 않으려 하시면 어찌하시럽니까?"

"그런 일은… 절대 없습니다. 선인끼리의 약조이오니 소녀도 두 말을 입에 담지 아니 하겠나이다."

언약은 무서운 것입니다. 용왕녀 마마, 알아주시옵소서. 언약이라는 것은, '절대'라는 것은, 선인에게는 독과 같은 것이옵니다. 인간을 뛰어넘는 술법도, 강물처럼 긴 수명도, 등꽃처럼 빛깔 은은한 젊은 날의 흥취도 언약의 냉엄함 앞에서는 뜻을 잃거니.

"네, 약조하옵니다. 소녀는 그분을 굳게 믿사오니."

인간의 눈이 깊고도 맑아 홀로 푸른 솔을 닮는 일이 간혹 있다 하더이다. 인간의 마음이 서리보다 정결하여, 그러나 서리와는 달라 녹지도 부러지지도 않는 일이 있다 하더이다. 그러나 용왕녀 마마께서는 맑은 것을 믿사오니까. 영원한 진신을 믿으십니까. 오랜 세월을 겪은 선인조차 자신의 선택, 자신의 믿음을 배반당하옵거니 하물며 인간에게서 '영원'이나 '불변'을 구할 수 있다 여기시옵니까.

"아직 급제는 하지 않으셨으나 그분 이름을 온 경(京) 사람이 모두 들어 안답니다."

서울 거리를 떠도는 소문이 듣고자 하지 않아도 귓바퀴에 묻어왔나이다. 떠들썩하게 사내를, 아니 실은 사내의 문재(文才)를 칭송하며 그의 시에는 해당화 향내가 깃들었다 하더이다. 해당화 아씨는 사내의 모습을 찾아냈습니다. 백화가 만발한 후원이었지요. 아직 여명이 오롯이 찾지 않은 그 댁 후원은 요염한 어둠에 싸여 있었고, 이슬은 꽃잎마다 풀마다 버겁도록 맺혀 낭랑과 제 발목을 적셨습니다. 아씨는 맨발로 풀을 디디고 소리 나지 않는 걸음으로 달음질쳤습니다. 높다랗게 달린 대청, 떠도는 분내, 수런거리는 불온한 기운에 진작 눈치를 챘거니와 사내 몸이 잠긴 곳은 그의 싸늘하나 청빈한 초가삼간이 아니라 대갓집 흉내를 내 지붕을 날렵하게 꾸린 청루였나이다.

"나리!"

해당화 아씨는 사내를 서방님, 하고 부르지 못하였습니다. 어디 물 한 사발 떠 놓고 식 올린 것조차 아닌지라, 그저 비녀 하나 나눈 사이에 불과한지라, 아씨는 제 오랜 숙원마저 그에게 바치어 놓고도 분노 대신 눈물을 지었나이다. 용왕녀 마마께서는 그 순진한 아씨를 더러 어리석다 하시겠습니까. 허나 저라면 그 사내를, 아니 오히려 저를, 더욱 어리석다고 한탄할 것이옵니다.

"오, 그대는… 그래, 틀림없이 일전에 바닷가를 찾았던 때 버들가지 나눴던 계집이렷다? 네 이름을 내가 지어 주었을 것인즉, 그 이름 분명 매련이었더냐 아니면 매영이었더냐?"

"나리, 보잘것없는 소녀의 물건은 잘 쓰셨나이까. 바라시던 바는 차고 넘치도록 이루셨나이까. 나리께서 부족한 것 없이 따슨 진지를 들고 따슨 잠자리를 얻으셨으니 소녀는 더 바랄 것도 돌이켜 가슴 칠 것도 없사옵니다. 한즉."

청루에서도 가장 화치한 방에 거처 잡고 앉아 불콰하니 취한 사내 앞에, 해당화 아씨는 날아갈 듯 절을 했습니다. 절을 하는 동작 어디에도 슬픔에 잠겨 흔들리는 기색 없었으나 아씨의 눈가가 젖어 있었던 것은 이 거북이 눈 어두운 탓 아니었겠지요.

"오늘은 이만 소녀의 몫을 거두러 온 것이나이다. 옛정을 돌이키신다면 좋은 말로 소녀를 축원해주시옵소서."

"그래, 그렇지! 그대 물건이 내게 있었구나. 까맣게 잊고 있었다. 허나 어쩌면 좋은가, 매향? 아니, 매창아. 어찌하면 좋으냐? 네가 준 물긴이 무이었는지 엉 기억이 니지를 않는디. 데신 내 곁에 앉거라, 아직 동이 트려면 멀었거니와 내 너를 품고 네게 걸맞은 시를 지어주리라."

"나리. 제가 건네드렸던 은비녀를 잊으셨습니까? 둥그스름한 끝부분에 해당화며 구름 새긴 그 보물이 기억나지 않으시옵니까?"

사내는 술에 취해 몸을 뒤척이더니 문득 소매에서 은비녀를 꺼내 내밀었습니다. 사내는, 자신이 급작스레 얻은 재능이며 재화, 행운까지 그 모든 것이 은비녀 덕인 것을 조금도 알지 못했습니다. 그렇기에 사내는 해당화 아씨가 눈물을 떨구는데도 고개 돌리지 않고 귀찮다는 듯 말했던 겁니다.

"그래, 이 비녀를 준 것이 너였구나. 잊고 있었다, 영영 잊어 기억하지 못했느니라. 자, 이 비녀를 거두어 가라. 이까짓 비녀야 이 기루에서는 강아지도 거들떠보지 않을 게다."

해당화 아씨는 비녀를 받았습니다. 받더니 비녀를 두 손으로 공손히 받치고 찡그린 아미까지 들어 올려 오래도록 이마에 댄 채 울먹였습니다. 눈물이 치맛자락 위로 후둑후둑 듣는데 지켜보기 안타까워 제가 물었습니다.

"이보오, 아씨. 이 거북을 보오. 아까의 원은 아니 들은 것으로 하십시다. 아씨는 이 길로 돌아가, 정결한 땅에 자리를 잡고 다시 덕을 쌓으시구려. 아직 시간이 끝나버린 것은 아니니 소담하고 고운 해당화로 바람을 맞으시오. 그러는 편이 좋소.”

“선인이 뱉은 말은 도스를 수 없는 법이옵니다. 거북 나리께서도 아실 터이니, 소녀에게 더는 미련이 없습니다. 이 비녀를 거두어 동해든 서해든 가장 깊은 여울에 휩쓸리게 해주십시오. 물결에 쓸리고 바위에 긁혀 복원치 못하게 해주십시오. 소녀는 예 머물겠나이다.”

사내가 이룬 것은 모두 비녀의 덕분이니 비녀가 사라지고 나면 그는 다시 볼품없는 몸이 될 것입니다. 아씨는 그것을 알았기에 그를 돌보겠다 하였나이다.

“해당화 아씨, 참말 후회하지 않겠나이까?”

“후회하지 않겠나이다. 어서 이 비녀를 거두어 가시오, 거북 나리. 소녀가 혹여 아까운 마음 품지 않게 제 약조를 제가 지키도록 하소서.”

“그러시면.”

저는 비녀를 받아 들고 아씨에게 말했습니다.

“그러시면, 아씨. 약조하리다. 세 해가 지난 후 오늘 반드시 이 거북이 아씨 안부를 여쭈러 다시 오겠나이다. 두루 평안하십시오.”

그것이, 제 두 번째 자만이었습니다.

세 해가 지난 후 저는 조금 더 지혜로워졌고 조금 더 선인다워졌다고 스스로 믿었습니다. 구름을 타고 사방을 돌며 우화등선할 날을 기다리고 있었지요. 모든 것이 갖추어졌다 여기었으며 자신의 어디가 미욱한지 제대로 알지 못하던 시절입니다. 그리고 용왕녀 마마, 저는 꼭 그날에 해당화 아씨를 찾아 경(京)으로 날았습니다.

한데 아무도 그 사내를 기억하지 못했습니다.

"그런 이름으로 문명(文名) 떨친 사내가 분명 있었지, 세 해 전에 말이우. 허지만 지금은 없어. 그게 영 거짓부렁, 영 밑천 없는 작자였단 말이지. 사실은 한심한 사내였다우."

"한심한 사내였어요. 고길 저며 쓴대도 아무도 거들떠보질 않을, 그런 인간이었어요. 지금은 어디서 무얼 한다더라…."

"뉘라 알겠어요? 그런 사내. 청루 계집들이 아는 것은 높은 전 나리들이며 이름과 뜻과 학식이 높은 사내들이랍니다. 아름다운 것이 가득한 세상에서 그런 비렁뱅이를 주워 기억할 이유야 없지요."

세 해 만에 찾은 서울에서 사내의 행방을 찾는 일은 예상보다 힘들었습니다. 세 해 전과는 여러모로 형편이 다르리라 짐작했지만 그야말로 본디 없던 이처럼 흔적이 옅었나이다.

"아, 그 샌님이라면 도성 바깥 어디에 산다는 소리를 들었지."

산 아래에서, 저는 익숙한 향기를 찾았습니다. 세 해 전보다 향은 더욱 미약해졌으나 완전히 사라진 것은 아니었기 때문에 그것이 해당화 아씨 향내임을 알았답니다.

"이보오, 해당화 아씨! 예 계시옵니까?"

"귀하신 신선 나리!"

해당화 아씨의 행색은 초라하여 세 해 전의 곱고 화사하던 모습은 남지 않았으나 얼굴에는 미소가 올라 있었습니다. 고통 중에서 웃는 웃음만큼 보는 사람을 괴롭히는 것이 또 있겠습니까. 저는 마음이 아파 아씨께 물었습니다.

"아씨, 어찌 이리 마르셨습니까? 마치 하루에 물 한 표주박만 자신 것처럼."

"흙탕에 잠겨 피어도 정결한 연꽃처럼, 소첩은 비록 배곯아도 더없이 기껍게 살고 있사오니 걱정 마시어요. 나리."

“배곯아도 기껍다니요! 아씨의 임께서는 무엇을 하시기에 두 사람 입을 감당하지 못한단 말입니까?”

끝이 해진 소매 사이로 흰 손목이, 아니, 이제는 뽀얗지 않은 아씨의 살갗이, 검붉게 죽어 있는 것을 발견했습니다. 해당화 아씨는 제 시선을 피했다가 금세 다시 밝은 표정을 지어 보였습니다.

“서방님께서는 잘 들어오지 않으십니다. 하지만… 하지만, 괜찮아요.”

괜찮아요.

힘주어 다시 말하고, 아씨는 얼른 뒤로 두 걸음 물러서서 배를 쓸어 보였습니다. 용왕녀 마마께옵서도 아시는 바와 같이, 선인은 제법 눈이 밝습니다만 저는 미욱한 거북인 탓에 그제서야 아씨께서 무엇을 말하고자 하는가 깨달았나이다.

“아이?”

“제 아이랍니다.”

잘라 말하고 아씨는 웃었습니다. 활짝 핀 해당화는 소금내 나는 바람에도 지지 않고 빛을 더해가게 마련인 탓인지, 인간 세상에서 구르고 굴러 남루해진 아씨는 온몸에 가득한 상처에도 몹시 씩씩했습니다. 길게 늘어뜨려 가느다란 바람에도 비단실처럼 흔들리며 향을 풍기던 머리카락은 아무렇게나 틀어 올려 놋쇠 꼬챙이 따위로 비녀를 삼았고 복숭앗빛이던 손톱은 병자가 쥐었던 은수저처럼 가뭇했습니다. 이것은 내 죄로구나, 하여 이 거북이 스스로를 책망하기 시작하였습니다만 아씨는 진정으로 기쁜 빛을 띠었습니다.

“나리께 고마운 마음뿐이옵니다. 그리 안타까운 표정 짓지 말아 주십시오.”

“허나….”

"물론 몸은 고되고, 저의 그 낭군은 더 이상 어찌할 도리 없을 만큼이나 한심한 인간이었습니다만 그렇다 하여도 저는 해당화로 짠 바닷바람을 맞고 살던 시절보다 지금이 기껍나이다."

부푼 배를 쓰다듬으며 고개를 숙이고 웃음소리를 흘리는 아씨의 목덜미마저 상처로 뒤덮여, 크고 작은 멍과 생채기 위로 결이 나쁜 뒷머리가 아무렇게나 뻗어 있었습니다. 용왕녀 마마, 저는 반드시 부유함과 아름다운 행색만이 행복과 기쁨을 가지고 온다 믿지는 않사옵니다. 허나 과연 고통 중에서도, 빈곤과 저질 중에서도 행복을 찾아야 한다 단언할 것이라면 과연 우리 선인들은 무엇을 위해 사는 것입니까? 인간은 무엇을 바라 살아간단 말입니까.

저는 이승을 떠돌 적에 가장 비싼 비단으로 몸을 감싸고 열 사람의 목숨과 바꾼 관을 쓴 사람들이 자신들의 종을 밟고 말에 오르는 것을 보았나이다. 그자가 붓을 놀려 '가장 귀한 행복은 한 소쿠리 밥과 한 표주박의 물. 과연 지고한 기쁨은 간난 사이에서도 깃드는 것임을 알겠다' 기록하는 것을 보았나이다.

그렇습니다, 용왕녀 마마. 저는, 빈곤하지 않은 자가 적빈을 칭송하는 것을 미워하나이다. 괴로움 중에서도 반드시 기쁨을 얻어야 한다고, 그렇지 못함은 다만 자신의 수행이 부족한 탓이라고 말하는 이를 안타깝게 여기나이다. 용왕녀 마마, 제게 인간이란 그리도 알 수 없는 것이었으나 또한 이해하지 못하면서도 설운 것이었나이다. 저는 해당화 아씨를 연민했습니다. 연민이란 사랑과도 분노와도 닮은 것이어서 지극히 개인적인 감정입니다. 사랑을 행하는 방식에 일백 가지가 존재한다면 연민을 행하는 방식에도 또한 일백 가지가 존재할 것이니, 저는 해당화 아씨를 연민한 나머지 해서는 안 될 일을 하고 말았나이다.

“끼니조차 잇기 어렵고 낭군이라는 자는 인간답지 못한데 어찌하여 인간임이 기쁘다 하시는 겁니까? 아씨, 이놈은 아씨를 도무지 이해하지 못하겠나이다.”

“낭군을 사모하는 마음 따위는 이제 없습니다. 지난 세 해, 낭군께서는 당신의 재주가 사라진 것이 모조리 제 탓이라 하시며 손을 대곤 하시었으니까요. 가장 한심한 인간이라 하여도 사모하고 안타까이 여겨 아끼는 이도 계실지 모르옵니다만, 저는 그렇지 못하옵니다. 저는 낭군을 사랑하지 않습니다. 허나.”

“허나?”

“허나, 살고 싶사옵니다.”

아씨는 이 미욱한 거북의 눈을 똑바로 보았나이다. 두 눈은 검고도 깊었으며 피곤에 지친 기색이 남아 있는데도 모든 것을 꿰뚫어 놓을 듯이 반짝였습니다.

“저는 여름이 지나면 인간의 들판이 황금빛으로 무르익기 전에 수명 다하는 해당화이옵니다. 처음에는 가을이 오는 것도 겨울이 닥치는 것도 신경 기울일 겨를이 없었나이다. 낭군의 신세는 벼락이 내리치는 것처럼 빠르게 추락하였고 저 역시 그러하였기에 바람벽 하나 성치 않은 집에서 겨울을 나야 했으니까요. 앓았고, 원망했고, 한탄했나이다. 낭군을, 저를, 하늘을, 들이치는 밤과 몰아치는 새벽마저 모조리 원망하였습니다. 두 해가 그렇게 지났나이다. 저는 힘 없이 맞고, 아아, 한때 꽃 정령으로 낮으나마 선계에 발을 올렸던 제가 살에 꿰인 까투리처럼 꺾였고, 낭군은 바깥으로 맴돌며 제게 원망만을 돌려주셨습니다.”

“아씨.”

“나리께서 애초에 한 해를, 혹은 두 해를 약조하셨다면 얼마나 좋았을까 여기었습니다. 세 해가 되는 오늘만이 제 희망이었나이다. 헌데, 올해 겨울이 물러갈 즈음에 저는 나리의 깊은 뜻을 알았나이다."

아니, 용왕녀 마마, 아닙니다. 깊은 뜻 같은 것은 없었습니다.

"이보오, 아씨, 저는….."

"봄이 오려는가 하여 바깥으로 나섰더니 꽃이, 파르랗게 돋은 풀들 사이에 아직 찬 기운이 남았는데 가만가만 꽃이 피었더이다. 저는 이 땅에서, 지난봄에 비로소 수선화를 보았고 흰 얼레지를 보았습니다. 날이 가고 달이 가 제가 슬픔에 젖어 있는 사이에도 흙과 돌과 바람과 물 사이로 끝도 없이 정령들이 너울대더이다. 가느다란 가지 가득 희고 누른 꽃을 품은 나무들이 그림자를 만들었습니다. 날은 아직 온전히 풀리지 않았는데 풍년화가 앞장서 질 좋은 한지를 자근자근 찢어 엮은 듯한 꽃들을 열고, 얼마 지나지 않아서는 참꽃마리들이 희미한 담남색 꽃을 자그맣게 띄워 올리는 식으로 말입니다.

그러고는 바람꽃이 점을 찍어 놓은 것 같은 들판 가득 피어오르고 풍륜초가, 뻐꾹채가, 산마늘이, 자줏빛 맥이 선명하게 박힌 흰 오랑캐꽃이 순서도 없이 빽빽하게 들어서더이다. 이 산에 저 들에 정령들이 날고 날고 또 날더이다. 피고 피고 또 피어, 글을 짓는 것도 제회를 버는 것도 아닌데도 그리 온 힘 다해 피어….

선인이시여, 저는 비로소 자신이 부끄러워졌습니다. 살아 있다는 것이 부끄럽고 기뻐 견딜 수 없었습니다. 그리고 이 아이가, 본 적 없는데도 더없이 사랑스러워서."

"아씨. 비녀, 버리지 않고 지니고 있습니다. 차마 버릴 수 없었습니다! 이보오, 아씨! 부디 지금이라도 늦지 않았으니 다시…!"

"나리. 저는 더는 소원이 없나이다."

용왕녀 마마, 인간의 청원이 그 자신의 진심인 경우가 얼마나 있다고 생각하시나이까? 진심이란, 그 자신조차 알 수 없는 최선의 것이란 과연 존재하기나 하는 것일는지요. 해당화 아씨는 세 해 전보다 씩씩했고 다부졌고, 그리하여 아름다웠습니다. 하지만 시련이 그대를 강하게 하였으니 앞으로도 길이길이 간난 중에 머물라 말할 수야 없지 않겠습니까? 어떻게 해야 할지도 모르는 채 지니고 있느니 오로지 연민뿐이었나이다. 인간이 비는 소원과도 닮은, 그러니까 결코 최선도 차선도 아닌, 그 연민뿐이었습니다.

눈앞의 정념, 찰나의 욕망.

인간의 소원은 일컫자면 그러한 것에 불과하나니 산과 같은 재화, 고운 살결을 지닌 여자, 천 명이 머리를 조아리는 권좌, 그 무엇도 진실한 소원이 아니옵니다. 연민 또한 그러합니다, 진실된 선인의 술법이 하늘의 뜻을 닮은 바와 같이 진정한 연민은 사람을 살리며 또한 천하를 살리나이다.

허나, 이 거북은 미욱하여 그러지 못하였나이다.

"이 비녀, 돌려드릴 터이니, 부디….”

"나리!"

"아씨, 이 비녀를 도로 돌려드릴 터이니 품고 계시다 이 길이 아니로다 여기시면 비녀를 꺾어 다시 해당화 씨앗으로 나시옵소서! 이놈은 설령 천 리 바깥에 있더라도 비녀가 꺾이는 것을 깨닫는 즉시 아씨께 돌아와 씨앗을 거두어 좋은 자리에 두겠나이다. 모쪼록 이 거북이 나서는 뜻을 좋게 돌아봐 주십시오.”

저는 비녀를 돌려주고 도망치듯 구름을 돌렸습니다. 그리고 비녀가 꺾인 것은, 용왕녀 마마, 그 해당화 아씨의 비녀가 꺾여버린 것은, 겨우 닷새 뒤였습니다. 저는 아씨가 숙고한 끝에 더러운 홍진을 내버리고 다시 꽃 정령 되기를 결심한 줄로 믿고 기쁜 마음으로 초라한 그 집을 찾아갔습니다. 하늘은 비단을 펼쳐 놓은 듯 말끔하고 녹음은 검어 보일 만큼이나 푸르렀습니다. 물 흐르는 소리는 작은 옥구슬이 쟁반을 구르는 양하였으며 새들도 다투지 않아 애꿎은 깃털이 떨어지는 일도 없었습니다. 바위는 바위 자리에, 나무는 나무 자리에서 고요하였거니 이 거북의 구름만이 성급하게, 서툴게, 그 완벽한 조화를 깨뜨렸던 닐이있나이다.

그런 날이었나이다.

"아씨!"

아씨는 온데간데없었나이다. 회화나무 한 그루를 지나는데 피 냄새가 나기에 없던 두통이 일었는데 선인도 인간과 닮아 불길한 예감 따위는 묻어두게 마련이오니.

"이보시오, 아씨! 해당화 아씨! 아니 계십니까?"

낡은 초막에서는 풀 내음이 나고 물과 곡물을 끓인 내음이 나고 또한 사람 내음이, 곰팡내가, 이끼 자라는 냄새가 나서 선인으로 오래도록 하늘이나 나돌아 다닌 이 거북의 마음을 아프게 했나이다. 아씨도 씨앗도 아무 데도 없고 사람 살냄새 사이로 피 냄새가 돌아 그저 외면하고 돌아 나오고 싶었나이다.

"…신령이시오?"

소매를 잡는 이가 있었습니다. 방에 있는 대신 우거진 풀숲, 마당도 정원도 아니어서 인간 손길 없이 햇볕과 지나는 비와 먼지와 바람이 키우는 대로 건들대며 자란 풀과 나무와 덩굴 사이에 사내가 있었더이다. 그가 누구인지 말하지 않아도 이 거북은 그를 알고 있었기에 그만 울컥 소리를 칠 뻔했습니다만 다행히도 그 전에 사내가 입을 열었나이다.

"그렇구면, 이 악한 놈을 벌하러 오신 신령이시구면. 허허, 내, 몰랐네그려. 참말로 신령이 있는 줄은 몰랐네그려. 있으믄 진작 오셔서… 진작 오시어서… 데리고 가지 않으시구."

어째서 이제서야.

라고, 사내가 말하더이다. 흐느낄 기운도 없는 듯 늘어져서는 꼭 구겨진 천이나 종이 뭉치같이 널브러졌습니다. 머리카락은 아무렇게나 자라 꼭 저 자신이 처박혀 있던 풀숲과 닮았으며 얼굴에는 미소도 슬픔도 고통도 분노도 이미 없어, 눈물이라도 흘릴 듯이 주먹을 아귀 쥐고 선 이 거북이 되레 무안하더이다. 용왕녀 마마, 오랜 세월 감정을 정돈하는 법을 배웠습니다만 스스로도 정의 내리지 못하는 것을 가지런히 두는 법을 배우는 것이, 그것부터가 이미 주제넘었던가 하나이다. 종심(從心)하기를 원할수록 귀는 부드러워지지 않고 뜻은 바로 서지 않으며 하늘이 내린 운수 따위 한 톨도 없었나니 다만 거북 몸으로 나서 긴 세월 무얼 바라 살아왔던가 여기었습니다. 한 송이 해당화 아씨조차 기껍게 만들지 못하고 사라지게 한 것은, 실은 그 사내가 아니라 저였던 지도 모른다고 비로소 자각했지요.

"신령님이니 아시겠지요? 이놈의 죄를 말이외다. 아시거든 어서 숨을 거두어 가시오."

"어느 맘 좋은 신령이 있어 그리 쉽게 안식을 준다더냐? 네 놈이 쓸모가 없어 숨 거두러 온 이 신령도 질이 좋지를 아니하니 어디 속이 풀어질 때까지 말이나 내려놓고 가자."

"말이라…. 싫소, 싫어. 온 평생토록 지겹게 떠들었으니 이제 인간 말 따위 뉘 할까 보오? 죄 많은 놈은 벌레로나 난다니 다음 생은 퍽 좋을 듯싶소. 꽃잎 끝에 앉았다 이슬에 파묻혀 비명도 없이 홀홀 갔으면 하오.”

“누가 네 놈 지쳤으니 말 아니 해도 좋다고 허락하더냐. 너 같은 놈은 다음 생에 매미로나 나서 목이 터지도록 맴맴 울다 뚝 떨어질 게다.”

사내는 여전히 흙바닥에 늘어진 채 몸을 간신히 뒤척여 머리맡에 그늘을 드리우고 선 이 거북을 올려다보더이다. 그리고 파리하게 마른 뺨을 움직여 웃음을 짓고, 역시나 뼈만 남아 앙상한 손가락을 이쪽으로 펼쳐 보이더이다.

“야아… 이거 좋은 신령을 만났구면. 그래, 이렇게 울어주시다니 말요.”

비가 온다고 생각했사옵니다. 선인이란 잘 울지 않는 법이니까요. 눈앞이 흐려 사내 표정이 잘 보이지 않기에 잘 되었구나 여기었답니다, 그를, 들여다보고 있는 일이 고통스러웠으니까요. 용왕녀 마마, 저는 고통을 싫어합니다. 시련조차 두리지 않는 것이 선인이라 하며 그럼에도 불구하고 인간에게, 뭇것에게 내리는 모든 시련을 동정하는 것이 또한 선인이라 하더이다. 허나 저는 고통을 싫어하여 피하기에 도리어 인간에게도 뭇것에게도 쉽게 동정하나이다. 영 깨우치질 못해, 되다 만 놈이었던 것이겠지요.

“누가 너 따위를 위해 운다더냐. 이것은 네 반려였던 꽃 정령 몫이다. 허니, 어서 말을 내려놓아라. 네 놈 지고 있는 말이 하 무거워 도무지 이 신령이 네 놈을 끌어갈 수 없지 않으냐.”

“그런가…. 무겁구면, 이놈도. 아무것도 먹지 않고 죽음이 오기를 기다렸는데 그래도 이 안에 든 말이 무겁다니, 평생을 떠들었는데 도 무겁다니…. 하나 물읍시다. 신령님, 이놈 안에 얼마나 되는 먹물이 들었더이까?"

"인간 배때기에 먹물이고 나발이고 뭣이 얼마나 들었나 관계치 않는다. 네 놈이 모르는 일을 알 리가 없지. 말하지 않았느냐?, 나는 불량한 놈이니 불량한 인간을 끌어가 매미로나 나게 할 것이라고."

거짓말이었습니다만 그때에는 그리 말할 수밖에 없었나이다. 그는 소매에서 부러진 비녀를 꺼내 보였습니다. 해당화 아씨의 비녀였지요.

"좋은 여자였더이다. 신령님, 본디 꽃이라 참으로 곱고 맑은 여자였습니다. 꽃은 꽃답게 살다 가게 두면 좋았을 것을, 끌어낸 것은 제 죄일 겁니다. 감히 생각건대 이놈의 재주가 부족한 것도 아니었으니 조금만 더 시문을 멋지게 꾸미고 책문을 이끄는 데 앞뒤를 맞출 수 있다면 되리라 여기었나이다. 큰 시험에 연이어 낙방한 것도, 촌부였던 부모가 말렸던 것도 제 실력이 부족한 탓으로 알았나이다. 그 아씨께 비녀를 빌릴 때에도 노자나 마련하고 말 작정이었으나 경(京)에 당도하여 비로소 알았나이다."

용왕녀 마마, 인간들이 사는 곳은 퍽 복잡하나이다. 마마께서도 아시는 바와 같이 비단을 감는 이도 재강*이나 주워다 먹는 이도 정해져 있는 곳이옵니다. 어떤 이는 피를 토하며 새벽까지 일해도 찬 바닥을 벗어나는 일 없으나 어떤 이는 아무것도 바라지 않아도 모든 것이 풍요로운 곳이옵니다. 사내는 가난한 문벌을 타고났으며 또한 빈한하여 관리가 될 수 없었던 모양이옵니다.

"허면 어째서 그 비녀로…."

"비녀로 재화를 마련했으나 그것으로 얻은 관직 따위 오르기 싫

---

* 술을 거르고 남은 찌꺼기

었나이다. 젊은 놈 객기란 그런 것이니, 마지막 남은 오기였소. 이 손으로 잡은 것이 아니면 아무 소용도 없거니 모든 것이, 아무것도, 잡히지 않는다 하니 허탈하고 괴로웠나이다. 비녀는 요술단지였으니 아무 생각 없이 놀고먹고 진탕 파묻혀 살다 죽어 버리리라 하였습니다.

그런데 정령 아씨가 오시어 함께 밭을 일구다 죽어도 좋다 하더이다. 비녀는 버렸다 하기에 처음에는 믿지 않고 그 아씨를 상처 입혔소. 때리고 밟고 구박하였습니다. 그때의 이놈은 하늘 아래 보는 것이 원망스러웠으니 힘없이 맞고 있는 평범한 여자가 눈에 차지 않았습니다. 해서는 아니 될 짓을 했지요. 어째서…. 어째서 그 여자가 내 앞에 나타난 것일까. 차라리 아무것도 몰랐다면 좋았을 것입니다. 이놈 실력이 촌구석 실력이라 그렇다고, 저 높은 곳에 이름이 오르고 편전에 오르는 이들은 성현의 뜻을 뉘보다 잘 아는 이들이라고 믿는 것이 좋았을 터입니다. 언젠가는 이 세상이 더 좋아지리라, 다만 가난한 자리에 태어났다는 이유로 꿈이 꺾이고 뜻이 밟히는 일은 없으리라 천진하게 믿는 편이 제게 나았나이다. 그런데 비녀를 얻어 알게 돼버린 것이오. 썩어 빠진 세상, 애초에, 이놈 자리 따위 있지도 않았다는 것을."

"그래서 죽였나!"

"죽인 것은 누구입니까? 비녀를 꺾은 것은 또 누구입니까!"

사내는 오히려 되물었나이다.

"사랑한다든가 행복하다든가 하는 일은 누가 정해주나이까? 죽음을 맞는 순간 웃고 있었던 이는 행복했고 울던 이는 슬펐나이까? 일생토록 즐거운 일만 겪는 이는 없습니다. 일생토록 오로지 고통뿐인 이도 없습니다. 뉘의 삶이 더 가치 있으며 뉘의 삶이 더 행복하나이까? 일생토록 제 반려를, 오로지 사랑하기만 하는 이 따위 없소이다. 세상에서 가장 잘난 사내를 맞은 계집도, 세상에서 가장 잘난 계집을 맞은 사내도, 이따금 미워하고 이따금 상상 속에서나마 목을 조릅니다. 부모마저 핏덩이 자식을 앞에 두고 이따금은 외면하고 도망치는 꿈을 꿉니다. 그러나 이따금 동정하고 이따금 사모하며 이따금 존경하고 다시 애틋해지는 것이나이다.

신령님, 저는, 아씨는, 서로를 연모하였나이까? 아니면 서로가 없이 증오한 것이오니까? 저는 그 아씨를⋯ 신령님, 저는 그 여자를 도무지 알 수 없었나이다. 그 동그란 배 안에 두 사람의 아이가 들었노라 말하며 생기 있게 빛나는 눈을 한 여자를 처음 보았고 어느 날 문득 몸을 일으켜 눈물을 흘리며 저를 향해 비명을 지르는 여자를 처음 보았나이다. 찰나가 지날 적마다 새로운 눈으로 저를 보고 나무를 보고 하늘을 보다 문득 말하더이다. 웃던 얼굴로 울고 울던 얼굴로 웃는 일은 인간에게 흔하옵니다만 그날 그 여자가 가만히 배를 쓰다듬으며 반은 웃고 반은 우는 얼굴로 입술을 열어 말하더이다.”

문득 말했다 하더이다. 용왕녀 마마, 그 아씨가 말입니다. 인간으로 태어나 행복하며 세상 조화가 그저 사랑스러워 못 견디겠다 하였던 해당화 아씨께서 며칠 만에 신산한 눈으로 제 낭군을 돌아보며 비녀를 내어 보였답니다.

‘지겹다’고.

‘인간으로 사는 일은 고통스럽고 고통스럽고 고통스럽고 또 골백번을 다시 고통스러운 일이니, 이제 지쳐버렸다’고.

“비녀를 내어 꺾으려는 여자를 말렸나이다. 그 여자가 죽어 없어질까 봐 겁이 나서, 슬퍼서, 그 손목을 쥐었는데 울며 웃으며 제게 묻더이다. 서방님, 서방님께서 안타까이 여기시는 것은 저이옵니까 비녀이옵니까? 서방님, 서방님께서 슬퍼 우시는 까닭은 서방님의 팔자가 안타까워서이옵니까 아니면 이년 보기가 안쓰러워 그러시옵니까? 하고. 그리 묻는 순간 저도 통 알 수가 없어지기에 그만 손목 놓쳐버렸나이다. 그러자 그 여자는 말릴 새도 없이 비녀를 쥐고⋯."

비녀를 쥐고 아씨는 외쳤다 합니다.

'이까짓 것! 술법을 타고 나도 타고 나지 않아도 사는 것은 괴롭지 않으냐! 이까짓 것! 해당화로 나서 바닷바람 맞으며 한 계질 타오르다 죽는 것도, 인간으로 나서 땀 흘리고 울어대며 한평생 걷다 죽는 것도 결국은 같은 일 아니더냐! 마음으로 죄짓지 아니하는 족속 따위 있지도 않거늘 세상 어디에 신이 있고 하늘이 있더냐! 이까짓 것, 없어져버려라! 없어져버려라! 태어나지 않는 것이 좋았다!'⋯고.

그러고는 비녀를 동댕이칠 듯이 들어 올렸다가 차마 내리치지 못하여 눈물을 뚝뚝 떨구며 어깨를 떨더랍니다. 동그란 어깨를 바들바들 떨고 낡은 치맛단, 혹은 솔기 터진 저고리 가슴을 아무렇게나 움켜쥐고 고통을 견뎌보려는 양 입술을 깨물더랍니다. 아씨는 비녀를 던지지 못하고 제 낭군 손에 척 찔러주더니 부엌으로 달려가 칼을 들었답니다. 폭우가 질 적에 먼 하늘을 단숨에 갈라놓는 번개만큼 빠른 몸놀림이었답니다. 꽃잎에 들어 동그랗게 뭉쳤다가 번져 흙밭에 떨어져 내리는 빗방울만큼이나 빠르더랍니다. 칼을 들어 제 목을 단숨에 찔러, 아씨는 끝내 꽃 정령이 아니라 한낱 인간으로 죽었답니다. 육신은 썩고 뼈는 삭아 잔 벌레들의 귀한 먹잇감이 되는, 다시는 바닷가에서 꽃 한 송이로 한들거릴 수 없고 선계의 말석이나마 꿈꿀 수도 없는, 그 인간 육신으로 부엌 바닥에 쓰러지더랍니다. 사내는 아씨의 시신을 추슬러, 참 야멸차게도 단 한 번에 숨이 끊어진 덕분에 한마디 시원한 소리도 더 남기지 않은 그 뺨을 두드리며 울다가 바닥을 파헤쳐 봉분을 꾸려주었더랍니다. 아씨가 품었던 아이는 어미 배 속에서 함께 죽었겠지요. 사내는 봉분을 다 꾸리고 나서 비녀를 꺼내 한참 들여다보았는데 모든 것이 그저 이 비녀 탓인가 싶어 분질러버렸다 하더이다. 세상사 다 싫고도 지겨워 그만 피 내음 묻은 풀숲에나 고개 디밀고 누웠는데 백골이 되기에는 숨이 하 많이도 남았더라구요. 있는 숨 굳이 끊는 일마저 무상하여 백골이 될 날 기다리며 자는 듯 누웠다구요.

"그러니 신령님, 과연 비녀를 꺾은 것은 저입니까 그 여자이옵니까? 그 여자를 기어이 죽게 만든 것은 저입니까 아니면 저는 영 모르는 다른 것이옵니까? 시시비비를 가리는 저울에 달아보기 전에는 아무도 모르는 일인가요."

용왕녀 마마. 과연 아씨는 왜 '지쳤다'고 말하였을까요. 어찌하여 그 며칠 전에는 그토록 행복에 겨웠더니 그날에는 급작스레 모든 것을 거침없이 내버리고자 하였을까요. 낭랑은 왜 비녀를 쥐고 있었으며 어찌하여 비녀를 내던질 기회를 가졌던 것이며 또한 어찌하여, 그 비녀 부러뜨릴 기회를 스스로 저버렸던 것일까요. 이 거북은 미욱한 탓에 용왕녀께서 물으신다 하여도 답할 거리가 궁색하거니와 다만 사내가 모진 숨 끊어지지 않아 제 옷자락 쥐고 던진 말은 기억하나이다.

"닷새 전부터 소저께서 소매 사이에 무얼 숨겼다가 이따금 내어보며 한숨을 짓더니, 울었다 웃었다 여러 차례 반복하더이다. 이제야 생각하니 그게 이 물건인가 싶으니, 과연 선계의 물건이란 인간을 행복하게 하나이까 아니면 불행하게 하나이까. 평생 낙원을 꿈꾸었기에 글월을 익혔거니, 뱃속에 든 먹물조차 온통 쓸모없는 일에 소비한 이가 감히 묻습니다. 신령님, 인간에게 낙원에서 온 물건이란 과연 복이더이까."

모르겠다, 고 답했더니 그러냐며 웃더이다. 소매를 쥐었던 손가락에서 힘이 빠져나가고 사내의 퀭한 눈이 닫혔으나 이 거북 보기에 그의 숨은 아직 걷힐 시기가 아니더이다. 손대지 않고 버려두고 자리를 떴는데 한참을 하늘에서 맴도노라니 나무꾼인지 아니면 심마니인지 모를 사람이 하나 지나다 사내를 발견하여 소란을 피웠지요. 아마도 데리고 가 질긴 숨을 이어 붙였을 것인데. 후에 사내가 어찌 살아 무엇을 이루었는가 저도 모르겠나이다. 아마 그가 원하던 관직 따위 결코 누리지 못하였을 것이며 그렇다고 대단한 문명을 사해에 널리 떨칠 수도 없었을 것입니다. 그에게 그럭저럭 봐줄 만한 재능이 있었는가, 그마저 비녀의 조화였던가, 실은 그조차 알지 못하나이다. 그러면 네가 정녕 무엇을 아는가 하고 용왕녀께서 노하실지 모르옵니다만 보잘것없는 이야기로 귀하신 마마님의 귀를 어지럽히고 나아가 심경을 피곤케 함은 오로지 이 거북이 지은 죄를, 이 거북이 품은 두려움을 여쭈어 올릴까 하는 까닭에서입니다.

저는 두렵사옵니다. 제 술법으로 지을 죄가 두렵사옵니다. 해당화 아씨의 죽음을 겪은 후로 구름을 띄우고 산천을 떠돌 때면 결코 인간을 만나지 아니하였고 혹 만나도 말 건네지 아니하였으며 말 건네두 동정하지 아니하였나이다. 그러려 했나이다. 죽어가는, 물 한 모금 원하는 이에게 물을 건네는 일마저 두렸으며 다만 맑은 뜻을 품어 관직에 오르거나 사람을 사랑하는 자마저 외면하였습니다. 과연 선인이란 힘을 지니인 만큼 인간을 돕는 자이더이까. 용왕녀 마마, 이 거북은 그것을 아직도 알지 못하기에, 들어주어 두루 복락을 누릴 원이 무엇이며 두루 망가뜨릴 원이 무엇인가 분별할 줄 모르기에 저 이승을 꺼리나이다.

저 이승에서 지을 죄가 두렵고 짓지 아니하여도 겪을 마음의 고통이 두렵고 또한 치열하게 살아 나가는 것들 보는 것조차 두려워, 애틋한 만큼이나 끔찍하옵니다. 지옥이란 다만 저 이승이 아니올는지요. 살고, 없애고, 미워하고, 혹은 연정을 불태워 모든 것이 부서지나이다. 모든 것을 만드는 마음이 고스란히 무엇을 죽이더이다. 이 거북이 과연 저 땅에서 무엇을 할까요. 그러니 다만 이승을 꺼리나이다. 물을 모르는 자가 배를 꺼리듯이, 거북이 허공을 꺼리듯이.

어떻습니까? 마마. 이제 흡족한 답이 되었나이까?

✳

“그러냐.”

한사릉은 불편한 표정을 지었다. 입꼬리를 올려 오만한 얼굴 가득 자신만만한 웃음을 지어 보이려는가 싶더니 이내 생각에 잠긴 듯 턱을 괴고 고개를 외로 돌렸다. 깊고 풍부한 눈동자 빛깔이 햇볕을 한 조각 받아 반짝이다가 파도가 닥쳐 바위에 날아드는 쪽으로 시선을 떨어뜨린다. 한사릉은 은 가위를 내어 가만히 들여다보았다. 그녀는 아비에게 버려지고 천하궁에서 미움을 샀다. 하여 이승으로 삼신 직위를 얻어 내려왔으나 그것이 신통하지 못하였던 고로 뭇 인간들의 원성을 듣게 되었다. 천하궁에서는 그녀를 대신해 다른 삼신을 내렸는데, 사릉이 인정할 수 없다 상고하여 결국 두 삼신 간에 우열을 가리게 됐다.

“그러하냐.”

다시, 되뇐다.

설자유는 사실 이 일을 맡고 싶지 않았다. 가위를 가지고 와 한사릉에게 전해주면서 괜스레 그 여자가 품고 있을 수백 가지 상념에 휘말리기도 싫었다. 새로 내린 삼신은 현명하고도 마음이 고와 모두들 사랑하는 분이라 하였으나 한사릉은, 그 대단한 용왕 아비도 포기한 딸이다. 어린 시절에는 곱다 곱다 하고 어르고 달래며 감싸기르더니 버릇이 나쁘게 들었다는 소리가 안과 밖에서 터지자 용왕의 위엄에 누를 끼쳤다며 냉큼 내쳐 버렸다. 죽으라고 황야에 던지려는 걸 그 용왕비가 일백 낮 일백 밤을 울며 빌어 간신히 이승으로 내려설 적에 마침 삼신 자리가 비었던 시절인지라 그 자리에 앉았다 한다.

"자유라고 했느냐."

"네, 마마."

"자네가… 그….”

"마마?"

"아니, 아무것도… 아무것도 아니다. 되었다."

자유는 모르는 척 능청을 부렸으나 실은 한사릉이 하고 싶은 말을 알았다. 입술을 깨물고 고집스레 고개를 돌린 용왕녀가 무엇을 말하고 싶은지 잘 알고 있었다. 애틋하고, 애틋한 만큼 두려운 이승의 삼라만상이 연신 자유의 머리에 떠올랐다. 그녀를 돕게 되면 다른 삼신 쪽은 어찌 될 것인가.

아니 될 일이다.

한숨을 쉬며 자유는 고개를 흔들었다. 사릉은 미간에 깊은 주름을 잡고 다시 입술을 열었다, 천 근은 되는 듯이 힘겹게.

"자네는, 그… 삼신….”

"하문하시옵소서."

"…아니다. 돌아가라! 썩 돌아가!"

한사릉은 묻고 싶은 것이다. 삼신의 직위를 어떻게 수행하면 되는가 막막하여서. '이 일을 대관절 어떻게 하느냐?'고 그저 묻고 답을 청하고 싶은 것이다.

기실 그녀는 한 번도 배운 적이 없다. 용왕비가 은 가위며 실을 챙겨 들리며 아이를 꺼내는 법을 가르치고자 하였으나 용왕이 벽력같이 호통을 쳐, 사릉은 채 삼신 노릇을 배우기도 전에 내쳐지고 말았다. 하여 이승에 당도한 후 아이를 빼낼 적에 찬 물에 담갔다 더운 물에 담갔다 종잡을 수 없으니 죽어 나가는 아이가 부지기수였으며, 어미의 배를 가르기도 하고 혹은 옆구리를 가르기도 하니 죽는 산부 역시 감히 헤아릴 수 없었다. 들어선 아이를 석 달 만에 꺼내기도 하고 서른 달 만에 꺼내기도 하니 세상에 두서가 없었고 하늘과 땅의 여러 도리가 허물어졌다. 서툰 삼신을 비웃듯 돌림병 차사들이 온갖 귓것들과 뒤엉켜 온 땅을 뛰놀았다. 과연 원성이 높을 만하였고 한사릉의 업이 하늘을 찌를 만도 하였다. 그러나 아무것도 배우지 못한 선녀가 할 수 있는 건 없다. 선인이라 하여도 옳고 그름을, 살아가는 방도를, 사람을 이해하는 법을 배우지 않고 터득할 수 없다. 보지 않고 알 수 없으며 만지지 않고 깨달을 수 없으며 살지 않고서는 죽음조차 모른다.

"…마마."

은 가위는 쉽게 부러지지 않으나 사릉은 어미에게, 아비에게, 형제자매에게 구원을 요청하고자 가위를 자주 분질렀다. 가위가 없으니 내려주십사 청원하면 관리라는 자들이 덜렁 하강하여 금세 돌아갈 뿐 아무도 '내가 네 고통을 안다'고 말하지 않았다. 그녀가 입을 열어 '삼신 일을 제대로 알고 싶다'고 말하지 않았기에 아무도 답하지 않았다. 이것은 이대로 좋은 것인가, 하고 자유는 생각했다. 용왕녀로 태어나 아름다움도 고귀함도 두루 갖춘 그녀가, 그러나 자존심을 꺾어 무릎 꿇는 법을 알지 못하는 그녀가. 아무것도 모르는 곳에 홀로 팽개쳐져 아무것도 모르는 일을 행하며 매번 매 순간 두려움과 고독에 벌벌 떨었을 그녀가 안쓰러워 견딜 수 없었다.

"마마. 누구나 배우고 겪어서야 알게 되나이다. 살아온 세월도 중하지 않고 지위고하도, 종족도 중요하지 않은 것입니다. 누구나 물을 배우기 전에 바다를 알지 못합니다. 성좌를 배우기 전에 하늘을 올려다본들 크고 작은 구슬이 가득 박힌 모래사장 같을 뿐입니다."

자유는 말하고 싶었다.

배우는 것을 두려워하지 말라고, 아직 서툰 용왕녀에게 전하고 싶었다. 그러나 한사릉은 견고하게 등을 돌린 채 아무 말도 하지 않았다. 동정받고 싶지 않다, 고 그녀의 등이 말하는 것 같았다. 나는 어차피 혼자다, 고 그녀의 목덜미가 외치는 것 같았다. 그녀의 뒷모습은 두려워서 울고 있었으나 그녀의 악문 입술이 모든 것을 그저 원망하기만 했다. 자유는 더 가까이 가고 싶지 않았다. 손을 대고 싶은 만큼이나 두려워서, 또 한 번 자신의 서툰 헤아림으로 타인의 삶에 참견하는 것이 저어되어서.

"돌아가라."

"만안(萬安)하시옵소서, 마마. 하직 올리나이다."

그녀는 절을 올리는 자유를 결코 돌아보지 않았다. 자유는 구름 방향을 돌려 하늘로 솟구쳤다. 다시는 추락하지 않을 것처럼 솟아오르고 또 솟아올라 다시 지상을 보았을 적에는 드넓은 해변조차 손바닥만 한 땅덩이로 멀어져서, 그 안에 주저앉은 여자는 점 하나로도 남지 않았다. 이대로 좋은 것일까. 그러나 다시는 죄를 짓지 않겠다고 고개를 저으며 자유는 동해를 향해 날았다.

── 소녀는 해당화이옵거니 복이 많답니다. 본디 별명 붙기를 화선(花仙), 꽃 중의 신선이라 붙었으니 따로 선계에 오르지 않고 다만 피었다 져도 이미 선인이 아니오니까?

그러고 보니 해당화 아씨가 그런 말도 했었지. 자유는 곱씹었다. 기쁘다 말한 것도 지겹다 말한 것도 필시 얼마간은 진정을 담고 있었을 터이니 어느 쪽이 오롯한 거짓이라고 감히 가릴 수야 없으리라. 저승에 죄를 달아 시비를 가리는 저울이 있다 전하거니와 과연 그녀의 모든 생을 저울에 올린다면 불행으로 기울 것인가 행복으로 기울 것인가. 자유는 손을 뻗어 이미 짙은 구름에 휩싸여서 보이지 않게 되어버린 이승을 향했다. 안개를 잡는 것만큼이나 인간을 잡는 일도 무상하였다. 진심도 영원도 연정도, 혹은 꿈마저 무상하니 어느 것은 죄이고 또한 어느 것은 죄가 아니란 말이더냐.

하늘이 어두웠다. 아마도 곧 지상에 비꽃이 피리라.

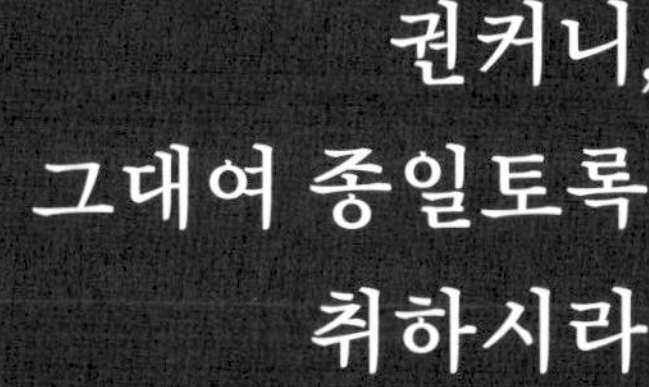

# 권커니,
# 그대여 종일토록
# 취하시라

勸君終日酩酊醉

날이 추웠다. 나뭇가지가 눈 무게에 못 이겨 꺾인 걸 땔감이라도 삼아볼까 하여 체면 불고 주워 왔더니 아내가 보고 재미있다며 깔깔 웃었다. 그걸로는 불이 붙을 리 없다고 친절하게 일러주길래 비로소 괜한 짓을 했다고 입을 내밀고 투덜거렸다. 겨우내 뭐 재미나는 일이라고는 배추꽁지만 한 것도 없고, 보던 책을 야금야금 내다 팔아 밥을 먹는 판인데 근자에 친우(親友) 진 아무개가 크게 앓았다는 전갈이 왔다. 한번 찾아가 언 방에 군불이라도 때도록 돈푼이나 마련해주는 게 벗 된 예의일 거야 자명하겠다만 사정이 여의치가 않아 곤혹스러웠다. 다행히도 진 아무개가 종복을 부리는 대신 마침 강 건너 대처로 나간다는 장사치 편에 서신을 띄운 터라 굳이 답장을 주지 않아도 됐다. 진 아무개라는 벗은 글방 시절부터 나와 죽이 맞아 제법 친근하였는데, 유배를 당해 촌구석에서 잠깐 썩다 풀려나더니 이제 세상 꼴 다 보기 싫다고 처사를 자처하며 강 건너 산

골짜기에 꽁꽁 틀어박힌 터다. 찾아가려면 의당 강을 나룻배로 건너야 할 터인데 나로 말하자면 마누라 옷고름까지 떼다 팔 판인 처지다. 가랑이가 찢어지게 생겼는데 뱃삯이야 다시 이를까.

생각해보면 이게 다 뱃사공 윤 씨 놈 때문이다. 동쪽 나루터에서 배를 띄우는 그 윤 씨란 사내는 나도 몇 번 보아 얼굴이 익은 사이인데, 나라님이 부르신다 하여도 뱃삯을 받아야 한다는 놈이다. 다 헐어 빠진 주먹코를 자랑스럽게 들이밀고 헤헤거릴 줄이나 알지 아량이라고는 좁쌀만큼도 없는 괘씸한 자식이 버티고 섰으니, 벗이랍시고 바로 지척에 있어도 견우직녀인 양 통 볼 수가 없다. 하다못해 병문안이라도 가려면 강을 건너야겠는데 뱃삯으로 낼 각전 몇 푼이 없어 다니러 가질 못하는 것이다.

진 아무개가 날 때부터 그런 궁핍한 처지는 아니었다.

날 때가 다 무언가. 한 오륙 년 전만 해도 나나 그치나 배를 크게 띄워설랑 장진주가(將進酒歌)라도 건드러지게 부르며 세월아 가라 나는 논다, 갖은 호기를 부릴 터만큼 풍요하였다. 물결 한번 박차고 나설라치면 장안만호(長安萬戶)에 백화가 난만하여 언덕을 이루고, 누대에는 홍우(紅雨) 이름 걸맞게 붉은 꽃 그림자 요요하니 빗기었더랬지. 청춘은 짧은데 노래할수록 히루 해는 길다하니 긴, 그런 호시절이었다.<sup>*</sup> 허나 인심이란 게 그렇고 그런 법인지라 지금은 신세가 이리 영락하여 낡아빠진 책권이나 병풍 삼고 베개 삼아 동장군 대항하옵는 처지. 나아가 누가 산다고 나서기만 한다면야 조상님을 내다 팔아도 이상하지 않을 형편이 되고 말았다. 부자는 망해도 삼대는 간다더니 그건 어느 놈의 썩을 소리였는지. 진씨 가문은 본디

* 서거정의 〈木覓賞花〉 중에서 長安萬家百花塢/ 樓臺隱映紅似雨/ 靑春未賞能幾何/ 白日政長催羯鼓 참고

아버님 형님 나란히 출사하신 데 이어 막내인 진 아무개까지 사헌부 지평(司憲府持平)으로 임명받아 위세가 짜아하니 사해(四海)를 진동케 하던, 일세의 명문가였다. 허면 무엇하랴. 꽃 열흘 붉덜 못한다고 꼭 그 짝이 났다. 뭐 별 거지 같은 시구(詩句)일랑 상소랍시고 잘난 척 지어 올렸을 적부터 괜한 짓을 한다 싶더니, 그게 하늘 같은 상감마마 역린을 건드려 벼슬자리 보전은커녕 온 식솔 모가지가 줄줄이 떨어졌다. 진 아무개와 그 어린 동생 하나는 운수 좋게도 피바람 부는 가운데 유배만 잠깐 다녀오고 목숨 부지를 했으니 개똥밭엘 구른대도 그나마 감지덕지할 판국인데, 처사를 자처한 후로 겨울이 댓 번 지나기도 전에 먹을 게 없어 산 입에 거미줄을 치게 생겼다. 개똥밭이고 뭐고 신세 영락한 것도 정도가 있지, 차라리 명문가의 영식(令息) 노릇을 할 수 있었을 때 일가친척과 더불어 목이 날아갔으면 속이 편했겠다.

"이래서야 산 거나 죽은 거나 매한가질세. 나라님보다 무서운 게 목구멍이라더니 그걸 이제서야 알았지 뭔가."

마지막으로 봤을 때 진 아무개는 그런 농을 했다.

"목숨 걸고 농지거리하는 본새가 벼슬 붙었을 때나 떨어졌을 때나 매한가질세, 그려."

나도 운을 맞추어 농을 했다.

✳

"왜 제 얼굴을 그리 빤히 들여다보시어요? 뭐 먹을 거라도 붙었습니까?"

마누라가 혹시 "친구분 댁에 아니 가보시어요?" 하고 물으면 체면 불고하고 뱃삯 이야길 꺼내볼까 했는데 눈치를 챘는지 배시시 웃는다. 뻔뻔하게 이야길 붙이는 건 아무래도 못할 짓이어서 입안으로만 "진 아무개가 오늘내일한다는데…." 하고 중얼거렸다. 마누라는 모처럼 삯바느질 거릴 얻어와 구멍이 숭숭 뚫린 창호지 문 근처에 앉아 바늘귀를 꿰다 찡그린 얼굴로 다시 말했다.

"제 얼굴에 밥풀이라도 묻었거든 얼른 말씀을 해주시어요. 떼어서 서방님 아니 드리고 저 혼자 먹을 터이니."

"사람, 실없긴."

끙, 소리를 내며 돌아앉았자니 벽에 남은 얼룩 위로 그림자가 드리웠다. 이거야 원 말을 꺼낼 수가 있나. 마누라가 돌려 말하는 바인즉 집에 남은 쌀이 없어 우리도 배를 곯는 판이니 딴생각 마시라는, 뭐 그런 이야길 터다. 나는 의젓한 척 양반다릴 하고 앉았지만 배는 고프고 주머니는 비어 어깨가 절로 휘어졌다. 여기저기 기운 데가 많아서 본디 천이 무엇이었는지 옷 지은 작자가 보아도 모를 지경인 저고리 소매 아래 동상으로 불어 터진 손이 삐죽 튀어나왔다. 호미 한번 쥔 적 없는 손에 먹자국도 지워지고 뼈만 앙상하니 이건 누구한테 뵈기도 부끄러운 몰골이다.

진 아무개가 태어났을 때, 그러잖아도 명이 짧은 가문인지라 오래오래 살라고 조부께서 그 이름에 수(壽) 자를 넣었다. 그네 백형(伯兄)이 아직 살아 계실 적에 매미가 이악스럽게도 울어대는 숲을 걸어 지나다가 한담(閑談) 끝에 들은 이야긴데 도대체가 그날이 무슨 날이었는지, 무슨 화제가 나왔던 건지, 전혀 기억이 나지 않는다. 두루뭉술하니 꿈처럼 떠오르는 그날 기억은 진 아무개 이름과 매미와, 뒤끝이 서글픈 옛이야기. 소매에서 진 아무개가 새 붓을 하나 꺼내 가지라고 주었는데 받지 않고 화가 나서 돌아섰던 기억. 그런 것뿐이다. 그게 마지막이었다. 오래지 않아 그 집안이 풍비박산 나고 진 아무개도 유배를 떠나 삼 년 정도 연락이 두절되고 말았으니. 그예 얽혀 우리 가문도 아주 만신창이가 되고 만 것이고 보면 원망이 생길 법도 한데 병을 얻어 드러누웠던 나는 병을 떠나보내며 세상 시름도 한 절반 덜어 함께 얹어 보낸 양 담담하였다. 고생이란 고생은 마누라가 다 하고 나는 이냥 누워 세월을 보냈다. 병이 싹 낫고 일어나 앉아보니 황소바람 숭숭 드는 초가삼간에 단둘이 머리 맞대고 기대앉았더라. 일가친척 죄 어딘가로 뿔뿔이 흩어져버렸고 더하여 일생을 서생 노릇 하느라 모아두었던 문방구며 책 등속도 묵은쌀 한 사발과 아낌없이 바꾸었으니, 다시 글 아는 사람 행세하기도 힘들게 됐다.

“서방님 저기 강 건너가시려는 거지요?”

“당장 입에 풀칠할 것도 없는데 무슨 돈으로 거길 간답니까? 회리(回鯉) 줄까 하니 누가 오거든 그때나 보십시다.”

이런저런 생각을 하자니 또 괜히 심술이 나서 매몰차게 끊었다. 그래도 어리석은 것이 미련이라고, 한 번 더 물어주지 않으려나 하고 고개를 쭉 뺐는데 마누라는 내 속이야 다 안다는 듯 비죽비죽 웃으며 실 끝을 끊었다. 골무도 없이 손가락으로 바늘귀를 눌러 대는데 미간을 찌푸리고 입술도 꼭 깨물었다. 필경 골무 마련할 만한 여유도 없는 게지. 시방이라고 있는 게 제법 시는 킵 딸지식을 데려다 못할 짓을 시킨다 싶어 할 말이 궁색해졌다. 이것이 문제다. 나는 마누라한테 돈을 달라고 할 염치가 없다. 서책은 쌀 한 줌에 바꿔 먹었다만 염치를 한 때 허기와 맞바꿀 수 없는 노릇이다.

“요 아래 배나무골 마님네 애기씨 시집가신다기에 어떻게 한 몫을 볼까 했더니, 재수가 없다고 역적놈 여편네에겐 아니 맡긴답디다. 하여 상갓집에서 준 일감을 받아 왔지요."

마누라가 말했다. 내 탓을 하려는 거냐고 눈을 부릅떴더니 곤란한 듯이 웃기만 했다.

"이걸 가져다주고 몇 푼 얻으면 드릴까 하였는데, 상갓집 일을 해서 받은 돈으로 친구분 뵈러 가시면 그 댁에 부정 탈까 보아서 선뜻 못 드려요. 일 마치고 돌아오는 길에 삼거리에 있는 주막에 들러 그 댁 안사람한테 꾸어다 드릴게요. 사나흘만 기다려주시어요, 네?"

역시 나는 마누라한테 영 면목이 서지 않는 서방인 게다. 이럴 거면 장가를 들지 말 것을. 장가 아니 들고 홀로 살았더라면 괜히 처가까지 말아 다 죽게 만들지도 않았을 것이고 지금에 와선 나 혼자 엄동설한을 맞아 굶어 죽을지언정 마누라까지 손끝이 찢어질 일 없었을 게 아닌가. 책을 읽지 않을 것을. 글을 배우지 않을 것을. 오른손에 붓을 쥐고 흰 종이 위를 내달려 하늘과 땅을 들먹이지 않아야 했던 것을.

왜 흐르는 물에 꽃잎 띄워 잔향(殘香)이나 아쉬워하지 않았더란 말인가.

왜 뱃전을 두드리며 비파(琵琶) 소리에 한 시절 내맡기지 않았더란 말인가.

일생 취해 지냈더라면 무엇이 곧고 무엇이 굽었는지 모르는 채 영원한 잠에 이르렀을 것을. 벗과 더불어 음률의 향기로움에 마음 팔고 손에 쥔 황금에 자족하였다면 그도 나도 이리 서글픈 한때와 직면하지 않아도 좋았을 것을. 알면서도 후회하지 않는 것이야말로 글 아는 자의 자만일러라. 배 속 비었어도 월궁(月宮)을 노니는 듯 허허공공(虛虛空空) 만방을 굽어보는 양하니, 이것이야말로 하잘 데 없이 먹물 든 놈의 업보일러라.

"무릇 온 천하가 태평할 때에는 왕좌지재(王佐之材)의 간언 한마디조차 봄날 복사꽃 한 송이 날리듯 허허롭게 흘려 넘기는 일이 허다하옵니다. 이것이야말로 후일 손끝에 박힐 가시가 되듯 뼈 아플 날이 올 터인즉 성상께서 깊이 새겨 돌아보시기를 간청하옵니다. 부디 보잘것없는 말단 관리의 한마디마저 진부하다 여기지 마시고 가납(嘉納)<sup>*</sup>하시어…."

진부했다.

진부했고말고.

"…예로부터 붉은 기러기가 떨어지고 상천(上天)이 비를 아껴 만민이 배곯는 것은 성상의 총덕(寵德)이 제대로 미치지 못하는 탓이라, 신(臣) 엎드려 생각하건대 이는 곧 혜안을 가리고 오만방자하게 붓끝을 남용하는 명거(命車) 탄 족속의 죄이온즉슨."

명거(命車)를 탄다 하면 이품관이다. 배에 운안(雲雁)<sup>**</sup>이 근엄하게 노니는 어른들이 줄줄이 엎드려 목청을 높이며 세자저하를 생산하신 중궁전 마마께서도 황공하옵게도 머리를 푸시어 친정집 어른들의 무고함을 읍소하셨다니, 상감마마께서 지치시는 게 당연했다. 나아가 알아서들 하라며 손을 저으시다가 돌이켜보니 화가 치미셨던지 진 아무개와 그 백형(伯兄)을 부르신 것도. 그리고 때마침 터진 역모 건에 진씨 성을 가진 사내 하나가 말단 어디 이름을 올리고 있었던 것도. 생각해보면 모두 진 아무개가 운 없었던 탓이고, 니이기 7년 가뭄 맞아 부모형제도 삶아 먹는다는 땅에 그네가 의기충천하여 감찰 나갔다 온 탓이다.

"본 걸 어찌 아니 보았다고 하는가. 그럴 거면 눈은 왜 달아 놓았

* 옳지 못하거나 잘못한 일을 고치도록 권하는 말을 기꺼이 받아들임
** 이품관의 평상복 흉배에 놓은, 구름과 기러기 모양의 수

는고? 썩어 문드러진 속보고 숨 쉬라고 뚫어 놓은 줄 알아?”

그 멍청한 놈이 뻔뻔스러울 만큼 당당한 목소리로 지껄이던 게 귀에 선하다. 내, 그때부터 진가 놈이 곱게 죽지 못할 걸 알았다. 기왕지사 일은 이렇게 끝장난 것이니 이제 와서 수원수구(誰怨誰咎)하랴마는, 딴엔 그저 죽어 나간 이들이 가엾을 따름이다.

＊

“마님, 쇤넵니다요.”

“아니? 갓골네는 어딜 가고 자네가 왔는가? 그래, 막내 다리는 차도가 좀 있는가?”

마누라가 알고 지내는 여자가 들렀는지 문간에서 두런두런 훤화(喧譁)＊ 한창이다. 아이가 아픈 여자인 모양이다. 여자는 웃는지 우는지 모를 목소리로 한참 넋두리를 하다가 사박사박 눈을 밟고 돌아갔다.

“눈이 옵니까?”

“오다 말다 합니다. 간밤에 내리더니 또 내리는군요. 내리는 동안에는 한결 덜 추우니 계속 오시라고 빌어야 할지, 더 오면 지붕이 무너질지도 모르니 그만 오시라고 빌어야 할지.”

아내는 눈초리를 가늘게 만들며 웃었다. 이 집에 넘쳐나는 건 채막을 도리가 없는 겨울바람과 그미의 웃음뿐이다. 들어서는 걸 보니 품에 뭘 안았다. 먹는 거면 좋겠는데 아쉽게도 일거리다. 아쉬운 탄성을 지르지 않기 위해 헛기침을 하면서 또 돌아앉았다. 그러고 보니 제대로 종이를 대지도 못한 창에 눈이 반사되어 훤했다. 해가

---

＊ 시끄럽게 지껄이며 떠듦

질 무렵인데 막 동이 틀 무렵하고 별로 다를 게 없다.

"형설지공(螢雪之功) 하려 해도 서책이 없어 못 하시겠구려. 어떻게 할까요? 이 일 마치면 잡혀두었던 책이라도 한 권 찾아올까요?"

"쌀을 사야지 책은 무슨 얼어 죽을 책이랍니까?"

"어이구, 어느 양반께서 그런 말씀을 다 하십니까? 호되게 경 치시려구."

"나, 양반 아니 할랍니다. 그놈의 양반 하다가 다 죽을 뻔하고도 자네는 아직 그런 말씀을 하십니까?"

"죽는 거야 한번 나면 다 죽는 거, 뭐가 그리 두렵습니까?"

통이 큰 여자다. 바느질을 하다 보면 절로 통이 커지는지, 좀 아까 일감을 주고 갔던 여자가 밤에 또 다니러 와서 풀죽을 한 사발 주었다. 아내와 나는 풀죽에 눈을 섞어 나눠 먹었다. 마른 삭정일 구해놨어야 하는데. 남은 책을 벽장에서 찾아내 아궁이에 넣었다. 막상 넣고 나니 아까운 기분이 들어 드러누웠는데 아내가 도로 책을 안고 들어와선 형설지공을 하시라며 웃었다. 책을 받고 보니 끝이 그슬렸다. 불을 견디고 온 책에서는 기이한 냄새가 났다. 이미 종이도 아니라는 양, 문드러진 잿가루는 먹거리를 태우는 냄새를 피워 나를 허기지게 만들었다.

"왜 다시 가지고 나왔는가? 태우라니까. 얼어 죽고 나면 형설지공이고 와신상담이고 다 글러 먹은 이야길 테니,"

"글쎄, 불씨가 제풀에 꺼진 모양입니다. 안 될 집안은 귤을 심어도 탱자가 된다더니. 이렇게 된 거 책으로 병풍을 삼든 이불을 삼든 해서 하룻밤 버텨주십시오."

"자네는 어찌하시려고요?"

"저는 눈이 내려 밝은 동안에 바느질을 마저 해야 책을 구하든 쌀을 구하든 하지요."

"내가 아니라 자네가 형설지공 하시는군요."

어느 틈엔가 졸다가 눈 떠보니 마누라는 일감을 돌려주러 갔는지 없고 빈방에 창백한 빛이 소복소복 쌓였다. 아침인지 밤인지 알 수 없어 엉금엉금 무릎걸음으로 기어가 문을 열어젖혔더니 온 세상이 은빛이다. 녹지도 않고 쌓인 눈 위로 또 살금살금 꽃잎처럼 도둑눈이 내렸다. 그칠 듯 말 듯 올 듯 말 듯 한들거리는 눈송이였다. 마누라는 저녁까지 오지 않았다. 공복으로 눈 구경이나 하고 있자니 헛것이 다 보였다.

사람이다.

새파랗게 얼어선 좋아 보이는 귀마갤 했다. 눈이 가물가물하지만 적어도 토끼털은 썼을 법 싶다. 이 근방에서 귓불이 얼어떨어질지언정 귀마개 같은 걸 가진 놈을 본 적이 없으니 이게 헛것 아니면 무에랴.

"허, 이거 강 선비님 댁이 아니옵니까?"

이놈, 헛것 주제에 사람 말을 하느냐.

"허허, 이거 대답도 못 하실 지경이라니. 그래도 한때는 나랏일 하셨을 텐데 이리도 황량하니 면목이 없습니다."

좋은 옷 입은 사내가 혀를 차는 소리가 들렸다. 헛것이 아닌 모양이다.

"우리 영감께서 그리하셨어도 강 선비를 아니 잊으시어 이걸 보내셨소이다. 조만간 기쁜 소식 있을 테니 참고 기다리시구려."

영감이라면 누구냐. 동쪽 사는 황 누구냐 서쪽 사는 김 누구냐. 어느 줄이냐. 어느 줄에서 뭘 이야기했길래 서책 태워 밥 먹고 사는 나 같은 거렁뱅일 다 찾아오신다더냐? 나는 눈을 끔벅이며 방문객의 뒷모습만 바라보았다. 배가 고파선지 오랜만에 보는 선비 비슷한 족속에 홀린 건지 눈앞이 마냥 아아라(啊雅羅)하였다.[*] 정신을 차리고 보니 그자가 놓고 간 건 운치를 부린 옥매화 한 가지와 술 한 동이였다. 옘병할, 쌀말이나 보내줄 일이지. 단숨에 마셔버리고 어디 장터 모롱이에나 고꾸라져 콱 뒈질까 보다. 나같이 폐치(廢置)[**] 되어 한직으로나 돌다가 딴 집안 역모죄에 걸려 유배된 놈팡이가 뒈지면 행장(行狀)[***]이랍시고 이름 석 자 남겨줄 사람도 없을 테지. 설령 사초(史草)에 졸기(卒記)[****]가 들어도 그 내용 참 볼민 힐 게 뻔하다. 젠장. 구시렁거리면서 나는 그래도 섬돌에서 굴러떨어지듯 해가며 술을 품어 안았다. 주둥이에서 눈이 떨어져 내렸다. 후, 하고 불자 매화 꽃잎에 붙었던 눈이 봄날 장지문 턱에서 춤추던 먼지처럼 반짝이며 흩어졌다. 진가야, 이 형님이 가신다. 보러 가신다. 좋은 술 생겼는데 혼자 마셔 쓰나. 나는 다 떨어진 버선을 있는 대로 껴 신고 종종색색 누덕누덕 기운 두루마기 세 벌 네 벌 껴입고 잔등에는 모처럼 개털을 구겨 넣어 방한하여선 나는 듯이 길을 떠났다. 혼자 매활 뷀 수 있나. 혼자 술 한 동일 접견할 수야 있나. 탁배기 잔이라도 마주 마셔야 맛이다. 입 달린 벗이 아니 계시면 세한 고절 말라빠진 소나무 나리라도 마주할 일.

하여 뱃삯으로 쓸 각전 한 푼 없이 용감하게 뗀 걸음이었는데 나루터에 당도하고 보니 마침 강이 꽝꽝 얼어 천만다행으로 걸어 건널 수 있다 한다. 내가 그것을 유쾌하게 여기며 이십 리 길을 어기

*  멀리 있거나 까마득하게 느껴지다.
** 폐한 채 내버려둠
*** 죽은 사람이 평생 살아온 일을 적은 글
**** 돌아가신 분에 대한 마지막 평가

적어기적 떠났더라. 발가락이 얼어 끊어질지언정 내 친구를 내가 만나 이 술 나누고 이 매화 더불어 보리라. 품에서 매화 꽃잎이 하나둘 찢어지고 떨어졌다. 나는 홀린 사람처럼 걷고 또 걸었다.

눈 덕분에 달 없고 별 성긴 날이었다. 진 아무개 숨어 사는 집은 사립 위에도 눈이 소복하니 작은 산등성이가 게 또 있는 것 같은, 그런 초가였다. 매화는 지고 남은 게 없고 술은 얼어붙은 듯 차가웠다. 나는 인기척이 없는 산길에 홀로 오도카니 서 있었다. 진 아무개야, 진 아무개야, 형님 왔다. 형님께서 예까지 친히 내왕하셨어. 냉큼 아니 나오고 무얼 드러누웠누? 입안으로 맴도는 말이 튀어나오지 않았다. 이리 초라한 행색이 되기 전, 팔도에서 유명하다는 술이란 술은 돌아가며 마셔대던 시절, 여름 태양 아래 진 아무개가 건네주었던 붓이 문득 떠올랐다. 나는 참담하였다. 그날 진 아무개의 표정 또한 참담하였다.

"자네도 연판장에 이름을 얹겠는가?"

호랑이 꼬리 붓을 사다 달라고 농으로 말 건네긴 했지. 북쪽 땅으로 체찰사(體察使)인지 체면사인지 다녀온 그가 호랑이 꼬리는 못 구했으니 함께 호랑이를 잡지 않겠는가 내게 말했다. 땀이 콧잔등으로 굴렀다. 희고 선이 가는 얼굴이 긴장으로 떨렸다. 나는 벌컥 화를 냈다. 화를 내며 붓을 받지 않았다.

"호랑이 꼬리 붓이 아닌 걸 이 손에 들까 보냐? 에에이, 술맛 떨어져. 에에이!"

나는 마른 매화 가지를 만지작거렸다. 꽃이 지고 나니 이 아니 처량한가. 한갓 죽어버린 나뭇가지에 불과하거니. 친우여. 벗이여. 나는 진 아무개가 그날 나를 똑바로 바라보고 있었다는 걸 안다. 죽는 날까지 떠오를 눈빛이 땀에 전 옷가지보다도 끈적거렸다. 죽을 걸 알고 새 붓을 든다니 왜냐. 연판장에 이름을 얹어 놓고 그게 성공할 줄 알았더냐. 성공할 줄 알았다면, 그리하여 나랄 뒤집어엎을 작정이었다면 그깟 상소는 또 왜. 나는 발 아래에서 뭉쳐지며 서걱서걱 소리를 내는 눈 위를 걸었다. 사립은 훤히 열려 있었다. 기침 소리도 들리지 않는 문 저편에 진 아무개가 틀림없이 살고 있다는 게 오히려 거짓 같다.

그대에게 한 잔 술을 귀하오니
넘치는 이 잔을 사양하지 마오
꽃 필 때 비바람이 잦듯
인생사 이별도 잦거니*

가져간 매화 가지 끝으로 남이 쓴 시를 끼적거렸다가 발로 머쓱하니 지워버리고 대신 이름자를 써 남겼다. 왜 예까지 왔던고. 혼자 한탄하며 갈 때보다 더 먼 길을 휘적휘적 돌아왔다. 얼어붙은 강 위를 건너며 셀 수 없을 만큼 여러 번 미끄러졌다. 술동이를 안은 팔에 힘이 들어갔다. 이마가 깨져 피가 흘렀는데 술동이는 말끔했다. 아직 마누라가 돌아오지 않은 집에 혼자 앉았다가 남은 책을 반쯤 가지고 나가 아궁이 속을 매화 가지로 들썩였더니, 웬걸, 불씨가 멀쩡히 살아 있었다. 마누라가 또 거짓말을 했군. 그렇다고 책을 읽을 성싶으냐. 나는 혼자 성을 내며 불을 붙이고 책이 타오르며 내는 연기를 들이마셨다. 눈물과 검댕이 같이 뺨으로 흘렀다. 술을 데워 홀로 마시니 바람은 속삭이듯 불고 잔은 쉬이 비었다. 남은 서책을 앞

* 우무릉(于武陵)의 시 〈勸酒〉, 勸君金屈卮/ 滿酌不須辭/ 花發多風雨/ 人生足別離

에 놓고 양반다릴 하고 앉았더니 책장은 꽃잎이 봄바람에 지듯 하늘하늘 유유자적 넘어갔다. 잠시 잠깐 사이에 술동이는 반나마 비고 십여 명의 왕이 책장 사이에서 나거나 혹은 졌다. 인생사 하잘것없고 금석(金石) 같은 맹세는 한바탕 웃음소리만도 못했다. 끓어 넘치는 충절일랑 어리석은 선택으로 귀결되고 일신(一身)의 영화로움은 한 줄의 수식으로만 빛바랠 뿐이다.

어리석은 친구.

어차피 입바른 말은 흔적도 없이 바람과 구름 사이로 흩어지는 법이고 남느니 적빈(赤貧)의 생활 아니냐. 넝마를 걸치고 지린내 나는 지붕 아래 구겨져 살아가다 이름도 없이 죽어버리는 게 인생 아니냐. 무슨 지조를 어떻게 지키겠다고 그런 짓을.

어리석은 친구.

일평생을 건 맹셀랑 실상은 한 끼 밥만도 못한 것이 아니던가. 책을 팔고 머리채를 끊어서라도 끼니를 넘기면 그걸로 좋다고 말했던 건 다름 아닌 자네 아니었던가. 그렇다, 처음부터 자네가 그리 말하진 아니했었다. 알고말고. 행장을 꾸려 그럴싸한 말 잔등에 삐딱하게 앉아 남쪽 끝과 북쪽 끝으로 나아갔었지. 왕명을 받들어 갓끈을 바짝 당겨 맬 적엔 도포 자락에 먼지 묻을 새도 없이 쾌재를 부르며 말 잔등을 찼으리라. 깃기바람 일으키며 신명 난 걸음 걸을 제, 뉘엿하니 지는 해에 빗긴 구름조차 어디 무릉(武陵) 땅의 꽃보라로나 보였을 터. 안 보아도 눈앞에 선한 광경이며 안 먹어도 배가 부른 추억인데 갈 적과 달리 귀환할 적 자네 얼굴에는 수심만 물이끼처럼 갈앉아서 옆 보는 눈이 민망하였더라. 땅은 갈라져 남은 낟알 구하기도 어렵고 죄 없는 어린애들이 죽어 나갔겠지. 헌데 그게 왜 자네 혼자 책임을 질 노릇이었던가. 어찌 홀로 삼라만상(森羅萬象)을,

그 온갖 중생을 다 짊어지고 간단 말인가. 술잔에 거꾸러져 어리는 달 한 덩이조차 품어 안을 수 없는, 이토록 빙충맞은 목숨이어늘. 어리석다, 그대. 어리석다, 참으로 어리석었다. 끝내 연판장에 이름 얹어 일가친척 죄 아까운 목숨 잃게 만든 나란 놈도, 꼭 그만큼 어리석었다. 언어의 무상함이여. 앎의 미천함이여. 어리석은 친구여. 나여. 찰나여.

이봐, 이봐!

삼경(三更)을 치는 소릴 듣고 까무룩하니 졸다 문 두드리는 소리가 들려 밖으로 나섰다. 엄동설한에 새파라니 얼어선, 그래도 무에 좋은지 헤헤 웃으며 진 아무개가 서 있었다. 이 정신머리 없는 친굴 보았나! 자네, 근래 앓았다더니 속곳에 홑옷만 걸치고 어찌 그러한가? 내가 혀 꼬부라진 소리 아니 내려고 더욱 준엄하게 타박하자, 실없는 친군 다시 헤헤 웃는 것이다.

"자네, 우리 집엘 들러 그 멋대가리 없는 이름자를 남기고 갔더랬지? 한 잔 술도 아니 주고 어찌 그리 야속한가? 내, 그걸 사례하러 들렀네. 눈도 무심치 않았던지 자네 다녀간 후로는 새로 오질 않았네. 하여 이 진 아무개가 방 밖으로 나와 볼 적까지 그 이름자가 용케도 고스란히 남았어."

매화도 다 졌는데, 돌에 새긴 글자인 양 그대로 남아 날 기다렸네.

용하지.

참으로 용하지.

품었던 마음도 변하고 뜻도 변하여 사관의 붓 향방마저 조변석개(朝變夕改)하는 세상에서 해 뜨면 녹아버릴 눈이 용케도 남아 변치 않았으니, 그 아니 용한가.

"이봐! 이봐!"

다시 부르는데 진 아무개는 그저 웃는다. 남은 술을 다시 지고 함께 걸어 산을 넘고 물을 건넜다. 진 아무개 집에 당도하고 보니 맞춘 듯이 날이 밝고 닭이 먼 데서 우는데, 이름자는 바람에 씻기고 없었다.

"지워졌군. 지워졌어."

츳츳.

더불어 탄식하다가 진 아무개가 저편을 가리켰다.

"됐네, 해는 떴고 바람 아니어도 어차피 녹아 지워졌을 것. 아쉽지만 저기 매화가 또 한 가지 계시니 그걸로 좋지 않은가?"

남아 있는가?

이채롭게 여기며 친우의 앙상한 손가락이 향하는 방향을 따랐다. 눈은 펄펄 내리고 어둠마저 쌓인 눈 위에서 흩어져 빛으로 화하는 양하였다. 가지에 매였던 매화가 무수히 하늘로 놓여났다. 수천수만, 수억의 사라화(沙羅華)가 소리도 없이 날아오른다. 밤인지 낮인지 꿈인지 생신지 통 알 수가 없다. 꿈을 다시 꿈꾼들 무어 어떠랴. 눈만,

다시, 하염없다. 이것이 영원이로다.

"어떤가? 계시지?"

웃음 섞인 목소리에 고개를 다시 돌려 보니 파랗게 언 입술과 붉은 코를 가진 친구는 거기 없고 날만 훤히 밝았다. 눈은 거짓말처럼 그쳤다. 시치미를 뚝 떼고 활짝 갠 하늘이 도리어 낯설었다.

"아니, 강 형께서 여기 웬일이십니까? 강 형, 미처 소식을 전하지 못했는데 형님 일을 어찌 아시고⋯."

"아무것도 없는데⋯."

진 아무개의 동생이 사립 앞에 섰다. 이리로 나오려는 걸 두 손

휘휘 저으며 그냥 돌아섰다. 안다. 다 안다. 나뭇가지가 눈을 이기지 못해 툭 소리를 낸다. 뭐가 낙락장송이고 뭐가 세한고절이냐. 기어이 추위와 고난의 무게 앞에 이리도 요란스레 부러지고 마는 것을. 그것이 이치인 것을. 헌데도, 사람이란 끝내 그러한 것.

"강 형?"

"아무것도 없는데 그랬어. 이 친구가 또 거짓말을 했단 말이네. 항상 아무것도 없고 텅 빈 데만 골라 가리키며 거기 제일 좋은 게 있다고 연신 떠들어대니, 알먼서도 매양 속는 내가 반거충이지… 암은."

술동이에 한 잔 가웃 남은 식은 술을 따라 눈 위에 쓱 붓고, 나는 인사도 없이 산을 내려왔다. 심장 속에서 술이 찰랑거린다. 얼어붙은 강 아래 사철 다르지 않은 물이 고요히 흐른다. 아직 녹지 않은 강 위로 어리는 그림자를 끌고 겨우겨우 건너 돌아와서는 그예 열이 올라 사흘을 내리 앓았다.

꿈에 "형님께 데우지 않은 술을 마시라고 주다니 이런 법이 있는가?" 하며 진 아무개는 허허 웃고, 나는 "옛네!" 큰소릴 탕탕 치며 은핫물을 퍼다 주었다. 사람의 자취 끊어지고 수레바퀴 자국도 찾을 수 없는 정토(淨土)마저 이내 한 뼘 가웃의 종잇장으로 화해 멀어졌다. 하늘은 무한하고 해와 달과 별이 다르지 않았다. 쏴아, 진 아무개가 내민 옥잔에서 삼천 발 폭포가 쏟아져 온몸을 적셨다. 정수리로 떨어져 내리는 물소리가 그렇게 클 수가 없다.

함께 마시자고 간 것을 홀로 그리 가버리면 어쩌나? 나는 물었다. 진 아무개는 몸이 가벼워 못 견디겠다는 투로 쟁글쟁글 웃었다. 온 얼굴이 주름투성이다. 언제 그리 나일 자셨누. 언제 그리 홀로 늙었누. 내가 핀잔해도 그는 웃고만 있다. "자네 혼자 오래오래 사시게." 욕인지 덕담인지 분간도 안 갈 소릴 한다. 아, 맑은 물이, 온몸을 적신다. 그는 물고기처럼 자유롭다. 동해(東海)도 한 잔 술이지. 그가 속삭인다. 나도 아네, 다 알아. 쭉 뻗은 산줄기도 연판장(連判狀) 한 줄 이름인 것을 내 다 알고 있다네. 진 아무개는 큰 소리로 웃고 바람에 날리는 눈발처럼 훨훨 떨치고 일어서 흰 하늘 너머로 사라졌다.

아침에 눈을 떠 보니 뺨에 서리가 허옇게 끼었기에 나는 과연 겨울이로구나, 하였다.

"보시오. 이게 별가루랍니다."

아내에게 그리 말하고 나서도 멋쩍음이 채 가시지 않기에 간밤 꿈 이야길 했다. 아내는 웃을 듯 말 듯 지그시 보고 있더니 옷고름으로 내 뺨을 닦아주며,

"네. 별가루군요."

하였다. 뺨으로 흐르는 질척하고 찬 것이 온기에 그만 녹아버린 서린지 다른 무언지 몰라 연신 두 눈을 끔적거리며, 나는 역시 진 아무개도 장갈 드는 편이 좋았겠다고 생각하였다. 문을 여니 날이 거짓말처럼 훤히 갰다. 아직 시들지 않은 납월(臘月)<sup>*</sup>, 구름 자취는 만개한 봄꽃 같은데 그리운 이는 떠나고 없다. 꽃이 지면 향기가 남거늘 사람이 가면 무엇이 남는지. 은한(銀漢)이 통째로 흘러내린 양 눈가에 끝없이 별가루, 예도 제도 향기가 없다.


권커니, 그대여 종일토록 취하시라(勸君終日酩酊醉)<sup>**</sup>


* 음력 섣달을 달리 이르는 말
** 이하(李賀)의 〈將進酒〉에서

누마의 여름
누마의 여름

신의 예지와 그 순종을 뜻하는 군청색 문장이 보였다. 문이었다. 누마(縷麻)는 그것이 신궁(神宮) 내을(奈乙)의 고해소에 달린 것임을 한눈에 알아보았다. 고해소라고는 해도 소수의 고위 관료나 왕족을 위한 응접실 역할을 겸하는 만큼, 넉넉한 규모에 몹시 밝고 우아한 공간이었다.

— 존경하올 경청(鏡聽) 국통(國統). 무고하셨습니까?

문을 열고 들어선 것은 몹시 의외의 인물이었다. 누마는 눈을 가느다랗게 뜨고 자신에게 예를 올리는 남자를 관찰했다. 허리춤에 예장용 검을 패용하고 있어, 그가 총사(銃士)임을 알았다.

아니, 누마는 그의 검을 보기 전에 이미 그를 알았다. 이미 마탄을 쓰는 총술이 전장의 주류가 된 지금도 검을 패용하며 기사연하는 총사라는 것을. 그의 이름은… 일단 이름은 가물거리지만, 그는 틀림없이 어느 건모라(健牟羅)의 일군을 통솔하는 당주(幢主)였다.

다섯 색의 깃발을 위풍당당하게 늘어뜨린 채 도열했던 총사대의 축복식에서 그를 본 기억이 선명했다. 위로 아래로 전쟁통에 다 죽어버리는 바람에 졸지에 태자가 된 삼왕자 금필(琴筆)이 시퍼렇게 질려서 축복을 구하러 왔던 봄날. 하늘은 징글맞게도 푸르렀고 누마는 어떻게든 금필에게 그가 원하는 미래를 알려주고 싶어 진이 쭉쭉 빠졌다.

그때 잠깐 눈이 마주쳤다. 남자는 봄 하늘 같은 부드러운 푸른 눈동자를 무감하게 뜬 채 한 무리의 총사들을 이끌고 선두에 서 있었다. 누마는 그에게 의례적으로 이름을 묻고 한쪽 무릎을 꿇게 해 머리에 손을 얹었다.

천명이 오직 그대의 충심에 답하리니.

그딴 소리를 앵무새처럼 오백 번은 반복했을 터였다. 그런데 총사라고 해도 당주 정도인 남자가 어째서 내을의 귀빈용 고해소 문을 벌컥벌컥 열어젖힌단 말인가?

— 국통께서는 소장을 환영해주지 않으십니까?

남자가 장난스럽게 웃었다. 누마는 그제야 그가 걸친 군복이 화주(花主)를 겸한 상장군의 정복이라는 것을 깨달았다. 탄탄한 목을 훤히 드러낸 채, 허리는 잘록하게 동여매고는 비단 매듭을 장식하여 술을 늘어뜨린 그 정복은 이상하리만큼 선정적으로 보였다.

…선정적?

누마는 제가 떠올린 것에 조금 당황했다. 그러나 당황할 것은 그것이 끝이 아니었다. 남자를 향해 누마 자신이 좀 토라진 목소리로 이렇게 말했던 것이다.

— 여해(如解), 그리 부르시면 장군을 맞이하는 예로 축복해드려야 하잖아요.

아, 그랬다. 남자의 이름은 여해였다. 청여해(淸如解). 그런대로 명문인 청가의 자제였고 왕자 금필과는 낭도일 적에 동문이었다던가. 누마가 그에 대해 주워들은 건 그 정도가 전부였다. 그랬을 터였다. 한데 왜 남자는 작은 공을 세운 당주가 아니라 나국(羅國) 최고 총사가 겸하는 화주가 되어 그녀 앞에 선 것일까.

어떻게?

누마는 답을 알았다. 그러나 그 답을 곧바로 도출하는 데는 거리낌이 들었다. 그사이 누마가 보는 누마 자신은 여해를 향해 손을 내밀었고, 여해는 한달음에 다가와서는….

— 사랑하는 누마, 화주로서 당신의 축복을 받고 싶었습니다. 하지만 역시 지금은 국통이 아닌 누마의 입맞춤을 받고 싶군요.

…응? 뭐라고?

누마는 제가 뭘 들었나 싶어 소스라쳤다. 그러나 그녀가 바라보는 그녀 자신은, 마치 이걸 기다렸다는 듯이 여해가 끌어당기는 대로 그 품에 덥석 안기더니 다짜고짜 입술을 겹쳤다. 거친 듯한 입술이 서로 문질러지고 이내 더운 숨이 뜨거운 살덩이와 함께 뒤엉키면서 눈앞이….

'…아, 이런 씨발. 지랄 맞네.'

그 순간, 누마는 짜증스레 신음하며 눈을 떴다.

그녀는 나국 최고 사제를 증명하는 국통의 채찍을 손에 쥔 채 붉은 의자에 앉아 있었다. 눈앞에는 성작에 맑은 술을 담아 올린 제단이 보였으며, 그 너머에는 수천 명의 총사들이 그녀를 바라보았다. 정확히 말하자면 군대의 출정 축복식을 하는 자리에서 대차게 졸다가 번뜩 깨어난 경청 국통, 누마를.

'뭐 이런 엿 같은 예지를… 하필이면 지금 봐?'

초조한 얼굴로 제일 앞줄에 앉아 두 손을 모았던 왕자 금필이 벌떡 일어나 제단 앞으로 다가왔다. 누마는 그의 뒤편을 재빨리 눈으로 훑었다. 홍시색 깃발 아래 밤톨만 하게 보이는 얼굴들 사이에서 꿈속보다 약간 어려 보이는 여해를 발견할 수 있었다.

'당주라는 것만 기억하고 있었는데, 정확히는 충당(衝幢)을 이끄는 총사였군. 충당이면 돌격대인데… 안 죽고 돌아올 모양이야.'

누마는 국통이었다. 왕에게 받은 별호는 경청(鏡聽). 그야말로 미래를 예지하는 신기를 지녔다. 그녀는 주기적으로 꿈을 꾸었고 그녀가 보고 들은 그 꿈은 언제나 그대로 이루어졌다. 그 희귀한 힘 덕분에 시골 숲에 버려져 들개처럼 자라던 계집애가 무려 국통, 나국 왕가가 받들어 모시는 귀한 몸이 될 수 있었다.

그리고 지금, 하필이면 출정을 앞둔 군대를 앞에 놓고 별 민망한 미래를 보고 만 것이다.

"국통! 존경하옵는… 축복받은 경청 국통이시여. 보, 보셨습니까? 보여주셨나이까? 장래를… 혹, 혹시 만에 하나라도…."

"신께서 보여주셨습니다."

졸다가 좀 찡그린 것 때문에 불안이 더했는지 금필은 새끼 돼지 같은 몸을 부들부들 떨었다. 옷도 어디서 꼭 불그죽죽한 걸 입어서 정말로 발발 떠는 돼지 같아, 참 보고 있기가 딱했다. 누마는 이 겁 많고 걱정도 많아 시시콜콜한 걸로도 풀방구리에 쥐 드나들 듯 자기를 찾아오는 이 왕자를 가엽게 여겼고, 그래서 마음이 약해지곤 했다.

누마는 막냇동생의 애원에 응하는 누님처럼 자애롭게 웃으며 수천 명의 총사들을 지그시 바라보았다.

"국통이시여. 그러면 이 전쟁은…"

"우리 성스러운 왕국은 승리를 거둘 것이며 평화를 얻으리니. 심려 마세요, 전하. 신께서 돌보십니다."

거짓말은 안 했다.

누마는 속으로 중얼거렸다.

'아무튼 지금 충당주인 청여해가 화주가 되어서 나하고 입술 부빌 때까진 나라가 무사하다는 거잖아. 그럼 뭐 이번에 이기겠지.'

그녀는 매우 심란했다. 도대체 왜 뭘 어쩌다가 그렇게 되는 걸까? 그녀는 국통. 어딜 가나 수백 개의 눈이 따라다니고 왕사에서 예의주시하며 훅 불면 흩어질 민들레 홀씨처럼 대하는 터라 혼인은 감히 꿈도 꿀 수 없는 처지이건만. 지금은 잘 알지도 못하는 총사와 대관절 무슨 인연이 어떻게 더럽게 얽히기에?

'내가… 쟤랑 연애를 한단 말이지?'

자연히 당주들을 축복할 때에도 누마는 그를 유심히 바라볼 수밖에 없었다. 유순해 보이는 처진 눈매에 나비 날개처럼 팔락거리는 속눈썹이 덮여 있었다. 당주가 될 정도면 그래도 총사로서 얼마간 경험을 쌓았을 텐데 어디 상자 속에서 혼자 자라다 툭 튀어나온 것처럼 허여멀겋기만 했다. 체격은 제법이고 자세가 반듯하니 보기엔 좋은 남자였다.

'내가 저 관상용으로 뽑아 놓은 것 같은 애랑….'

잘생긴 남자다 싶었지만, 코앞에서 내려다보아도 별로 심장이 벌렁거리거나 얼굴이 훅훅 달아오르지는 않았다. 누마는 유난히 뚱한 얼굴로 청여해를 축복했다. 옆에서 쫓아다니며 당주들을 손수 챙기던 금필이 괜히 겸연쩍어하면서 이렇게 한마디 거들 정도였다.

"거, 국통. 피곤하신 건 아는데 너무 대충하시는 거 아닙니까?"

"축복은 공평하게 똑같이 딱딱 내립니다. 저를 믿지 마시고 신을 믿으세요. 태자 전하."

"아니, 국통께서 손을 대는 둥 마는 둥 하시는데 어떻게 똑같이 내립니까?"

누마는 입을 삐죽거리며 오른손 검지를 세워 설레설레 흔들어 보였다.

"요거는 그냥 형식입니다, 형식. 신께서는 전능하셔서 저 같은 것이 눈 감고 지나가도 다 보고 계십니다. 믿으세요, 네?"

"그래도 사람 마음이 불안한데."

"전하는 이따가 제가 두 손 두 발 다 해서 다시 축복해드리지요. 그럼 되시겠지요?"

"그런 게 아니라. 나는⋯."

그러는 중에 여해의 줄을 지나고 말았다. 누마는 뒤늦게 그의 얼굴을 다시 한번 확인해볼까 하다가 이내 단념했다. 장래가 어떻게 들이닥칠지는 제아무리 예지하는 사제라 해도 다 알 수는 없는 노릇이었으므로.

문제는 이 예지가 한 번으로 끝나지 않았다는 점이었다.

누마는 적어도 사나흘에 한 번은 명확한 예지를 '꿈꾸어' 왔는데, 두 달여 동안 열두 번이나 더 여해와 자신의 모습을 보고 들었다. 등 뒤로 자연스럽게 문을 밀어 닫고, 그는 마치 오월 햇살처럼 가볍게 걸어 다가오곤 했다. 말쑥하게 쓸어 올린 검은 머리카락을 향해 누마는 애타게 손을 뻗었고 눈썹 옆의 딱딱한 뼈를 손끝으로 느꼈다. 그의 숨소리가 귓바퀴를 타고 몸속에 고였다.

누마.

이제는 아무도 부르지 않는 그 이름을 속삭이며 여해는 웃었다. 다가오던 그 걸음만큼이나 가없이, 부드럽게. 누마는 눈을 깜박이는 순간과 순간 사이에만 꿈 밖의 자신이 되어 고개를 흔들었다. 안 돼, 누마. 이 거지 같은 꿈에서 빨리 깨자. 지금 이걸 볼 때가 아니야. 누마. 그게 들릴 리 없는데도 미래의 자신에게 여해가 입 맞추며 이렇게 말했다.

— 꿈이 아닙니다.

그의 두 손바닥이 누마의 뺨을 감쌌다. 쪼듯이 입술이 닿았다. 누마는 심드렁한 척 시선을 피했다.

— 알아요. 꿈이 아니죠.

— 꿈 같아서 믿을 수 없습니다. 누마. 나의 누마. 당신이 제 것이라니.

— 그리고 당신은.

꿈속의 누마가 시선을 들어 올렸다. 미소를 띤 입가의 가느다란 주름, 반듯한 콧날과 상기된 뺨. 맑은 빛깔의 푸른 눈동자가 차례차례 눈에 들었다. 비가 갠 하늘 같은, 그 아름다운 눈동자는 누마를 비추는 순간만큼은 꼭 푸른 불꽃처럼 열렬하게 느껴졌다. 그리고 그의 눈동자가 타오르는 것 같다 여기는 바로 그 순간에 열기가 옮겨붙은 듯 누마의 온몸도 함께 뜨거워지기 시작하는 것이다.

— 당신은.

누마는 탄식했다.

탄식하며, 눈을 번쩍 떴다.

"아, 씨발! 이런 개…!"

당신은, 뭔데! 당신은 뭐!

당신은 내 것이에요, 하는 시답잖은 정담(情談)인가 아니면 다른 의외의 정보인가. 누마는 환장할 지경이 되어 자기 머리카락을 마구 헤집었다. 전장에 나갔던 금필이 무엇이든 유리한 정보를 원하고 있었다. 군략을 짜고 실행하는 거야 종교 지도자가 할 일이 아니었지만, 그에 조금이라도 보탬이 될 말을 해주지 못하면 누마도 면목이 없었다. 공으로 편안한 생활을 보장받은 게 아닌 이상, 누마에게는 의무가 있었다.

한데, 나랏일을 꿈꾸기에도 부족할 지경에 맨 주둥이 부비고 어디 서고에서 응접실에서 누각에서 단둘이 부둥켜안은 채 데굴데굴 구르는 꿈이나 꾸고 앉았으니.

그래도 그간 누마는 그 난잡한 꿈속에서 어떻게든 주위를 살피려고 안간힘을 썼다. 그것은 날짜이기도 했고 날씨이기도 했으며 아주 약간 열린 창 너머로 들려오는 전차 소리이기도 했다. 여해의 정복에 매달린 훈장의 모양이나 그가 패용한 검의 장식, 아니면 그가 다짜고짜 쓸어 떨궈버린 책상 위 서류의 제목에서라도 누마는 무언가 읽으려 노력했다. 두 팔을 크게 열어 그의 목을 얼싸안을 때, 쿵쿵 뛰는 손목의 맥박을 그의 혀가 뜨겁게 내리누를 때. 허리 매듭을 도저히 풀지 못하고 허둥거리는 그의 손끝을 귀엽게 여기며 '시간이 없으니까 괜찮아요' 하고 스스로 치맛자락을 들어 올리는 기가 막힌 와중에도 그랬다.

누마는 자기 의무를 어떻게든 잊지 않았다.

꿈 밖의 누마는, 적어도 그랬던 것이다.

"…하, 미치겠다. 죽자, 죽어."

그런데 이번에는 청여해의 눈을 들여다보는데 정신이 팔려 뭘 보질 못한 것이다. 누마는 얼굴이 불타오르다 못해 그대로 재가 되어 폭삭 스러지고만 싶었다. 아마 보조 사제 민무(憫霧)가 들고 있던 성작을 와그르르 떨어뜨리고는 무릎으로 기어 다가오지만 않았더라도, 정말 그랬을지도 모른다.

"구, 구, 구, 구, 국통!"

민무의 구슬처럼 둥그런 눈이 더욱 둥글어져서 곧 데구루루 굴러갈 것 같았다. 누마는 민무가 한 방에 있는 것조차 모르고 고함을 지른 자신이 더욱 부끄러워서 어깨를 움츠렸다. 민무가 털썩, 누마 앞에 주저앉아 누마의 치맛자락에 매달렸다.

"국통! 뭐, 뭐, 뭐예요? 뭐 보신 건데요? 네? 호, 혹시 우리나라 망해요? 우… 우리 홀랑 돼지나요?"

민무의 목소리가 그새 울먹울먹 비난에 섞였다. 누마는 반내로 조금이나마 침착함을 회복해, 그녀의 손을 다독거려줄 수 있었다.

"안 돼져요. 그런데 솔직히 확 다 돼졌으면 좋겠긴 해."

"네? 왜요!"

"너도 나처럼 신께서 엿을 처먹여 주시는 예지 몇 번 보면 도망가고 싶을 거야."

누마가 상큼하기 짝이 없는 웃음과 함께 그렇게 답하자 민무는 입술을 댓 발이나 내밀었다.

"깜짝이야. 국통, 말을 정확하게 해주셔야지요. 도망가고 싶은 거랑 확 다 돼졌으면 좋겠는 건 완전히 다른 감정이라고요."

"누가 같은 감정이래? 둘 중 어느 쪽이든 상관없다는 거지."

"상관없는 게 어딨어요. 이거랑 저거랑 완전히 다르고만. 도망가는 건 사소하고 다 돼지는 건 안 사소하거든요?"

"그래? 그럼 나 도망갈까? 눈감아줄래?"

"아뇨. 바로 보고해야죠. 제가 왜 국통 기분 전환하는 데 목숨을 걸어요? 미치셨어요?"

"사실 좀 미칠 거 같긴 해. 휴우…."

"도대체 뭘 보셨길래요? 진짜 우리나라 지는 거 아니죠?"

지는 거 확실하면 어디 망명이라도 할 기세였다. 누마는 일단 고개를 끄덕여주고는 민무의 손아귀에서 치맛자락을 빼냈다. 얼마나 꼭 쥐고 있었는지, 아마 누마가 벌떡 일어났더라면 민무의 손자국대로 치마가 쭉 찢어지기라도 했을 듯싶었다.

"별거 안 봐서 그래. 태자 전하가 들들 볶을 텐데 또 뭐라 그런다니? 개 같은 전쟁은 왜 나 가지고. 씨발."

"대충 뭐 우리가 이길 거라고 그러세요. 어차피 지면 따지러 오지도 못할 텐데."

"져도 나라가 망하는 건 아니라 따지러 올 수도 있어."

"그때는… 음….

"아, 그때는 사실 진 게 아니고 적당히 이긴 거라고 우겨야겠다. '전하께서 사직을 유지하는 한 우리는 결코 패배한 것이 아닙니다' 그러면 태자 전하는 좀 감동해서 질질 짤 거 같지 않아?"

"그거 괜찮네요!"

농담을 나누며 자신 없는 양을 했지만 누마는 미루어 짐작하였다. 아마, 승리는 확실할 터라고. 누마가 꾸는 것이 예지몽인 이상. 청여해가 화주가 되어 누마와 난잡하게 나뒹굴 때까지 나국은 무사할 것이다.

"민무. 그런데 너 혹시 당주 중에 청여해라는 이름 들어봤어?"

슬슬 적응한 걸까. 아니면 자포자기한 걸까. 누마는 민무에게 불쑥 물었다. 묻는 순간 민무가 그를 알 리 없다는 생각이 들어, 얼른 다른 화제로 얼버무리려는 때 그녀가 의아하다는 듯 되물었다.

"응? 청여해… 어, 혹시 서번 청가의 둘째 도련님 말씀이세요?"

민무가 그를 안다는 것이 놀랍기도 하고 한편 가슴 속이 수런수런 소란스럽게 떠들어대서, 누마는 맥이 풀렸다.

“아는구나.”

“알죠. 그, 왜⋯ 원매랑의 정혼 이야기로 한참 떠들썩했잖아요.”

누마는 눈을 동그랗게 떴다.

“원매랑? 난원매?”

화주 후보였던 유명한 총사, 원매(洹梅)는 동외 난(蘭)가의 장남이었다. 그는 국통이 주관하는 제례에도 자주 모습을 드러내고 제물을 올리는 유명 인사였으므로 누마도 제법 안면이 있었다. 인기가 높아 원매랑이라고 애정 담아 부르는 사람이 많았으나 누마에게는 아무려나 그저 데면데면한 사이였다.

“민무. 난원매는 사내 아냐? 언제부터 우리 나국이 그렇게 자유분방했대?”

“무슨 말씀이세요? 국통.”

“난원매와 청여해가 정혼했다며.”

“네? 세상에, 제가 언제 그랬어요? 원매랑한테 누이가 있잖아요. 이름이⋯ 아, 이런. 우리 사촌하고 이름이 비슷했는데, 뭐였더라.”

“벌 친다는 그 사촌?”

“네. 걔하고 이름이 참 비슷한 아씨였는데⋯ 왜, 예전에 그⋯ 난가에서 제물 올릴 적에 종이꽃을 한 항아리 가득 가져온.”

“그 처치 곤란.”

“그땐 좋다고 받으셔 놓고. 아! 맞아, 세연 아씨!”

민무가 희희낙락해서 손뼉을 짝, 쳤다. 기억해 낸 게 어지간히도 기쁜 모양이었다.

“하여간 그 세연 아씨하고 정혼했다죠. 그 아씨가 수줍음이 많아 잘 안 나서는데 정혼식을 올리긴 올려야 하니 잘난 오라비하고 모처럼 내을까지 나섰다가 그만 엉엉 울었잖아요. 기억 안 나세요?”

"음… 글쎄, 그 정혼 예식에도 내가 나가서 뭘 했었니? 영 기억이 안 나네."

민무가 쯧쯧 혀를 찼다.

"어찌 기억이 전연 안 나실까."

"여자랑 남자 만나는 거야 뭐 하루에도 수십 쌍은 보는걸. 일일이 다 기억하는 게 이상하지. 난 바쁘단다, 민무."

"하기사… 쓰잘데기 없어. 왜 다 경당으로 와서 혼례를 올리는가 몰라요. 신한테 청춘 바친 우리가 뭐 그 심정을 알 바냐고."

"바친 게 그리 억울하거든 환속하지 그래? 네가 한다면 난 안 말릴게."

"아, 아니… 누가 환속을 한대요? 다 장단점이 있는 거지. 아무튼! 이게 아니고요. 국통, 그런데 원매랑이 왜요?"

이거 원. 분명 청여해에 대해 물었건만 난원매로 화제가 넘어가버렸다. 누마는 청여해란 사내는 딱 그 정도로만 알려진 것이겠거니 하며 씩 웃었다.

"아니다. 원매랑의 누이와 정혼을 했다는 그 충당주, 어디서 이름을 들었나 해서 물었다. 네 말대로겠지. 원매랑의 피붙이하고 얽혔으니 어디서 들렸겠지."

"그렇죠. 아이고… 그나저나 시간이 벌써 이렇게 됐네. 국통, 오후 기도 준비를 하셔야 해요."

"알았으니 민무 너는 가서 술을 한 동이 가져오렴. 채명에게 뜯지 않은 걸로 새로 내 달라고 해. 제단에 올릴 거니까."

누마는 재빠르게 달려나가는 민무의 뒷모습을 보며 몸을 일으켰다.

정혼자가 있다.

허, 하고 절로 헛웃음이 났다. 목구멍으로 쓴물이 올라왔다. 동외 난가면 그 역시 상당한 명문으로, 서번 청가보다 몇 배나 유명한 집안이었다. 그런 동외 난가의 여식과 정혼했다면 청가로서도 자랑스러울 노릇이었고, 이런 유의 정략혼이 그렇듯 어지간한 사고가 없는 한 깨질 리도 만무했다.

누마는 인상을 찌푸린 채 길게 늘어뜨린 머리카락 끝을 비비 꼬았다.

앞으로 몇 년쯤 지났다 치자. 그때 동외 난가의 아가씨에게 화주가 된, 상장군 지위를 손에 넣은 유망한 정혼자를 차버릴 만한 일이 있을까?

없겠지.

아니, 애초에 정략혼이 깨질 만한 사고를 쳤다면 그런 남자가 화주가 될 리 없다.

'…아니지. 거기까지 고민할 것도 없지.'

그녀는 오랜만에 저 자신을 향해 빈정거렸다. 꼭꼭 씹어 입안으로 뇌었다.

'서번 청가의 반듯한 자제가 정혼자를 차버리고 국통과 연을 맺을 리 없지 않은가.'

결실을 보지 못할 관계를.

남의 눈을 피해 죄를 저지르듯 입술을 겹쳐야 하는 치태를.

그런 것을 구태여 왜. 어째서.

관심도 없던, 이름이나 겨우 알던 남자와 꿈속에서 몇 번이나 어울렸다. 그것이 누마를 영 거슬리게 만들었다. 그녀는 알고 싶었다. 그녀의 꿈속에서 그와 그녀는 과연 어떤 관계인지를. 번듯하게 남들 앞에 선보일 수 있는 관계까지는 아니더라도 마음에 거리낌은 없었으면 했다. 굳이 정혼자가 있는 사람과 꺼림칙하게 얽혀 죄책

감의 노예가 되고 싶지는 않았다. 그럴 마음도, 물론 지금은 전혀 없었다. 하지만 만약. 정말로 만약에.

'짝이 있는 걸 알면서 그저 통정하는 사이라면.'

가정만으로도 심장이 세차게 뛰었다. 거부감에 머릿속이 뒤엉켰다. 누마는 얼굴을 잔뜩 찡그린 채로 거울을 들여다보았다. 어서 재계하고 오후 기도를 올리러 가야 하건만. 찝찝한 기분 때문에 혹여나 기도를 망칠까 싶어 제주(祭酒)도 새것으로 가져오라 일렀건만. 그러나 마음의 갈피가 잡히지 않았다.

'만약… 부정한 관계를 맺는 거라면. 내가, 그리고 그자가, 어찌하여 그 무도한 길로 들어서게 된단 말인가.'

그 연유를 알고 싶었다.

누마는 오후 기도를 올리는 동안 나라의 안녕과 종전(終戰)을 비는 틈틈이 저도 모르게 여해를 떠올렸다. 부정 타지 않을까 잠깐 겁을 집어먹은 그녀를 비웃기라도 하듯 기도는 무사히 끝을 맺었고 아무 일도 일어나지 않았다. 맑고 청정한 하늘 아래 신궁 내을은 나국 그 어느 곳보다도 고요했다. 변경에서 태자까지 참전한 전쟁이 일어나는 와중이라고는 상상조차 할 수 없을 만큼.

죄 없는 병사들이 죽어 나갈 전쟁에도 불구하고 기껏해야 염정(炎精) 따위로 전전긍긍하는 자기 자신이 우스워서, 누마는 뜬눈으로 밤을 새웠다.

그래도 의문은 그녀를 쥐고 놓아주지 않았다.

어째서 그 남자와.

어떻게.

대관절 무슨 관계를.

누마는 꿈에 여해를 만나거든 이번엔 꼭 그 의문의 답을 찾아볼 작정이었다. 꿈을 조종할 수는 없으니 꿈속 자신의 감정이라도 더 깊이 들여다보리라, 여해의 말에 귀를 기울이리라, 그리 결심했다. 그러나 그와 정을 나누는 꿈을 반복해 꿀 때 그러했듯, 그것은 그녀 뜻대로 되는 게 아니었다.

이제 누마는 다시 그 꿈을 꾸지 않았다.

청여해와 뒤엉키는 꿈 대신 새로운 발명이, 기이한 발견이, 전국이 애도할 죽음이, 뜻밖의 사절이, 그녀의 꿈을 찾아왔다. 꿈속의 하늘이 흐렸다가 울었다가 갰다가 눈이 펑펑 쏟아졌다가 계절이 수십 번 바뀌는 동안 석 달이 흘렀고, 이윽고 종전을 알리는 사절이 왕도에 닿았다.

계절은 어느새 가을이었다.

충당주를 필두로 승장이 된 총사들이 줄지어 들어와 광장을 가득 메웠다. 누마는 불그스름한 잎이 가득 매달린 나국의 왕도나무에 시선을 고정한 채 태자 금필의 보고를 흘려들었다. 나국의 태자가 감사를 빙자한 자랑을 잔뜩 들려주고 싶은 건 신에게 매인 누마나 교단의 자질구레한 사제들이 아니라 왕가와 여러 제후들이었으므로, 보고 따위는 기실 아무래도 좋은 것이었다. 출정식을 겸했던 축복식과 승전을 기리는 환영식이 별반 다르지 않았다. 도열한 군사들은 창과 칼과 활을, 혹은 마총을 태양 아래 번뜩였고 신은 응답하지 않았으며 누마는 하늘과 땅과 사람을 의미하는 문자를 새겨 넣은 정탑(淨榻)에 앉아 미래를 꿈꾸었다.

하늘에 감사를 표하고 장차의 뜻을 묻는 길고 긴 환영식이 끝난 후, 누마는 짙은 홍색 영대를 한쪽 팔에 걸쳐 질질 끌면서 회랑을 걸었다. 군사들의 창과 칼과 활의 그림자 대신 이번에는 붉은 칠을 한 신궁 외당의 기둥들이 그림자를 떨어뜨렸다. 누마는 환한 가을

볕이 징그러워서 중정으로는 내려서지 않고 회랑 한가운데로 고집스레 걸었다.

하얀 바닥을 울리며 저편에서 한 무리의 당주들이 다가왔다. 누마 곁으로 바짝 따라붙었던 서너 명의 사제들이 몸을 낮추며 물러섰고, 당주들 역시 누마를 발견하고 멈추어서 고개를 숙였다. 누마는 끌던 영대를 도로 목에 걸까 싶어 쓱 들어 올렸다가, 성가신 듯 그냥 팔을 늘어뜨렸다.

"수고가 많으셨습니다. 명일 아침 제례 때에 여러 당주님의 충정을 사뢰 올릴 터이니 제물이 있거든 오늘 알려주세요."

당주들이 국통의 말에 대단한 영광이라는 양 더욱 깊이 고개를 꺾었다. 누마는 심드렁하게 그들을 스쳐 지나가려다 그 사이에 선 당주 하나가 얼굴을 드는 바람에 눈이 마주쳤다.

"아."

소리를 내는 것과 동시에 낭패다, 싶어 누마의 얼굴이 흐려졌다. 남자는 푸른 눈동자를 가진 충당주 청여해였고 누마는 어디까지나 일방적으로 그를 알았다. 그녀는 뒤늦게 시선을 돌렸다. 신경질스럽게 영대를 들어 뒤따르던 사제에게 내던진 것은, 그저 처음부터 시선을 여해에게 주려던 게 아니라고 의뭉을 떨고 싶은 마음 탓이었다.

"이건 너를 주마. 가져다 두고, 여기 계신 분들께서 용무가 있으시다 하거든 편의를 봐드려라."

"네. 국통. 그리하겠습니다."

"쉴 테니 따르지 말고. 자, 그러면 당주님들도 부디 살펴 가십시오."

평소보다 빠른 목소리로 용건만 털어놓고, 누마는 긴 옷자락을 휘날리며 걸었다. 흙을 디딜 일이 별로 없는 흰 가죽신이 뒷굽을 울렸다. 흰 신이 흰 바닥을 차낼수록 속도를 빨라졌고 온몸이 뜨겁게 달아올랐다.

부끄러웠다.

그녀는 여해와 눈이 마주치고 그 순간 저도 모르게 아는 체했다는 사실이 수치스러워서 어쩔 줄 몰랐다.

'몹쓸 꿈이다.'

불경한 마음은 생각에 그치지 않았다. 그녀는 밤 기도를 올리기 위해 침실에 딸린 기도실로 가서 무릎을 꿇고 앉아서는 나라와 백성을 위한 의례적인 기도에 이어 한참 동안이나 신을 원망했다.

중한 것만 보여주시면 안 되냐고.

봐야 할 것만 봐도 인간 된 몸으로 해석하기 어렵고 책임이 막중한데, 별 사사로운 걸 도대체 왜 보게 하였느냐고.

언제나 그러했듯, 그녀의 신은 그녀에게 아무런 응답도 해주지 않았다. 그리고 그날 밤을 통째로 차지한 꿈은 제례 때에 조각조각 나누어 보았던 것들을 단박에 날려버릴 만큼이나 혼란하고, 곤란하고, 혼곤한 것이었다.

그녀는 새빨간 얼굴로 눈을 떴고 이내 이불을 뒤집어쓴 채 중얼중얼 신을 욕했다.

그래도 그 꿈이 아침 기도를 올리기도 전에 거의 다 잊혀서 되새김질하며 부끄러워하지는 않아도 된다는 점, 그 점 하나가 위안이었다.

'정혼자도 있으신데다 서번 건모라의 충당주이니 곧 돌아가실 테고. 그럼 마주할 일 없겠지.'

한숨을 쉬며 그리 생각한 것이 무색하게도 아침 제례 직후 그녀는 청여해와 마주쳤다.

"서번과 유외, 열주와 곡산의 당주들이 모여 위령제와 축복식을 거행하려 합니다.”

여해는 나국의 서북쪽을 돌보는 곽 총관의 친족이었고, 곽 아무개가 상을 당해 쉬는 바람에 그를 대신해 제물을 두루 거두는 역을 맡았다 하였다. 누마는 모처럼 여러 건모라가 모여 큰 제사를 지내려 한다는 말에 별수 없이 불려 나온 참이었다. 그녀는 신이 나서 들썩거리는 민무와 다른 여러 사제들을 달관한 얼굴로 내려다보며 혀를 끌끌 찼다.

“그걸 꼭 이 사람이 해야 할 연유가 있습니까? 자칫 잠이나 들어 폐를 끼칠 듯싶은데. 다른 신녀를 보내드리겠습니다.”

“국통. 네 건모라의 뜻을 모아 올리는 제사입니다. 번다하시겠으나 꼭 국통께 맡기고 싶습니다.”

“그건 그대의 뜻입니까?”

여해가 부드러운 빛을 띤 푸른 눈을 들어 올렸다. 눈이 다시 마주치자, 잠시간의 침묵이 꼭 여러 식경이나 되는 듯 느껴졌다. 누마가 얼굴을 찡그리자 여해는 다시 몸을 낮추어 시선을 떨어뜨렸다.

“여러 어른의 뜻입니다. 소장은 그저 대리하여 청을 드리러 온 것뿐입니다.”

“태자 전하께 여쭤본 후에 답을 드리겠습니다.”

“마땅히 그러셔야지요. 좋은 소식을 고대하며 물러갑니다.”

“살펴 가세요. 충당주.”

그녀는 평소보다도 냉랭했다. 과하게 몸을 사렸다는 걸 알면서도 좋은 얼굴을 할 수가 없었다. 모처럼 네 건모라의 제물을 싣고 달려와 자비를 청한 여해에게도, 그리고 그에게 일을 맡긴 여러 사람에게도 미안한 노릇이었다. 사사로운 가문 하나둘의 위령제를 국통이 진행하는 일은 없다. 그러나 나라를 위한 전쟁 중에 희생된 이들이 섞여 있는데다, 네 건모라가 뜻을 모았다면 할 만했다. 더군다나 누마 자신이 바로 전날 '용무가 있으면 편의를 봐드리라'고 그들 눈앞에서 발언한 것이다.

여해는, 어쩌면 다른 당주들은, 그래서 상주해볼 마음을 먹었을 터였다. 아마도 제사 일을 가져온 것이 여해가 아니었다면 누마는 훨씬 다정하게 청원에 귀를 기울였을 것이다. 당장 민무를 태자에게 보내 허락받았을지도 몰랐다.

그러나 여해였기 때문에.

심기 불편한 꿈을 또 꾼 다음에 마주한 청여해였기 때문에, 누마의 기분은 끝없이 가라앉았고 어조는 날카로웠다.

"국통."

머리를 식히려 정원으로 향하는 그녀의 등 뒤로 여해가 따라붙었다. 공교롭게도 어제 마주친 회랑 근처였다. 누마는 붉은 기둥을 등지고 멈추어 섰다.

모처럼 큰 제사인데 탐탁지 않아 하는 그녀를 보고 민무가 몸이 달아 그를 보내주었으리라.

"당주. 작별을 고하시더니 아직 계셨습니까? 답변이 미진하셨던가요?"

"아닙니다. 다만⋯."

청여해는 누마 앞에 한쪽 무릎을 굽히고 앉았디. 왕가의 기시인 총사들이 몸을 그리 낮추는 것은 충성 서약을 한 왕족들 앞뿐이었으나, 교단에 대한 예로서 고위 신녀에게도 대개 그러했다. 그래도 누마는 보는 이 없는 회랑에서 그가 굳이 예를 올리는 것을 아연한 심정으로 바라보았다.

일어서세요.

그리 말해주었어야 하나, 그녀는 하지 않았다. 그가 누마를 오만하고 신경질적인 사제라고 여기리라 하면서도 왠지 입이 떨어지지 않았다. 누마는 청여해를 가만히 뜯어 보았다. 감청색 예복을 걸친 길쭉한 팔다리. 마총을 다루느라 생겼음 직한 화상 자국이 남은 맨손. 출전 전이나 후나 꿈속에서나 거의 다르지 않은, 단정한 이마. 그리고.

‘눈꺼풀에 상처가 있구나. 아니, 점인가.’

누마는 제 생각의 속도도 시선의 방향도 도저히 따라잡을 수가 없었다. 그녀는 초조했다. 오늘 그녀가 목에 걸친 영대는 새파란 색이었고, 인내와 결실을 의미하는 낟알이 황금색으로 수 놓여 있었다. 누마는 그것을 가볍게 잡아당겨, 손아귀에 구기듯 쥐었다 폈다.

“국통.”

한참 말을 고르는 듯 침묵을 지키던 여해가 입을 열었다. 누마는 발언을 허한다는 의미로 턱을 살짝 들어 올렸다. 그가 물었다.

“국통. 혹여 소장이 국통께 무례를 저지른 바 있습니까?”

“아뇨. 저는 당주를 모릅니다.”

“송구하오나 소장을 아시는 듯하여.”

“모릅니다.”

대답은 거의 사이를 두지 않고 튀어나왔다. 목소리는 쇠붙이처럼 날카롭고 찼다. 여해는 어색하게 웃었다. 누마는 그의 눈가에 잡히는 주름이 표정에 맞추어 짙어졌다가 흐려지는 것을 멍하니 바라보았다. 여해는 아예 두 무릎을 모두 바닥에 두고 그 위에 빈 주먹을 얹었다.

죄를 청하듯이.

“국통, 소장에게는… 꼭 국통께서 달리 아시는 바 있어 소장을 못마땅해하시는 듯하여."

"당주."

"하여… 어떤 무례를 저질렀는가 곰곰 고민해보아도 영 떠오르는 것이 없기에."

"당주, 듣고 계십니까? 그런 일 없으니 물러가세요."

"짧은 소견으로는 소장이 잠시 무례를 저지를까 합니다."

"당주, 물러… 앗!

누마는 외마디 소리를 지르며 필찍 뛰었다. 여해가 소리 없이 누마의 영대를 잡아당겼기 때문이다. 그녀의 등이 붉은 기둥에 가 닿았다. 여해는 그의 눈동자처럼 푸른 영대를 쥐고 그녀의 허리 어름에서 조용히 시선을 들어 올렸다. 보기 좋은 눈매가 그럴싸하게 접혔다. 그는 이를 드러내며 씨익 웃었다.

"이유 없이 원망을 받는 게 영 시원치 않아 그랬습니다. 이제 원 없이 소장을 물리십시오."

하.

그녀는 참고 있던 숨을 터뜨리며 그의 손에서 영대를 낚아챘다. 그는 방금 무슨 일이 있었냐는 듯 천연스레 일어나 옆으로 물러섰다.

"좋은 날이니 못 본 거로 해드리겠습니다. 어서 물러가세요, 당주. 금일 상주하신 일은 좋은 날을 잡아 태자 전하께 여쭙고 답을 드리겠습니다."

"따라가 드릴까요?"

"허, 이 사람이 자기 일도 못 할 것 같으신가 봅니다. 염려 말고 가세요."

"언제든 하명하시면 따르겠습니다. 국통. 보중하십시오."

그대로 인사도 받지 않고 등을 돌리고 가려던 누마는 그의 마지막

어투에 웃음기가 묻어 있다는 걸 깨닫고 도로 고개를 돌렸다. 그리고 낚아챘던 영대를 채찍처럼 휘둘러 냅다 여해의 등을 후려쳤다.

천 쪼가리는 그녀의 짜증과는 달리 그에게 고통을 주기는커녕 우아하게 펄럭이며 높다란 어깨에 턱, 걸쳤다.

"…아."

누마는 그가 다시 돌아보기 전에 얼른 그 자리를 떠나는 편을 택했다.

얼굴이 시뻘겋게 달아올랐다.

'시발.'

그녀는 기도 대신 욕을 퍼붓기 위해 정원으로 갔다.

✳

정원 한쪽을 차지한 왕도나무 잎사귀가 반나마 물들었다. 가버린 여름의 그 숨 막히는 더위가 새삼스러울 만큼 가을은 들이닥쳐, 어느새 깊었다.

누마는 유난히 일진이 사나운 나날을 보내고 있었다. 예지는 찾아오지 않았고 기이할 정도로 고요한 며칠이 지났다. 꿈이란 것이 원래 정해진 대로 오는 건 아니었지만, 열흘이 다 되도록 누마는 모든 제례를 아주 생생한 머리로 지냈다. 제단 앞에서 조는 꼴을 보이는 게 지긋지긋했으면서도 예지몽을 꾸지 못하니 그건 그것대로 초조했다. 매일 신녀 채명을 시켜 새 술을 따고, 매일 민무가 어린 신녀들을 차례차례 데려와 성작을 반들반들하게 닦았다. 누마는 하루 세 번이나 몸을 씻었다.

그날, 누마는 거스러미가 일어날 지경인 손을 몇 번이나 씻고 새 수건을 내어 물기를 닦았다. 아픈 손끝에 기름을 녹여 바르고 기도실에 틀어박혀, 하루 종일 묵언수행이라도 할 작정이었는데 손님이 찾아 들었다.

태자 금필이었다.

그는 예의 그 새끼돼지처럼 가련한 얼굴을 하고는 기도실에 들어와, 누마를 아랑곳하지도 않고 손님용 의자에 주저앉았다. 그리고 기나긴 하소연을 늘어놓았다.

"그러니까."

그러니까 그의 고민은 이런 것이었다.

"태자비를 맞이하신다고요. 아… 우선은 감축드립니다."

"전혀 축하를 건네는 목소리가 아닌데요, 국통. 역시… 그런 겁니까?"

"그런 거라니요?"

"그러니까, 국통. 아시잖습니까? 그러니까… 그러니까…."

금필이 통통한 뺨을 축 늘어뜨렸다. 누마는 묵언수행을 위해 맨바닥에 불편하게 앉아 있다가, 이래서는 끝이 없겠다 싶어 몸을 일으켰다. 그리고 기도용 의자 위에 얹힌 붉은 방석을 걷어낸 후 거기에 앉았다. 금필은 누마를 빤히 쳐다보았다.

"국통, 솔직하게 말씀해주셔야지요."

"이 사람이 언제 전하께 감히 거짓을 아뢴 적이 있습니까?"

"아니, 그 불쾌하시라 그러는 게 아닙니다. 큼, 저는 그저… 국통께서 그리 탐탁지 않아 하시는 듯하여, 불안한 마음에."

"불안이라고요?"

"네, 불안입니다. 미욱한 인간에 불과한 저희가 신의 예지를 어찌 벗어나겠습니까? 다만 축복받은 국통께서 장래를 보고 오심에…."

누마는 비로소 금필이 무슨 소리를 하는지 이해했다.

"아, 전하. 정말로 오해이십니다. 이 사람은 전하의 태자비를 알지 못합니다.”

“그런, 그런… 그러시면, 곤란합니다. 국통. 아주 곤란합니다.”

금필이 어린아이처럼 둥근 손가락을 쫙 펴서 자기 뺨을 마구 주물렀다. 그리고 무릎에 팔뚝을 얹고는 고개를 묻어버렸다. 살 오른 돼지가 비단을 휘감고 몸부림치는 듯한 광경에 누마는 더욱 언짢고 가련한 마음이 들어 한숨을 쉬었다.

“전하. 제가 무엇이든 보는 건 아닙니다.”

“이건 보셔야지요. 보셔야 합니다, 국통. 저는 지금 아주 캄캄한 토굴에 갇힌 토끼 새끼가 된 기분입니다. 아바마마께서도 어마마마께서도 큰 기대를 품고 저에게 선택을 종용하고 계십니다. 국통, 이건 국가의 중대사입니다. 그러니 국통께서 저를 도우셔야지요.”

“중대사라….”

금필은 부왕으로부터 몇 명의 태자비 후보 이야기를 들었고, 선택을 앞둔 상황이었다. 물론 태자의 혼인이 다만 그의 선택 하나로 이루어지지는 않을 터였으나 결정에 얼마간 기여하는 것만은 사실이었다. 금필은 실수하고 싶지 않았다. 누구나 그럴 것이다. 정치가 꽃이라면 그 열매의 씨방쯤을 담당할 ‘왕족의 혼인’에서 실수를 저지르고 꺾여 죽어가기를 바랄 왕족은 없다.

‘전하께서 마음에 드는 분을 고르시지요.’

누마는 그렇게 말할 수 없었다. 순진해 보이는 얼굴로 가만히 그녀를 올려다보는 금필을 바라보는 사이, 그녀는 저도 모르게 여해를 떠올렸다.

가지런한 이를 드러내며 웃던 그 짓궂은 얼굴. 눈부신 듯 내리감았던 눈꺼풀 위의 작은 점. 마냥 청명할 것 같던 푸른 눈동자 속을 스치던 그림자 따위가 조각조각 떠오르다가, 그 모든 것이 이내 단

하나의 상을 만들었다. 누마는 눈을 질끈 감았다 떴다.

"모두 신의 뜻에 달린 것이겠으나, 부족하나마 노력하겠습니다. 며칠 안에 들러주십시오."

"사흘이면 되겠습니까?"

"글쎄, 그런 것은."

"사흘이면 되겠지요. 국통. 사흘입니다."

"신께서 돌보실 겁니다. 모쪼록 정결한 마음으로 기도하세요."

"국통을 믿습니다."

금필이 손을 내밀었다. 누마가 그 끈적한, 나름대로 굳은살이 박인 손 위에 자신의 마른 손을 얹었다. 금필은 누마를 꿰뚫을 기세로 쳐다보면서 그녀의 손을 한 번 꽉 쥐었다. 도장을 찍듯이.

그렇게 누마는 사흘을 얻었다.

애초에 얻을 이유가 없는 것을 억지로 얻었다.

'누구와 혼인하겠느냐는 거지. 결국엔. …누구랑 혼인한들. 그게 꼭 복을 가져온다고는 아무도 보장할 수 없는 거 아닌가.'

그녀에게 날아드는 예지는 반드시 행복한 것만은 아니었다. 이를테면 그녀가 금필의 혼인 상대를 예지하는데, 두 사람이 파국을 맞는 장래를 보아서일 수도 있었다. 누마는 복잡한 머리를 비우려고 딱딱한 의자에 몸을 웅크린 채 눈을 감았다.

잠깐이라도 졸면 꿈을 꿀까 싶어 고민하자니, 바깥이 소란스러웠다. 누가 기도실 앞 회랑을 종종거리며 뛰는 소리. 흥분을 누르고 수런거리는 소리가 들렸다. 누마는 결국 새하얀 예복을 걸친 채로 기도실을 벗어났다. 바깥으로 걸어 나오자마자, 회랑 저편을 맹렬하게 뛰어 가로지르던 민무가 보였다.

"민무!"

누마는 빽 고함을 쳤다.

“헉, 국통!”

“뭐 하는 거야?”

누마가 손짓하자 민무가 주위를 두리번거리더니 때마침 근처를 지나던 채명을 질질 끌고 누마에게 다가왔다. 저 혼자 상사를 감당하기는 싫었던 게 틀림없었다.

“국통, 면벽하시는 거 아니었어요?”

채명이 억울한 얼굴로 물었다.

“면벽 아니고 묵언수행. 채명, 두 가지는 엄연히 달라요.”

민무가 때를 놓치지 않고 끼어들었다. 누마는 두 신녀를 번갈아 쳐다보았다.

“그러려고 했는데 시끄러워서 나온 거야. 뭐 하는 거야? 두 사람 다. 체통 좀 지켜. 태자 전하가 와 계시잖아.”

“아니, 아니 그게요… 국통.”

민무가 흥분을 감추지 않고 제자리에서 종종 발을 굴렀다.

“국통, 영황대하고 당주 여러분이 한판 한대요! 지금요! 그거 보러 가느라고.”

“태자 전하께서 오늘 되게 거창하게 하고 오셨잖아요. 영황대 다 데리고. 그게 저기 궁에 사절이 와서 그렇다던데요. 백국에선가 어디선가.”

“영황대 처음 본다는 애들이 많아 가지고.”

영황대는 태자 금필의 근위대다.

누마는 모처럼 생긴 볼거리에 신이 난 두 사람을 향해 한숨을 푹 쉬었다. 신궁에 틀어박혀 지내는 그녀들에게 영황대의 수련 장면만 해도 즐거울 텐데 당주들과 뭔가를 겨룰 모양이니 더욱 흥미진진할 터였다.

"한판 한다니, 싸움이라도 붙었대? 태자 전하는 뭐 하시고. 안 말려?"

"원래는 마총으로 서로 점수 내기를 했는데 당주들이 너무 유리하다고 시비가 붙었거든요. 그래서 맨손으로 겨루는 거죠."

"어디서?"

"바로 저기요. 현명각 앞에서요. 그럼 저희 보러 가도 되지요? 지금 급한데."

"못 가게 하면 나를 아주 잡아먹을 것 같구나. 그래, 가라. 가."

"꺄아! 국통, 갈게요! 다녀올게요!"

신이 난 두 사람이 손에 손을 맞잡고 달려가 버렸다. 누마는 몸을 돌려 다시 기도실로 돌아가려다 머뭇머뭇 현명각 쪽으로 걷기 시작했다. 기둥과 기둥이 그리는 그림자 창살을 지나 가을볕이 쏟아지는 저편으로.

빛살 아래 구름처럼 모여든 사람들이 보였다. 누마는 신궁에 언제부터 이렇게 많은 사람이 지냈던가 싶어 잠시 눈을 의심했다. 와, 하는 함성이 들끓듯이 사방을 채웠다. 소리에 열기가, 열기에 진동이, 진동에 칼날이 달려 있는 것만 같았다. 누마는 눈을 가느다랗게 뜨고 멀찍이 어른거리는 한 뭉치의 인간을 바라보았다.

구경꾼들이 흡사 수풀처럼 시야를 감싼 덕분에, 현명각 앞의 거대한 공간을 이리저리 내달리는 이들은 자세히 보기가 어려웠다. 애초에 맨몸으로 들러붙는 투기판이니 솔직히 얼핏 보기엔 그냥 한 덩어리의 진흙 같기까지 했다.

'아니. 진흙도 아니지, 저건 아주 흙구덩이에 나뒹구는 걸레짝이지 뭐냐.'

이쪽에서 와, 하면 흙투성이가 된 띠가 허공으로 횡 날아올랐다. 저쪽에서 또 와, 하면 이번엔 아예 사람이 퉁퉁 튀어 올라 판 바깥으로 떠밀렸다. 벌써 판에서 떨려나 구경꾼 신세가 된 당주와 왕실 총사들이 목에서 피가 날 지경으로 고함을 지르고 있었다.

영황대의 제복인 회녹색 창의를 벗어 던진 사내들이 희고 짧은 반비를 걷어붙인 채 서로 주먹을 내질렀다. 당주들은 제각기 얼룩덜룩한 홑옷 차림이거나 아예 웃통을 깨벗은 채로 이미 너덜너덜한 머리띠를 붙들고 영황대의 멱살을 휘어잡았다. 그야말로 진흙탕 싸움이었건만 그들 나름대로는 진지하기 짝이 없었다.

마른 흙먼지가 피어오르는 사이사이 진흙이 덩어리째 튀었다. 누군가 연신 가져다 뿌린 물이 방울방울 빛을 반사하는 와중에 땀방울이 섞였다.

누마는 더 가까이 다가가지는 않았다. 앞마당이 내려다보이는 곳에서 회랑 기둥을 짚고 쳐다보는 걸로 만족했다. 그저 지나가다 잠깐 시선을 준 것처럼. 시선이 조용히 그러나 바쁘게 오갔다. 지나치는 사람에게는 한 뭉치로 보여 마땅할 그 틈바구니에서, 그녀는 저도 모르게 가늠했다.

아, 저쯤에 여해가 있겠구나.

하고.

그러자 그만 소름이 끼쳤다. 누마는 훤히 드러난 목덜미가 그 순간처럼 춥게 느껴진 적이 없었다. 그녀는 손을 들어 올려 제 입가를 감추었다. 그리고 그 순간, 현명각 앞마당의 진흙 구덩이에서 한 사람이 움직임을 멈추고 그녀를 향해 고개를 돌렸다.

'아, 저기에.'

그 먼 곳에서 시선이 마주친다는 것은 가능하지 않다고, 그녀의 이성이 속삭였다. 그러나 차갑게 가라앉은 마음 바로 뒤쪽에서 불꽃이 튀어 올랐다. 빈 목덜미를 서늘한, 너무 차가운 나머지 뜨겁게 느껴지는 얼음덩어리 같은, 그런 손아귀가 확 움켜쥐고 사라져버리는 것만 같았다.

'저기에 여해가 있구나.'

눈을 다시 한번 깜박이는 찰나와 찰나가 영원 같았다. 누마는 그 사이에 눈앞의 모든 광경이 단숨에 타올라 재가 되었다 해도 믿을 자신이 있었다.

그런 일은 벌어지지 않았다.

그녀의 들숨과 날숨 사이, 급작스러운 고요가 어마어마한 함성 소리로 뒤덮여 흔적도 없이 사그라졌다. 누마는 옷가슴을 움켜쥐었다. 여해는 진흙탕 한가운데에 온몸이 더러워진 채로, 거의 시커멓게 변한 머리띠를 한 손에 들고 서 있었다. 그의 바로 앞에 서 있던 영황대 대장이 괴성을 내질렀다. 누마는 여해의 한쪽 머리를 적시며 흘러내리는 피를 보았다.

그를 향해 주위 사람들이 몰려들었다. 누마는 얼른 몸을 돌려 누가 떠민 것처럼 도망쳤다.

'여해가 이겼어.'

과연 무엇에?

누마는 그 혼란스러운 이전투구의 승패를 구분할 줄 몰랐다. 머리띠를 쥔 쪽이 이기는지 아니면 그 반대인지. 장 바깥으로 떨어낸 쪽이 이기는지 아니면 끌어당겨 메쳐야 하는지. 여해가 머리에 피를 흘렸으니 그의 명예는 더 드높아지는 것인지 아니면 오히려 온갖 야유를 받으며 술을 사야 하는 건지. 그러나 그녀는 거리낌 없이 중얼거렸다.

그가 이겼어.

그녀는 용무도 없이 현명각을 에둘러 내을의 가장 바깥 전각까지 달려갔다가, 가만히 되짚어 와 현명각의 치료소로 들어갔다.

여해는 과연 거기에 있었다.

✳

현명각 앞은 따가운 가을볕으로 가득했다.

"이제 전쟁 핑계로 서로 뭉칠 일도 없지 않은가?"

영황대의 대장 척문언이 제일 먼저 말했다. 그가 먼저 영황대의 문장이 수 놓인 머리띠를 들어 휘휘 감아 들자 젊은 당주들도 짠 것처럼 우르르 몰려섰다. 서로 힘을 겨루는 건 흔한 일이었다. 전쟁을 거치며 화주 자리는 비었고, 왕자들이 줄지어 죽어 나가는 바람에 갑작스레 태자가 된 금필은 아직 존재감이 희미했다. 영황대도 태자의 근위대라기엔 아직 왕자를 보필하는 젊은 총사들 무리로밖엔 보이지 않았다.

"씨발, 서번 청가 도련님은 여짝 목소리가 안 들리나 봐? 웃겨? 가문도 없는 놈들이 붙자니까 우습냐고 물었네만."

그래서 청여해도 자청색 창의를 벗었다. 말은 그렇게 해도, 문언은 여해에게 나쁜 감정이 없었다. 그러나 영황대를 이끄는 몸으로서 그쯤 해줘야 탈이 없게 마련이었다. 여해는 자신보다 지위가 높거나 가문이 좋은 당주들을 슬쩍 돌아보았다. 그것을 신호로 모두가 창의며 갖춰 입었던 덧옷을 벗어 던졌다.

쏟아지는 가을볕이 영롱한 청춘 같았다.

현명각 앞을 메운 열기가 꼭 양양한 앞날 같았고 그것 자체가 흡사 청운의 꿈 같았다. 그들이 스스로를 자랑스럽게 여기는 만큼 피는 쉽고 빠르게 들끓었다. 여해는 문언과 여덟 번 겨뤄 세 번 이기고 다섯 번을 졌었다. 마총으로는 지지 않을 테지만 맨몸으로 드잡이질을 하면 사실 이기기 어려웠다. 그는 자신의 완력이 최고가 아니라는 걸 알면서도 그 사실에 내심 부끄러움을 느끼곤 했다.

호흡이 거칠어질수록 복색이 망가져갔고, 양쪽 무리의 머리끈이 서로의 손과 어깨 사이를 지났다. 발 아래에서 작게 뭉친 진흙이 터졌다. 여해는 고함 소리 사이를 내달리는 것 같은 기분을 느꼈다. 맨발로 바닥을 온 힘을 다해 내리찍으며 여해가 어깨를 비틀어 주먹을 메다꽂았다. 문언의 둥근 볼과 상처가 남은 미간이 부르르 떨리는 것이 아주 느리게 눈에 들었다. 빈틈이 보였다.

이길 수 있다.

고양감이 치밀었다. 입안에서 흙 맛과 피 맛이 함께 느껴졌다.

이번엔 이길 수 있다.

그가 손을 힘껏 뻗어 너덜거리는 머리끈을 잡아챘을 때, 시선이, 날아들었다.

시선이 바늘처럼 쏟아졌다.

아니, 달처럼.

달빛처럼.

칠흑같이 어두운 밤 얼어붙을 듯 차가운 입김을 앞세우며 자작나무 숲을 가로지르다 겨우 마주한 단 한 줄기의 달빛처럼 시선이 찾아왔다.

그는 관자놀이를 관통하는 것만 같은 그 시선을 향해 멈추고 말았다.

극통이었다.

지척에서 올려다보니 좀 미안할 정도로 인간다워 보였던, 그 하얀 얼굴이 떠올랐다. 자그마한 얼굴에 잘도 차근차근 들어찬 이목 구비나 찡그린 이마 위로 늘어진 검은 머리카락이 묘하게도 푸른 빛이었던 것.

파랗게 질려 떨고 있던 메마른 입술.

승리가 어른거렸던 시야를 영대를 걸친 여자의 얼굴이 차지했다.

그리고 바로 그 찰나가 승부를 갈랐다.

오른쪽 어깨에 격통이 일며, 여해의 몸이 냅다 떠밀렸다. 그는 숨을 몰아쉬며 홀로 서 있었고 진흙 덩어리가 되어버린 몸에 갑자 기 무게감이 느껴졌다. 문언이 머리띠를 힘차게 들어 올렸다.

"괜찮나?"

문언이 여해의 어깨를 툭툭 쳐서 시선을 끌고는 그의 얼굴 쪽을 손가락질했다. 그러고 보니 이마 쪽이 화끈거렸다. 상처가 났구나. 문언의 걱정스러운 눈빛을 이해한 여해가 간신히 웃으며 고개를 끄 덕였다.

"또 졌습니다."

"아니. 이번엔… 운이 좋았던 거지."

"그럴 리가요. 훌륭하십니다."

변변하지 않은 축하의 말을 늘어놓으며 여해는 아쉬움을 토로하 는 당주들 사이를 거슬러 걸었다. 그리고 자신의 한쪽 이마를 물들 이며 흘러내리는 시뻘건 피와 함께, 진흙 발자국을 뚝뚝 떨어뜨리 며 치유소로 갔다.

'서번, 유외, 열주, 곡산.'

그는 경청 국통에게 제를 주관해주십사 찾아뵈었던 일을 떠올렸 다. 백호방이라고 통칭하는 서북쪽 일대의 총관 곽 씨가 백호제를 올리고 싶어 몸이 단지 몇 해였다. 그의 오래된 소원을 이뤄주고 싶은 마음은 백호방 출신이라면 누구나 가지고 있었다. 곽 총관에게 잘 보이고 싶어서만이 아니라 전쟁을 핑계로 오랫동안 맥이 끊겼던 대제(大祭)가 자랑거리여서이기도 했다.

물론, 전쟁으로 잃어버린 무수한 목숨을 향한 속죄가 첫 번째였지만.

'예전 백호제가 어땠는가 이야기하고 부탁을 드리려고 갔던 건데.'

어쩌자고 국통의 영대를 낚아채는 무례를 저질렀단 말인가.

여해는 얼굴을 찡그렸다. 상처를 닦아내던 나이 든 신녀가 아프냐고 되물었다. 그는 고개를 저었다. 상처는 물론 그리 깊지 않았다. 괜히 피만 철철 흘렀을 뿐이었다. 그것이 더 수치스러웠다. 젊은 사내들이 떼로 드잡이질을 한 직후이다 보니 자연 치유소에는 사람이 몰렸고 신궁이라기보다는 시장통이거나 총사들의 훈련소처럼 요란스러웠다. 그는 북적거리는 치유소에서 온갖 떠도는 말과 아쉬운 소리와 밑도 끝도 없는 소문에 귀를 기울이며, 이마의 상처를 처치했다. 여해는 굳이 안쪽 자리를 차지하고 앉았다. 느티나무 와상(臥牀) 중에서도 가장 안쪽, 문을 등진 자리였다. 그리고 대화를 거부하듯, 흰 발을 치고 바깥에 종이꽃을 매단 깃발을 꽂아 사람이 있음을 표시해두었다.

이윽고 와르르 몰려들었던 사람들은 우르르 사라졌다. 반짝거리는 먼지만이 그의 깜박이는 시야에 남았다. 늦은 오후 가을볕은 쓸쓸한 억새빛이었고 여해는 상처가 덧나지 않도록 왼쪽 눈을 가느스름하게 뜬 채로 무명천을 대고 있었다.

깃발 흔들리는 소리가 들렸다. 종이꽃에 꽃술 삼아 박아 넣은 방울이 울려서 그는 누군가 자신을 찾아왔다는 것을 알았다. 그는 돌아보지 않고 잠시 침묵을 지켰다.

"청 당주."

목소리를 듣고서도 여해는 그것이 꿈인가 고민했다. 그는 몸을 일으켰다. 돌아서자, 등 뒤로 발을 내리고 어색하게 선 누마가 보였다.

"국통께서 어인 행차십니까?"

그는 깍듯하게 예를 갖추었다. 자리를 양보했지만 누마는 사양했다. 누마는 발을 들어 올리고 들어선 직후부터 내내 어색한 심정을 가눌 수 없었다. 여해가 걸쳤던 반비는 너덜너덜해져서 한쪽 어깨에만 아슬아슬하게 남았고, 드러내놓은 그의 등은 의외로 불그스름하고 탄탄했다. 해사한 얼굴과는 영판 다른 몸이었다. 누마는 봐선 안 될 것을 훔쳐본 양 시선을 피했다. 소맷부리 안에서 양손을 겹쳐 쥐고 그녀는 말했다.

"…다친 것 같기에."

"별것 아닙니다. 부끄러운 모습을 보여드렸군요."

"아니. 이 사람은 그저."

누마는 여해와 눈이 마주쳤다고 생각했다. 그 생각이 지나치다고 여기면서도 그녀 안에서는 꼭 영원같이 길었던 그 찰나가 몇 번이고 되풀이되었다. 그렇다면 그녀는 그가 흘린 피에 얼마간 책임이 있는 것이다. 누마는 책임을 외면할 수 없었다. 그러지 않았다.

"상처를 보여줄 수 있겠습니까?"

"어찌 그러십니까?"

그녀는 시선을 더 이상 피하기도 힘겨워 굳은 마음을 먹고 홱 돌아보았다. 여해는 당연히 와상에 앉은 채로 흥미롭다는 듯 그녀를 올려다보고 있었다. 깜박, 눈꺼풀이 그녀의 시야를 한 번 훑고 다시 뜨이는 사이 그는 그녀를 열 번이나 핥아먹기나 한 것 같았다. 누마는 그만 얼굴을 확 붉혔다. 여해가 상처를 누른 무명천을 고쳐 쥐며 어깨를 으쓱거렸다.

"국통, 혹 소장의 상처에 책임을 지고 싶으십니까?"

"아니. 아니… 나는."

"왜요. 그저 관대하여 그러신다 이르실 일이지."

"이 사람은 딱히 관대한 위인이 못 됩니다."

"현명각 앞에서 눈이 마주친 게 소장의 착각이 아니었나 봅니다."

"청 당주를 방해하려는 건 아니었습니다. 누가 이길까 싶어서."

"송구합니다. 이기는 모습을 보여드렸어야 하는데."

"당주가 왜요? 이 사람은 당주의 승리가 필요치 않습니다."

"승리로 지난 무례를 덮어볼까 하고요. 소장이야 국통께 백호제를 주관해주십사, 다시 여쭈어야 하니."

"사흘쯤 기다리세요."

누마는 소매에서 작은 약단지를 꺼내 여해에게 던졌다. 여해는 그것을 받아 들고는 보란 듯이 무명천을 치웠다. 더는 핏자국이 없는 이마를, 누마는 샅샅이 살폈다. 그리고 상처를 보고는 얼굴을 찡그렸다.

"왜 사흘입니까? 국통. 여쭤도 되겠습니까?"

"전하께서 당부하신 바 있어 달리 마음을 쓰기 어려워요. 이 사람은 미욱한지라."

"진하의 혼사 때문입니끼? 음, 소장이 부족하나마 도움이 될지 아니면 오히려 귀한 분의 뜻을 어지럽힐지."

"무슨 말씀입니까? 청 당주."

"친히 약을 내려주셨으니 사뢰겠습니다. 괜히 마파람이 귓전을 스쳤는가 하십시오."

여해는 누마가 준 약단지를 품에 갈무리하려다 비로소 제 몰골이 엉망인 걸 깨달았는지 머쓱하게 웃었다. 거의 속옷 차림으로 국통을 맞은 거나 다름없으니, 아무리 치유소 안이고 아무리 그가 뻔뻔한 총사라고 해도 민망했다.

그가 몸을 일으키자 누마가 움찔 한 걸음 물러났다. 그녀의 등에 닿은 흰 발이 흔들렸을 뿐인데 그도 누마도 바닥이 일렁거리기나 한 듯 낯을 굳혔다. 멈추었던 여해가 손을 뻗어 저편에 걸린 먹색 창의를 집었다. 치료받던 누군가가 흘리고 떠난 모양이었다. 우르르 몰려왔던 총사 무리 가운데 하나이리라. 여해는 너절한 반비를 대충 벗어 던지고 맨몸에 창의를 걸쳤다.

"경청 국통, 소장이 듣기로 전하께서는 백국의 셋째 공주님 초상을 가져가셨다 합니다."

누마가 그 말에 눈을 커다랗게 떴다. 그녀의 손이 부르르 떨렸다.

"당주… 당주, 자네가 어찌 감히!"

그녀가 주먹을 꽉 쥐고 이를 악물었다. 여해는 낭패한 듯 웃었다. 그의 이마에 남은 상처만 아니었다면, 누마는 그를 힘껏 후려쳤을 터였다. 날카로운 목소리를 한껏 찍어 눌러보아도 사나운 기색까지는 감출 수 없었다.

"청 당주는 이 사람을 안 믿는군요."

예지를 믿지 않는 사람은 많았다. 아무리 황금 제단에 올라 향유로 치장하고 온갖 미래를 설파하여도 믿지 않으면 하는 수 없었다. 누마가 얻을 수 있는 것은 한순간의 꿈, 그뿐이었으며 그녀가 전할 수 있는 것은 한 마디의 비유, 그에 그쳤다. 믿지 않는 이는 많았다. 불신은 죄가 아니었으며 의심은 언제나 그녀에게 따라붙는 것이었다.

'저이가 만약 내 예지를 진실되다 믿었다면 전하의 호오 따위는 아무래도 좋았을 것을.'

파랗게 날이 선 누마를 향해 여해는 멈추어 선 채 변명하듯 답했다.

"그저 해석에는 여러 방향이 있다 말씀드리는 겁니다."

"청 당주. 제게는 장래가 보입니다. 보이는 걸 그대로 전할 뿐이에요."

"이런. 존경하는 국통, 소장은 안 보인다 하지 않았습니다. 감히 어찌 무례를 범하겠습니까? 다만, 다만 보이는 걸 어찌 전하는가 하는 문제이니."

내가 어떤 미래를 보았는지 너는 모르니 그리 부럼하구나.

누마는 드물게도 평정을 잃었다. 그것은 몇 번이고 여해와 정을 나누는 꿈을 꾸어 심기가 불편했던 탓이기도 할 터였다. 그녀는 자신을 달래려드는 듯한 그의 태도에 화가 치밀어 올라 저도 모르게 씹어 뱉듯 물었다.

"당주는 난가의 따님을 연모하십니까?"

말이 상대에게 가 닿은 즉시 타올랐던 분노가 단숨에 꺼져버렸다. 날이 섰던 분노가 사그라진 자리에 수치가 연기를 피웠다. 숨을 들이켠 누마 앞에서 여해는 눈을 휘둥그레 떴다가 큰 소리로 웃음을 터뜨렸다. 두 사람에게는 다행스럽게도, 휜 발 바깥은 여전히 조용했다.

"국통. 소장을 놀리지 마십시오. 누가 정혼을 연모 때문에 합니까?"

그는 한순간 매우 어른스럽게 웃었다. 누마는 자신의 명예를 수복하고 싶은 욕망을 느꼈다.

누마는 경청이라는 호를 받은, 국교(國敎)의 수장이었으며 예지의 신성을 지닌 신녀였다.

"…청 당주. 금일 밤에 동외 땅의 오랜 가뭄이 끝날 것입니다. 난가의 묘는 새로 비석을 세워야 할 것이고 은악산 아래 벌판마다 추수꾼들이 원매랑 노래를 널리 부릅니다."

"은악산이라 하시면."

"동외의 경계를 이루는 산 말씀입니다. 저런, 동외 땅에 가뭄이 길어 여러 당주가 제물을 올렸건만 모르셨군요."

여해는 왜 누마가 곧 닥칠 일을 자신에게 알려주는지 알았다. 그는 국통이 화가 났다는 것도 물론 알았으며, 이미 그녀에게 금필 왕자의 취향을 귀띔한 것을 후회하는 중이었다. 누마가 금필의 정혼자 일로 골치가 아파 보이기에 기분이나 좀 풀어줄 요량으로 참고 삼아 알려준 것인데 완전히 잘못 짚었다.

그는 국통의 예지 능력을 의심하지는 않았지만 그렇다고 아주 믿지도 않았다. 패기 넘치는 젊은이들이 흔히 그러듯 신성한 것을 동경하면서 동시에 별것 아닌 양 내심 허세를 부리기도 하였다. 누마가 보는 미래는 때때로 하찮았고 더 자주 모호했으며 아주 이따금 거짓 같았다.

"그리고 오는 겨울에 서번은 눈으로 덮일 터이니 아마 당주께서는 상경하지 못할 겁니다."

"…국통."

누마의 목소리가 점점 자신에 차서 또렷해졌다. 여해는 제 것이 아닌 창의의 여밈을 단정하게 묶고 누마를 똑바로 쳐다보았다.

"국통. 꿈에 소장을 보셨습니까?"

그의 얼굴이 살짝 상기되었다. 누마는 별 뜻 없이 고개를 끄덕이면서도 내심 뜨끔해서 시선을 피했다.

"어… 혹 소장이, 그… 어떤 일을 합니까?"

하지만 그가 은근히 덧붙인 목소리가 애매해서 표정을 잃기 위해 다시 눈을 맞추는 수밖에 없었는데, 누마는 여해의 얼굴을 보는 순간 저도 모르게 웃고 말았다. 그는 어렴풋한 희망과 기대에 차 누마를 물끄러미 바라보고 있었고, 그 표정은 누마가 보아온 그 어떤 것보다도 더 여해를 그 또래 청년답게 만들어주었기 때문이다.

그는 젊었고, 이루고자 하는 포부도 있었고, 그간 제 깜냥 안에서 열심히 노력해왔으며 앞으로도 창창한 길을 걸으리라는 것이 그 순간 마치 예지처럼 그녀를 뒤흔들었다.

청여해는 귀여웠다.

청여해는, 말하자면 그 순간 누마에게 있어 열렬히 응원하고 축복을 쏟아붓고 싶은 상대였다.

"물론 이 사람이 본 장래에는 청 당주도 계셨습니다. 대우가 박하진 않았답니다. 그리 걱정은 마세요."

"그, 어떤… 국통."

"당주께서는 이 사람을 안 믿는 게 아니셨나요? 한데 보잘것없는 꿈 따위를 알고 싶어 하시다니."

"아뇨, 소장이 감히 신성을 모독하고자 함이 아닙니다. 아니라 말씀드렸는데요, 국통. 소장은 다만."

"물러가겠습니다. 다치셨으니 쉬세요."

"국통! 아, 국통. 이리 보낼 수 없습니다. 소장의 변명을 듣고 가세요."

"화 나지 않았습니다. 저런, 제가 그대를 괴롭히는 것 같네요."

"실제로 괴롭히고 계십니다!"

누마는 흰 발을 걷고 몸을 바깥으로 빼냈다. 종이꽃이 그녀의 올려묶은 머리카락을 스치며 바스락거리는 소리를 냈다. 여해는 그녀를 만류하기 위해 손을 뻗었다가, 감히 닿기 전에 겨우 몸을 물렸다.

"혹시나 하여 오늘은 영대 없이 왔습니다."

"국통. 왜 자꾸 소장을 괴롭히십니까?"

"당주야말로 이 사람을 곤란하게 하시면서."

"대체 소장이 어떤…."

"사흘."

붉은빛이 그의 상처 난 이마 근처를 물들였다. 반대쪽은 흰 발이 만드는 푸르스름한 그림자가 잠식했다. 그는 다채로운 빛 아래에 파묻혀 꽤나 불만스러운 얼굴로 누마를 내려다보았다. 무릎을 꿇고 예를 표하지도, 적절한 거리를 두기 위해 더 물러나지도 않은 청여 해는 손을 뻗어 누마를 낚아채지 않는 것이 최대한의 양보인 양 당당했다.

"사흘 후에 오세요, 청 당주. 이 사람은 약조를 지킵니다. 그때는 답을 드리겠습니다."

위령제고 뭐고 지금은 그녀가 꾼 예지몽이 더 궁금한 여해였다. 그러나 차마 그렇게 말할 수는 없었다. 그는 일단 서번을 대표하는 총사였고 제사 문제는 그의 장래 문제와는 비교할 수 없는 중대사였다.

그것이 문제였다.

청여해는 단정한 외모나 품위 있는 행동과는 별개로 젊었고, 누구나 그렇듯 장래를 알고 싶었다.

그래서 그는 다른 총사들과 더불어 신궁 내을 떠났다가, 다시 돌아와 문 앞을 배회했다.

궁금했다.

그는 장래에 무엇이 되는가? 나랏일을 예언하는 국통의 그 웃음이 대체 무슨 의미인가? 국통은 무엇을 아는가? 그의 뇌리에서 금필 왕자의 정혼자며 고향 땅의 숙원인 위령제 같은 중대사는 이미 날아가고 없었다.

"어, 거기 혹시 여해 아닌가?"

그가 동외 난가의 남매와 마주친 것은 바로 그 순간이었다.

"원매랑, 오랜만이야."

"맞구만? 여해. 아니 이런 데서 뭘 하고 있어? 멀리서 보고 자네가 신궁 문짝에 저주라도 거는 줄 알았네."

난원매는 막내 여동생 난세연과 함께 거리낌 없이 다가와 여해의 두 손을 덥석 잡았다. 서글서글한 웃음 서린 눈가에 보기 좋은 주름이 잡혔다. 그는 여해보다 몇 살 위인 벗으로서, 한때 같은 스승을 모셨고 같은 임무에 투입되어 낯이 익은 사이였다.

"한데 여해가 여기 웬일인가?"

"금일 태자께서 다녀가셨네. 투구(投球)를 했는데, 못 들었나?"

"투구는 무슨. 영황대와 붙었으면 또 진흙탕에서 굴렀겠지. 애새끼들처럼 미친… 이런."

원매가 세연 쪽을 힐끗 보고는 실수했다는 듯 입을 가렸다. 세연은 산호와 백옥으로 만든 꽃을 머리에 장식하고 항라 덧옷을 어깨에 걸친 차림새로 오빠의 그늘에 숨듯 서 있었다. 그녀는 시선을 받자 몸을 약간 물리고, 어색하게 웃었다.

"뭘 눈치를 보고 그래요, 오라버니."

"세연이 네 정혼자 앞에서 점잖은 척은 해야 하지 않겠니?"

"그러니까 뭘 이제 와 새삼스럽게 그러시냐는 거예요."

"모처럼 재계하고 국통을 뵈러 가는 길인데 내가 잘못한 것 같아. 세연아, 어찌하냐."

까다롭게 구는 오라비를 쳐다보며 세연이 어깨를 으쓱거렸다. 어차피 세연의 말 따윈 듣지도 않을 터였다. 그녀는 적당히 여해에게 인사를 하고는 내을로 들어설 요량이었지만, 비켜서야 할 여해가 눈을 빛내며 오히려 다가서자 내심 놀랐다.

"국통을 뵈러 가십니까?"

세연은 자신에게 묻는 것이 맞나 확인하려는 듯 눈을 들었다. 여해는 이슬 뒤에 갠 하늘처럼 부드러운 표정이었다. 그녀는 어딘가 즐거워 보이는 제 정혼자가 생경해서 그만 말을 더듬었다.

"어, 네… 그, 렇습니다. 제물을 바치려고요."

"전쟁도 끝났으니 위령제를 겸해 대제를 주관해주십사 청하려는 걸세."

원매가 덧붙였다.

역시 어느 건모라나 비슷한 생각을 하는 모양이었다. 나라 안팎의 소란으로 한동안 왕실 주관의 제례만이 이어져왔다. 이제 그런대로 평화가 찾아왔으니 가문마다 저희의 건재함을 알리고 상처를 다독일 제사가 필요한 시점이기도 했다.

"그러고 보니 서번에서도 곽 총관께서 오매불망 백호제를 올리고 싶어 하지 않았나? 자네 형님께서 제물을 크게 마련하신다 들었는데."

"벌써 국통께 말씀을 올리고 허락을 기다리는 중이야."

"소문이 사실이었군. 국통께서 먼저 언질을 주셨다고 누가 떠들던데."

"누가?"

"누구인가가 중요한가? 여해 자네도 그 자리에 있었던가?"

"글쎄. 뜻을 정하는 건 하늘이니 내가 괜히 떠들 필요가 어디 있나. 몸가짐을 단정하게 해야지."

"그래. 맞아. 몸가짐을 단정하게 해야지. 그래서 말인데."

원매가 씩 웃었다.

"그래서 말인데, 여해. 자네가 나 대신 세연이와 함께 국통을 뵙고 와주지 않겠나?"

"내가? 동외 난가의 일에 내가 끼어도 괜찮겠나?"

"여해 자네 성정에 싫다 하지 않는 걸 보면 허락하는 게로군. 고맙네."

원매가 먼저 나서서 여해의 어깨를 툭, 가볍게 쳤다. 세연은 미간을 찡그리고 제 오라비와 정혼자가 대화하는 양을 지켜보았다.

'저이가 무슨 생각으로 저러나 모르겠네.'

여해는 이상할 정도로 흔쾌했다. 원체 부드럽기가 봄 새순 같은 사람이긴 했으나 그건 어디까지나 외양뿐이지 나서서 귀찮은 일에 발을 들일 정도는 아니었다. 그걸 아는 세연은 미심쩍은 얼굴로 원매를 만류했다.

"오라버니. 바쁜 분인데 가시는 걸음 붙들지 마시고 이만 저와 함께 들어가세요."

"여해가 괜찮다지 않아?"

'내가 안 괜찮다, 이 눈치라곤 약에 쓰려 해도 없는 오라비야!'

원매는 세연의 불편한 기분 따윈 전혀 모르는지 괜히 짓궂은 표정을 지어 가며 세연의 옆구리를 찔렀다.

"세연아, 이럴 때 정혼자와 오붓하게 시간을 보내고 그래야지."

"아… 아니, 무슨 그런 말씀을 하세요."

"부끄러워 말고 냉큼 다녀오렴. 오라비는 말을 잘 못하여 다 망치지 않았니? 이런 마음가짐으론 국통을 못 뵌다."

'그게 다 핑계 아니오!'

세연은 짜증이 났지만, 별수 없었다. 그녀의 오라비는 사람 좋고 잘 생긴데다 가문까지 좋았던 탓인지 남의 눈치를 장하게도 못 보는 이였다. 아마 눈치를 살펴서 슬금슬금 날아드는 마탄이 있었더라면 난원매는 전장에 나서기도 전에 목이 꿰어 죽었을 것이다.

그러고 보면 총사에게는 눈치가 있어도 마탄에는 눈치가 없었던 게 천만다행한 일이었다.

"세연 아씨, 소장이 잘 모시겠으니 가십시다."

바쁘다고 한발 물러나주면 좋으련만 여해는 전에 없이 눈을 빛내며 세연을 안내하려 들었다. 세연은 점점 더 마음이 불편해졌지만 더는 수가 없었다. 결국 그녀는 정혼자의 뒤를 따라 내을로 들어섰다. 한 땀 한 땀 동외 사람들이 수를 놓은 비단이며 금은 세공한 장신구, 주머니 따위가 그녀의 품에 가득 들어 있었다.

'이 사람이 새삼 나한테 반하기라도 했나?'

세연은 들떠서 발걸음도 가벼운 여해를 뒤따르며 그리 의심을 품어보았다가, 이내 머리를 저었다.

'아니 그건 그럴 리가 없는데. 지금도 봐, 날 거들떠보지도 않잖아?'

가문끼리 맺은 연이란 다 그렇고 그런 법이었다. 물론 여해는 괜찮은 헌헌장부였고 그만하면 전공(戰功)도 제법이라, 세연은 그가 싫지는 않았다. 그녀 역시 동외에선 알아주는 미인에 딴에는 성품도 나쁘지 않으니 상대도 비슷하게 여기려니 짐작하였다.

그러나 연모는 아니었다.

눈이 마주쳐 불꽃이 튄다는 저잣거리 이야기를 믿지도 않거니와 오래 곁에 두고 보아 쌓이는 정이 머물기엔 그 두고 볼 기회가 없었다. 아마도 조만간 가문에서 날을 잡아 가약을 맺고, 서로 부부가 된 후에 천천히 정이 들겠거니. 세연은 그리 믿었다. 나름대로 최선의 가정이었다.

'그런데 지금은 어색해 죽겠단 말이야. 이 사람이 왜 이러지?'

여해는 세연에게 짐이 무겁지 않으냐, 폐가 안 된다면 들어드리는 편이 좋으냐, 걷기에 불편한 점은 없으시냐, 틈틈이 묻기까지 했다. 세연은 뭣에 홀린 듯 얼떨떨한 심정으로 응접실에 다다랐다. 내을의 어느 응접실이나 그렇듯 작은 기도실이 딸린 널찍한 방이었다.

방에는 걸개그림으로 장식한 자단나무 장과 비단 방석으로 덮인 피나무 궤짝이 몇 개 놓여 있었다. 그림에도 방석 위에 놓인 자수에도 신녀의 상징이 가득했다. 둥글고 커나란 창에 붉은 노을이 스몄다. 세연은 흰 깁을 물들인 그 붉은 빛에 잠깐 시선을 빼앗겼다. 그 사이 여해는 기도실 앞에 꽂힌 여러 색의 종이꽃 깃발을 보았다.

기도실에 누가 들었다는 의미였다. 그는 문 대신 발로 가로막힌 기도실 쪽으로 홀린 듯 걸어갔다.

"청 당주, 그리 가시면."

세연이 혹여나 싶은 마음에 그를 만류하려 따라 움직였다. 그는 그새 발을 훌쩍 걷어내고 안쪽으로 들어선 참이었다.

"청 당주."

"쉿."

여해가 세연의 어깨를 가볍게 잡았다. 그녀는 갑작스러운 접촉에 놀라기보다 그의 품 너머로 보이는 광경에 더 놀랐다.

작은 들창 아래 좌상 하나만 놓인 방에는 지등만이 놓였을 뿐 적막으로 가득했다. 그리고 그 하나뿐인 좌상에 기대어 앉은 젊은 여자는 머리카락을 풀어 늘어뜨리고 새하얀 옷에 푸른 영대를 걸친 채 고요히 잠들어 있었다.

무방비한 그 잠든 얼굴이라니.

세연은 몇 번이나 뵈었던 누마가 한순간 몹시도 친근하게 여겨져

서, 기도실 안으로 들어서면 안 된다는 사실도 잊고 말았다. 여해
는 잠든 누마 곁으로 다가갔다. 눈높이가 평소와 반대가 되자 가슴
속이 수런거렸다. 그는 그 감정이 꽤나 불편했다. 들창으로 새어드
는 노을은 응접실과 다르지 않은데, 그 공평한 붉은 빛이 누마의
눈가를 물들이자 그녀는 곧 저녁 어스름 사이로 녹아 사라질 것처
럼 보였다.

충동이었다.

여해는 한쪽 무릎을 꿇어 몸을 낮추고, 잠든 누마에게 손을 뻗
었다.

세연은 그제야 놀라 허둥지둥 여해 곁으로 다가와 그를 끌어내
고자 했다. 왕가의 사제인 경청 국통에게 보는 눈 없는 곳에서 손
을 대다니 이만저만한 무례가 아니었다. 그녀는 새파랗게 질려 여
해의 옷자락을 움켜잡았다.

그리고 그 순간, 누마가 눈을 떴다.

부스스 벌어지는 그녀의 입술 사이로 한숨과 더불어 낮은 웃음
소리가 퍼져나갔다. 누마는 무방비한 눈매를 누그러뜨리며 더없이
자연스럽게 그 이름을 불렀다.

"여해."

스치던 시선이 허공에서 딱, 맞물렸다. 갈고리로 단숨에 찍어 내
는 듯한 통증이 여해의 호흡을 한 번 움켜쥐었다가 냉큼 손을 물리
고 사라졌다.

✳

누마는 오랫동안 금필 왕자, 이제 태자가 된 이의 초상을 들여
다보며 기도를 올렸다. 하찮은 예지일지언정 찾아와주기를, 간절히

바란 후 정원을 바라보며 서성이자니 민무가 허둥지둥 달려왔다.

"국통. 제가 약조를 하나 잊고 있었지 뭐예요. 혹 시간 괜찮으신가요?"

"금일은 일정이 더 없지 않니?"

"아니, 아니요. 없는 줄 알았는데 그게 참… 하하하…."

민무가 눈치를 살피며 우물쭈물 서신을 내밀었다.

"참, 어쩜 그렇게 안 보이는 데 떡하니 떨어져 있었을까요? 이것이… 귀신이 곡을 할 노릇이지요. 동외 난가의… 세연 아씨가 제물을 올리러 내방하신다고."

청룡 문장이 찍힌 서신에 단정한 글씨가 정중하기 그지없는 청원을 담고 있었다. 누마는 별 알맹이 없는 그 겉치레를 눈으로 훑고 끄트머리쯤 적힌 날짜와 시간을 확인한 후 눈살을 확 찌푸렸다.

"민무. 금일은 안 된다고 진작 거절을 했어야지. 정신을 어디 빼놓고 다니는 거야? 태자께서 수하를 이끌고 오가면서 안팎이 소란하니 너까지 마음이 들떠 이러는구나."

"죄송해요, 국통. 정말 송구합니다. 몸 둘 바를 모르겠어요. 제가 다 반성할 터이니 이번만 어떻게 봐주시면 안 될까요?"

"얼마나 받았니?"

"네? 아뇨, 아니… 아이고, 어찌 그러세요? 설마, 제가. 설마."

"원매랑이 와서 웃으며 두 손 맞잡고 당부하시더니?"

"아이고! 어머나, 세상에!"

민무가 펄쩍 뛰더니 얼굴이 시뻘겋게 물든 채 헤헤 실없이 웃어 댔다.

'그냥 해본 말인데 정말이었군.'

뭐 그런 재미라도 있어야 내을에서 심심한 사제 노릇도 하는 것이겠거니 싶어, 누마는 모르는 척 고개를 돌렸다. 민무가 가져온 청원을 새삼 다시 읽으면서.

"난 밤까지 쭉 유예의 방에 딸린 기도실에 머물 거야. 난가에서 사람이 오시거든 유예의 방에서 기다려달라고 해."

"당장 사람을 보내 알릴게요."

"그렇게 급할 노릇도 아닌데. 알아서 해."

자기 실수를 만회하고 싶은 듯, 민무는 기민하게 눈치를 살폈다. 누마는 더 기운을 빼기가 싫어 적당히 자리를 파하고 곧장 유예의 방으로 향했다. 응접실로 쓸만한 좋은 방이었다. 그녀는 상자를 덮은 비단 방석 위를 열없이 한번 쓸어보고는 옷자락을 늘어뜨린 채 기도실로 들어섰다. 불을 모두 끄고 지등만 남기자 그런대로 마음이 고요하게 가라앉았다.

침묵 속에서 누마는 다시금 마음을 모아 기도했다.

목소리를 들은 적 없는 신에게.

형체가 없어, 한 번도 그녀의 손을 잡아준 일이 없는 신에게.

발자국 소리를 낼 수 없어, 꿈결에만 스치는 그녀의 신에게 간절히 바랐다.

보아야 할 내일이 아니라 볼 수 있는 내일이 그녀의 꿈에 깃들기를.

그리고 꿈이 찾아왔다.

꿈은 고요하기만 한 누마의 기도실과는 달리 번쩍이는 황금빛과 요란한 환호로 들끓었다. 헤아릴 수 없을 만큼 무수한 사람이 누마의 시야 끝까지 가득했고 그 위로 부유하는 듯한 꽃과 깃발이 장대에 매달려 반짝거렸다. 사람들이 손을 뻗어 그들의 태자 부부를 축복했다. 찬사가 너울거리는, 화창하기 짝이 없는 한여름이었다.

'백국의 공주님이신가?'

누마는 어떤 상징이라도 찾아내기 위해 주위를 두리번거렸다. 그러나 꿈속에서 허락된 시야는 좁기만 했고 목소리는 뒤엉켜 명확하지 않았다. 인파에 이리저리 떠밀리며 누마는 층계를 오르는 태자 부부의 머리꼭지를 따라 움직였다. 걸음은 곧 뜀박질로 변했다. 누마는 꿈속의 그녀 자신이 앉은 자리에 이르렀다. 시야가 한 바퀴 돌았다. 새파란 여름 하늘에 몇 조각 구름이 해를 잠깐 가렸다. 땀이 뚝뚝 떨어질 만큼 무더웠다. 꿈속의 누마는 웃음기 없는 얼굴로 엄숙하게 성혼 선언을 시작했다.

태자비는 얼굴을 가리고 있었다.

너울은 은사로 수를 놓은 비단에 금사로 수를 놓은 항라를 덮은 사치스러운 물건이었고, 그 덕분에 신부의 얼굴은 전혀 보이지 않았다. 태자 금필은 못마땅한 얼굴로 제 반려 쪽을 힐끔 돌아보더니 낮은 한숨과 함께 다시 누마를 향했다. 누마는 꿈속의 태자가 보내는 그 불만스러운 표정이 무엇을 의미하는지 생각할 겨를도 없이, 금과 파려(玻瓈)와 진주와 홍옥으로 뒤덮인 장식 아래 신부의 얼굴을 조금이라도 보기 위해 안간힘을 썼다.

— 이리 될 운명이었던 건가.

금필이 조용히 물었다. 제단 앞의 누마는 보일 듯 말 듯 웃었다. 긍정도 부정도 아닌, 신이라는 게 거기 강림하였다면 지었을 법한 그런 표정이었다. 누마는 네 방위의 우물에서 떠온 물을 거다란 잔에 옮겨 붓고 여덟 방위의 산에서 거두어 온 나뭇가지를 적셔 태자 부부의 이마 앞을 스쳤다. 신부의 낯을 가린 너울이 젖어 들었다. 물방울이 튀어 싱그럽게 빛났다. 누마는 표정을 보이지 않는 신부를 대신하듯이 환하게 웃었다.

— 신께서 정하신 대로 될지어니, 다가오는 네 계절이 내내 평안

할 것입니다.

꿈속의 누마가 선언했다. 함성이 번졌다. 시야 끝과 그 너머까지. 빛이 비치는 곳과 그것이 이르지 못하는 그늘까지. 누마의 면전과, 그녀가 등져 돌아볼 수 없을 사람들까지. 목소리는 하나가 아니었고 부르짖는 이름도 각자가 떠올리는 복된 내일도 결코 같지 않았으나, 그 모든 것이 모여 허공을 메우는 한순간 그것은 매우 흡사하게 들렸다.

웃음소리 같기도 하고 고함 소리 같기도 했다.

그러나 무엇보다도 그것은 우레를 닮았다.

꿈속의 누마는 자신을 훔쳐보는 과거의 누마를 찾듯 주위를 빙 둘러보았다. 꿈결을 헤매던 누마가 손을 뻗으며 언어가 되지 못하는 의문을 부르짖었다.

태자 곁의 그 여자는 대체 누구란 말이냐?

모든 걸 볼 순 없었다. 신이 잠깐 엿보게 해주는 장래는 동강 난 그림에 불과할 때도 있었고, 때로는 그저 전날과 다르지 않은 비루한 일상이기도 했다. 누마는 그것을 어떻게 거창하게 꾸며내야 할지 몰라 곤란을 겪었다. 시골에서 구르며 제대로 배우지도 못하고 자란 어린 계집아이는 예지 능력을 인정받아 왕도로 실려 왔고, 신궁에 들어 많은 것을 몸에 익혔다. 모두가 그녀 앞에서 시선을 낮추고 공손했다. 그들이 바라는 것을 그녀는 주고 싶었다. 그녀는 말하기 위해 거기 있었고, 말했기에 국통이라는 이름을 받았다.

신의 뜻을 듣고, 그것을 말하는 자.

누마는 간절했지만 꿈결은 이내 고요하던 수면이 바람 한 줄기에도 쉬이 그러하듯 슥, 하고 일렁이며 흩어지고 말았다. 누마는 허탈하여 팔을 축 늘어뜨렸다.

또 틀렸는가?

태자에게 대관절 무어라 답해야 한단 말인가?

— 백국의 셋째 공주님에 대해 소장이 더 알려드리길 바라시는지요?

귓가에서 목소리가 들려, 누마는 소스라쳤다. 뒤를 휙 돌자 어느새 내을의 긴 회랑을 앞두고 있었다. 불그스름한 기둥 그림자로 뒤덮인 서늘한 바닥을 디디며 걷기 시작했다. 반걸음쯤 뒤처져 걷던 남자가 짓궂스럽게 웃었다.

— 소장이 괜히 귀를 어지럽혔을 뿐입니까? 언짢으시다면 죄송합니다. 다만 고민을 덜어드리고 싶은 충심에서. 아니… 다만.

약간 벅찬 호흡을 한 번 뱉고, 그가 걸음을 재촉해 그녀를 앞질렀다. 무례를 지적하기 전에 그가 손을 뻗어 영대 끝을 잡아챘다. 앞질러 선 것과 영대를 잡아챈 것, 그리고 시선을 똑바로 마주한 것. 도대체 무엇부터 지적해야 할지 몰라 누마의 눈빛이 흔들렸다. 청여해는 웃음기 없이 누마에게 말했다.

— 국통. 소장은 다만 국통께 잘 보이고 싶어 그럽니다.

— 무, 무슨. 농이 지나치면 그 역시 무례입니다.

— 한말씀만 해주시면 소장은 국통의 편이 될 것인데 뭐가 그리도 두려우십니까? 국통의 힘을 의심함이 아닙니다. 달리 답하여 달리 결과가 나온다면 그 역시 신의 뜻이 아니겠습니까? 부디, 국통.

— 신께서 보여주신 신부를 답할 뿐입니다. 이 사람은 지금 태자를 뵈러 가는 길이니 더는 무례를 허락하지 않겠습니다. 물러가십시오.

— 국통.

누마는 그의 손에서 다시 영대를 잡아당겼다. 그는 놓지 않았다.

누마는 그가 무엇을 원하는지 알았다. 그녀는 손을 뻗어, 조용히 그의 손 위에 얹었다. 그러자 그가 억세게 쥐었던 주먹을 열어 영대를 놓아 보내주었다. 그의 손가락이 영대 대신 그녀의 손가락에 조급하게 얽혔다. 열기가 어디에서 와서 어디로 가는지 서로 알지 못했다. 불꽃은 손끝에 고였다가 이내 다른 곳으로 옮겨붙었으므로.

— 국통께서 소장의 정혼을 깨어버리신다면, 저는 멋대로 착각하여 더욱 무례할 것입니다.

— 협박하지 마세요.

— 협박이 아닙니다. 신께서 국통에게 보여주는 장래가 다만 사실에 불과하다면, 소장이 사뢰는 것도 그저 사실일 터입니다. 그렇지 않습니까? 신께서 당신을 협박하는 게 아니라면 소장이 어찌 감히 귀한 분을 위협하겠습니까?

— 그것이 협박이지요. 청 당주. 부디 물러가세요. 이제 만나지 않는 것이 좋겠습니다.

— 그럴 수 없습니다. 그럴 수 없다는 걸 당신도 아시겠지요. 먼 장래를 보시는 분. 예지 따위 깃들지 않아 청맹과니 같은 소장조차도 아는 장래를 어찌 당신이 모른다 하시겠습니까? 국통.

손가락이 얽혀들어 그대로 녹아 붙을 듯이 가까워졌다. 힘은 공평하게 나뉘어 머무르다 일순 한 편으로 기울었다. 여해의 눈동자가 새파란 불꽃처럼 타올랐다. 누마는 그가 잡아당기는 대로 이끌려 그의 품에 가볍게 부딪혔다. 시선이 그녀를 휘감았다.

— 나의 누마.

입술이 맞붙기 전에 그 부름이 한숨이 되어 서로의 호흡 사이로 사라지는 것을, 누마는 똑똑히 들었다. 불을 삼킨 듯 입속이 바짝 말랐다가 바로 다음 순간 풍요롭게 차올랐다. 그녀는 눈을 감았다.

무수한 별이 눈꺼풀 안쪽을 긋고 지나갔다. 시간이 흘러 지저로 떨어지는 소리 났다. 어떤 운명의 축이 비틀어지는 소리인 것만 같았다.

눈을 뜨자, 세상은 영롱한 초록으로 가득했고 누마는 가벼운 모시로 지은 여름옷을 걸친 채 여해의 무릎에 모로 앉아 있었다. 그녀는 멍하니 그를 올려다보았다. 그는 지극히 자연스럽게 그녀의 어깨를 껴안고 물에 적신 천으로 뺨을 닦아주었다. 누마는 탁자 위에 놓인 물그릇과 둥근 부채를 눈에 담았다. 창 너머는 화창한 여름. 구름은 길게 늘어져 강물처럼 흐르고 나무들은 다투어 푸르렀다. 무성하고도 풍윤한 그 색채만큼 여해는 생생하게 웃었다.

— 누마. 아직도 덥습니까?

그는 묻고, 수건을 내려놓은 손으로 부채를 들어 부쳐주었다. 팔랑거리는 그 움직임을 잠깐 지켜보다 누마는 손을 뻗어 그의 얼굴을 만져보았다. 손끝이 낯선 피부 위를 미끄러지며 매 순간 그녀의 눈가를 달궈놓았다.

— 여해, 그대 곁에 있자면 한겨울에도 더울 거예요.

— 어쩌나. 그래도 여름 내내 누마께서 제 곁에 있어주셨으면 하는데.

— 대신 겨울에도 내내 곁에 있어주시면 되잖아요.

누마는 울고 싶었다.

왜 울고 싶은지 꿈속의 그녀는 알아도 그것을 지켜보는 과거의 그녀는 몰랐다.

누마는 망막을 덮는 습기 너머로 자기의 손과, 얌전히 얼굴을 맡긴 여해와, 그리고 또 다른 장래를 보고 있었다. 그것이 무엇인지는 꿈속의 그녀만이 알 터였다. 여해는 그녀가 눈을 깜박이는 순간 뺨으로 흘러내리는 눈물을 보고 당황해 허둥거렸다.

— 누마. 왜⋯.

누마는 눈을 감았다.

— 화주가 된 것을 축하해요.

눈물을 다 흘려버리고 눈을 떠서, 맑은 시야로 말하고 싶었다.

부르고 싶었다.

"⋯여해."

눈앞의 여해는 오묘한 얼굴로 누마를 바라보다가 입 끝을 살짝 들어 올렸다. 누마는 헉, 하고 한 박자 늦게 숨을 들이켰다. 어둑어둑한 시야, 길고 묵직한 소맷자락이 그제야 눈에 들었다. 유예의 방에 딸린 기도실. 홀로 놓인 지등. 열린 창으로는 찬 바람이 새어들었고 더 이상 여름 냄새는 나지 않았다. 공기는 서늘했다. 그러나 그녀의 가슴 속만큼 선뜻하지는 못했다.

쿠당, 하고 뭔가가 쓰러지는 소리가 나서 누마는 그쪽으로 고개를 돌렸다. 동외 난가의 딸, 세연이 새파랗게 질린 채 의자 하나를 쓰러뜨리며 달려나갔다.

"아⋯."

얼빠진 소리를 내며 누마는 벌떡 일어났다. 식은땀이 등골을 타고 흘렀다. 꿈과 현실을 혼동하다니 어리석은 짓을 저질렀다. 하지만 대체 왜 여기에 여해가 있단 말인가. 왜, 여기, 이 순간에. 누마는 비명을 지르고 싶은 심정으로 얼어붙었다. 달려나간 정혼자를 쫓아가는 대신 혼란에 빠진 누마 곁에 머무르기를 택한 여해가 입을 열었다.

"다시 한번 불러주십시오. 국통."

꿈과 혼란이 한꺼번에 확 달아났다. 누마는 노한 얼굴로 팩 돌아섰다. 여해는 그녀의 서슬 퍼런 시선을 똑바로 받고 해사하게 웃었다.

"여해, 라고. 다시 불러주십시오. 부디."

누마는 그 자리에서 도망쳤다.

그 직후 여해는 끈질기게 대면을 청했지만 누마는 기도를 올려야 한다며 청을 물렀다. 그러나 이른 아침에 동외 난가의 제물을 다시 올리겠다며 세연이 찾아왔을 때, 누마는 그것을 피할 수 없었다.

세연은 홀로 유예의 방에 들어섰다. 비단으로 감싼 바구니에 다양한 향과 꽃과 보석을 담아 내밀고, 그녀는 반듯하게 예를 올렸다. 누마는 그녀가 오라비 없이 혼자 방문한 것을 보고 전날 일로 할 말이 있겠거니 여겼다.

"편히 앉으세요, 세연 양."

붉은 기가 도는 눈매를 누그러뜨리면서 세연은 태연히 웃었다.

"존경하올 경청 국통. 동외의 가뭄이 간밤 내릴 비로 끝났기에 이를 감사히 여기며 방문하였습니다. 너무 이른 시간에 심기를 어지럽힌 것이 아닌지 걱정스럽네요."

"천만의 말씀입니다. 간밤에 뵙기로 하고 그만 날짜를 미루었으니 이 사람의 잘못이 큽니다. 탓하기는커녕 감사부터 전해 오시니 송구하군요."

순하게 웃고 있어도 그녀는 매우 영리해 보였다. 누마는 그녀가 진짜 용건을 꺼낼 때까지 잠시 에두르는 재담에 어울려주었다. 허락된 시간이 반쯤 지났을 때 세연이 조금 더 가까이 다가와 몸을 낮추고 조용히 입을 열었다.

"내일 태자 전하를 알현하신다 들었습니다."

"평시와 다를 바 없는 일입니다."

"태자비를 추천하시리라고."

"이 사람은 다만 본 것을 전할 따름이지요."

"추천하신들 감히 누가 나무라겠습니까?"

누마의 무릎에 닿을 듯이 다가앉은 세연이 고개를 빳빳이 들어 올렸다. 동그랗고 흰 이마는 과연 백자 항아리처럼 잘 생겼고 한 쌍의 눈동자는 어지간한 보옥에 비할 바가 아닌데, 그에 담긴 기세는 맑지 못했다.

탁류야말로 산 자의 멋일 지도 모를 일이나, 누마는 그것을 태평하게 찬양할 수가 없었다. 내내 순전한 어린아이로 보던 사람이 불쑥 자라 속 모를 감정에 휩싸인 채 나타났을 때처럼 그녀는 대견한 동시에 실망스러웠다. 그러면서도 안쓰러움을 느꼈다.

"이 사람은 신의 하수인에 불과합니다. 입으로 거짓을 고하여서야 신성모독이지요."

"거짓을 고하라는 것이 아닙니다. 다만, 국통의 추천을 바라는바."

"세연 양."

"태자비가 되고자 합니다. 국모로서 성심을 다할 각오가 있습니다."

"성심을 다할 분이 밀실에서 거짓을 거래하고자 하시다니. 이 무슨 치태이신지요?"

"국통."

세연이 침을 꿀꺽 삼키더니 말아 쥔 주먹을 옷가슴에 얹고, 떨리는 입술을 열었다.

"국통. 치태란 정혼자를 둔 사내를 마음에 품고 정을 통한 사제에게나 어울리는 말이 아니올지요."

그녀가 그 말을 꺼낼 줄 몰랐던 게 아닌데도 누마는 살에 꿴 기러기처럼 퍼뜩 놀라 고쳐 앉았다. 누마의 시선이 세연의 허옇게 질린 얼굴을 세세히 훑었다. 커다랗게, 참으로 도발적으로 뜬 두 눈에는 경멸의 기색조차 없어서 누마는 오히려 그것이 짜증스러웠다.

─ 누가 정혼을 연모 때문에 합니까?

장난스럽던 그 목소리가 자연 떠올랐다. 누마는 언짢은 얼굴을 감추지 않고 혀를 찼다.

"오해가 크신 듯합니다. 세연 양."

"제가 태자비로 부족함이 있습니까?"

"이 사람은 홍진의 일을 판단할 수 없습니다. 이 사람이 전하는 것은 모조리 신께서 허락하신 만큼입니다. 몇 번이고 말씀드리지만, 세연 양. 거짓은….'"

"제가 태자비로 어울린다고 말씀해주시라는 게 아닙니다. 그렇게까지는 바라지 않겠습니다. 거짓이니까요. 네, 저는 거짓을 요하는 게 아닙니다. 저는 단지… 단지 약간의 비유를….'"

"비유."

헛웃음이 새 나왔다. 누마는 천장을 올려다보았다. 아무것도 없는, 아침 볕이 스며 나뭇결이 보일 뿐인 천장을.

"다들 내게 거짓을 말하라 하네….'"

"거짓이 아니라!"

"꿈에서 당신 얼굴을 본 적 없습니다. 물러가세요, 세연 양."

"청 당주를 연모하시지 않습니까! 제가 태자비가 되면 정혼은 자연히 깨지고 그러면 당당하게…!"

"착각하시 마세요, 세연 양."

모두가 예지를 믿지는 않는다.

예지를 믿어도, 말을 전하는 누마를 믿지 못하기도 한다.

사람은 제가 본 것도 의심하는 법이었고 현상이란 말로 옮기면 반드시 그 빛이 바래게 마련이므로, 누마는 저 자신을 의심하듯 신을 의심했다. 보이는 것이 죄 진실이라 해도 구멍은 어디에나 있었다. 오지 않은 장래는 대해(大海)였고 그녀가 엿보는 것은 그에 속한 한 방울의 물 같은 것이었다. 때로는 옷깃을 적시고 돌아와서 '몹시 차가웠다'밖에는 전할 수 없는 법이었다. 물결이 얼마나 거센지, 그것이 얼마나 깊고 아득한지, 그녀조차 다 알지 못했다.

신이 아니기에.

신은 인간의 언어로 답하지 않기에.

누마는 하잘것없었던 간밤 꿈을 떠올리며 싸늘하게 말을 이었다.

"세연 양. 이 사람은 청 당주를 연모하지 않습니다. 그이를 내밀어 무슨 거래를 하려 드십니까? 제게 어떤 의미도 없는데요."

앉아 듣고 있던 세연의 어깨가 움찔거리고 고개가 살짝 돌아갔다. 그녀는 자기 감정을 잘 감춘다고 여기는 모양이었지만 그 신경이 기운 방향은 누마에게 훤히 보였다.

'저런.'

여해였다.

세연은 여해를 데리고 와 문밖에 세워둔 것이 틀림없었다. 뭘 듣게 하고 싶었는지, 그것이 그녀의 거래에 어떤 역할을 하리라 믿었는지 알 수 없었지만 달라지는 건 없었다.

청여해는 문밖에서 두 사람의 대화를 낱낱이 들었다는 사실.

'화가 나네. 어린 것이 나를 가지고 놀려 들었어.'

무엇이 성심인가. 태자비가 되고자 함은 연모도 성심도 아니라 그저 욕망에 불과하였을 터다. 누마는 세연을 물리고 몸을 일으켜 바깥으로 걸어 나왔다. 문 앞에 서 있던 여해는 일부러 쳐다보지도 않았다.

"허가 없이 사람을 달고 오다니 무례합니다. 동외 난가의 제물은 돌려보내고 당분간 다시 받지 않겠으니 그리 아세요."

"국통."

세연이 아니라 여해가 누마의 뒤를 따라왔다. 조급하게 부르는 목소리가 떨렸다. 왜 부르는지 무엇을 듣고 싶은지, 아마 그도 모를 것이라고 누마는 확신했다.

청여해는 허둥지둥 누마의 뒷모습을 따라 걸었다. 회랑을 쟁쟁 울리는 목소리에 누군가 나타나 그를 가로막으면 어쩌나, 걱정스러워서 마음이 점점 조급해지기만 했다.

— 여해.

그 목소리 때문일까. 그는 저도 모를 무엇인가를 명확히 하기 위해 아침 일찍 내을로 향한 참이었다. 전날과 마찬가지로 차마 안으로 들지는 못하고 괜찮은 핑곗거리를 찾아 속을 뒤집으며 서성거리는데, 맞춤한 듯이 그 자리에 세연이 나타났다.

— 청 당주. 언제부터인가요?

세연이 다짜고짜 물었다.

— 뭐가 말입니까?

— 모르는 척하시긴.

단 하룻밤 새 정혼자에 대한 거리감이 사라진 듯, 세연은 이죽거리는 표정을 지었다. 못된 장난을 치고 나서 또래 아이들끼리 눈빛을 교환할 때 같은 그런 표정이었다.

— 청 당주께서 언제부터 경청 국통과 친밀한… 다정한 교류를 주고받으셨냐고요.

— 글쎄요. 무슨 말씀이신지, 세연 아씨.

— 손을 대기엔 지나친 분 아닌가요?

— 제가요? 손을요? …어느 분께?

— 겁도 없이 내을의 신녀에게.

― 설마요.

여해는 입가를 비틀어 웃었다. 그리고 어깨를 으쓱거리며,

― 저도 몰랐습니다.

하고 진심을 덧붙였다. 더하고 뺄 것도 없는 사실이었지만 물론 세연은 전연 믿는 기색이 아니었다. 그녀는 자신의 정혼자가 호락호락하게 원하는 답변을 하지 않으리라 판단 내렸는지, 내을의 출입문으로 다가가며 손짓했다.

― 정혼을 깨는 것도 나쁘지 않죠.

항상 이른 아침에 핀 나팔꽃 같던 세연이 턱을 반짝 치켜들었다. 여해는 그녀의 눈동자가 자신을 샅샅이 훑으며 의문과, 비난과, 경멸과, 그러나 꼭 그만큼의 호기심으로 빛나는 것을 지켜보았다. 그는 시선을 피할 이유가 없었으므로 눈을 똑바로 떴다.

― 원매랑도 그리 생각하십니까?

― 오라버님 생각은 중요하지 않아요. 그만한 분께 손을 뻗었다면 청 당주께서도 각오가 서셨을 것 아닌가요?

― 글쎄요. 세연 아씨는 저를 오해하고 계십니다.

― 그런가요? 하면, 정혼을 유지하시겠다는 말씀이신가요?

― 양가에서 정한 뜻이니까요.

― 어머.

세연이 그것 참 의외라는 듯 걸음을 우뚝 멈추었다.

― 조용히 정혼을 거둘 방도가 있다면, 그리하시겠어요? 청 당주. 당주께서는 제게 더 너그러이 베푸셔야 해요.

내을의 붉은 문 앞에서 세연은 결연한 표정을 지었다. 그녀가 기척을 내 내을의 궁인들을 불렀다. 국통을 긴요히 뵙고자 한다는 그녀의 말에 궁인들이 되물었다.

— 동외 난가의 귀한 따님, 간밤에 기도를 다 올리지 못하셨습니까? 국통께선 달리 하명하신 바가 없으십니다.

그리 완곡히 거절할 걸 진작 알았던 것처럼, 세연은 그들에게 두둑한 주머니를 각각 쥐여주었다.

— 존경하올 국통께 모쪼록 다시 사뢰어주세요. 지난밤, 긴급히 소식이 들어왔습니다. 동외 땅의 긴 가뭄이 끝날 듯싶다고요. 비구름이 가득 몰려왔다 하니 어찌 아니 기쁘겠습니까? 모두 국통께서 예언하신 바와 꼭 맞는 소식입니다. 하여, 동외 땅의 백성으로서 난 세연이 보잘것없는 성의나마 보이고자 함이니 물리지 마세요.

궁인들은 시선을 교환하다가 세연을 우선 안으로 들여주었다. 세연은 자신이 해낸 것을 자랑하듯 여해를 힐끔 돌아보았다.

— 청 당주, 제가 이리 너그럽다는 걸 정말로 잊으시면 안 돼요. 무얼 보답할까 고민하면서 저를 따라오세요.

여해는 그녀에게 갚을 것도, 그럴 이유도 없었다. 그러나 그의 뇌리를 메운 건 다른 목소리였다.

동외 땅의 오랜 가뭄이 끝날 것입니다, 했던 누마의 목소리. 그녀는 못마땅한 표정으로 여해에게 그 예언을 알려주었다. 그녀 자신의 힘을 증명하기 위해서. 여해는 아직 가시지 않은 새벽빛이 어룽거리는 회랑을 따라 걸음을 옮겼다. 그의 눈길이 작은 격자창이 나란히 박힌 저 건너편으로 향했다. 청 당주. 그렇게 부르던 누마의 입술이 머금고 있던 것은 불쾌감이었다. 난가의 묘는 새로 비석을… 또 무어라 했던가? 여해는 자신이 왜 누마에 대해 그렇게나 집요하게 되짚고 있는지 몰랐다.

모르기에 새벽같이 내을로 달려왔던 것이다.

여해.

지독히도 가느다랗던, 어린 도요새의 가슴깃 같은, 가뭇없는 한숨에 뒤엉켜 흘러나왔던, 그 목소리가 그를 도무지 조용히 머물 수 없게 만들었다. 뱃속이 간질거리는 기분이란 꼭 잠에서 완전히 깨지 못하는 동안의 그 무력함을 닮았다.

그는 누마를 보아야 했다.

그는 누마에게 무언가 답을 얻어야만 했다.

그도 모르는, 그조차 뭐라고 물어야 할지 모르는 어떤 해답을. 그렇다. 이를테면, 그것이야말로 일종의 예언을 원하는 태도일 터였다. 청여해는 예언을 바랐다. 누마가 보았다는 장래의 그 자신에 대한 몹시도 개인적인 예언을. 그리고 이제는 누마가 왜 그의 이름을 불렀는지, 과거의 한순간에 대해 이해 가능한 해석을 그는 깊이 바랐다.

— 청 당주, 잠시 여기 계세요. 문밖에.

그사이 세연은 유예의 방 앞에서 걸음을 멈추고는 그렇게 말했다.

— 문밖에.

그가 순한 어린애처럼 따라 답했다. 세연은 그를 물끄러미 올려다보았다.

— 네. 문밖에. 당주께서 발뺌하시니 저라도 가서 거래할까 합니다. 당주께선 여기서 듣고 계세요. 모르는 척.

겁쟁이.

세연이 그렇게 중얼거리며 발을 친 문 저편으로 사라졌다. 여해는 꽤나 억울했다. 세연이 누마와 자신의 관계를 오해했다는 건 알았지만, 그 오해를 풀 도리가 없었다. 하룻밤을 오해하게 두었다는 이유로 겁쟁이가 되고 말다니. 그는 자신의 몸에 남은 온갖 상처들을 떠올렸다.

— 태자비가 되고자 합니다. 국모로서 성심을 다할 각오가 있습니다.

간질거리던 감각이 쓱 밀려났다. 문 안쪽에서 들려온 세연의 목소리에 여해는 잠시 귀를 의심했다. 태자비. 동외 난가가 부족한 가문은 아니지만 세연은 막내였고, 특출날 것이 없는 소녀에 불과했다. 불운한 사고와 국내외의 갈등 탓에 줄줄이 손위 형제를 앞세우고 태자가 된 금필은 외국 공주를 반려로 맞을 예정이었다. 무얼 보아도 세연은 그 자리에 후보로도 오르내릴 여지가 없었다.

— 제가 태자비로 어울린다고 말씀해주시라는 게 아닙니다. 저는 단지….

그렇다. 세연에게는 기회가 없었다.

예언이라는 신의 말을 빌리지 않는 한.

문밖에 선 여해는 물론 그녀가 무엇을 바라는지 알았다. 누마도 알았을 터였다. 그렇기에 여해는 누마가 얼마나 모욕감을 느낄지도 이해했다. 세연은 감히 누마에게 거짓 예언을 하라고 태연히 요구하는 것이다. 신의 이름으로 거짓을 말하라고.

— 저는 단지… 작은 비유를.

— 비유.

누마가 싸늘하게 비웃었다.

— 다들 내게 거짓을 말하라 하네….

세연은 과연 아직은 연모라는 말에 힘이 있다고 믿는 모양이었다. 그녀는 누마가 여해와 당당하게 맺어지기 위해서라면 거짓 예언을 해서라도 세연과 여해의 정혼을 무효로 돌려주리라 여겼다. 단 하룻밤 만에 그 계획을 세우고 허둥지둥 제물을 마련해 내을로 달려오기까지 하다니, 그녀의 행동력만은 경탄할 만했다.

― 청 당주를 연모하시지 않습니까? 제가 태자비가 되면 정혼은 자연히 깨지고 그러면 당당하게…!

― 착각하지 마세요, 세연 양.

여해는 더 듣고 싶지 않았다.

세연의 요구는 그에게도 불쾌할뿐더러 입장이 매우 곤란했다. 그가 기대섰던 벽에서 등을 떼어냈을 때, 누마가 서늘한 목소리로 쏘아붙였다.

― 세연 양. 이 사람은 청 당주를 연모하지 않습니다. 그이를 내밀어 무슨 거래를 하려 드십니까? 제게 어떤 의미도 없는데요.

여해는 가만히 자신의 앞가슴을 내려다보았다.

이상한 일이었다.

참으로 이상한 일.

그는 한순간 마탄으로 심장을 꿰뚫린 게 틀림없다고 여겼는데, 불타는 듯한 통증만 남고 피도 상처도 보이지 않았다. 그는 주름 하나 가지 않은 옷가슴을 한 번 쓸어내렸다.

청 당주를 연모하지 않습니다.

목소리가 되살아나자 저미는 듯한 고통도 다시 한번 그를 긋고 지나갔다.

제게 어떤 의미도 없는데요.

그는 묻고 싶었다. 왜? 어째서 의미가 없는 것입니까? 라고. 그래서는 안 됐다. 그는 고개를 들었고, 누마와 눈이 마주쳤다. 그는 문간의 그늘에 숨어 있지도 않았다. 시선 속에서 누마의 얼굴이 분노로 달아올랐다. 형형한 시선이 불타오르는 듯 했다. 누마는 휙 몸을 빼내 저편으로 내달렸다.

"국통."

그는 더 계산하지 않고 누마의 뒷모습을 따라 걸었다. 누구의 눈에 띄든, 어떤 오해를 받든, 더는 알 바가 아니었다.

해답이 필요했다.

왜 당신은 아무렇지도 않은지. 어째서 그럴 수 있는지.

그래서는 안 됐다.

그럴 수 없었다.

— 여해.

그렇게 부르며 웃지 않았는가? 한숨이 서로 뒤섞일 만한 거리에서 미소가 스쳐 지나가지 않았는가? 그런데 왜.

"국통, 잠깐 소장에게 시간을 내주십시오."

"성가시게 하는군요. 무례합니다, 당주. 이 사람에게는 할 일이 있으니 물러가세요."

"국통."

"……."

"국통. 소장은 예언을 들어야겠습니다."

"…하!"

누마는 돌아섰다. 늘어뜨린 머리카락 탓인지 누마는 아직 미숙한 풋내기처럼 보였다. 고집스러운 눈동자가 훨훨 타오를 듯 반들거렸다. 그녀는 잠시 여해를 죽일 것처럼 노려보다가 툭, 뱉었다.

"그래요. 미뤄 무엇 하셨습니까. 당주, 따라오세요."

아직 아침 제례를 올리기도 전이었다. 누마는 분주하게 내궁 안뜰을 오가는 궁인들과 사제들을 거슬러 오색 발을 드리운 방으로 향했다. 둥근 비자나무 탁자 너머에 멈추어 서서, 누마는 자신을 따라온 여해를 향해 돌아서서 소매 속으로 두 손을 감추었다.

"일전에 이 사람이 꿈을 꾸었습니다."

당신은 화주가 됩니다.

누마는 그렇게 말하는 대신, 눈을 가느다랗게 뜨고 여해를 조용히 들여다보았다. 그의 푸른 눈동자가 흔들리는 것을. 그 안에 담긴 감정이 그 스스로도 모를 색채로 일렁이는 것을.

"꿈을 하나… 아니, 여러 번."

여해는 침묵을 오래 견디지 못했다. 그가 재촉하듯 되물었다.

"어떤?"

"청 당주가."

"제가."

당신이, 화주가 됩니다. 어느 날, 바람이 창틀을 넘어 서탁 곁에 앉은 누마의 소맷자락을 건드리고 지나가는 날. 하늘은 녹옥빛이고 구름은 물항라처럼 곱게 흐르는데 당신은 화주의 정복을 걸치고 나타나 두 팔을 벌려 이렇게 말합니다.

이렇게.

— 존경하올 경청 국통. 무고하셨습니까?

누마는 눈앞의 청정한 얼굴 위로 아주 약간 더 나이 든 그의 모습을 겹쳐 보았다. 그리고 눈을 내리감았다.

그녀는 말했다.

이렇게.

"청 당주가 저와 야합하는 꿈이었습니다."

목소리는 머물지 않았다. 침묵이 곧장 그 자리를 차지했다. 누마는 차마 눈을 뜨고 앞을 확인할 엄두가 나지 않았다.

예언은, 꿈은, 그런 회피를 허락하지 않으나 현실에서라도 마음껏 도망치고 싶었다.

거의 영원처럼 느껴지는 침묵 후에 눈을 떴을 때, 누마는 여해와 자신의 거리가 생각보다 지나치게 가까워서 소스라치게 놀랐다. 청여해는 그나마 멀지 않은 거리를 성큼 좁히며 다가섰고, 누마는 얼른 뒷걸음질 쳤다. 분명 그와 자신 사이에 다탁이 놓여 있었던 것 같은데 어찌 된 영문인지 두 사람은 다탁과 창 틈새의 좁은 공간에 바짝 붙어 선 채였다. 반짝이는 금빛 먼지들이 여해의 눈꺼풀 위를 유영하는 모습이 선연할 만큼 달라붙어 선 채로, 누마는 혹여나 호흡이 뒤섞일까 두려워하는 양 숨을 삼갔다.

여해의 입가에 미소가 떠올랐다.

"소장의 꿈을 꾸셨습니까?"

"뭘 들었나요? 그렇다고 말씀드리지 않았습니까."

"국통. 그것은… 그것은 예지입니까?"

"이 사람을 믿지 않으십니까?"

"아뇨, 아니요… 믿습니다. 믿기에 여쭙는 것입니다. 국통. 답해 주십시오. 그 꿈은 예지입니까? 아니면 다만 국통의 소망입니까?"

"뭐라….."

누마는 눈을 치켜떴다. 여해가 손을 뻗어 그녀의 영대를 낚아챘다. 길게 늘어뜨린 검은 머리카락 한 줌과 함께 그의 커다란 손가락 사이로 비단 자락이 미끄러졌다. 여해는 그것에, 그것이 영대의 끝단이든 아니면 누마의 머리카락이든 아무래도 좋다는 듯, 가볍게 입 맞추었다.

"범속한 이들에게 꿈은 때로 소망의 재현입니다. 바라 마지않기에 꿈결에 깃드는 일이 허다하지요. 국통, 국통께서도 때로는 예지가 아니라 다만 바람에 마음 휩쓸려 꿈을 꾸기도 하실 터입니다. 그러하다면."

그는 만족스러운 듯 보였다. 젊은 눈가에 가느다랗게 주름이 잡히자 그녀가 꿈에서 몇 번인가 어루만졌던 흐린 상처가 흡사 살아 있는 생물처럼 꾸물거렸다. 그녀는 그 미간에 손을 뻗지 않기 위해 고개를 돌렸다. 그러자 목소리가 귓가에 고였다.

더운 날의 안개처럼.

늦은 봄, 아침나절 연잎 위로 흐트러지는 는개처럼.

"그러하다면, 국통. 그 꿈은 소장과 같습니다. 저는, 실제로 지난 밤 매우 요염한 원망에 꿈자리를 빼앗겼으니까요. 당신께서 웃으며 제 보잘것없는 이름을 부르셨기에."

─ 거짓을 고하라는 것이 아닙니다.

세연의 싱그러운, 갓 딴 능금 같은 목소리가 떠올랐다. 누마는 여해의 꿈이 덫 같다고 여겼다. 그러나 아니었다. 그녀는 여해의 첫 인상을 기억해보려 했지만 펄럭이는 깃발들 아래 도열한 한 무리의 총사들과 눈이 부시던 햇살 말고는 무엇도 선명하지 않았다. 이번 에는 처음 그의 꿈을 꾼 후에 그를 찾아보았을 때를 또 생각해보았 다. 한창때의 백합 같은 이마를. 초여름 하늘 아래 제비꽃 같은, 여 해의 푸른 눈동자를. 시선이 우연히 마주쳤던 순간을. 그녀가 눈을 깜박일 때 많은 기억이 조각나 흘렀다. 놀랍게도 모든 것이 막연했 다. 전부 다 꿈이기나 했던 것처럼. 모든 것이 정말로 단순한, 예지 가 아니라 춘정에 못 이겨 그녀 자신이 품어온 원망인 것처럼.

그럭저럭 예쁘장한 사내로구나.

그렇게 생각했던 것도 같건만.

내가 쟤랑 부둥켜안게 된다고? 쟤랑?

그리 어이없어했던 것도 같건만.

언제 눈을 뗄 수 없게 되었는지 그녀는 알 수 없었다. 장래를 예 지하여 그로 인해 현재의 그를 눈으로 좇았으니 이것은 그야말로 한바탕 황량몽에 지나지 않아, 그녀는 스스로를 비웃지도 못했다.

"국통."

그가 귓가에 속삭였을 때, 부름에 답하는 것이 고작이었다. 그리고 겨우 눈을 돌려 그를 마주 보았다. 푸른 불꽃 같은 눈동자를. 혼란으로 가득한, 환희로 빛나는, 그 젊고 아름다운 얼굴을.

"국통, 그 꿈은 어떠한 꿈이었습니까?"

"그저 사통하였을 뿐 정숙한 이야기는 하나도 없습니다. 이 사람이 청 당주에게 일러줄 장래도 이것이 전부예요."

"어찌하여 야합이니 사통이니 하는 말씀을 하십니까? 두 사람이 서로를 탐한다면 보통은 정인이라고 여기지 않을지요?"

"청 당주. 연모하여 정혼하는 이보다 득실을 따져 연을 맺는 이가 많다는 것쯤 이 사람도 압니다. 당주에게는 정혼자가 계시지요."

"아까 친히 들으신 바와 같이."

여해는 대수롭지 않게 바깥쪽을 가리켜 보이며 누마의 퇴로를 가로막았다.

"동외 난가의 따님께서는 달리 마음 둔 이가 계신 듯합니다."

"이 사람은 죄를 범할 이유를 모르겠습니다."

"그러하시면 장래는 어찌 됩니까? 예지가 그리도 신명한 것이라면, 국통. 소장이 간밤에 요염한 당신을 보았던 꿈도 인과에 맞는지요?"

"…청 당주."

"예지가 가져온 인과라 할까요, 아니면 국통께서 예지를 이루기 위해 행하신 사술입니까? 그럴 리 없을 테지요. 당신은 경외하올 경청 국통이시고 저와 정을 나누는 날을 예지하셨다면. 아니면 말씀을 바꾸시겠습니까? 저는 개의치 않습니다. 국통, 예지가 아니라 정염이라고. 당신이 그저 저를 원하여 꿈에서 잠깐 만났더라고 하신단들.”

— 국통께서 소장의 정혼을 깨어버리신다면, 저는 멋대로 착각하여 더욱 무례할 것입니다.

누마는 그 꿈을 떠올렸다.

그녀는 약속한 사흘째에 태자 금필을 만나 장래를 일러주어야 했다. 얼굴을 가린 신부는 끝내 그녀에게 정체를 알려주지 않았다.

— 국통께서 소장의 정혼을 깨어버리신다면.

— 청 당주를 연모하시지 않습니까! 제가 태자비가 되면 정혼은 자연히 깨지고….

그녀는 자신이 어떤 길을 택할지를 깨달았다. 이것은 예지인가 그렇지 않으면 들끓는 정염이 불러온 망집인가? 그녀 자신이 행할 죄악을 다만 조금 일찍 알았을 뿐인가 아니면 그렇게 스스로를 속여 잠시 잠깐 죄책감을 잊고자 함인가? 그녀는 신을 핑계 삼아 살아오지 않았다. 신이 그녀에게 꿈을 주고 꿈이 그녀에게 길을 주었지만 그녀는 자기 다리로 걸으려 노력해왔다. 가벼운 영대를 날개처럼 걸치고 하늘하늘 내을의 제단을 오르면서. 뭇 사람의 염원이 담긴 맑은 술 한 잔으로 신을 섬기며, 그녀는 관을 쓴 이들에게 영합하지 않았다. 더 쉽게 살아보려 자신을 속인 적도 없었다.

그러나 그녀는 비로소 자신이 쌓아 온 모든 것이 썩기 시작하는 순간에 서 있었다.

눈앞의 젊고 양양한 남자 한 사람이 그녀의 영대를 벗겨내고 검은 머리카락을 쓰다듬고 있기에. 그의 눈동자 속에 틀림없는 기쁨이, 욕망이, 그만큼의 치기 어린 승리감이 눈부시도록 찬란하기에.

그는 여름날 뚜벅뚜벅 걸어 내을의 고해소에 딸린 방으로 들어

설 것이다.

그녀가 그것을 허락할 터이기에, 그는 홀로 그녀를 찾아와 화주의 정복을 걸친 몸으로 그녀를 끌어안을 것이다.

— 누마.

부를 것이다.

그녀는 기어이 모든 것을 무너뜨리게 될 것이고, 신은 그때에도 지금과 같이 영원히 아무 말도 하지 않고 그저 거기 있으리라. 말없이, 들불 같은 사랑 속에. 조용히, 잿더미가 될 나날 가운데.

"…당주는 화주가 되어 나를 찾아올 것이고. 그리고 그날에 당주는."

입술 위에 겹칠 듯 말 듯 닿은 또 한 사람의 입술. 호흡이 뒤섞였다. 그녀는 말을 마칠 수 없었다. 그가 물었다.

"무어라 부르리까? 경애하올 국통."

그녀는 다 말할 수 없었다.

신은 그저 거기 있었고 그녀는 꿈과 현실을 완전히 떼어내지 않았고 그녀의 신은, 그녀를 꿈과 함께 휩쓸어서는 결말을 훤히 알고 있는 나락으로 가게 두었다.

숨이 벅차 다 말할 수 없는 채로, 그녀는 아주 잠깐의 짬을 틈타 속삭였다.

누마.

그가 그녀의 이름을 삼켰다.

언젠가, 아직 오지 않은 여름날 비단 매듭이 달린 검은 옷자락으로 그가 그녀를 안게 될 날처럼, 그녀는 다 말할 수 없었다.

"누마."

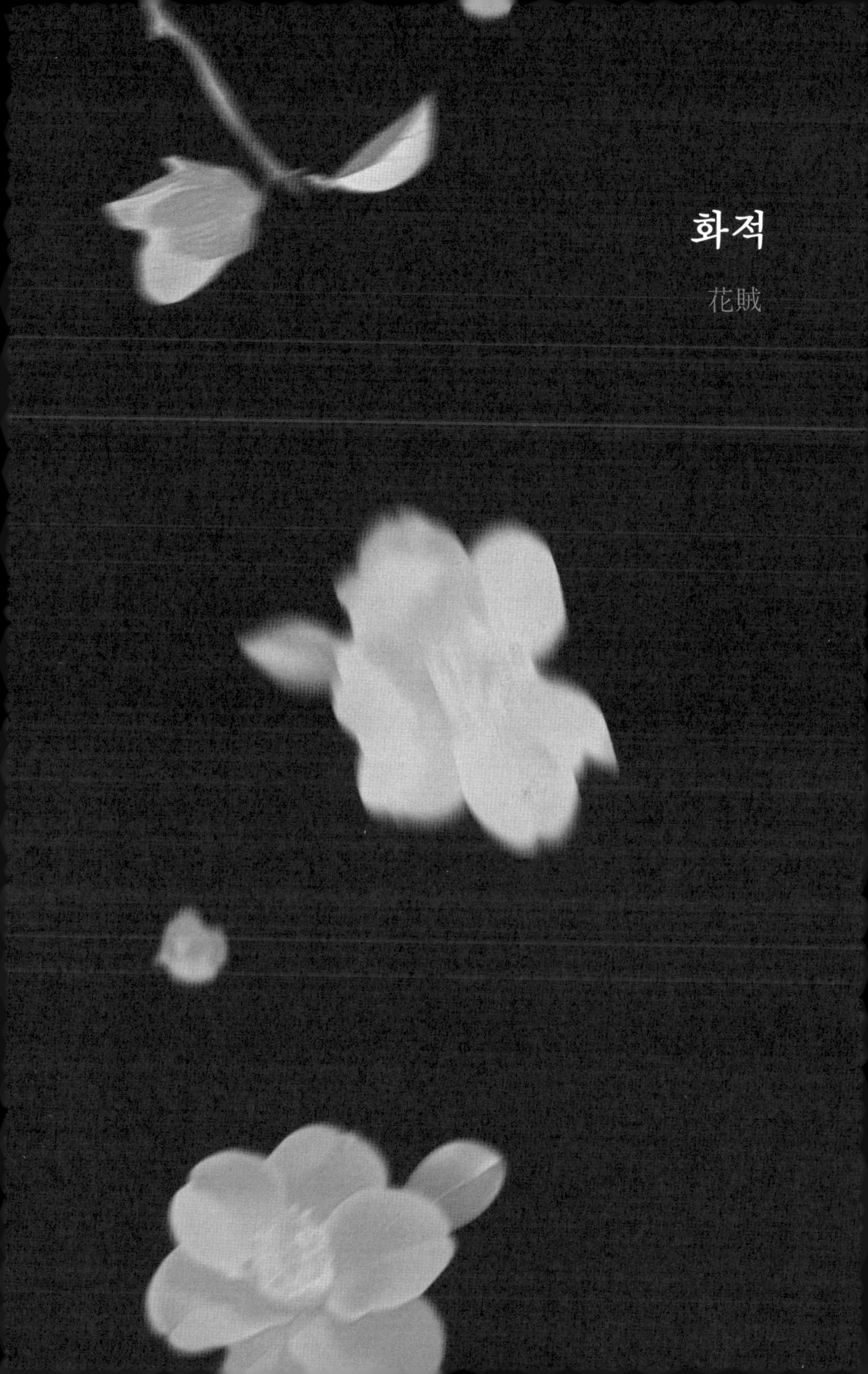

화적
花賊

계절 깊은 산중에도 꽃은 피고 혹 지나는 구름이 비 뿌렸다. 절 마당을 쓸던 불목하니들이 저희끼리 수군거리다 뒤를 휘이 돌아보고 그늘 쪽으로 사라졌다. 이글이글 타는 태양이었다. 내리느니 뙤약볕이었다. 헌오는 깨끗한 민둥머리에 송알송알 땀 맺히는 걸 남 안 보는 새 가사 자락으로 슬쩍 닦아냈다.

"봄답지 않게, 원, 날씨 한번 지랄 맞기도 하지."

그렇게 스님답지 않은 말투로 구시렁거리며 헌오는 절 바깥으로 슬쩍 발을 옮겼다. 사람 잘 아니 오는 자리에 꼭 이즈음 기다려 숨겨 놓은 게 있는 탓이다. 사람이 잘 오지 않는 데다 그걸 숨겨 애지중지하느라 아주 하루에도 열두 번은 애가 끊어졌으나 그래도 헌오는 콧노래가 나왔다. 큰스님이나 윗방 스님들이 보면 저거 미친놈 아니냐고 혀를 차며 흰 눈을 뜰지도 모를 일이지만 아무려면 어떤가. 이 순간 헌오에게는 다른 건 중요하지가 않았다.

“뉘시우?”

아무도 없어야 할 자리에 사람 그림자가 있다. 헌오는 이맛살이 절로 찌푸려져 저 듣기에도 퉁명스러운 목소리를 냈다. 사람은 천천히 돌아보더니 예의 바르게 고개를 숙여 보였다.

“혼자 피울 꽃이 아니다 싶어 의아하게 여기던 참입니다. 과연 스님께서 돌보고 계셨군요.”

“그… 어, 어험. 뉘냐고 여쭈었습니다.”

사내는 눈처럼 흰 얼굴에 단정한 이목구비를 하고 있었다. 깨끗하게 올려 묶어 관을 쓴 모양이며 여며 입은 옷매무시가 어디 하나 나무랄 데 없는 걸 보면 명문가에서 귀히 자란 도련님인지도 몰랐다. 예사 사람이 아닌 모양이라고 헌오는 생각했다. 저야 기껏 절에서도 막내뻘인 중놈에 불과하니 괜히 선비를 홀대하여 흉한 일 당할 거야 없다 싶어 점잖은 척 뒷짐을 졌더니 사내는 웃으며 답했다.

“지나는 걸음에 향에 끌려 멈췄나이다. 괜히 자랑할 만한 이름은 아니옵고 다만 순평에서 밥술이나 뜨는 집안 골칫덩이올시다.”

“그, 그렇구만요. 그 꽃은… 그러니까… 어, 어험. 불자의 도리로 산 걸 죽여서야 도리가 아니기로 짬을 내 돌본 것이니 괴이하게 여기지 마십쇼.”

“그러하시겠지요. 허나 대단한 정성이십니다. 손이 많이 가는 나무일 텐데.”

사내의 도포 자락 뒤로 소담하니 서향화가 꽃망울을 피우고 있었다. 헌오는 고대하던 꽃을 보자 울컥 눈물이 다 솟아 저도 모르게 벙싯벙싯 웃었다. 손이 많이 가는 꽃이고 말고. 저놈의 꽃이 본디 이 땅이 원산지도 아닌데다 선비님네들만 고상하게 기르시란 건지 태생 자체가 괜히 까다로웠다. 손 많이 가는 건 어디 갓 태어난 어린애에 비길 만하니 그만하면 말 다 했지. 볕을 너무 받아도 죽고 습기 어린 흙에 오래 앉았어도 죽는다고 했다. 비료를 많이 줘도 탈이 나 죽고 인분 따위 더러운 게 곁에 있어도 폭삭 비틀어져 버린단다. 하여 맑은 물만 때맞춰 적당히 줘야지 소담하니 꽃망울을 보인다는 것이다.

"그야 불자의 도리로다가….""

"하지만 인연이라면 인연올습니다. 제가 이 고장에 들른 것이 서향 아씨 혼례를 치하하기 위함이온데 당도하자마자 서향화를 만나 뵈옵게 되니 말입니다."

"…그, 그러십니까요."

헌오는 움찔 시선을 피했다. 얄미운 이 사내가 눈치 빠르다면야 헌오가 왜 굳이 서향화를 가려다 심어 길렀는지도 알지 모를 일이라 그는 꽤 긴장하였다. 사내는 알 듯 모를듯한 미소를 짓더니 몇 걸음 꽃에서 비켜났다.

"서향화는 화적(花賊)이라고도 합지요. 한 송이만 피어도 그 향내가 주위를 압도하니 그런 별칭이 붙었다 하더이다. 예서 향을 맡자니 과연 허언 아님을 알겠습니다."

꽃 도적.

사람 마음자리를 두어 꽃이라 한다면 그걸 흔들어 꺾어버리는 걸 두고 도적이라 하여도 이상할 일 아니겠다. 헌오는 서향 아씨를 처음 봤던 적 기억을 새삼 떠올리며 코끝을 어루만졌다. 머리 깎고 중이 된 몸으로 여염 여인을 욕정한다는 것부터가 벼락 맞을 소리인 건 물론이려니와 서향 아씨라면 이 근방 수백 리에 이름 높은 집안 따님이시다. 몸이 약해 불공을 드린답시고 그 댁 안방마님이 몰래 동반해 온 것을 먼발치서 훔쳐본 것이 다이지만 헌오 짧은 소견으로도 저만 미모면 하늘 선녀래도 우습겠다 싶을 만큼 대단한 미인이기도 했다.

언감생심.

꿈에서라도 감히 눈 마주칠 수 없는 아씨셨다. 허나 불자에, 신분이 어떻고 하는 현실적인 문제를 머리로 짚어 백만 번 생각한들 마음이 그예 따르는 것 아니었다. 하기사 마음 휘둘러 정하는 일이 그리 쉽다면야 불공은 무엇 하러 드리겠는가.

"스님 아실는지 모르겠습니다만, 예전에 조신이라는 스님께옵서 아리따운 아가씨를 사모한 적이 있다 합니다."

"그 이야기라면야 저자에 나다니는 어린아이들도 아는 이야깁지요. 선비님께서 갑자기 그런 이야기는 왜 꺼내시는지 모르겠습니다요."

조신이라는 이름을 가진 중 하나가 있었는데 어느 귀한 집 아가씨를 연모했단다. 하여 목탁을 한 억만 번은 두드리고 찬 불당 바닥을 데굴데굴 구르며 삼 일 밤낮 머릴 문질러봤는데 가슴 한가운데 턱하고 자리 잡은 아가씨 얼굴 하나가 영 지워지질 않았단다. 세간에서 하는 말로 십 년 불공 나무아미타불이라더니 꼭 그 짝이 난 셈이었다. 하여 조신이 울며 관음보살께 빌었더니 어두운 기둥 쪽에서 새초롬한 그 아씨 자태를 드러내시더란다. 섣달그믐 구름 사이로 난데없이 만월이 고개 내미신들 그보다 아름답고 놀라울까. 조신 놈이 거진 까무러치며 아가씨를 향해 내달았는데 아가씨 하시는 말씀, '저도 스님을 몰래 사모하였어요. 저와 함께 멀리 떠나 아무도 모르는 곳에서 아이 낳고 땅 일구며 살아요.'

조신이 눈물 콧물 흘려 가면서 아가씰 모시고 가진 것 모다 내버린 건 좋았는데, 맨몸뚱아리 둘 가지고 두 사람이 세상에 내던져지고 보니 그게 다시 못 할 짓이더란다. 사는 게 만만한 게 아닌 걸 몰랐던 귀한 댁 아가씨에 물정 어두운 중 한 명이 가진 돈 한 푼 없이 살아보려니 그것 쉬웠다면 더 이상했을 일. 하여 마흔 해쯤 지나고 나니 얻느니 빚이요 병이더란다. 돌이켜보니 세월 무상하고 귀여운 자식은 하나둘 가난 탓에 여린 목숨이 지고 말았는데 언 땅을 파 아이 하날 묻고 나니 많이 늙어버린 아가씨가 울며 말씀하는 것이었다.

— 홍안도 부는 바람에 흔들리는 버들가지요, 한때의 꽃 같은 웃음도 결국 여름 그리워하며 잠깐 지면을 적시는 봄비 같은 것이니. 진세의 삶이란 과연 먼지 같소이다. 가약이란 글자 그대로 아름다운 약속인 줄로 믿었으나 그도 혈기 있던 시절의 한때 감정일 뿐, 지란처럼 고운 향내 풍기며 영구한 것이 과연 인간 사이에 있겠나이까. 연정마저 풀 위의 이슬방울 같아 보기 기꺼운바 한때요, 해가 뜨면 이지러지는 것에 불과하오니, 이제 몸이 늙고 배가 고픈 때에 닥쳐 그대와 나는 서로 짐일 뿐입니다.

하여 두 사람 헤어져 걷는데 이때 조신이 그 모든 것 꿈임을 깨우쳐 크게 탄식하였다. 그러하여 세상일에 뜻이 없어져, 조신이 관음보살의 큰 뜻에 절하고 꿈에 아이 묻은 곳에서 불상을 얻으니 그로부터 더욱 덕을 쌓게 되었다 한다.

"스님께서는 어떠십니까?"

"어떻고 자시고… 이거, 선비님께서 참 짓궂으시우. 나 같은 땡중이야 그런 이야기 있다 하면 그런 이야기 있는가 보다 하지 그걸 두어 글월 읊는 거야 선비님네나 실컷 하십쇼."

"그러십니까. 허면 실례하겠습니다. 서향화 구경 잘하고 갑니다."

"실례하시우."

사내는 끝까지 예의 바른 웃음을 지우지 않더니 허위허위 기슭을 걸어 길 쪽으로 멀어졌다. 옥색 도포 자락이 오래도록 헌오의 눈에 잔상을 남겼다. 헌오는 주위가 조용해지자 킁킁 코를 벌름거려 서향화 향을 맡고 그 곁에 주저앉았다. 적당히 등을 풀 위에 대고 눕자 가지 뻗은 나무 사이로 봄 하늘이 보드라운 빛으로 흘러갔다. 팔베개를 하고 시선을 흘끔 옮기면 서향화가 기다렸다는 듯 소담한 꽃송이를 자랑하며 바람에 가만가만 잎을 흔들었다. 귤처럼 두터운 이파리는 푸르고 꽃은 딸기색에 자색이 섞인 빛깔인데 속은 희어 더욱 고왔다. 향이 짙은 거야 다시 말할 것도 없지만 그게 잎에서 나는지 꽃에서 나는지 헌오는 영 알 수가 없었다.

"나라면."

헌오는 꽃에게 말을 걸듯이 입을 열었다.

"나라면 아니 그럴 것이야."

그 조신이라는 중놈은 나약해 빠져설랑 아가씨와 더불어 수십 해를 살고도 옳다구나 정을 떼어버렸는가 몰라도 나라면, 이 헌오라면 그리하진 않을 것이다. 헌오는 그렇게 중얼거렸다. 너라면 이 마음 알아주지 않겠는가, 너만큼 향기 풍기는 그 아씨 연모하는 마음일랑 위로해 주려는가.

서향화는 헌오에게 화답하듯 가만가만 꽃송이를 흔들 뿐이었다.

"스님."

발소리도 나지 않았는데 구슬 구르듯 아리따운 목소리가 들려 헌오는 벌떡 몸을 일으켰다. 뒤를 돌아다보니 이건 꿈인가 생시인가 정신이 다 몽롱할 일이 펼쳐져 있었다. 아까 그 선비와 더불어 바로 그 서향 아씨가 얌전히 서 계시지 않은가.

"연 도련님께옵서 스님 이야길 아니 해주셨다면 저는 아무것도 모른 채 다른 사내에게 출가할 뻔하지 않았습니까. 매정하십니다, 스님.”

“아, 아, 아… 아씨께서 여긴 어떻게?”

“저도 오래전 스님 뵈었을 적부터 연모하고 있었사옵니다. 허나 부처님께 귀의하신 몸이니 저 같은 인간 계집에겐 눈길조차 주지 않으실 거라 생각하여 상심이 깊어졌기로… 흑.”

발그레한 뺨을 구르는 눈물방울은 모르긴 몰라도 서향화 따위보다 백배 천배는 향기가 날 것 같았다. 헌오는 오금이 저려와 말도 제대로 잇지 못하였다. 거기다 그 고마운 선비는 짐까지 한 짐 챙겨 내주면서 두 사람을 보내주기까지 한다.

“이 은혜 아니 잊겠습니다요.”

“귀한 꽃을 애지중지 가꿔 내는 분이신즉 잘 사시리라 믿습니다.”

선비는 손을 흔들어 두 사람을 전송했다.

헌오가 발길 닿는 대로 걸음을 옮겨 밭뙈기 좀 얻을 만한 고장에 접어 들고 보니 심신은 고단했으되 가슴 앓고 또 앓게 하던 아씨와 함께이니 마음만은 도원향이었다. 초가 얹은 좁은 방 한 칸 얻을 신세가 안 돼 부잣집 행랑부터 얻어 시작했으나 바지런을 떨며 일을 하자니 손발은 갈라져 몰골이 상할지언정 먹고 살 만큼은 되었다.

여러 해 지나자 어느 사인가 아이가 줄줄이 달린 가장이 되었고 부치던 밭은 가불거나 여유롭서나들 반복하며 세월을 흘러보냈다. 고단한 나날이었다. 좋은 일이 있는가 하면 나쁜 일이 있고, 세월 흐르는 새 아이들은 때로 병들고 때로 아름다웠다. 귀여운 목소리로 재재거리다 세상에 다시 없을 악다구니를 써대기도 하고 간난한 방 안이 더위며 벌레 따위로 가득한가 싶으면 한 사발 냉수로도 그저 무릉이곤 하였다. 그렇게 세월이 갔다.

좋은 일 있으나 나쁜 일 반드시 닥치니 필연코 인생은 허망하다고 조신은 말하려 했던가. 세월 흐르면 반드시 나이 들고 병마 깃들거나 죽음을 근심케 되는 일인즉 어찌 한평생 내내 백화만발한 봄 정원 같을 수만 있으랴. 누구나 그렇게 산다. 누구나, 더욱 불행한 일 겪어도 그것이 지극한 현실일 뿐 꿈조차 아님을 뼈저리게 깨달아가며 살아간다.

차라리 꿈이기를.

차라리 꿈에서나마 장래의 일 보아 속세의 정 버리기를 빌며 사람은 산다.

헌오는 어느새 환갑을 내다보는 나이가 되어 제 손을 내려다보았다. 일생 모시던 부잣집이 갑작스러운 화를 맞아, 주인 내외는 죽고 어린 도령 하나는 간데없어져 그저 밑에서 일하던 사람들만 거처를 잃은 날이었다. 고래등같이 기세 당당한 대들보가 적이 놓은 화염에 휩싸인 걸 헌오는 넋 놓고 바라보았다. 머리는 풀어 헤쳤고 서향 아씨, 일생 같이한 마누라는 속고쟁이만 간신히 차려입은 채였다. 늘어진 젖가슴을 덕지덕지 기운 홑이불로 대충 감싸고는 손자 둘을 품에 한껏 안았다. 마누라는 눈곱이 낀, 아직 잠 덜 깬 얼굴로도 당장 살길을 걱정하는 모양이었다.

"일단은 길을 떠나고 보드라고. 자식새끼들 두루 돌다보믄 어떻게든 수가 나지 않겠어? 지 새낄 맡긴 눔은 적어두 뭔 수를 내겄제."

헌오는 괜히 당당한 목소리를 내고는 앞장서 걸었다. 모든 것이 타버렸고 몸도 성하지 않았으며 계절은 하필 채 입춘을 지나지 못해 부는 바람이 살을 파고들었다. 두 다리가 부르트도록 걸어 차례차례 자식을 찾아보았으나 형편 넉넉한 집은 어디에도 없어 헌오는 서향 아씨와 더불어 길가에 멍하니 앉았다.

걱정말라고, 헌오는 말할 참이었다. 마른 입술을 떼 내어 지친 낯을 한 서향 아씨에게. 더 이상 아씨가 아닌, 그저 시골 촌부에 불과해 보이는 그 여자의 살내음을 맡으며 반드시 당신을 지켜 보이겠다고 말할 참이었다. 허나 쓸쓸한 웃음을 지으며 서향 아씨가 고개를 드는 순간, 헌오는 다른 말을 꺼냈다.

"예전 같지가 않구려. 이대로는 여름 오기 전에 죄 죽고 말겠어."

"그렇군요. 길에 나앉아 죽을 순 없구, 어린애들은 지 부모헌티 넘겼응게 우리들만 어찌 좀 몸뚱일 건사해보아야지요."

주름 많은 뺨은 더 이상 산철쭉처럼 발그스름하게 빛나지 않았다. 머리카락은 결코 삼단처럼 드리워 눈부시게 할 수 없고 몸뚱아리는 뼈가 드러나 빈약하였다. 헌오는 지난 세월을 헤아렸다. 문득 부는 바람이 뼈 사이를 아리게 만들었다. 그리 시린 바람도 아니건만 갈비뼈 있는 데가 뻥 뚫린 양 허허로워 주책맞게 눈물을 어릴 뻔하였다.

"사는 게 보통 일이 아니구먼."

"보통 일 아니지요."

차라리 꿈이기를 빌며, 혹은 더 이상 나쁜 일 없기를 끝없이 빌며, 그저 하루하루 살아가는 사람이 얼마든지 있다. 이 세상에. 하늘 이고 땅 디디고 선하디선하게 살아보아도 허리는 휘고 가슴 답답한 채 일생 마지는 사람 있다.

삶이란 괴롭고 아픈 일, 죽음을 바라는 이 없건만 죽음만이 안식이 되는 팔자를 타고나 고스란히 버티어 내는 이가 얼마든지 있는 법이다. 헌오는 수십 해를 살아 버티며 그걸 배웠다고 생각했다. 괴롭다고 하여, 이름 남을 리 없다고 하여 가치 없는 삶은 아닐 거라고. 조신이란 작자가 깨친 진리가 무엇이든 자신은 다르리라고. 개의치 않으리라고. 그러나 삐그덕삐그덕 돌쩌귀 망가진 문처럼 움직이는 자신의 육신이 새삼스러워지는 찰나 헌오는 무상함에 몸을 떨었다.

"여보."

서향 아씨가 그런 헌오의 마음 아는지 문득 불렀다. 헌오는 돌아서지 않았다. 눈물을 참느라 입술 악문 걸 들키고 싶지 않았다.

"여보, 우리 이만 헤어집시다. 산 사람이니 우야든동 입에 풀칠은 해야지 않어요? 둘보담은 하나가 가벼운 것인즉 당신두 괜히 나 달구 다니느라 애 먹지 마시고 어디 부잣집 행랑이라도 얻어보아요, 네? 저두 어느 집 켠에서 바늘이나 쥐고 어찌 먹고살 일거리를 찾아봐야 할 테니."

"하지만 당신 눈도 침침하면서 바늘귀에 실이나 꿰겠어? 내가 설마 당신 하나…."

"여보."

부드러운, 그러나 지친 목소리로 아씨는 다가왔다. 헌오의 마른 등에 굳은살 많은 손을 가져다 대고 가만가만 쓸더니 이어 말했다.

"당신 지금 내가 참 거추장스럽다구 생각하셨지요? 요 귀찮은 덤만 어찌 떨어지고 홀몸이 되고 보믄 산에 기어 들어가 화전을 해두 한다구."

"임자."

"괜찮아요. 저두 그런걸요. 요 귀찮은 영감쟁이 달구 내가 어딜 가나, 허구. 혼자 몸이믄 어떻게든… 젖 어민 못 하구 아일 돌보든 소 죽을 쑤든 해볼 텐데, 허구. 다 그런 거야요, 여보. 세상인심이라는 게, 사람 맴이라는 게 꼭 그런 것이야요. 제 몸 하나 감당하질 못하는데 어딜 애틋한 정이고 뭐고 있겠어요? 다아… 부질없는 꿈 같은 일인걸."

등을 쓸던 손이 떨어지고 사박사박 불안한 발소리가 멀어져 갔다. 헌오는 돌아서지 못했다.

"임자, 나는… 임자."

말을 잇지 못한 채 헌오는 볼 주름을 파고드는 제 눈물에 졌다. 주먹을 꾹 쥐어봐도 젊은 시절처럼 힘은 들어가지 않아, 살날 길지 않음을 실감했다. 수십 년 정 붙인 것도 결국 배곯고 몸 힘든 찰나에는 모다 무상하였다. 제아무리 아름다운 꽃도 한 철, 제아무리 밝게 부푼 달도 단 하루인 것을.

"나중에 혹 보구 싶어지시거들랑 땅이나 파보아요. 한참 봄에, 아마 봄에 날 보고 싶어질 테지. 마음 편안하고 날씨 좋고 배도 부를 즈음, 그럴 때면 그제서야 날 보고 싶어질 거야요. 그럼 땅이나 파보아요. 땅이나 파보믄…."

"임자?"

헌오는 돌아섰다. 목소리는 방금 것처럼 속살대다 꺼졌는데 사람도 같이 꺼졌는지 온데간데없다. 그림자 하나 안 남았다. 길은 끝없을 양 쭉 뻗었는데 놀이 아른아른 깔렸다. 한때는 있었지, 삼라만상 죄 품에 안은 것만 같던 시절이. 몇 밤을 새워 울어도 가슴 끓는 연정이 부처의 도리보다도 커다랗던 시절이 분명 있었더랬지. 헌데 모습 뵈지 않는 베필처럼 그 모든 게 이미 없다. 마음이 꺼져버리는 속도는 홍윤(紅潤)*하던 미모가 시드는 것보다도 도리어 빨랐다.

그 사람 있어 온 세상 난만하던 감정도 세월 지나고 보면 공루(空淚)**로나 떠오르며, 그 사람 위해서라면 죽음조차 두렵지 않던 기

---

* 얼굴이 불그레하고 부드러운 모습
** 마음으로는 슬퍼하지 않으면서 거짓으로 흘리는 눈물

억도 금세 빛이 바래 버리더라고, 조신이라는 사내가 오래전에 토로하였던 바와 같이.

"임자, 나는."

헌오는 몸을 일으켜, 제 눈에 소복이 내리는 새파란 하늘빛에 소스라쳤다. 등쪽이 땀에 함빡 젖었는데 사위를 둘러보니 낯이 익은 산기슭, 시간은 채 일각도 가지 않은 듯하였다. 바람은 봄다워 꽃향기를 실어 나르는데 헌오는 그저 천선지전(天旋地轉), 그야말로 넋이 나가 여덟 방위를 완연히 잊었다.

— 보고 싶어지시거들랑 땅이나 파보시구려.

목소리가 방금 것같이 생생하다. 헌오는 자기 자신마저 긍측하여 몸서리를 치며 고개를 돌렸다. 그제야 서향화가, 헌오가 몰래 피우느라 그리도 고생을 바쳤던 빛나는 꽃잎이 눈에 들어왔다. 헌오는 숨이 턱 막혀 뒤로 여러 발 물러섰다.

"나는…."

헌오는 얼굴을 가리고 고개를 들어 고함을 내질렀다. 고함은 이내 찢어지는 듯한 울음소리로 변해 헌오 자신의 귓바퀴만을 스치고 사라져 갔다. 눈물은 나지 않아 시야는 끔찍하리만큼 맑았다. 헌오는 냅다 서향화를 짓밟고 그토록 애지중지 길러낸 대를 꺾었다.

"이까짓 것!"

땅을 파헤쳐 뿌리를 뽑고 꽃잎을 짓이겼다. 검은 흙 사이에서 여인네 머리카락 닮은 뿌리가 드러나는 순간, 헌오는 흙과 피로 엉망이 된 제 손바닥으로 민둥머리를 힘껏 감싼 채 허위허위 내달렸다. 절 담벼락에 들러붙어 불목하니들이 다른 스님을 끌고 나올 때까지 헌오는 울었다.

말했어야 했다.

제아무리 꿈이어도, 제아무리 고난이 닥쳐도, 그리하여 종래 모든 것이 부질없어지는 순간 닥친다 해도.

그래도 말했어야 했다, 그대 연모한 마음 후회하지 않는다고.

그럼에도 불구하고 그대만을 위해 만물이 값 잃었던 한때를 후회하지 않는다고.

짐승처럼 울부짖은 헌오 곁으로 불공드리러 온 여인네 몇이 수군수군 호기심 어린 고개를 들이밀었다. 멀리서 향 내음이 봄 공기를 가로질렀다. 헌오는 조금만 더 울고 조금만 더 피 흘리고 싶었다.

✳

"아가."

뿌리가 드러난 서향화 곁으로 다가가 선비는 말을 걸었다. 만신창이가 된 꽃은 바람에도 흔들리지 않았다.

"보셨지요. 우리가 사랑받을 수 없음이 이와 같습니다. 세상 무엇도 영원한 것이 되어 주지 아니하니 반드시 그 끝이 고단할 뿐입니다."

자조하듯 꽃이 말했다. 선비는 손을 내밀지도 않고 꽃을 향해 다시 말했다.

"슬슬 선계로 돌아가지 않을 테냐?"

"벌써 그럴 때가 되었나요. 하마 한 겁이 지났답니까?"

"겁이 저무는 깃조차 봄이 오는 것처럼 덧없구나."

선비는 웃으며 구름 위에 올랐다. 손에는 계집아이의, 머리카락이 헝클어진 머리를 든 채였다. 바람은 선선하였으나 구름은 질풍처럼 빠른 속도로 날아올라 낮달 방향으로 사라졌다. 파헤쳐진 흙 사이에는 이제 흐트러진 몇 방울 피뿐 아무것도 남지 않았다.

헌오는 근엄하게 가사를 입고 서서 혼례를 마친 서향 아씨가 낭군과 더불어 절 마당에 선 것을 내려다보았다. 이름 짓기 어려운 감정이 문득 솟아 시선을 먼 하늘에 두었더니 때마침 낮달이 비스듬히 걸렸다. 연모의 정이 시들고 청춘 흘러 사라지듯 한 개 빛나는 것이 낮달 곁으로 쏜살같이 사라져 갔다. 헌오의 거무죽죽한 얼굴 위로 습소(濕笑)가 번졌다.

　‘잘난 척하고 열두 폭 치마로 몸을 감쌌지만, 아씨. 잠시 잠깐 꿈에 이놈도 아씨를 수십 해나 안았답니다.’

　봄 깊어 산중에 구름 그림자마저 따사롭다. 꼭 세상에 다시 겨울 오지 않을 것처럼 햇볕 참 쟁그랍고 천연덕스러운 날이었다.

# 연화검,
# 혹은 흩날리는 티끌[*]

* 한국구비문학대계의 〈천년 묵은 너구리와 감찰 선생〉을 모티프로 삼았다.

두더지는 실패했다. 그러나 너구리에게는 수가 있었다. 일그러진 여우구슬을 하나 손에 넣은 것이다. 옥토끼가 몰래 찾아와, 달의 금을 주고 해의 은을 줄 터이니 그것을 팔지 않으련 묻기에 너구리는 얼른 그걸 깨물어 망가뜨렸다. 옥토끼는 실망하여 달로 돌아갔다. 너구리는 자신의 영리함에 우쭐댔다. 그걸로 한 밑천 챙겨 신선이 될 작정이었다. 그저 짐승으로 잘 살면 되지 어찌 구태여 신선이 되려 하는가 묻는대도 딱히 할 말이 없다. 생물이란 어떤 목적을 자각하고 나면 그 이전으론 돌아갈 수 없는 법이고, 그 이전을 상상하기도 어렵게 마련이니까.

그러면 짐승이 어찌 신선이 될 수 있는가? 그야 쉽다. 붉은 먼지, 누런 흙으로 뒤덮인 저 하계로 내려가 인간들의 뭇 소원을 하나둘 이루어주다 보면 승천한댔다. 그럼 그 쉬운 걸 왜 여우, 호랑이, 해오라기가 고개 빳빳이 쳐들고 내려갔다가 줄줄이 실패하여 주저앉았더란 말인가. 그것도 간단하다. 실패한 두더지니 풍뎅이니 잉어를 찾아 나설 필요도 없다. 그런 놈들의 말은 하나같이 뻔했으니까. 정이 들었다는 둥, 글쎄 쭉 인간 틈에서 살아보니 홍진을 떨치기는커녕 먼지 구덩이 흙탕물에 고개를 폭 처박고 나뒹구는 수밖에 없더라는 둥 죄다 두루뭉수리투성이다. 너구리는 마음을 다잡았다. 그러고는 쌀알만 한 크기에 여기저기 잇자국이 난데다 얼룩덜룩한 여우구슬을 삼키고 산을 내려갔다.

이렇고 그렇고 저런 온갖 일이 일어났으되 두서너 대여섯 일곱 그리고 여덟 해쯤 지나고 나니 너구리에게 들이친 바가 이러했으렷다.

✳

## 하나. 삼월 보름날

아씨, 제가 왔습니다. 소쿠리가, 아씨의 너구리 소쿠리가 왔습니다. 걱정 마세요. 제가 고개 폭 수그리고 '쇤네 이름이 소쿠리올시다' 하면 다들 응 그래 너 소쿠리구나, 하지 요렇게 조렇게 들여다보고 '아니! 그 큼직한 궁둥이에 몽당치마로 착 숨긴 것이 글쎄 너구리 꼬리가 아니냐?' 하는 자는 하나도 없었으니까요. 어디서 운 나쁘게 못된 도사를 마주치지만 않는다면 아무 염려 없습니다.

흠흠, 목청을 가다듬고 다시 아뢰옵나이다. 우리 귀중한 아씨, 호은당(壺隱堂)에 숨어 자그마치 여덟 해를 꿋꿋이 견디신 강인한 분. 그간 무탈하고 무사하시며 무양, 아주 별래무양하셨사옵나이까? 소쿠리는 덕분으로 아주 팔팔합니다. 아씨와 석 달에 한 번 보름달이 휘영청한 날 뵙기로 약조하고 길을 떠난 지 어언…… 석 달

열흘하고도 사흘이 또 흘렀습니다. 그동안 소쿠리는 아씨를 위해 방방곡곡 사방팔방 천지를 돌아다니며 연화검을 찾아 헤매어 마지 않았습죠. 한데 이름 난 검선이 쓰던 검이 뭐 길거리 똥막대기처럼 널렸을 리 만무하지 않습니까? 당연히 이 소쿠리도 매일매일 허탕을 쳤죠.

그렇게 하루하루 초조해서 밥도 넘어가지 않던 어느 날이었습니다. 그날도 이 소쿠리 신세, 떠도는 흰 구름 다를 바가 없어 녹수청산이 일모황혼(日暮黃昏) 저문 날에 이리 기웃 저리 기웃 하듯이 정처가 없었겠지요. 어떻게, 배는 고파오고 흥보네 어린 새끼들이 제비부리 같은 주둥이를 재재거리듯 발을 종종거리면서 밥 한 끼 얻어먹을 데를 찾아다니지 않았겠습니까? 그 참에 어느 잔칫집 일손을 거들어주고 튀밥 하나에 고리떡까지 몇 개를 얻었기로 뒷마당 소나무에 올라앉아 그걸 줏어 먹고 있으려니까, 동네 아낙들이 수군대는 소리가 들려왔습죠. 저는 훌륭한 너구리이기로 그네들이 떠드는 소리가 아주 귓가에 지절대는 까치만큼 선명하였답니다.

"자네, 그 소식 들었는가? 영상 대감 댁 아씨가 말여, 상사병으로 앓아누우셨다는구만."

"어느 대단하신 도련님 때문에 그 귀한 분이 가을꽃처럼 말라가시는가 몰라."

"도련님은 무슨. 듣자 하니 지난해 그 댁 큰아씨께 장가들러 오신 윤 씨 도령을 얼핏 뵙고는 그만 연모의 정을 이기지 못해 병이 들고 마셨다는 게야."

"에구머니, 그거 참 남사스러운 일이구만."

이야기를 훔쳐 듣고 이 소쿠리는 옳다구나 하여 그 영상 대감 댁을 찾아갔습니다.

아니, 아닙니다! 아씨. 소쿠리한테는 이미 아씨가 계신데, 어찌 다른 인간의 소원을 들어주고 냉큼 혼자 득도할 작정이었냐니요? 어쩌면 그리 서러운 말씀을 하십니까요. 천부당만부당한 말씀입니다. 소쿠리는 그저 다른 이의 소원을 들어주면서 살짝 연화검의 행방을 아는지 묻고자 하였을 뿐이랍니다. 어서 연화검을 찾아와야 우리 아씨도 저 아침나절을 함께 누리며 예전처럼 시냇물에 발을 담그실 게 아니겠습니까.

말이야 바른 말이지, 돌이켜보니 예전엔 꽤나 즐거웠습니다. 여름 그림자에 발을 들여야 간 봄이 그리워진다더니 그 말이 꼭 맞습니다. 그때 아씨는 겨우 열 살. 그러나 본가 큰마님께 언제 들킬지 몰라 항시 도령 복색을 하고 다니셨죠. 어려운 시절이었습니다. 마음이 한시도 편하지 않으셔서 동리를 돌다 큰마님이 보낸 이들에게 들킬 처지가 되셨을 때, 마침맞게 이 소쿠리를 마주치셨죠. 꼭꼭 숨어라, 너구리 꼬리 보인다! 나중에야 그런 노래를 부르며 같이 놀기도 했습니다만, 처음 뵈었을 땐 그저 꼬리야! 너구리 꼬리야! 나를 구해다오! 하셨습죠. 이 소쿠리도 그땐 어디서 그런 기운이 솟았는지 산속으로 천리만리 숨기는커녕 냅다 인간들 앞에 나타나 커다란 너구리 배로 한 놈 두 마리 석 삼 너구리 퉁겨 날렸던 겁니다. 참 시원한 광경이었죠. 그렇습니다.

…아니, 이 소쿠리가 또 이야기를 흘려보내고 말았습니까? 꼭 오관육참(伍關六斬) 하며 언월도를 휘두르는 관운장처럼 이리 번뜩 저리 훌쩍 매사가 그렇게나 정신이 없습니다. 에그, 하여튼 떠들 사람이 없고 보니 아씨만 뵙고 보면 그저 신이 나서 이런답니다.

하여간에 그 영상 대감 댁으로, 첩첩산중 호랑이가 별주부 부르는 소리에 신나서 우쭐우쭐 내려오듯이 달려갔습죠. 그랬더니 세상에!

아씨, 무슨 일이 있었는 줄 아십니까? 글쎄, 그 문간 으슥한 데에 말입니다, 마침맞게 너구리 냄새가 폴폴 풍기지 않겠습니까? 사람 사는 땅에 내려온 후로 소쿠리도 온갖 잡귀며 요물을 아니 본 건 아닙니다만 동족 냄새를 맡기로는 또 처음인지라 놀라서 꼬리를 말고 주위를 싸악 둘러보니 웬 말쑥한 검은 얼굴에 키가 멀대처럼 빼쭉한 사내가 하나 서 있습디다. 비단 실띠 쫑쫑 두툼한 허리에다 쫌 매고 옥관자에 밀화갓끈을 이냥 새것으로 늘어뜨려가지고 하늘에서 내린 선관처럼 풍채가 그윽한 양반이더이다. 하도 잘난 물건인지라 이따금 지나는 사람마다 이리 힐끔 저리 힐끔 동짓달에 새로 핀 꽃을 보듯 하겠지요. 글쎄 딱 보는 순간 소쿠리의 머리끝이 쭈뼛! 이렇게 너구리 눈을 꿈뻑꿈뻑 하고 다시 보니 그놈도 과연 너구리라. 아주 달 같고 해 같은 사내로 번듯하게 꾸렸단들 이 소쿠리 눈을 피하겠습니까?

제가 얼른 발 한번 쿵! 구르며 양 소매를 충충 걷어붙이고, "이놈아! 이놈, 너구리야!" 하고 우레처럼 짖으며 달려드니 그놈이 반달 같은 부채를 까닥까닥 한갓지게 즐기다가 얼마나 놀랐던지 제자리에서 구름까지 닿을 만치 껑충 뛰겠지요.

"이놈, 너구리야! 사람 눈은 속여도 귀신 눈은 못 속인다. 귀신 눈은 속여도 같은 너구리 눈을 속일쏘냐!"

하면서 옷가슴을 턱, 잡았더니 그놈도 이 소쿠리를 떨쳐 내겠다며 몸을 벌벌 꼬리를 팔팔 흔들지 않겠습니까. 그 기세에 너구리 두 마리가 저잣거리를 가로질러 데굴데굴 떽데구르. 심산 총림(叢林)에 까막까치 우짖듯이 악다구니를 해대면서 함안 낙화놀이 하듯 불꽃이 후두두두두! 하도록 드잡이질을 펼쳤던 것입니다.

"아이쿠, 너구리 죽는다!"

그놈은 소리소리 지르면서 허우적거렸습죠. 저는 허리띠로 그놈을 돌돌 말아 인적 드문 곳으로 떠메어 가서는 장승처럼 버티고 서서 호통을 쳤습니다.

"너구리 놈이 감히 사람을 잡아먹으려고 기웃거리느냐!"

"얼씨구? 이제 보니 동족이 아니신가?"

"어허! 댁과는 아주 신분이 다르외다. 이 소쿠리는 모시는 주인이 있는 몸이오. 거의 신선이지."

"거의 신선? 이미 신선은 아니시고?"

"글쎄 거진 반 된 거나 다름이 없다니까."

그놈은 본체가 검은 너구리라 '거문노미'라고 불린다 합디다. 검다고 거문노미라니 세상에 참. 소쿠리라는 안성맞춤인 이름과는 비할 바가 아니죠. 하여간 말을 좀 트고 보니 영 몹쓸 종자는 아니고 예의를 차릴 줄 알더군요. 소쿠리를 근처 대갓집에 데려가서 준치 구이며 전병이며 밀전과며 수두룩하게 대접을 해주지 않았겠습니까. 그놈은 거기 묵는 중인데 서생 노릇을 하며 돈을 좀 모았다 합니다.

"어찌 그리 큰돈을 모으셨소?"

"그게 다 수가 있지. 내 도를 닦은 지 천 년이며 속세에 내려온 지도 벌써 서른 해. 처음엔 절에 몸을 숨겼는데 거기가 서생들에겐 유명한 곳이라. 놀고먹는 승려 둘에 공부 좋아하는 승려가 셋 있더군. 숨어서 낮이고 밤이고 귀를 열어놓다 보니 온갖 글월에 통달하지 않았겠나?"

"책 속에 길이 있다더니… 글월이 돈을 벌어다 주었다는 거요?"

"성질 급하긴. 츳츳. 꽁지에 불이 붙기도 전에 앗 뜨거라 뛰어오를 놈이로다. 잘도 팔 년을 참고 살았군."

듣자 하니 그놈은 글월을 익힌 후 남의 시험을 대신 봐주고 돈푼 깨나 번 모양입니다. 아주 사악하기 그지없는 놈입죠. 그러다 이번엔 큰 병으로 드러누운 부잣집 도령을 대신해 시험을 치르고는 보란 듯이 급제하여 유세까지 대신 했는데, 그 후에 혼사 잔치 자리에 한 상 잘 얻어먹으러 갔다가 영상 대감 댁 아씨와 눈이 맞은 겁니다.

"아씨께 글월이나 전해드리고자 하는데, 어찌 담을 넘을지 몰라 전전긍긍 전전반측."

"하하! 잘난 척하더니 거진 반 신선이나 다름없는 이 소쿠리만 못하구려. 담 하나 못 넘어서야 너구리라고 할 수 있나!"

저는 당연한 일을 뻐기며 한바탕 자랑을 한 후 거문노미를 위해 서신을 이리 옮기고 저리 옮겨주었습니다. 서로 정이 함뿍 든 이들을 도왔으니 하늘이 보고 복을 내리지 않겠습니까? 아마 소쿠리의 열과 성을 높이 사서 이내 연화검의 정처를 꿈자리에서라도 점지해 주실 게 틀림없습니다.

한번 기다려보십시오!


## 둘. 시월상달 보름날

하마 유두절(流頭節)*도 지나지 않았겠습니까? 우수, 청명 다 지 나 여차저차 한가위 보름달도 여윈 지 오래라고요? 아이고, 이 소 쿠리가 늦은 데는 다 연유가 있습니다. 글쎄, 이번에 좀 멀찍이 가

---

* 음력 6월 15일, 냇가에서 머리를 감은 다음 음식을 나누어 먹으며 즐기는 날

보았더니 그 동네에 들어서자마자 웬 어린애를 하나 따악 마주쳤습니다. 곡우(穀雨)<sup>*</sup>가 목전이었지요. 코찔찔이 어린 것이 눈물까지 그렁그렁해서는 솔가지를 하나 들고 안절부절못하는데…. 이 소쿠리가 누굽니까. 바라는 것이 있어 뵈는 인간을 만나면 목소리를 들어보아야 직성이 풀리는 너구리가 아니겠습니까.

아아아뇨, 아씨. 천부당만부당. 아씨 생각이야 언감생심 언중유골 언어도단, 앉으나 서나 옆으나 뒤집으나 매양 그칠 일이 있겠습니까. 아씨께 연화검을 가져다 바치고 싶은 소쿠리의 마음을 어떻게 뭐 뜯어서 보여드릴 수도 없고. 참, 인간이란 생물이 날 적에 가슴팍에 문이 있어 열고 닫고 했더라면 그 얼마나 편했겠습니까. 하여간에 연화검을 찾으려 어디를 가든 누구를 만나든 말을 붙이는 소쿠리인지라, 아이에게도 물었습니다.

"애야, 너 뭘 찾느냐?"

"찾는 것이 아니라 버리는 것이오."

어린 게 딱 그러겠지요.

"오냐, 어린놈아. 너 뭘 버리느냐."

"이 솔가지를 버리오."

하면서 쓱 내미는데 잎이 살살 마른 것이 별로 이상한 데 없는 솔가지더라 이겁니다. 해서 소쿠리가 배포 좋게 그걸 받아줬죠. 어린놈이 비로소 얼굴이 정월 보름달처럼 훤히 피어서는 구구절절 자기 이야기를 털어놓는데, 이렇습니다.

"소생은 섣달에 태어나 조실부모하고… 거두절미. 하여간에 곡우를 맞이하야 힘껏 집안일을 돕다 부엌 안을 들여다보았사옵니다.

* 24절기 중 봄철의 마지막 절기

그랬더니 수상한 금줄이 둘려 있지 않겠습니까. 사실… 이 동리(洞里)에서 곡우가 가까운 무렵이면 집집마다 볍씨를 한 그릇 담아놓고 부정 타지 말라고 솔가지를 얹어둡니다. 소생은 그만 호기심을 못 이겨 그걸 들여다보고 가지를 달랑 집어 든 것입니다.”

나 원 참! 말인즉슨, 한동안 볍씨를 두었다가 그대로 밥을 지어서는 금줄을 친 쌀독 앞에 한 상 잘 차려놓고 ‘풍년이 들게 해주십사’ 제사를 지내는 것이 동네 전통이랍디다. 그 귀한 볍씨 위에 얹은 가지가 귀하지 않을 리 있습니까. 자고로 귀한 걸 건드리면 귓것[*]이 든다지요. 그걸 동티난다 합니다. 고 맹랑한 놈은 소쿠리에게 동티난 솔가지를 떠넘긴 겁니다. 아주 못된 놈이지요.

꼬마 놈은 신이 나서 헤헤거리며 쌩 도망을 놓았습니다. 해 질 무렵 삼거리에 소쿠리만 요로코롬 남았지요. 하여간 여차저차해서든 이러쿵저러쿵해서든 동티난 솔가지를 기어이 쥐고 말았으니 이를 어쩝니까. 땅거미 지자마자 소쿠리 터럭을 요렇게 야무지게 움켜쥐는 차디찬 손길이 느껴져서 뒷덜미가 서늘하더군요.

귓것이 붙은 겁니다.

참, 소쿠리도 요괴라면 요괴인데 다른 귓것에게 쫓기다니 기가 막히지요. 도리도 모르는 요괴입니다. 이치를 거스르는 일입니다.

해서 어쨌냐고요? 아씨도 참. 소쿠리가 어디 호락호락하게 잡힐 놈입니끼? 저, 그렇게 만만한 너구리기 아닙니다. 당장에 삼십육계 줄행랑을 놓았지요. 산으로 들로 강을 건너 포구를 지나 섬으로 갔다가 골짜기로 갔다가 새재를 요리 건너고 조리 넘었습니다. 가는 데마다 이치를 모르는 요괴가 붙어 여간 고생을 한 게 아닙니다. 보

* 귀신

름마다 돌아올 일이 막막할 지경으로다가 쫓겨 다녔지요.

거기다 귓것이 귓것을 불러 모은다더니 칠성각 근처에 눌어붙어 산신령인 척하던 여우 한 놈을 마주쳤지 뭡니까. 그 여우가 익은 대추처럼 붉은 얼굴에 삐쭉빼쭉 밤송이처럼 수염을 기른 놈이었습니다. 그 수상한 낯짝으로 잘도 신령 가장을 하는구나 싶었죠. 하지만 서당 개도 삼 년이면 풍월을 읊는다지 않습니까? 가짜 신령 노릇도 삼 년씩 세 번쯤 하고 보니 온갖 풍문에 익숙해져, 제법 세속의 고민에 다 대답할 경지는 이루었다더군요.

"그렇다면 필시 연화검이 어디 있는지도 알겠군?"

신이 나서 물었더니 과연, 잘 안다지 뭡니까. 연화검을 노려 거꾸러진 놈을 백서른다섯 놈은 봤는데 그들도 다 유명을 달리하였고, 이제 산천 유구한데 검만이 남았다나요.

"그래서 그 검은 어디에?"

"그래서 그 검이 어디에 있는가 하면."

"있는가 하면?"

"어허, 일찍 핀 꽃은 이른 바람에 지고 쉽게 얻은 벼슬은 단숨에 잃는 법. 선적(仙籍)에 오르는 일이 어디 그리 쉽겠는가? 성의를 보이셔야지."

그렇습니다, 아씨. 이 소쿠리는 참 바쁘게 되었습니다. 몇 달 만에 시월상달의 차가운 바람을 거스르며 겨우 아씨께 돌아왔습니다만, 속히 가서 그 반지빠른 털북숭이 여우의 시중을 들어야 합니다. 그놈이 연화검의 행방을 이실직고하도록 낮이고 밤이고 보채보겠습니다.

염려 탁 놓고 기다리세요, 아씨!

# 셋. 정월 대보름

벌써 섣달을 지나 상묘일(上卯日)<sup>*</sup>도 건너고 말았습니다. 아씨께서도 그저 일향 만강하시고 약하디약한 존체 보중하시온지요? 멀리서 구름 보고 달 보고 떠오르는 해를 보며 항시 아씨를 그리워하던 소쿠리가 굴러왔사옵니다. 이번에는 사연이 길고도 기옵니다, 아씨.

차 떼고 포 떼고 말씀 감히 올리건대… 아씨, 소쿠리가 속았습니다!

일전에 소쿠리가 여우 새끼 한 마리 만난 이야길 하지 않았습니까? 하이고, 말도 마십시오. 그놈이 아주 악한 놈이었습니다. 어쩐지 표독스럽게 다박수염 기른 낯짝부터가 신령감은 아니다 했습죠. 소쿠리는 첫눈에 딱 알았습니다. 산전수전 다 겪은 소쿠리가 아닙니까, 그깟 잡것들에게 속아 넘어갈 숫보기들과는 사뭇 다릅니다!

하지만… 하지만, 그렇습니다. 소쿠리도 깜박 속긴 했습니다. 여우 새끼가 연화검의 행방을 안다고 해서요. 그놈에게 속아 천지 사방을 떠돌면서 온갖 고생을 했습지요. 재를 넘는 선비를 놀래키기도 하고요, 천 년 묵은 구렁이 알을 훔치러 다니기도 했습니다. 무슨 생명석인지 콩인지 팥인지 하는 걸 찾자며 학의 둥우리를 뒤지길 수십 번이요, 살살이 꽃을 찾는답시고 온갖 별궁의 후원이란 후원은 다 파헤쳤습죠. 너구리 잎빌 뒷빌이 쾨 닳도록 나돌아 다녔지 않겠습니까.

한데 소득이라곤 한 푼어치도 없었습니다. 남의 집 빨래를 해줬어도 각전 한 닢은 얻었을 일. 개똥밭을 매어줬어도 찬밥 한 술은

---

<sup>*</sup> 첫 토끼날, 음력 정월의 첫 묘일

얻어먹었을 일. 여우 새끼를 도와 떠돌아다닌 끝에 남은 거라곤 악명뿐이었습니다. 글쎄, 포졸들에게 쫓기지 않았겠습니까? 저를 더러 귀한 대군 나리의 저택에서 꽃을 훔친 도둑이라더군요. 아이고, 맙소사! 일을 저지른 건 여우 새끼고 너구리는 죄가 없다 아무리 외쳐도 귓구멍에 발가락을 갖다 박아놨는지 냅다 쫓아오기만 하데요. 어느 동네엔 주둥이를 들이밀자마자 저쪽 모퉁이에서부터 육모 방망이를 든 군졸이 와르르 쏟아지는데 환장할 노릇이더군요.

"옹주 자가의 기를 허하게 한 죄인 잡아라!"

"어사 나리 돗자리에 바늘을 박아놓은 여우 잡아라!"

"저놈이 바로 현감 나리 댁 제사마다 나타나 닭을 훔쳐 먹은 귀신이렷다!"

아이고, 어찌나 억울하던지요. 이리 쫓기다 콱 뒈지면 참말로 원귀가 되어 나타날 판이었습니다. 이 소쿠리가 어디 닭이나 훔쳐 먹을 너구리입니까? 천부당만부당하지요. 물론 갓 삶은 닭 냄새가 솔솔 풍기면 옛날 호은당에서 아씨와 마주 앉아, 새끼 새 부리 같은 아씨의 입에 야들야들한 살을 뜯어 먹여드리던 기억이 새록새록 돋긴 하였습니다. 아씨는 항시 도련님처럼 꾸미고 다니느라 젖은 나비 날개처럼 폭 지쳐 계셨는데 호은당 문을 딱 걸어 잠그고 나면 편안하게 다리를 척 펴고 앉아, "소쿠리야, 내 너구리야, 같이 닭을 먹자꾸나." 하셨지요. 그때가 좋았습니다. 하루가 열흘이 되고 열흘이 십 년이 되어도 좋았을 터입니다.

포졸들에게 한참 쫓기다 뒤를 언뜻 보니 덩치 큰 산적 같은 모습을 하고 있던 여우 놈이 팔뚝만 한 여우로 돌아가 경중경중 뛰고 있더군요. 포졸들이 어찌나 놀라던지요.

"여우다! 진짜 여우 요괴다!"

"아이고, 어머니! 요괴를 만나 죽게 되었구나."

울며불며 이리 데굴 저리 뎅굴 구르는 꼴을 보면서 웃을 때가 아닌데 하하하, 큰 소리로 웃고 말았습니다. 여우 놈도 켕, 켕, 웃으면서 재주를 폭닥폭닥 넘더니 도망을 놓더군요. 쿰쿰한 여우 냄새 나는 한 줄기 바람이 포졸들에게 불어닥쳤습니다. 그들 모두 일시에 정신이 번쩍 든 것처럼 저를 확 쳐다보는데, 아이고, 이번엔 저야말로 아이코! 소릴 내면서 도망을 치는 수밖에요. 너구리가 별수 있겠습니까. 여우처럼 재주를 넘지도 못⋯ 아뇨, 너구리는 점잖아서 이렇게 훌쩍 저렇게 들썩 재주넘지 않습니다. 그저 쫓아오면 냅다 뛰는 겁니다.

그리 쫓기면서 다시 팔도 사방을 거슬러 올랐습니다. 여우와 함께 사람을 놀래킬 적엔 왼쪽으로 배배 돌고 포졸들에게 내쫓길 땐 오른쪽으로 훼훼 돌았지요. 그러는 사이, 보아하니 어디서 도사 하나가 냄새를 맡고 들러붙었거든요. 뭐라는 도사냐고요? 알게 뭡니까. 연화검을 감췄다는 그 대단하신 도사 나리는 아니었습니다. 다른 이름이었지요. 세간에서 감인지 귤인지 무슨 도사라고 불린다나요. 마을 어귀에서 눈을 부라리는 장승에게 가서 불호령을 놓으면 장승조차 흐물흐물 허리를 숙인다더군요.

아무튼 그런 도사 놈이 포졸들 사이에 떡 서서 잘난 척을 하고 있었습니다. 가여운 소구리가 도망치지 않으면 뭘 이찌겠습니끼. 히리쯤이야 백 번이고 천 번이고 숙여줄 수 있습니다만, 도사들은 사람 행세를 하는 짐승만 보면 이를 북북 갈며 불구대천의 원수처럼 굴거든요. 호리병에 가두거나 부용삭 같은 걸로 묶어 붉은 절벽에다 가을 부채처럼 확 던져버리면 곤란합니다. 아씨께서는 보름마다 이 너구리를 기다리실 테니, 저는 어찌해서든 목숨을 부지하여 연화검을 찾아야만 하지 않습니까.

아, 잡히지 않아 다행이라고요? 그렇습니다. 저는 호락호락한 너구리가 아니니까요. 사실 한번은 덜미를 채일 뻔했습니다. 사람이 복작거리는 한양 한복판이었습니다. 그때 뒤로는 와르르 포졸들이 쏟아지고 앞으로는 우르르 시전 가판이 마구 무너지고 있는 판이었죠. 아이고, 이젠 정말 죽었구나 하며 눈앞이 캄캄. 재주를 홀떡홀떡 넘어보아도 꼬리 한 자락 안 튀어나오더군요. 뛰고 또 뛰며 혼미한 가운데, 대갓집 처마 아래에서 여보 여보 부르는 소리가 들려왔습니다. 또 다른 도사는 아닌가 겁을… 아니, 경계심을 품고 요렇게 곁눈으로 흘겨봤더니 웬 고래 등 같은 기와집이 보이더군요. 겹처마 팔작지붕에 한 아름 두터운 기둥이 열, 스물, 서른 개라. 그 담장 너머에 고개를 빼고 요래 요래 손짓을 하는 게, 글쎄, 일전의 그 너구리 놈이었습니다. 거문노미 말입니다. 옳다구나 싶어 그리로 훌쩍 몸을 피했습니다. 기와집 안에 서서 땀을 한 말이나 흘렸는데 담장 저편으로 요괴 잡아라! 여우 요괴 게 섰거라! 소리가 벽력처럼 닥다그르르 지나가더군요. 아주 아슬아슬했습니다.

한편 그 거문노미를 보자 하니, 원래도 신수 훤한 얼굴인데 더욱 고와졌더군요. 어디서 달이 하나 더 뜬 줄 알았습니다. 채금으로 만든 부채를 척 펼쳐 한밤중인데도 뭐가 그리 수줍은지 살랑거리는데… 자랑하고 싶은 마음이 하도 잘 보여 화도 아니 났습니다. 옷은 또 어찌나 잘 차려입었던지요. 금의환향이란 말이 그냥 나온 것이 아닌 게, 손톱만 한 달빛뿐인데도 눈이 부시도록 번쩍번쩍하지 뭡니까.

"소쿠리 누님 냄새가 나기에 혹시나 했지."

틀림없이 이 소쿠리가 아직 너구리 냄새를 빼지 못했다고 흉보는 겝니다. 반드러운 놈 같으니라고.

"누님 덕에 장가를 들어 공부도 하고 벼슬 살 준비를 하며 그럴 듯하게 잘 사오."

이놈이 그래도 은혜를 아는 너구리였습니다. 누님 고생이 많으시다고 그 밤중에 아랫목을 내주고는 종을 불러 한 상 떡 벌어지게 차려 내주는데… 지금 생각해도 군침이 돕니다. 상어 돔배기* 백비탕**에다가 꿰미로 꿴 소고기, 꿀을 바른 떡에 대추며 곶감을 묻힌 호사스러운 잡과편이며, 채소 나물을 조물조물 무쳐 꿩 육수를 끼얹어 된장 간을 친 잡채까지 아주 상다리가 휘어지지 뭡니까. 참, 전계아(煎鷄兒)라고 아십니까, 아씨. 닭을 손질해서 참기름에 달달리달달 복복 볶아가지고 술을 치고 간장을 또 쳐서 갖은양념으로 졸였다가 산초 가루, 형개, 파를 찹찹 먹음직스럽게 얹은 요리입니다. 아주 그것이 입맛을 어찌나 돋우는지요. 방 안의 호사스러움 또한 어떠했겠습니까. 보상화 문양이 들어간 삼층 탁자, 사층 탁자에 구름문을 넣은 흑칠 문갑. 자개장에다 어디 요강까지 옥이더군요. 병풍에는 십장생이요 금침에는 박쥐문. 천 년쯤 해로하며 만번쯤 소년 급제할 기원이 가득한 집이었습니다. 우리 아씨도 실은 이런 댁에서 가시버시 곱게 사셨어야 하건마는.

"그저 잘 사는 게 아닌 모양이구만. 또 무슨 좋은 일이 있어 싱글벙글인가?"

"그게 누님 눈엔 딱 보이오? 실은 그렇소."

세상에! 장가를 든 게 엊그제 같은데 그새 아내의 배 속에 벌써 새끼 너구리 여섯을 다글다글 복작복작 두었답니다. 여섯이라니!

* 상어 고기를 염장해서 숙성한 것으로 경상도 지역에서 제사상에 올리는 음식
** 끓였다가 식히기를 백 번 거듭한 물

세월이 얼마나 유수 같은지요. 여기 한치오림*으로 꽃을 만들어주기에 아씨 드리려고 품고 왔습니다. 두고두고 이 소쿠리와 더불어 좋았던 예전 한 시절 그리워하며 드셔주십시오.

이내 보름은 돌아오고 소쿠리도 돌아올 테니까요!


## 넷. 사월 보름


다시 사월이 돌아왔으나 예전 사월이 아니옵니다…. 그 비슷한 시가 있었지요, 아마. 아씨, 그간 또한 별래무양 옥체보중 다사다난 하셨는지요? 소쿠리는 무탈합니다. 아니, 일부를 빼고는 그럭저럭 탈이 없사옵니다. 아니, 실은 탈이 좀 났습니다. 글쎄, 새끼줄 하나 주웠을 뿐인데요, 그만 도둑으로 몰렸지 뭡니까.

별일도 아닙니다. 풀각시 싸움을 하는 각시들 사이에 끼어서 말라빠진 풀 줄기라도 주워 먹어볼까 했을 뿐인데요. 저야 참 아시다시피 순하고 착한 너구리가 아닙니까. 약삭빠른 여우 새끼들하고는 비할 바가 못 되지요. 한데 이 순해빠진 너구리에게 도둑이라니요. 맹세코 도둑질을 한 적이 없습니다. 글쎄, 보리 싹 하나 허투루 밟은 적이 없고 좁쌀 한 톨도 공으로 얻어먹질 않았는걸요. 아씨도 잘 아실 겁니다. 아씨 모시고 그 삼거리 너머 빠개진 현판이 달린 호은 당에 살 적에도 제가 얼마나 바지런했던가 말입니다. 그러고 보면 참으로 아득하게 느껴집니다. 소쿠리가 산에서 내려와 삼거리에 딱

* 말린 한치를 솜씨 좋게 오려서 장식하는 기술

서서 장승 어른에게 사정을 고해 올리던 때 말입니다.

벌써 한 십 년쯤 전인가요? 산천은 유구하고 그때 삼거리에서 마주하였던 장승 나리는 그 자리 가만 계실 터이나 아씨는 성장하셨군요. 너구리는 여전히 너구리고요. 삼거리, 그렇습니다. 소쿠리는 신선이 될 요량으로 우쭐대며 삼거리로 내려왔습니다. 장승 나리께 어디로 가면 좋을지 여쭈었더니 마을로 내려가 가여운 인간을 만나 모시면 복을 받을 거라 하더군요. 그때는 설마하니 아씨를 이리 오래 모실 줄이야 몰랐습니다. 아씨는 그때 겨우 열 살이나 뇌셨을까요? 아리잠직하기가 찔레꽃 같고 생강꽃 같고 노랑매발톱꽃 같으셨지요. 아씨는 항시 몸이 약하셨습니다. 방구석에 등 지지고 누워만 계셔도 철에 한두 번은 꼭 초상을 치르나 싶도록 앓았죠. 그런 분이 방년이 되실 무렵엔 글쎄, 소쿠리를 불러다 놓고 까물대는 등자의 기름불을 한참 보다 말고 불쑥 그러셨죠.

"소쿠리야. 내 너구리야, 나는 참 고독하다."

아씨는 무려 고독하시다는데, 소쿠리는 그저 죽을 맛이었답니다. 고독이 무언지 너구리가 어이 안답니까. 아씨를 만나 뵙고 몸종이 된 이래로, 너구리는 너무 바빴습니다. 새벽부터 밤까지 아씨 몸을 돌보느라 고독을 배우지 못했습니다. 따지고 보면 고독이란 사뭇 수상한 감정입니다. 소쿠리가 돌아다니며 주워듣기로, 무릇 사람이란 범사에 무던한 것이 제일이지 괜히 수상한 구석이 있어봤자 팔자가 기박해질 따름이라고 하더군요. 어제까지 나각을 불어젖히면서 저잣거리 휘젓고 다니고 물 좀 고인 데만 보면 배부터 띄워 올려서 주거니 받거니 자랑하던 인사들조차, 수상하다는 풍문이 돌면 영락하기가 눈 깜짝할 새라나요. 꽃만 아침에 피었다 오후에 획 지는 것이 아닙니다. 사람 팔자도 아침 콧바람으로 천지를 울렸다가 어스름이 내릴 즈음 한숨 한 번에 모가지가 날아가는 것이더군요.

아씨께서 그러셨죠.

"높으신 분들 변덕을 누가 알겠니. 그러니 나는 수상하면 안 된다."

수상한 감정도 쉬이 지녀선 안 된다 하셔서 소쿠리가 아씨께 여쭈었지요. "어떡하믄 아씨가 안 수상하고 안 고독하실까요?"하고. 아씨는 등 뒤 장짓문에 어른거리는 옅은 구름 그림자를 향해 말씀하셨습니다.

"내 팔자가 이러한데 어찌 고독을 피하겠니? 다만 견딜 뿐이지."

그래서 소쿠리는 날이 밝자마자 소셋물 떠다 놓고는 그대로 연못가로 나와 앉아서는 고민을 하였던 겁니다. 사실 맘에 짚이는 데가 없는 것도 아니었지요. 아씨는 열 살 무렵부터 홀로 호은당에 버려져 자라시며 내도록 앓고, 외출할 적이면 반드시 도령 복장을 하시며, 온종일 틀어박혀 누굴 제대로 만나지도 못하니 적적하실 터였습니다. 담장 너머 재재거리는 새소리며 방물장수가 이따금 시끌벅적하니 타령조로 저희 물건을 떠들고 지날 때 아니면 그 어떤 소리도 고이지 않는 휜 마당이 고독하지 않을 리가 있나요. 너구리 굴에서 한뎃잠을 자는 너구리보다도 쓸쓸하게 갇히신 분. 아씨가 너무 가여워서 소쿠리는 생각했습니다. 아씨가 기껍게 사셨으면 좋겠다고. 그것이 이 소쿠리가 짊어진 사명이니, 아씨를 고독에서 그리고 수상한 처지에서 꺼내드리고 신선이 되어야겠다고요.

해서 소쿠리는 아씨의 본가에 연통(連通)을 넣었습니다. 우리 외로운 아씨를 모셔 가주십사, 하고. 인간끼리 어울려 살아가야 우리 아씨가 고독하지 않으시리라고. 소쿠리가 오면 가면 주워듣기로 높은 양반들은 자기 핏줄을 아주 귀중하게 여긴다더군요. 그래서 서신 한 장이면 아씨의 본가 사람들이 놀라고 두렵고 기쁜 나머지 징을 치며 북을 두드리며 꽃가마를 보내올 줄 알았습니다. 한데 웬걸요. 오라는 꽃가마는커녕 칼 들고 몽둥이 든 이들만 몰려와 호은당을 때려 부수었지요.

너구리는 힘차게 그놈들을 물리치다 지쳐 아씨를 냅다 둘러업고는 도망을 쳤던 겁니다. 그 물설고 땅 설던 피난길을 기억하시지요? 아씨를 모시고 시커먼 산적 놈들을 마주치는 바람에 혼비백산하였던 것이며 범 발자국에 지레 놀라 오르던 산을 도로 내려왔던 일. 풀뿌리 꽃뿌리 입에 안 넣어본 게 없이 때로는 냇물 한 바가지로 허기를 달래야만 했던 일. 아씨는 내내 소쿠리의 등에 업혀 조용하셨습니다. 아씨는 점점 가벼워졌고 꼭 소쿠리보다 먼저 승천하실 것만 같았죠.

"소쿠리야, 내 너구리야. 너를 두고 어찌 먼저 가겠니."

그렇게 소쿠리의 뒷머리를 빗어주고 땋아주며 아끼던 댕기를 매주시던 아씨의 손길이 선합니다. 따지고 보면 도망길이 꼭 슬픈 길만은 아니었습니다. 이 호은당을 꼭 닮은 별당을 발견하기도 했으니 말입니다. 며칠 주위를 살펴보니 아무도 돌아올 사람이 없는 집 같아, 소쿠리가 안팎으로 고치고 단장하여 아씨를 모셔드렸지요. 장지문을 닫고 보면 아침 볕이 어른거리며 방 안으로 들이치는 기세가 어떠합니까? 아씨, 한번 말씀을 해보십시오. 따뜻하고 참 좋으시다고요? 하하, 이 너구리는 여우 새끼들처럼 약삭빠르지 않습니다. 착실하답니다. 매사에, 무슨 일이든. 쉽게 손에서 던져버리지 않는 것이 바로 너구리입니다.

참, 아씨. 뵈러 오는 길에 또 산적 놈들을 한 무더기나 마주쳤답니다. 한시라도 지체하지 않으려 어스름에 재를 넘다 범 발자국이 무수한데 노린내가 나지 않아 수상하다 싶더니만, 범이 있는 척해서 피해 오는 사람을 덮치려고 수를 썼던 게지요. 괘씸한 놈들을 혼내주지 않을 수 있겠습니까. 모처럼 너구리 꼬리를 내놓고 굴을 판 후 실컷 흙을 들썩거려 그놈들을 모조리 파묻어주었습니다. 대가리만 지면에 쏙 내놓고 나란히 놓인 꼴이 꼭 거문노미가 장가든 그 아씨 본가의 뒤뜰 장독대 같더군요. 아니면 아씨에게 물수제비뜨는 법을 보여드렸던 그 냇가 징검돌 같기도 했습니다. 하도 그 꼴이 우스워 큰 소리로 웃음을 터뜨렸더니 산적 놈들이 울며불며 죄를 빌더군요. 신선 나리, 신령님, 잘못했습니다, 하고요. 참 어리석습니다. 너구리 꼬리를 훤히 내놓은 신령이 세상천지 어디 있답니까. 누가 보아도 사람도 못 된 너구리에 불과하건만.

그나저나•여우 새끼 꾐에 넘어가 소쿠리가 죄를 한 항아리 지었다지만, 이번엔 산적을 소탕하여 또 덕을 두 항아리쯤 지었으니 하늘이 있다면 다 헤아리실 일입니다. 소쿠리를 어여쁘게 보아, 이번에야말로 연화검을 떡하니 내려주실지도 모를 일이지요. 그놈의 웬수 같은 검을 찾기만 하면 아씨에게 곧장 가져다 바칠 겁니다. 영특하신 우리 아씨께선 그 신묘한 검의 이치를 곧장 깨달아 이내 하늘도 날고 강물 위도 달리며 웃으실 테지요. 소쿠리는 물수제비를 뜨겠습니다. 신선이 되어 함께 물 위를 달릴 수도 있겠지요. 아씨는 건강하시고 더는 고독하지도 수상하지도 않으실 겁니다. 아, 그날이 어서 오기를. 아씨, 모쪼록 소쿠리를 믿고 기다려주십시오.

# 다섯. 섣달 보름

왜 이리 초췌하여 다 죽은 너구리 꼴이냐고요. 실은 일이 있었습니다. 아주 복잡합니다. 원래 소쿠리는 지난번 아씨께 안부를 전하고 나서 곧장 남쪽 멀리 가볼 작정이었습니다. 한데 중도에 발이 묶였지 뭡니까. 공교롭게도 삼거리가 접하는 땅이었는데, 웬 탑이 떡 놓였더군요. 알고 보니 무쇠솥에 주걱을 넣어 탑을 쌓으면 삿된 걸 막는다고 그래 놓았답니다. 매사에 요괴를 막는 것이 어찌나 많은지요. 오라 오라 하는 놈은 한 놈도 없습디다. 익히 아는 일입니다만 그걸 어느 유명한 도사 놈이 쌓아주었다나요? 어찌나 힘이 세던지 착한 너구리도 오도 가도 못할 처지에 놓였던 겁니다.

하는 수 없이 북으로 향했지요. 오랜만에 큰 저잣거리 구경이나 하자 싶어 한양 땅엘 들었더니 온 천지에 짜하니 소문이 돌더군요. 귤인지 밤인지 감 어쩌고 도사가 천 년 묵은 너구리를 잡았다고요. 예전 소쿠리가 깜박 속아 여우 놈 손에 놀아나지 않았습니까? 그 일이 죄 여우 탓이건만 어찌 된 영문인지 너구리 요괴 탓이 된 모양입니다. 하여 높은 분들이 영험한 도사 한 사람에게 몰래 일을 맡겼다는데, 그 귤인지 밤인지 감인지 영지인지, 이름 모를 작자가 지팡이를 짚고 길을 지나다 딱 멈추어 서서 이랬답니다.

"어허, 너구리 요괴 냄새가 난다."

냄새가 나긴 무슨 냄새가 난다고. 범 노린내가 나면 꽁지 빠지게 도망칠 미물들이 대가리를 모으고는 너구리 한 마리쯤 무섭지도 않다, 때려잡으면 그만이다, 했을 테지요. 도사를 앞세워 영상 대감 댁으로 감히 향해서는, 대감을 앞에 두고 제일 좋은 술을 한잔 얻어 마시며 이르기를.

"댁에 너구리가 기어들어 온 탓에, 조만간 장안에 너구리 새끼가 한 가마니는 나돌아 다니게 생겼소이다. 내 귀댁의 안을 좀 봐야겠소."

대감이 기가 막혀서 말했답니다. "아니, 이 집에 너구리라니요? 별당에 기어들었을까 댓돌 곁에 드러누웠을까" 하였는데 도사가 청하기를, "귀댁이 사위를 그렇게 잘 보았다니 인물 한번 봅시다" 하였다죠. 음험한 놈이 아닐 수 없습니다. 도사라는 이가 정정당당하게 물 한 바가지 부어놓고 너구리야 너구리야 나와서 나와 한번 드잡이를 하자 요구하진 못할망정 장인을 찾아놓고는 '사위 인물을 보자'라니요. 영상 대감이 그래, 사위인 거문노미를 불러 앉히자마자 약을 한 사발 먹였답니다. 그 도사가요. 선약(仙藥)을, 그러니까, 삼거리 어느메에 장승으로 섰던 이를 씻어다가 거문노미에게 먹였다는 겁니다. 먹자마자 거문노미는 이리 비틀고 저리 비틀다가 장지문을 박차고 마당으로 내려가 한 마리 거대한 너구리가 되어 죽어버렸다지요.

단숨에, 천 년을 묵었다는 그 너구리가, 절간에서 글월 읊는 걸 여러 해 주워듣고 배워서는 남 글을 실컷 써주고, 남 급제를 대신해주고, 그러고는 어느 아씨와 마음이 맞아, 글월이 여러 번 담을 넘었다가, 그리하여, 하여간에 가시버시 지내는 줄 알았던 너구리가 단박에 죽어버린 것입니다. 약 한 사발에. 비바람 맞던 장승을 씻긴 물 한 대접에. 너구리는 온몸을 비틀며 흉측한 악귀가 되어 검은 짐승 한 마리로 싸늘하니 식어버렸습니다. 자분자분 성가신 도사의 한마디에 모든 것이 끝장나버리다니요. 소쿠리의 서신 한 통에 우르르 쏟아져 나와 호은당을 때려 부수던 이들처럼, 어떤 말 한마디는 그 말이 있기 이전과는 왜 그리 다르단 말입니까?

감과 귤과 밤과 또 다른 무엇의 이름을 딴, 도대체 본명이 뭔지 모를 그 도사 놈이 죽어버린 너구리의 거대한 시신 위에 발을 턱 얹고, "이뿐이 아니외다!" 벼락을 맞을 못된 도사 놈이 그랬답니다. 틀림없이 그리 말했답니다.

"귀댁 영애의 배 속에 필시 너구리 새끼가 여섯 마리 들었을 터, 남은 물을 자시게 하면 그 괴물들이 쏙 빠져나갈 겝니다. 사람은 그 누구 하나 다치지 않게 깨끗이 말이오. 자… 어서 이 선약을 자시도록 하소"

그렇게 여섯 너구리 새끼를 꺼낸 후, 어찌했는지 아십니까? 아씨. 소문이 났더군요. 사람들이 둘만 모이면 수군대며 그 도사를 칭송합디다. 영상 대감 댁에 숨어든 너구리 요괴를 물리치면서, 새끼 여섯 마리를 쏙옥 꺼내서는 가마솥에 기름을 넉넉하니 두르고 그만 폭 튀겨버렸다고요. 조그맣고 흉악한 새끼 너구리들을 한 번에 튀겨내어 멀리 송악산 어느 줄기에 내다 버렸답니다. 그리 쳐 죽여도 무람없을 삿된 요괴라고 말입니다. 소쿠리는 그 소문을 듣고 가만 앉아 있다가 훌쩍 산으로 가서 덤불 여기저기를 뒤져, 썩어가는 새끼 너구리 뼈를 한 줌 찾아 새로 묻어주었습니다. 그 뼈가 틀림없이 거문노미의 새끼들 뼈겠지 하면서요. 머뭇거리며 어물거리며 발길이 떨어지지가 않아, 다시 산 아래로 내려오기가 쉽지 않았습니다. 아씨를 뵈러 와야 한다 하고 힘을 내지 않았다면 내도록 그 산기슭 언저리에 앉아 새로운 너구리 바위라도 되고 말았을 테지요.

삼거리의 장승 나리는 무탈하실지, 거문노미와 사이좋다던 그 정승댁 아씨는 매양 속 시원하기만 하신지. 온갖 생각이 머릿속을 어지럽혔습니다. 너구리가 이렇게나 고통스러운 생각에 사로잡힐 줄이야. 소쿠리는요, 아씨, 아씨를 뵈러 돌아오지도 못하고 그 한중간쯤에서 퍽 엎어져 울고만 싶었답니다. 너구리인데, 너구리 주제에 호은당이 타버리던 날의 아씨처럼 모로 쓰러져 눈물로 지면을 적셨으면 하였습니다.

그런데 왜 돌아왔느냐, 어찌 돌아와 이런 이야기를 하느냐 묻고 싶으신가요? 소중하고 연약하신 우리 아씨. 실은 이 소쿠리가 궁궐에 가보려 합니다. 거문노미가 죽고 그 큼지막하고 더러운 너구리 시체를 지체 높으신 분께 상납을 하였다기에, 소쿠리의 두 눈으로 거문노미를 보러 갑니다. 과연 그 너구리가 무슨 그리 큰 죄를 지었는지. 죽기 전에는 세상을 어지럽히는 큰 적인데, 죽고 나면 왕가의 보물 창고에 들어앉을 다시없는 보물이 되는 연유가 무엇인지.

누구에게든 여쭙고 싶었습니다. 지체 높으신 분의 보물 창고라면 심산유곡이나 다를 바가 없으니, 연화검이 있을지도 모릅니다. 이번에야말로 소쿠리는 아씨의 소원을 들어드릴 수 있을지도, 그럴지도 모릅니다. 어찌 되었거나 궁궐로 갈 채비를 해야겠습니다. 아마도 적놈들의 산채에 기어들어 가거나 영상 대감 댁 담을 살짝 넘는 것과는 다를 테지요.

자, 그러면 소쿠리는 갑니다. 석 달 후의 보름날 연화검을 떡하니 옆구리에 차고 돌아오길 기원하며 기다려주십시오, 아씨.


## 여섯. 삼월 보름


아씨, 소쿠리가 왔습니다. 아씨의 너구리. 아씨를 업어 기르고 업어 도망치고 업어 이 낡은 집에 숨어들고, 장지문 새로 달아 꼭꼭 닫아드렸던 소쿠리가 이렇게 약조대로 돌아왔습니다. 약속을 어기는 건 인간뿐이기에 짐승인 너구리는 숨겨지지 않는 꼬리를 몽당치마에 감추고 깊은 골 어두운 내를 건너왔습니다.

지난번 소쿠리가 아뢴 대로 이번에는 궁궐엘 다녀왔답니다. 세간에서 이르기를 구중궁궐이라 하니, 과연 담장이 아홉 겹인가 궁금했사온데. 한데 정작 떡 들어가보니 어찌나 어두컴컴하던지 눈 밝은 너구리조차 차마 헤아릴 수가 없었답니다.

궁궐은 저잣거리 집들과는 사뭇 달랐습니다. 담장이 높고 각(閣)이니 전(殿)이니 하는 것이 한가득에 번듯한 용마루마다 잡상들이 천군만마를 이끄는 장수들처럼 떡 버티고 있었습니다. 용의 자식들을 본떴다는 돌짐승(石獸)이며 불귀신을 막을 드므*까지, 어디를 가든 신령한 기운이 너구리를 내쫓으려는 듯했습니다. 통통한 꼬리를 숨겼을 뿐 아씨를 모시며 발이 닳도록 곱게 살아온 착한 너구리인데, 궁궐의 신장(神將)들에겐 삿된 귓것이나 다를 바 없는 모양이지요. 금천교에 우르르 모여 물을 살피던 천록들이 일제히 고개를 들어 소쿠리를 딱 주시했을 땐, 산전수전 다 겪어 두려울 것 없던 이 너구리조차 간담이 서늘했습니다. 이리 쫓기고 저리 쫓기며 그림자에 숨었다 기둥 뒤에 들러붙어 가며 이 전과 저 각을 누비는데, 이제 꼭 잡혔구나 하는 순간 천록들이 스르륵 길을 터주더군요. 미심쩍은 마음을 누르며 그리로 쏜살같이 달려갔더니 그 어두운 밤중에 웬 사람들이 소리도 내지 않고 뼤로 몰려가지 뭡니까. 수상히죠, 그렇습니다. 너구리도 아닌데 야음을 틈타 소리 죽여 움직이다니, 보통 일이 아닐 터입니다. 해서, 소쿠리가 얼른 그들 뒤를 밟았더니 역시나 웬 어린애를 끌어내려 하더군요.

* 궁궐이나 사찰 등 중요한 목조 건물에 화재 예방을 위해 설치했던 넓적한 무쇠 독

자선당(資善堂)이란 현판 아래 저 먼 데서 외로운 불빛이 가물거리고 어린애는 입이 틀어 막혀 질질 끌려 나가는 판인데, 어찌나 가엾던지요. 소쿠리는 그 꼬마의 찡그린 흰 이마를 보는 순간 아씨를 떠올리고 말았습니다. 너구리야, 하고 부르던 아씨의 말간 얼굴. 울며불며 제 치맛자락에 매달리던 표정. 피에 젖은 손길. 그래서 냅다 녀석들의 한복판으로 달려들었습니다. 온몸으로 구르며 지면을 박차며 달려가 놈들의 손을 깨물어 뜯었죠. 아, 금천교의 천록이며 용마루 위 잡상들이 길을 내준 것은 이 꼬마를 도와주란 의미였겠구나. 쫓기며 눈물 바람으로 달려와 너구리 꼬리를 향해 살려달라 외치던 아씨. 그때 아씨를 위해 너구리를 삼거리 너머로 보내준 것처럼 신령스러운 돌짐승들이 저 꼬마를 위해 길을 터주는구나.

소쿠리가 얼마나 훌륭한 싸움꾼인지는 아씨가 더 잘 아실 터입니다. 아씨 뫼시고 산으로 들로 도망 다닐 적에 때려눕힌 놈이 몇입니까? 그러니 궁궐 안이라고는 해도 방심한 놈들 몇 정도야 어렵지 않았습니다. 물론 살짝, 아주 살짝 등이며 어깨며 배며 걷어차이긴 했지만 저는 튼튼한 너구리니까요. 에라, 약한 것 앞에서만 강인한 놈들아! 소쿠리 나리가 혼내주마! 이것은 어리던 아씨의 몫이요, 저것은 거문노미가 귤인지 감인지 하는 도사에게 휘둘렸을 몫이니라! 하며 수상하고 치사한 놈들을 쓰러뜨렸습니다. 그러고는 꼬마 녀석을 답삭 채어서 월담하여 훌쩍 뛰어올랐죠. 아름다운 저각들이 발아래로 멀어지고 등에 날개라도 돋은 양 가슴이 뻥 뚫렸습니다. 그러나 너구리는 아직 신선이 아닌 터라, 이내 담장 위로 내려앉는 수밖에 없었답니다. 그렇게 도망을 놓다가 이제 안전하겠다 싶어 어린애를 무슨 연못 근처 인적 드문 데에 내려놓고 몸을 돌리려는 순간이었습니다.

“기다려라!”

어린애가 빽 소리치며 제 꼬리를 확 낚아채는 게 아니겠습니까. 꽥, 소리를 지르며 털푸덕 엎어졌습죠. 아니, 설마 꼬리가 치마 밖으로 튀어나와 있었을 줄이야. 꼬마 놈은 제가 잡아놓고는 어찌나 놀라던지요. 눈이 휘둥그레져서는 억, 하고 물러서더군요. 그러더니 입술을 꾸욱꾹 깨물어 감탄과 비명을 삼키고는, 저에게 손짓을 했습니다.

“가지 마라. 나를 만나러 온 게 아니냐?”

요상한 그 꼬마가 그 자리에 버티고 서서 대뜸 묻더군요.

“댁이 뉘신데?”

소쿠리도 반말로 지껄였습니다. 이 소쿠리는 쉽게 기가 죽는 너구리가 아니니까요.

“너는 인간이 아니지 않느냐. 필시 나를 잡으러 왔거나, 아니면 나를 도우러 온 것이 아니겠느냐?”

“댁이 뉘길래 잡으러 오고 도우러 온단 말요? 이 너구리는 모시는 아씨가 있소!”

“과연, 인간이 아니라 너구리였구나.”

“흥, 꼬리를 잡아놓곤 모르쇠요? 누가 봐도 토실토실한 너구리 꼬리잖소. 우리 아씨는 흘끔 보고도 금세 옳다, 네가 바로 너구리구나, 하고 아셨는데 말요.”

꼬마가 툭툭 자기 곁을 가리키더니 저를 앉혔습니다. 그러고는 정작 자기는 머뭇머뭇하며 흙바닥을 발로 툭툭 치기나 하더군요.

“네 아씨 이야기를 해봐라.”

“제가… 아니, 내가 왜요?”

“네 아씨가 뉘인지 알면 내가 가서 너를 달라고 하련다.”

꼬마는 꽤나 진지한 얼굴이었습니다. 그리고 이러더군요. 인간 따윈 믿을 것이 못 된다, 귓것이 필요하다, 인간 아닌 것이면 차라리 믿을 테다, 라고요.

"내 쭉 생각했느니. 저 어처구니며 영제교(永濟橋)의 천록 가운데 하나라도, 월대의 나란한 석수 어느 것이라도, 다 안 된다면 십장생도에 그려진 솔가지 하나라도 좋으니 내 편이 되어주지 않으려는가… 하고. 곁에 머문다면 귀히 여길 것이니."

그만 가엾단 생각이 들었습니다. 어렸던 아씨를 닮아서요. 홀로 무릎을 껴안고 광에 숨어 있던 아씨. 도령 복장을 하고는 뒤뚱거리며 걷던 우리 아씨. 그 꼬마가 아씨 같았습니다. 돌보아주지 않으면 상할 난꽃 같았습니다.

"에라, 인연이 있으면 좋은 너구리를 또 얻겠지. 물론 나처럼 훌륭한 너구리는 흔치 않지만 말요. 다른 너구리도 있었는데… 내가 실은 그놈을 찾으러 왔다오."

"다른 너구리가 또 있느냐? 그럼 그놈을 네 아씨에게 주고 네가 내게 오렴."

"그놈은 죽었소."

거문노미 이야기를 꺼내니, 있는지도 몰랐던 마음이란 것이 가슴 속에서 팍, 하고 깨져버리는 듯했습니다. 저는 그 이상하리만큼 침착한 꼬마에게 거문노미가 어떻게 죽었는가 떠벌이며, 그놈을 창고에서 꺼내 가리라 하고 큰소리를 쳤습니다. 꼬마는 가만히 제 꼬리를 잡아 북슬북슬한 결을 쓸어보더니 약조했습니다.

"네가 나를 구했으니 네 친구를 꺼내주마."

"친구라니! 그런 못난 놈이 어찌 내 친구요?"

"이제는 연화검 이야기도 해보거라. 네 친구와, 그리고 신선의 검을 찾으러 왔다 하였지?”

그리하여 저는 며칠 동안이나 궁궐 담을 넘나들며 꼬마를 만나 아씨의 이야기와 연화검을 구하게 된 연유를 털어놓았습니다. 궁궐에 사는 꼬마라면, 그리고 거문노미를 창고에서 꺼내줄 정도라면, 연화검에 대해서도 알 법하지 않습니까? 적어도 꼬마는 여우 누린내도 풍기지 않으니 제대로 된 인간 같았습니다. 그러니 소쿠리를 속이지도 않겠지요.

아씨를 늘쳐 업고 본가에서 보낸 칼잡이 활잡이 온갖 도적놈을 피해 도망치던 시절, 길고 긴 여로의 끝에 이 낡아빠진 집을 찾아낸 후. 아씨는 소쿠리가 고쳐준 문짝을 턱, 닫고 들어앉아 아주 부드러운 목소리로 이렇게 말씀하셨습니다.

“애야, 소쿠리야. 내 너구리야. 너는 기억하니? 예전 내가 도련님인 척하며 스승을 찾아 글을 배울 적에 너는 장터를 돌아다니며 온갖 풍문을 들어 오곤 했지. 그때 어느 이야기꾼에게 듣자 하니, 세간에 화경 선생이란 대단한 이가 계신데 그이가 자기 사매(師妹)의 검을 누구에게 주었다고. 그 검, 연화검을 지니면 화경 선생의 사매가 그러했듯 바람을 타고 날며 땅의 절반을 베어낼 수도 있게 되리라고 하였다지. 소쿠리야. 나는 날 때부터 몸이 약하고 부모와의 인연 또한 박하여 오래 살기 어려우니, 너는 가서 그 연화검을 찾아오려무나. 나는 네가 달아준 장지문 너머 아침과 밤이 번갈아 오는 광경을 바라보며 기다릴 테니. 너는 저 넓은 세상으로 나아가서 신선의 검을 찾으렴.”

그날로부터 소쿠리는 석 달에 한 번 돌아와 아씨께 문안 올리며 연화검을 찾아 천하를 떠돌고 있습니다. 제가 이러한 사정을 일일이 토로한즉, 어둑한 비현각(丕顯閣)의 좌등 그림자를 가만 바라보던 꼬마가 몹시도 애석하다는 양 한숨짓더군요.

"왕가에 들어온 보물이라면 아마 내탕고(內帑庫)에 있을 게다."

꼬마에겐 수가 없을지언정 소쿠리에게는, 이 너구리에게는 수가 있었습니다. 소쿠리는 결국 꼬마를 인질로 삼아 목에 너구리 꼬리를 들이대고는 꽥꽥거리며 창고로 향했습니다. 그렇게 시원스레 쳐들어가는 일에 어찌나 곡절이 많았는가는 차마 다 말할 수가 없습니다만, 이 소쿠리가 누굽니까. 한다면 하는 너구리입니다. 소쿠리는 꼬마를 들쳐 메었고, 질주하는 동안 여기저기 횃불이 서고, 있는 줄 몰랐던 사람들이 철 맞은 도요새 무리처럼 몰려왔다가 거미 새끼처럼 흩어졌습니다. 꼬마는 내내 희미하게 웃었습니다. 저는 꼬마를 휘감고 내탕고로 굴러 들어갔습니다.

상탕(尚帑)이며 군관들이 앞을 가로막았습니다.

그들이 "상고로 향하는 길을 막아라!" 소리쳤습니다. 꼬마는 정말이지 내내 나직하니 웃었습니다. 계속 가라. 너구리여, 가고 싶은 만큼 가라. 꼬마의 말은 명령이 아니었으나 저는 꼬마가 울부짖었어도 멈추지 않았을 겁니다. 내탕고의 기둥은 검게 보였고, 온갖 그늘이 불빛에 흔들거릴 때면 붉은 무엇을 뒤집어쓴 것 같더군요. 그 붉은 기둥, 검은 서까래, 흘러 고이는 온갖 어두운색의 그림자.

둥글게 말린 능금단자(綾錦段子)[*].

분청사기.

물고기 모양의 연적.

부채.

활과 악기. 금대, 옥대, 한 주머니의 구슬. 기름병과 밀랍, 종이,

* 고급 비단

단계석(端溪石) 벼루.

무수히 발에 채고 어깨에 부딪고 웍더그르 덕더글글 쏟아져 구르는 보물들. 그리고 조그맣게, 사지를 넓게 펼치지도 않고, 몸을 한껏 웅크려 파묻힌 것처럼, 구석에 처박힌 너구리 가죽. 참 볼품이 없어 주마간산으로 지났다간 거적때기인 줄 알았을 겝니다. 그러나 눈 밝은 소쿠리는 단박에 찾고 말았습죠.

개털 곰털 호피 곁에서 그것을 끌어내어 상탕과 별감과 관군이며 선전관까지 북적거리는 가운데 천천히 걸어 나갔습니다. 꼬마가 호위하듯 제 앞에 서 있었습니다. 모두 원을 그리듯 멀찍이 둘러선 채 몽둥이며 활이며 칼을 쥐고 소쿠리를 노려보는데, 아씨를 업고 정신없이 도망치던 그 시절로 잠시 돌아간 줄 알았지 뭡니까.

거문노미의 가죽을 펼치자 제법 큼지막한 놈이란 걸 알 수 있었습니다. 이 소쿠리만은 못해도 천 년 수행을 헛한 것은 아닌 모양입지요. 하여간 저는 거문노미 가죽에다 불을 턱 붙여주었습니다. 터럭 타는 냄새가 훅 풍기는가 싶더니 단숨에 타올라서 잿더미로 변해버리더군요. 이번에야말로 한 줌밖엔 되지 않았습니다. 아주 하찮고 보잘것없었습니다. 천 년이 눈 한 번 깜박할 새와 다르지 않은 것처럼 말입니다.

연화검은 못 찾았습니다, 아씨.

꼬마도 연화검이린 이름은 금시초문이라 히더이다. 아씨, 구천이라 하면 온 세상인데 때로는 궁궐 안을 가리키기도 한다더군요. 온 세상 같은 것이 궁궐 안인가 합니다. 한데 그 궁궐 안에도 연화검의 행방을 아는 이가 없다면 그건 천하 어디를 가야 찾을 수 있을까요. 이야기꾼의 노랫가락 속에나 있겠습니까?

"너구리여. 연화검은 없다."

소쿠리 등에 꽂힌 활을 직접 잡아 뽑으며, 꼬마가 말했습니다.

"옛날 화경 선생이란 자가 그 사매였던 검선(劍仙)의 검을 가리켜 연화검이라 하였다는데 그마저 세간의 소문일 뿐. 지금껏 연화검을 찾았노라 주장한 이들의 기록을 보면 모두 사기꾼이었느니. 기록으로 미루어 판단하건대 그런 검은 없다. 오래된 검은 낡고, 날이 상하고, 바람을 맞으면 허물어진다. 달조차 세월이 가면 이운다. 선인이 썼다는 검이 실로 어디에 있다면, 선인의 손을 떠난 순간부터 녹이 슬었을 터이다. 너구리여, 검은 없다. 선인이 쥐지 않은 연화검은 하늘을 날 수도 땅의 절반을 베어낼 수도 없다."

그 얼마나 잔인하고 오만한 선언이란 말입니까. 아씨, 소쿠리는 꼬마에게 일을 모조리 털어놓은 걸 후회했습니다. 그래서 이제는 꼬마 곁을 떠나 다시는 돌아오지 않겠다 마음을 먹었습니다. 아니면 그 내탕고라는 창고에 몰래 한 번 다시 가보는 것도 괜찮겠지요. 그놈의 천록이며 잡상들 탓에 두 번은 쉽지는 않겠지만 어떻게든 될 겁니다. 저는 이래 봬도 용감무쌍하고 신출귀몰한 너구리니까요.

"어리지도 늙지도 않고 내내 거기 있을 괴력난신아. 너구리야. 네 아씨는 안녕하시냐?"

딱하다는 듯 울리는 목소리에 소쿠리는 우렁차게 답했습니다. 아무렴요. 아씨께서는 소쿠리가 연화검을 찾아 돌아오길, 그래서 신선이 되어 함께 하늘을 누빌 날을 오매불망 기다리고 계시지요. 그러자 꼬마는 너구리의 꼬리를, 어느새 귀가 쏙 튀어나온 머리를 쓰다듬으며 속삭였습니다. 돌아가 보름달 아래 아씨를 똑바로 바라보라고요.

그래서, 아씨, 소쿠리가 왔습니다. 궁궐 창고를 더 뒤지지 않고, 소쿠리더러 곁에 오라는 꼬마를 떨치고 떠나, 아씨께 돌아왔습니다. 오래도록 일향 만강하셨는지요. 별래무양, 한가하며 하루하루 춘삼월을 즐기셨는지요. 소쿠리가 달아드린 장지문 너머 너구리의 발소리를 기다리셨을 나의 아씨, 드디어 소쿠리가 빈손으로나마 돌아왔나이다.

＊

너구리는 자신이 만들어 단 장지문을 향해 손을 뻗었다. 손끝에서 먼지가 반짝이며 피어오르고, 문은 한쪽으로 밀어내자 비명을 지르듯 삐걱대며 밀려났다. 네모난 어둠이 너구리 앞에 있었다. 낡은 집은 당장이라도 지붕이 내려앉을 듯하였으며 섬돌에는 언제부턴가 거미가 집을 짓곤 했다. 아씨는 홀로 한치오림을 드셨을까. 아씨는 홀로 문을 열어젖히고, 내리는 봄비와 새파랗게 번져가는 녹음의 홍수를 즐겼을까. 너구리는, 여우구슬을 삼키고 산을 내려온 이래 십수 년이나 아씨를 모셨던 소쿠리는 자신이 오랜만에 열어젖힌 문 안으로 들어섰다.

보름달이 환한 날이었다.

달빛 아래 아씨의 아리잠직한 자태가 꿈처럼 보얗게 피었다.

그러고는 졌다.

빛을 받아 반짝이던 먼지들처럼 아씨의 둥글고 아름다운 형태는 붉고 푸른 재로 폭삭 주저앉있다. 흩날리는 티끌로.

두더지는 실패했다. 반면 너구리에게는 수가 있었고, 처음 산을 내려올 적에 제법 자신이 넘쳤다. 왜 홍진에 몸을 담그고 온몸이 더러워지도록 그저 뒹굴기만 한단 말인가. 어찌 진흙에 두 발 빠지는 걸 알면서 가만히 멈추어 가라앉는단 말인가. 그러나 이제 너구리는 안다. 그래서, 그리하여 너구리는.

너구리가 올라간다.

너구리가 산을 올라간다.

한 짐승이 너울너울 우쭐주쭐 올라간다. 뒤뚱뒤뚱 짧은 사지를 흔들며 삼거리를 지나, 백 년쯤 자리를 지키고 선 장승을 스쳐, 울퉁불퉁한 바위를 넘고 깊고 푸른 골짝을 건너 울울창창 숲길로 너구리가 산을 올라간다. 멀고 먼 송악산 덤불 사이에 술을 한 잔 부어주고 너구리의 뒷모습은 점점이 멀어지건만, 눈을 가늘게 뜨고 보아도 통통한 꼬리가 흔들리는 광경이 가만히 엿보일 뿐. 그 짐승이 참으로 웃는지 우는지 기쁜지 슬픈지 사람은 영 알지 못하더라.

동백
冬柏

밤새 내린 눈이 반쯤 얼었다. 설피를 신은 발로 깨끗한 눈 위를 디디자 빳빳한 비단을 비빌 때처럼 쌀쌀한 소리가 났다. 혜령(蕙玲)은 낡은 옷섶을 여미며 조심스레 걸음을 재촉했다.

'빨리 가야지. 섬이네 아줌마가 걱정하실 거야.'

부모를 나란히 병으로 잃은 혜령이 끈목<sup>*</sup> 일을 배운 지도 이 년. 이제는 곧잘 삼작노리개에도 장식을 달 수 있게 되었지만, 여전히 혜령은 몸이 약해 쉬는 날이 더 많았다.

"혜령 왔구나?"

가게에 들어서자 함께 일하는 여자들이 따뜻하게 맞아주었다. 혜령은 일일이 고개를 숙여 가며 웃는 낯으로 인사를 했다. 주인 강씨는 작년에 늦은 아들을 낳아, 섬이네라고 불린다. 아이를 낳고 보

---

<sup>*</sup> 여러 올의 실로 짠 끈을 통틀어 이르는 말. 대님, 허리띠, 주머니끈 따위에 쓰인다.

니 사람이 자비로워져서 의지할 데 없는 혜령을 비롯해 몇몇 처녀들에게 일을 가르쳤다.

"아줌마, 늦어서 죄송해요. 저 괜찮아요."

"괜찮긴 퍽도. 건드리면 홍시처럼 폭 터질까 무섭다. 너 약은 잘 먹고 있니?"

섬이네가 통통한 낯을 찡그렸다. 혜령은 기침을 참으며 웃는 얼굴로 고개를 저었다. 사실은 가게에 들어오기 전에 혼자 코피를 한 말이나 쏟아서 얼굴에 눈이라도 얼비친 양 새하얗다. 그녀가 어릴 적부터 몸이 약해 내내 약을 달고 산다는 걸 교현 사람들이면 누구나 알았다.

"보는 내가 다 불안해 도리가 없다. 일은 이따 하고 가서 약부터 받아 오너라."

"죄송해요. 얼른 약사 아저씨 뵙고 올게요."

실은 아무리 견뎌보려고 해도 눈앞이 핑핑 돌고 살에 꿰인 동박새처럼 하닥하닥 숨이 가빴다. 코끝이 새빨간데 뺨은 새파래서, 금방이라도 숨이 딱 끊어질 것만 같다. 혜령은 꾸벅 허리를 숙여 보이곤 끈목집을 나서서 큰길을 따라 걸었다. 수십 년 이 거리를 지켜온 약사 댁으로 가는 길은, 눈을 감아도 현기증이 일어도 절대로 헤매지 않았다.

"혜령!"

조 씨네 앞은 평소와 달리 소란스러웠다. 달려온 혜령을 받아 안듯이 붙들고, 근처 상인 여자가 목소리를 죽여 속삭였다.

"혜령, 지금은 안 된다. 아주, 아주, 상황이 안 좋구나."

"무슨 일이 있나요?"

"큰 싸움이야."

“싸움이요?”

“그래. 조 씨가 말이야. 무슨 약인갈 내놓으랬는데 거절한 모양이지. 글쎄 그게 큰 싸움으로 번져서.”

말을 받으며, 혜령은 또 코피가 날 것을 겁내듯 얼른 고개를 들었다. 하늘이 흐릿한 것이 현기증 탓인지 구름 탓인지 알 수가 없었다. 천천히 머리가 맑아졌다. 곧 다시 극심한 두통과 어지럼증, 까무러칠 듯한 호흡곤란이 찾아오겠지만 혜령은 몇 식경씩 찾아오는 평온에도 금세 마음이 따뜻해지곤 했다.

“이상하네요. 약사 아저씬 아무하고도 이야기 안 하시잖아요. 약만 파는 아저씨가 왜 싸운단 말이에요?”

“칼을 빼 들었는걸.”

칼? 약사가 무슨 칼을 든단 말인가. 약초를 자르는 일이야 주로 작두를 쓰는걸.

혜령은 눈을 가늘게 뜨고 주위를 두리번거렸다. 모여선 사람들이 수군대는 목소리가 들렸다.

“죽을지도 몰라. 조 씨.”

“원, 하필이면 저런 일에 휘말려서야….”

“관리한테 대들다니 저 작자도 참 목숨 아까운 걸 몰라.”

“그야 딸린 입이 없어 그렇지.”

“무슨 약인데?”

혜령은 등을 떠밀린 것처럼 조 씨 댁 문 안으로 달려들었다.

“약사 아저씨!”

조 씨라고 알려진 약사는 적어도 혜령이 철이 들 무렵부터는 쭉 이곳에서 약방을 열고 있었다. 늘 어두운 빛의 창의에, 두건과 목도리로 표정을 감춘 채 어두침침한 방 깊숙이 틀어박힌 그를 혜령은 거의 매일 대면해왔다. 항상 앓는 혜령의 약도, 오래 앓다 결국 죽어간 아버지와 어머니의 약도 모두 그에게서 샀다. 낳아준 건 부모지만 네 목숨 붙여주시고 키워주신 건 다 약사 양반 공이니 잊지 마라, 하고 살아생전 그네들은 말했다.

"웬 계집애냐?"

마구잡이로 널브러진 서책이며 부서진 오동나무 약장(藥欌), 짓밟힌 약재 등속이 눈에 확 들어와서 혜령은 곧 울고 싶어졌다. 발디딜 틈이 없는 약방이고 퀴퀴한 냄새에 먼지가 떠돌긴 했지만, 그 무뚝뚝하고 음울한 약사는 한결같이 모두에게 약을 지어주었다. 쏟아진 이 약재도 누군가의 목숨을 구할 물건이었을 지도 모른다.

그렇게 생각하자 약사를 둘러싸고 대거리를 하고 있는 너덧 명의 건장한 사내도 무섭지 않았다.

"야… 약사 아저씨를 괴롭히지 마세요."

"성가신 계집애가 뉘 안전인 줄 알고 끼어드느냐?"

혜령은 을러대는 사람을 올려다보았다. 답호*를 갖춰 입은 걸 보니 관리다. 귓속이 윙윙 울렸다. 바깥에서 사람들이 혜령을 염려하며 웅성대는 소리가 들렸다.

"여기 계신 새 절제도위** 나리께서 급히 약을 청하셨는데 이 무엄한 촌것이 주제를 모르고 거절했단 말이다. 불복이란 백성에게 더할 것 없는 죄인데 당장 목을 친들 이 촌 서생이 무어 할 말이 있겠느냐?"

"허, 허나… 약사 아저씨가 이유 없이 약을 거절했을 리 없습니다. 필시 잘 설명하신다면, 곧바로 좋은 약을 지어주실 겁…"

* 밑이 길고 소매가 없는 조끼형의 관복이나 군복
** 도사가 관할하던 모든 진(鎭)에 둔 종육품 벼슬. 현령이나 현감이 겸했다.

"네년도 같이 목이 떨어지고 싶은 게냐?"

답호 입은 사람이 벽력처럼 소리를 질렀다. 혜령은 겁이 더럭 나서 어깨를 움츠렸다. 어두운 곳에 절제도위라는 사람이 서서 묵묵히 이쪽을 바라보고 있었다. 이마를 땅에 대고 감시 조아려도 이상하지 않을 만큼 높은 나리라는 건 알겠지만, 혜령으로선 그 도위니 뭐니 하는 게 통 뭘 하는 자리인 줄은 통 짐작조차 가지 않았다. 두건을 쓰고 천을 두른 채 먼지와 서책과 약재 속에 파묻힌 약사는 말이 없었다. 그 앞에 선 덩치 큰 남자가 약사의 목 앞에 번쩍거리는 칼을 쑥 들이밀었다.

"죽을지도 몰라. 조 씨."

사람들의 불안한 수군거림이 들렸다. 그건 싫다. 손 쓸 도리 없이 넋 놓고 사람 죽는 걸 지켜보는 일은 괴롭다. 내내 후회가 남는다. 혜령은 눈을 질끈 감았다.

약사 아저씨는 길지 않은 이 목숨을 붙들어주신 분이니, 조금이라도 은혜를 갚도록 하자. 목숨에는 목숨으로 답해야 해.

생각을 굳히자 공포는 온데간데없이 사라졌다. 혜령은 얼른 무릎을 꿇고 엎드려, 떨리는 목소리를 가다듬으며 높은 나리를 향해 빌었다.

"제발, 제발 약사 아저씨를 놓아주세요. 아저씨는 우리 교현 사람들한테 아주 중요한 분입니다. 아저씨가 없었으면 어머님도 아버님도 할머님도 할아버님도 더 일찍 돌아가셨을 겁니다. 저도 더 어린 계집애일 적에 죽었을 것입니다. 나리, 부디 아저씨를 살려주십시오. 아저씨를 죽이면 나리의 백성들도 더 많이 죽게 됩니다. 나리."

시끄럽게!

퍽, 하고 답호 입은 사람이 혜령의 엎드린 등을 걷어찼다. 혜령은 뭉쳐놓은 끈목 실처럼 힘없이 나동그라졌다.

"나리, 나리. 제발 살려주십시오. 아저씨가 안 계시면 저도 곧 죽게 됩니다. 약을 쓰지 못해서 더 많은 사람이 괴로워집니다."

고통에 눈물이 그렁그렁 맺혔다. 혜령이 세 번째 차여 나동그러졌을 때, 가까스로 서 있던 약장이 쓰러져 몸을 덮쳤다. 아팠다. 매캐한 약 냄새에 혜령은 정신없이 기침을 뱉었다.

"…그쯤 해둬라. 됐으니 그만 가자."

내내 침묵을 지키고 있던 절제도위가 무겁게 말했다. 그제야 매사가 바보처럼 느껴진 모양인지 픽, 웃더니 고개를 절레절레 흔들었다. 애초에 약사의 담담한 태도가 건방지다며, 아랫것들이 소란을 만들었을 뿐이다. 구경거리가 됐군, 하고 도위는 자조하며 몸을 돌렸다. 혜령은 고맙습니다, 나리, 하고 절하려 했지만 연신 이어지는 기침과 허리의 통증으로 말을 할 수가 없었다.

"자비로운 나리의 덕인 줄 알아라!"

답호 입은 사람이 기어이 쏘아붙이고는 칼 든 자들과 함께 기세등등하니 약방을 떠났다.

"아이고, 혜령! 이 어리석은 것이!"

"혜령! 괜찮으냐? 혜령!"

겁을 먹고 바깥에만 섰던 시장 사람들이 기다렸다는 듯 우르르 쏟아져 들어와 혜령의 몸을 보듬었다. 혜령은 눈물 때문에 흐려진 시야를 향해 무작정 웃었다. 괜찮아요, 말할 때 찝찔한 피 맛이 났다.

"이 애, 코피가 나지 않니?"

어리석은 것, 어리석은 것.

사람들 틈에서 한탄 섞인 목소리가 계속 들렸다. 어리석은 것. 누군지 모를 목소리와 함께 약사가 사람들을 몰아내고 다가와 어깨를 가볍게 잡았다. 익숙한 손으로 피를 닦아주고 고개를 살짝 들게 했다. 혜령은 눈을 감았다. 피가 멎기를 기다려 그는 탕약을 내주었다. 혜령은 약을 마시고 약방 구석에서 잠깐 잤다.

"하지 않아도 될 일을 했다."

혜령이 눈을 뜨자 서늘한 손을 이마에 얹어주며 약사가 말했다. 한 번도 얼굴을 본 적 없고 목소리에도 온기가 없다. 사람일까. 저승사자가 아닐까. 혜령은 잠이 덜 깬 눈으로 멍하니 천장을 올려다보았다. 먼지가 빙빙 돌았다. 탕약 냄새, 서책에서 나는 먹 냄새. 약사의 잘 다린 옷자락에서 풍기는 겨울 햇볕 냄새.

"은혜를 갚고 싶었어요. 죽으면 안 돼요."

"나는 안 죽는다."

"세상에 아니 죽은 건 없어요. 옛날 교룡산에 계셨다던 용님도, 옛날 황제 폐하도, 운서성 나리도, 전부 이젠 아니 계신걸요. 할머니도, 할아버지도, 어머니와 아버지도… 전부, 전부, 오래 살겠다 다짐하시구선 돌아가셨어요."

"그러나 나는 안 죽어. 처자는 허튼짓으로 명을 재촉하지 마라. 어차피 길지 않은 목숨이 아니냐."

혜령은 몸을 일으켰다. 오래 살 수 없다. 아마, 남들처럼 혼인을 하고 아이를 낳을 만큼 살지도 못할 터다. 제 발로 걷기 시작할 무렵부터 알고 있었다. 그런 탓에 애당초 자포자기하고 '길게 남지 않았다' 여기며 꾹꾹 눌러온 듯도 싶다. 하지만 제 머리로 아는 것과 귀로 듣는 것 사이엔 혜령 제 마음과 달리 괴리가 남았던가 보다. 역시 대놓고 듣자니 좀 괴로웠다. 혜령은 겨우 웃어 보였다.

"길지… 길지 않은 목숨이니까요."

"잠시라도 더 살게 해달라며 매달리지 않느냐. 모두들."

“아저씨를 죽게 두고 제가 조금 더 살아 뭘 하겠어요?”

“어려운 질문이로군. 할 일은 처자가 스스로 찾아야지.”

“그러니까 은인이신 약사 아저씨께 도움이….”

“아니다. 무모한 짓을 해선 안 돼. 처자는 어린아이니까.”

“…네에.”

대화가 잘 되지 않는다. 완전히 다른 생물 두 마리가 날갯짓 소리로 눈치를 보고 있는 것만 같다. 혜령은 피로를 느꼈다.

“저 이만 가볼게요.”

약을 받아 들고 강 씨네 댁으로 돌아갔지만, 결국 끈목 일은 반나절을 공치고 말았다. 늦게야 몇 땀을 엮고 나서 혜령은 주인 강 씨의 성화에 못 이겨 귀가하게 됐다. 한 손에는 지은 약을 들고 다른 손엔 덜 마친 끈목 일감을 추려 든 채.

“약방 조 씨도 참 모를 사람이지. 기십 해 전부터 낯을 봤단 말을 못 들었으니.”

“채소가게 관 씨네 뒷방 할아범이 코찔찔일 적부터 드나들었다지 않아? 그럼 조 씨 나이가 적어도 고희란 소린데….”

“고희라니 말이나 되어? 우리 영감보담두 한참 쌩쌩한 목소린데.”

“뭐 좋은 약이라두 됐다 자시나부지.”

“에이, 아녀. 내 듣기로 조 씨는 그때 있던 조 씨가 들인 제자라던데? 수양아들 삼았다던가, 몰래 바꿔쳤다던가.”

“못 들었는디, 나는. 그런 말은. 왜? 차라리 어디 여우가 와서 홀딱 인두껍을 벗겨다 썼다구 하지?”

“아니, 아니. 들었다니까? 우리 시엄니헌티. 참말여.”

친절하지만 남과 교류하는 일 없는 조 씨 이야기가 끈목하는 내내 오갔다. 도위인가 하는 대단하신 나리와 시비가 붙었으니만큼,

조그만 마을인 교현에선 꽤나 흥미로운 이야깃거리일 수밖에 없다. 사람들이 아는 대로 기억을 더듬어 떠드는 동안 혜령은 그저 듣기만 했다.

"이 애, 혜령. 교현에서 너처럼 약방에 자주 드나든 사람도 드문데 혹시 못 봤니? 조 씨 민낯."

"제가 무얼 봐요. 저는 인사하고 약을 받아 올 뿐인걸요."

"에그, 감히 원님 앞에 나서길래 넌 뭘 아는가 했다."

"그…래도 약사 아저씨가 좋은 분인 건 알아요. 아저씨가 안 계시면 누가 약을 지어주시겠어요?

"어련하겠니, 혜령. 애가 그리 착해서 어찌 살려고. 자칫하면 네가 죽을 뻔했잖니?

떠들던 여자들이 쓰게 웃었다. 쉬운 일감을 골라주고, 숨이 가빠오면 염려하며 등을 쓸어준다. 약을 타오라며 잠깐씩 손을 쉬게 해주는데다 날이 추우면 혹 얼어 죽었나 염려하며 소식을 기다린다. 혜령이 생각하기엔 혜령 자신보다도 주위의 다른 사람들이야말로 참으로 착하고 선한 것만 같았다. 혜령의 아버지와 어머니가 병으로 죽은 후 장례를 도와준 것도, 생활을 걱정하며 끈목집 강 씨에게 소개해준 것도, 모두 교현 거리 사람들이었다.

'세상엔 좋은 사람이 참 많아. 나도 얼른 더 건강해져서 도움이 되었으면….'

끈목 일을 쥔 손에 힘을 주며 혜령은 교룡산 기슭으로 접어들었다. 내린 눈이 달빛을 받아 반짝거렸다. 절로 소원을 빌고 싶어질 만큼 훤한 만월이 천구의 중심을 가로지르고 있었다. 혜령은 작은 새처럼 팔딱거리는 자신의 맥박을 들으며 잠깐씩 발을 멈췄다. 낮에 약방에서 장정들에게 걷어차이기까지 했으니, 산길 몇 리를 걷는 것만으로도 숨이 가빠 현기증이 일었다.

'그래도 약사님이 무사하셔서 다행이야.'

절로 웃음이 나왔다. 사과꽃 같은 입김을 올려다보며 걷던 혜령의 다리가 갑자기 푹 꺾였다.

악, 소리를 내지르며 혜령은 눈밭에 파묻혔다. 뒤쪽에서 혜령을 후려친 사내 몇이 거드름을 부리며 모습을 드러냈다.

"쬐그만 계집애가 잘도 우릴 창피 줬겠다?"

"나리께선 됐다 하셨지만 우리 수치는 나리의 수치야. 너 요 맹랑한 것, 오늘 한번 죽어봐라."

낯익은 답호 자락이 시야에 비쳤다. 혜령은 무릎걸음으로 한 뼘 남짓 쌓인 눈 사이를 기었다. 뚝뚝 떨어진 코피가 새하얀 눈 위로 번졌다.

"일가붙이도 없는 년이."

"그 건방진 약사 놈도 곧 손을 봐줘야지. 감히 제까짓 것이 뭐라고!"

"뻣뻣한 모가지 하며."

허둥허둥 그녀는 달아나려 했다. 살고 싶다, 살고 싶다, 비명조차 감히 목을 거슬러 나오지 못했다. 혜령은 반쯤 꺾인 허리로 허공에 헛손질을 했다. 퍽, 쌓인 눈이 천 길 낭떠러지에서 떨어져 내릴 때처럼 둔중한 소리가 났다. 눈앞에 별이 번쩍했다.

"벌레 같은 것, 어차피 너 오래 살지도 못할 몸이 아니냐?"

아, 아… 아!

공포에 질려 기괴한 목소리가 났다. 등 뒤에서 여유를 부리며 둔기가 휘익 허공을 갈랐다.

"예서 죽은들."

그들은 웃었다. 토끼 새끼를 이리저리 내몰 듯 즐거운 목소리로

끼룩끼룩 웃었다.

"누구 있어서 너 시체나 찾으러 오겠느냐?"

살고 싶다.

저항하려고 발길질을 하고 손톱을 잔뜩 세워봤지만 도리어 뺨에 주먹이 날아들었다. 어, 헉, 숨을 몰아쉬며 몸을 웅크린 채 손으로 뺨을 감싸자 피가 묻어났다. 얼굴이 피투성이라는 걸 그제서야 알았다.

"이년이!"

"주제를 모르고."

살려주세… 살려주세요!

말했다. 말했다고 생각했다. 애원하며 점박이 답호를 입은 남자의 발목을 붙들고 늘어지자 그는 혜령의 허리를 서슴없이 걷어차고 그 위에 한쪽 발을 올려놓았다.

"잘 안 들린다, 큰 소리로 빌어봐라."

살려… 주, 세….

살려달라고 애원하던 입이 곧 얼었다. 찬 눈에 의식이 가물거렸다. 떨어진 약포를 일부러 노려 칼집을 휘두르고 끈목 일감을 짓밟으면서도 그들은 보란 듯이 웃었다. 그 이해 못 할 악다구니에 혜령은 할 말을 잊었다.

"너 같은 것 하나쯤!"

아, 결국 죽는구나 하며 눈을 딱 감았을 때 마음 한구석이 못 견디게 괴로웠다. 오래 살지 못할 걸 알고 있었는데. 그래서 죽음 따윈 무섭지 않을 줄 알았는데. 그런데 이렇게나 두렵다니.

이렇게나 살고 싶다니.

아픔 때문일까, 온몸이 불처럼 후끈 달았다.

“…….”

하마 죽었는가.

죽었어도 몸 아픈 건 여전한가 하여 눈을 살금 떴더니 잠든 것처럼 널브러진 사내들이 보였다. 눈에 꽂힌 칼이 무게를 못 이겨 푹 모로 엎어졌다. 튀어 오른 눈에 이마가 젖었다. 아직 제 다리로 서 있던 점박이 답호 차림의 사내 하나가 힘의 차이를 깨달은 듯 냉큼 등을 돌려 저편으로 달리기 시작했다.

“약사… 아저씨.”

도망치던 남자의 등을 가볍게 후려치고, 낯익은 남자가 눈 위에 내려섰다. 답호 자락이 시야에서 훅 내려앉았다. 십수 년을 보아온 검은 창의 자락이 선학의 날개처럼 우아하게 흔들렸다.

살았다.

죽지 않았다.

그것이 스스로도 놀랄 만큼 엄청난 감격이 되어 전신을 뒤흔들었다. 혜령은 당장이라도 벌떡 일어나 약사의 옷가슴에 뛰어들고 싶었다. 달려드는 속도 그 자체로 밖에는 제 미욱한 언어를 대신할 방도가 전연 없을 듯이, 그저.

그저 기뻐서.

“아저씨 엄청 세네요!”

모르긴 해도 도위인가 하는 높은 분 모시던 자들이 약할 리 없다. 약사는 그걸 단숨에 쓰러뜨린 것이다. 비명 소리 한 번 듣지 못할 사이에.

“그러니 처자가 나를 도울 필요는 없었다. 이제 이해하겠나?”

“어머, 하지만 저는 아저씨가 안 도와주셨으면 큰일 났을 거예요. 정말…”

아픈 몸을 억지로 일으키며 혜령은 활짝 웃었다. 약사는 온통 새하얀 눈밭에 한 그루 나무 그림자처럼 서 있다가 천천히 다가왔다.

'그렇구나. 아저씨는 정말로 셌구나. 그래서 도와주지 않아도 된다고… 모처럼 도움이 됐다고 생각했는데, 역시 괜한 일이었나 봐. 이런 일이나 당하고. 또 도움을 받기나 하고.'

씁쓸한 기분으로 비틀대는 혜령을 붙잡아주며 약사는 꽁꽁 싸맸던 목도리를 풀었다. 자연스러운 호기심에 혜령은 고개를 들었다.

희다.

온 시야가, 눈부신 빛으로 가득 찬 것 같은 착각이 들었다.

"어… 저기."

의외로 어린 얼굴이 드러났다. 약사는 목도리를 한 손에 쥔 채 다른 손으로 혜령의 상처를 부드럽게 닦아주었다.

"정, 정말 감사합니다. 아저… 아저씨가 아니네요. 저기, 미안해요."

"맞는데."

또래 소년으로밖에는 보이지 않는 얼굴에 심드렁한 빛을 띠며 그는 제 목도리로 혜령의 목과 어깨를 감쌌다. 단정한 이마는 옥을 깎아 만든 구슬처럼 맑고 깨끗했다. 흰 눈밭에 반사된 저녁 어스름에도 색이 바래지 않을 만큼 눈부신 머리 타래가 목덜미를 덮고 등 뒤로 늘어져 부드럽게 흔들렸다. 봄바람에 호수의 물이랑 위로 하늘거리는 버들가지같이 곱게.

'예쁘다.'

그리 생각하자 저도 모르게 낯이 붉어졌다. 제비붓꽃 빛깔 눈동자가 똑바로 혜령을 바라보고 있었다. 괜히 수줍어 혜령은 어쩔 줄 몰랐다.

"아니, 아저씨가 아니잖아요."

“처자가 어린애일 적부터 내내 약방에서 본 그게 내가 맞는데, 뭐가 또 아니라는 건가?”

“그러니까… 그게, 아저씨… 아저씨가 아니잖아요. 만난 건 아저씨가 맞지만, 그러니까, 아무리 봐도 어느 댁 젊은 서방님 같으시니….”

혜령은 목도리에 코끝을 파묻고 눈을 피했다. 약사는 양손으로 그녀의 뺨을 감싸 자신과 눈을 맞추고는 탐색하듯 물끄러미 들여다보았다.

“차갑구나.”

“고, 곧 따뜻해질 거예요. 아까 눈에 파묻혀서….”

“왜 눈을 피하느냐? 아직 아픈가?”

“아, 아뇨! 그러니까, 아저… 아저씨가 아니니까!”

그의 손을 뿌리치듯 고개를 힘껏 흔들었다. 눈앞이 핑 돌았다. 어째서 이렇게까지 몸이 약한 걸까. 어머니와 아버지와 다른 사람들과 그리고 누구보다도 약사의 도움이 없었다면 지금껏 살아남지도 못했다.

“무슨 말인지 전혀 모르겠다.”

“아저씨 말고 뭐라고 불러 드려야 돼요? 훤하니 약사 도련님이신데. 저기….”

“처자, 그 다리로는 못 걷는다.”

이름을 알려주는 대신 담담하게 답하며, 약사는 도망치려는 혜령의 팔을 잡았다. 다리가 아파서 비명이 절로 터졌다. 혜령은 침울한 얼굴로 약사의 어깨에 기대섰다.

“자, 업혀라.”

“하지만….”

머뭇거리는 혜령을 반쯤 강제로 업고, 그는 걸었다. 설피도 투혜도 없는데 잘 마른 땅을 걷듯이. 방년 열여섯이니 아무리 병약하다 해도 꽤 무거울 혜령을 업고도 한 번 흔들리는 기색도 없이. 그는 무던히도 잘 걸었다.

"떨어진다. 꽉 잡아라."

"…네에."

부끄러워서 옷깃 끝만 만지작거리는 혜령에게 몇 번이나 그가 말했다. 혜령은 네, 네, 황송하여 답하면서도 머뭇머뭇 목을 반쯤 감쌌다가 화들짝 팔을 풀었다.

"처자. 꽉 잡아. 떨어진다니까."

"아… 아까 그 사람들이요."

화제를 돌릴 생각은 아니었지만 저도 모르게 다른 이야기가 툭 튀어나왔다. 약사는 조용히 혜령이 말을 잇는 것을 기다려 주었다.

"그 사람들 그대로 두면 병이 나지 않을까요? 날이 추운데요, 아저… 나리."

"죽이려 들던 인간들인데 밉지도 않은가?"

"아저씨가 구하러 와주신 덕분에 그분들만 다쳤지요."

"처자는 착한 인간이로군."

"다들 착해요. 약사 아저… 나리한테 약을 사 가는 사람들도 다들 고마워하지요? 약을 먹고 아픈 게 나으면 매사가 참 고마우니 다들 착해져요."

혜령의 말에 그는 입을 잠시 다물었다.

"…돌아가는 길에 그들을 주워 시장에 놓아주지."

"네!"

혜령은 기뻐서 그의 목을 꼭 안았다. 꽁꽁 얼어 터진 뺨도 도리어 훈훈하게만 느껴졌다. 쌀랑쌀랑 겨울바람이 불었다. 현기증으로 까무륵하니 멀어졌다 돌아오는 시야에 쭉쭉 뻗은 전나무들이 호위병처럼 늠름하니 도열해 있었다. 한 뼘씩 보이는 하늘을 언뜻언뜻 스치는 인동초 같은 구름들이, 꼭 수 놓은 비단이불 같아서 혜령은 마냥 들떴다.

"하늘, 참 곱네요."

"그러냐."

"네. 어머님이 그랬는데, 사람은 죽으면 다 하늘로 돌아가는 거래요. 저도 곧 돌아가겠지요."

괜한 말을 했나, 싶어 혜령은 약사의 부드러운 머리카락에 달아오른 뺨을 기댔다. 기분 좋은 흔들림에 몸을 맡긴 채 눈을 감았다.

"돌아가선?"

"네… 네에?"

"돌아가선 어찌하려느냐?"

"어찌한다니요?"

약사는 흔들림 없이 걸음을 떼며 천천히 말을 보탰다.

"하늘 저 위에 무엇이 있는 줄이나 아느냐? 돌아가 그 후엔 어찌할까 물었다."

"돌아가선… 어머님은 하늘루 돌아가 다시 목숨 받아 태어난다 하셨어요."

"다시 이 지상에 말이냐."

"지상에. 인간으루나 아니면 다른 무얼로요. …저는요. 저는 다시 태어나면 새가 되고 싶어요."

"새."

"네, 새요. 오목눈이도 좋고 유리새도 좋고 제비도… 뭐든 좋아요. 새는 저 산 너머로 날아가볼 수 있잖아요? 하늘로 훌쩍 날아서 저 지평선 너머도, 황제 폐하가 계신 곳도, 얼마든지 갈 수 있을 테죠. …저, 저기. 약사… 님은요?"

"나는 안 죽는다."

"그렇군요. …저는."

저는 곧 죽을 테니까.

해서는 안 될 말을 삼켰다. 약사의 몸은 찼다. 꿈일까, 사실은 아까 죽어버려서 이미 하늘로 돌아온 걸까. 혜령은 조심스레 눈을 떴다. 목을 감쌌던 손을 풀어 조심스레 약사의 머리카락을 어루만졌다. 부드럽다.

"처자. 하늘로 돌아가고 싶으냐?"

"모르겠어요. 돌아가고 싶지만… 그렇지만…."

죽고 싶지 않아요.

살고 싶어요.

혜령의 말에 약사는 아무 말도 하지 않았다. 이따금 눈 무게를 못 견딘 겨울 가지들이 후둑후둑 떨며 웅달 위로 눈을 한 무더기씩 보탰다. 발걸음 소리도 없이 약사는 걸어 혜령을 그녀의 초막까지 바래다주었다.

"다 왔다. 처자, 이제 내려라."

"아… 앗! 네, 네!"

처음엔 그렇게 부끄러워서 가시나무라노 끌어안고 있는 양 불편했는데 어느샌가 양팔로 한껏 어깨를 안고 있었다. 혜령은 당황해서 허둥지둥 팔을 풀고 약사의 등에서 몸을 떼어냈다. 발밑이 푹 꺼졌다.

"처자, 다친다."

거리를 잘못 재어 휘청거리는 팔을 가볍게 잡아주며 그가 말했다. 차마 눈을 마주칠 수가 없어서 고개를 돌린 채 네, 네, 하고 그저 어깨를 움츠렸다. 부드러운 옅은 색 머리카락 아래 약사의 눈이 말끄러미 혜령을 내려다보고 있었다.

"저, 저기…."

다시 눈을 피하려는 혜령에게 그가 무심히 손을 뻗어 뺨을 감쌌다. 본의 아니게 눈이 마주쳤다. 얼굴이 화끈 달아올랐다.

"이제 따뜻하구나. 됐다."

그야, 따뜻하겠지요. 따뜻하다 못해 확 불이라도 붙어 이 자리에서 사라질 만큼이나요.

혜령은 입만 뻐끔거리다가 헐렁해진 목도리에 파묻힐 기세로 고개를 푹 숙였다. 주먹을 꽁꽁 쥔 채로 혼자 열을 삭히곤 힐끔 시선을 올려 그의 표정을 엿봤다. 기분 탓인지 그가 아주 조금이지만 웃어 보인 것도 같았다. 달빛에 홀린 사람처럼 혜령은 그 얼굴에서 눈을 뗄 수가 없었다.

"처자. 이건 새 약이다. 푹 자면 다친 다리도 나을 게다."

서늘한 얼굴에 기름한 눈매가 누그러졌다.

'아, 웃었다.'

혜령은 잠깐 넋을 잃고 약사를 올려다보았다. 소년다운 미소에 이상하게도 눈물이 날 것처럼 가슴 속이 붕붕 부풀어 올랐다. 그는 가만히 혜령의 머리를 기특하다는 듯 쓰다듬어주고는 손 위에 약봉지를 떨어뜨렸다.

"이걸로 빚은 갚았다. 앞으로는 내 일에 개의치 말아라."

"하, 하지만…."

반사적으로 무어라 항변하려던 혜령의 눈에 활짝 핀 동백이 눈에 들어왔다. 아직 동백 철이 아니다. 해를 넘겨 봄바람이 어른어른 섞여 들 때나 필 꽃송이들이련만 다투듯이 자태를 뽐내고 있었다.

"어머나! 도련님, 꽃이 피었어요! 저걸 보세요!"

얼른 달려가 돌아가려던 사람을 붙들었다. 아픈 다리를 잊고 달려들다 균형을 잃은 혜령의 이마가 그의 등에 부딪혔다. 약사는 비스듬히 시선을 돌려 혜령을 돌아보고는 어깨를 감싸 의지할 곳을 만들어주었다.

"때가 아닌데 피었으니 곧 진다. 이 밤도 견디지 못하겠지."

"가엾어라, 전 그저 고와서 들떴는데… 미안한 짓을 했네요. 왜 지금 피었을까요?"

"왜 처자가 미안하지? 저건 내 탓에 핀 게야."

"네?"

무슨 의미일까.

어깨를 감싼 손이 차다. 벌린 입술로 흰 입김이 솟아 아뜩한 허공으로 열없이 스러졌다. 약사는 땀 한 방울 흐르지 않은 말끔한 이마를 찌푸렸다. 그의 얼굴에는 언 곳이 없다. 입김도 새어 나오지 않는다.

꼭 그림 같구나.

혜령은 순수하게 감탄했다.

"그래. 주인을 만나 계절을 잊고 피었으니 꽃에 죄를 지은 것은 나다. 처자가 아니다."

"주인?"

약사의 제비붓꽃색 눈이 어둡다.

"이 산의 주인은 용이지요. 교룡산 모양도 용이 웅크린 모양이구요, 착한 용께서 산 아래 교현을 항상 지켜주신다고 아버님이 옛날에 말씀해주셨어요."

"용이 지키는 건 약속뿐이다."

활짝 핀 동백이 꼭 등잔불이 바람에 꺼지듯 훅 소리도 없이 목을 떨궜다. 약관도 되지 못한 소년의 자태엔 영 어울리지 않는 슬픈 낯으로 그는 떨어진 동백을 받아 들었다. 눈처럼 흰 손 위에 핏방울 같은 동백. 죽은 새를 바라보는 양 몹시도 쓸쓸한 그 눈빛에 혜령은 입을 다물었다.

"모두 꽃 같구나. 하루를 피든 천 년을 피든 똑같다. 죄 져버릴 꽃이거니."

새를 놓아주듯 풀어놓은 동백 꽃송이가 우두커니 선 혜령의 발치에 내려앉았다. 약사는 그녀를 정중하게 안아 다시 초막에 앉혀주고는 말없이 산 그늘 속으로 멀어졌다. 혜령은 온 천지사방이 칠흑에 감싸일 때까지 그 자리에 가만히 앉아 있었다. 생각난 듯 약을 달여 마시고 한 장뿐인 알량한 방문을 열어젖히자, 어둠 사이로 분분하게 꽃이 지는 광경이 보였다.

'참말 하룻밤도 버티지 못하였구나.'

흰 눈밭에 점점이 죽은 꽃들이 스몄다.

얼녹은 땅 위로 새벽녘에 한소끔 눈이 더 내렸다.

점점이 동백 같은 핏자국이 남은 목도리를 껴안고, 그 최소한의 온기에 기대어 혜령은 비로소 잠들었다.

＊

여느 때와 마찬가지로 교현 시장통을 가로질러 약방 앞에 당도한 후, 혜령은 생전 처음 오는 사람처럼 심호흡을 했다. 조금 서두르면서 걸음을 빨리했을 뿐인데 돌이라도 지어 나른 것처럼 숨이 벅찼다.

"도… 도려… 님."

보는 사람이 없는데도 왠지 도련님, 하고 부르려니 유난스럽게 느껴져서 입안으로만 어물거렸다. 나리, 하고 들릴 만한 목소리로 고쳐 부르고 헛기침을 하며 안으로 들어서자 여느 때와 마찬가지로 각두건을 쓰고 물들인 목도리를 두른 약사는 어두침침한 방 저편에서 가만히 혜령을 응시하고 있었다. 어제 약을 지어갔으니 아직 남았다. 용건이 없는데 빈손으로 달려온 자신이 부끄러워서 혜령은 고개를 떨어뜨렸다.

"꽃은 모두 졌더냐?"

어두워서 표정을 알 수 없다. 혜령은 눈이 뚫어져라 약사를 바라보았다. 두건과 목도리를 벗은 그 얼굴을 어젯밤의 기억에 기대어 머릿속에서 그리자 괜히 뺨을 붉어졌다.

"남았더냐?"

약사가 재촉하듯 다시 물었다. 혜령은 보일 듯 말 듯 끄덕였다가 뭔가가 생각난 양 힘차게 휘휘 가로 저었다.

"졌어요. 밤새 내린 눈에 전부 얼어 떨어졌습니다."

펑퍼짐한 소맷자락에서 조심스레 가져온 동백 꽃송이를 주춤주춤 내밀었다. 약사는 움직이지 않았다. 어둠에 몸을 기댄 듯 미동도 없는 그에게 혜령은 다가가, 어지러운 서안 위에 살짝 꽃송이를 올려놓았다.

"떨어진 것인데 깨끗해서 가지고 왔습니다. 저기, 나 저버렸지만 내년에는 다시 꽃이 필 거예요. 제가… 제가 잘 돌볼게요. 그리고 다음에 꽃이 피면…."

그때, 내려놓은 꽃송이 위로 툭 툭 눈물처럼 핏방울이 떨어졌다. 혜령은 당황한 얼굴로 펄쩍 물러섰다. 여기저기 기운 소매를 들어 얼른 제 코를 감추었다. 두건 아래 구슬 같은 눈동자가 혜령을 비추었다.

"죄, 죄송합니다."

갑작스러운 코피도 갑작스러운 어지럼증도 익숙한 일이지만, 놀라거나 마음 상하는 사람들을 보는 것에는 익숙해지지 않았다. 혜령은 어쩔 줄 몰라서 뒷걸음질 쳤다.

"다친다."

일어서는 기색을 못 느꼈는데, 등이 약장에 닿았을 때 그는 혜령의 곁에 서 있었다. 떨어지던 약초 바구니를 한 손으로 받아 다시 제 자리에 올려놓는 그를 혜령은 코를 가린 채 올려다보았다. 불쑥, 소매 뒤에 감춘 입술이 멋대로 말을 뱉어냈다.

"저도 일찍 지는 꽃인가요?"

그는 묘한 시선으로 혜령을 바라보았다.

"지기 싫으냐? 허면 처자는 천 년 동안이라도 가지에 매달려 있고 싶은 것이냐?"

"아니에요. 아닙니다, 하지만…. 진 꽃도 다음 해에 다시 피지요. 저, 빌려주신 목도리에 동백 수를 놓으려고 했는데…."

"괜한 짓 마라."

"…내년에도 필까요?"

그는 웃지도 화내지도 않고 그저 혜령의 머리 위를 차가운 손바닥으로 쓰다듬었다. 그리고는 무명 수건으로 코를 닦아주고, 멎기를 기다려 바깥으로 내보내 주었다. 아무 말도 하지 않았다. 꾸짖지도 않고 왜 불쾌한 말을 하냐며 속상해하지도 않고 염려하지도 않았다. 혜령은 홀린 사람처럼 시장길에 서 있었다.

'내년에도 살아 있을까?'

밝은 겨울 하늘을 올려다보니 언제 눈을 쏟았느냐는 듯 새침한 구름이 반쯤 북녘을 가린 채 교룡산 봉우리를 에워싸고 있었다. 멀리, 멀리, 기기묘묘한 모양의 산 너머로 구름들은 흘러갈 터였다. 이 몸뚱이도 그저 헐거워져 껍덕을 벗어 던지곤 훨훨 날아 흘러간다면 좋으련만. 한 번도 가본 일 없는 저 산등성이 너머에도 푸른 하늘은 펼쳐져 있을 터이니 차라리 구름으로 태어나 바람 가는 대로 떠밀리며, 혹은 흩어지며, 멀리 더 멀리 갈 수 있다면 마냥 기꺼우련만. 혜령은 더러운 소맷부리에서 앙상한 팔을 쭉 뻗었다. 코끝이 찡하게 아팠다.

'또, 코피가….'

제 뜨거운 손으로 코를 꼭 잡았다. 눈을 감자 흰 달을 등지고 날개라도 달린 생물처럼 서 있던 약사의 얼굴이 떠올랐다. 철이 아닌데 피어 분분하게도 지던 그 가엾은 동백들도. 핏방울같이 떨어진 꽃은 그래도 퍽 아름다웠다.

'내년에도 피면 좋을 텐데. 동백.'

비틀비틀 걸어 강 씨의 일터로 돌아갔다. 끈목 일감을 관리들이 짓밟아 못 쓰게 만든 탓에, 혜령은 강 씨에게 안 좋은 말을 들었다. 혜령이 너끈히 한 사람 몫을 한다고는 해도 그 벌이에 비하면 짓밟힌 일감 쪽이 훨씬 비쌌다. 자연 끈목집 사람들이 모두 나서서 지청구를 했다. 혜령은 관리들 이야기를 할 수 없어서 죄송합니다, 죄송합니다, 하고 하루 종일 고개를 숙였다.

"혜령일 나무라고 싶지 않아. 가엾은 것이 또 집에 가다 어지러워 엎어진 모양이지. 그래도 앞으론 주의해야 해. 손해 본 것을 메우려면 좀 늦게까지 남아 해야겠다. 내 말, 알아듣지?"

"네, 죄송합니다. 정말 죄송합니다."

"그러면 이걸 채소가게 관 씨네 가져다주고 오렴. 가까우니까 괜찮겠지?"

"네. 바로 다녀올게요."

관 씨는 시집갈 딸을 위해 끈목을 맡겼다고 했다. 온 집안이 들뜬 탓에 혜령도 함께 환히 웃는 얼굴로 축하의 말을 전했다. 관 씨 댁의 부인이 단맛이 나는 과일 하나를 혜령에게 주었다. 처음 맡아보는 달콤한 냄새에 혜령은 눈을 커다랗게 떴다.

"이게 뭐죠?"

"말린 여지란다. 귀한 것이지만 경사를 맞았으니 네게도 주마."

손에 든 채로 혜령은 채소가게 문간으로 나왔다. 볕을 쬐며 졸고 있던 뒷방 노인이 주름에 뒤덮인 눈을 들어 혜령을 바라보았다.

"할아버지, 드시겠어요?"

"나는 됐다. 젊은 아가씨가 자셔야지."

"…할아버지. 약사님 말인데요."

문득 끈목집 언니들이 떠들던 말이 떠올라, 혜령은 노인에게 약사에 관해 물었다. 올해 고희를 맞은 노인은 우물거리는 입으로 이런저런 이야기를 늘어놓았다. 자신이 아주 어린 아이였을 때 약사 양반은 무척 쾌활하고 의협심이 강한 사람이었다는 것. 아무아무 때 난리가 나서 가족이 죽었을 땐 사람이 변한 듯했다는 것. 그래도 약을 짓고 사람들을 널리 도왔다는 것. 아무아무 때 전염병이 돌아 많이들 죽어 나갔을 때도 교현 사람들은 약사 덕분에 목숨을 구했다는 것.

'그렇지만 약사님은 내 또래로밖에 안 보였는걸.'

혜령은 고개를 갸웃거리며 자리를 떴다. 말린 여지는 소매 속 깊숙이 남겨두었다.

늦도록 끈목 일을 하고 차례차례 집으로 돌아간 여자들의 뒷정리를 한 후, 혜령은 달이 떴을 때 끈목집을 나섰다. 어제 설피가 부러진 탓에 신만 덜렁 신은 발이 눈밭에 푹푹 잠겼다. 뽀득뽀득 소리를 들으며 혜령은 간신히 초막에 닿았다.

달이 밝은 날이라 길을 헤매지 않았다.

'달님, 용님 모두 감사합니다. 약사님도 감사합니다.'

숨을 몰아쉬며 버릇처럼 하늘을 올려다보았다. 생백(生魄)*답지 않게 제법 이운 달이 중천에 비스듬하게 걸려 있었다. 마리지(摩利支)**의 옷자락처럼 희미한 구름이 메마른 달 주위를 너울거리고 정작 멀리 산등성이를 감싼 구름들은 어느덧 말갛게 개어 있었다. 뿌연 달무리를 보며 혜령은 구름과 똑같은 빛의 입김을 후우, 소리 내어 불었다.

'약사님께 말린 여지를 드리고 올걸 그랬나.'

발치에는 어제 떨어진 동백들이 음울하게 시들어가고 있었다. 혜령은 동백을 눈에 담았다. 약사의 얼굴이 떠올랐다. 혜령이 아는 말로는 잘 설명할 수가 없어서 가슴 속에만 꼭꼭 담아두고 있어야 할, 아름다운 눈매며 표정 없이 내내 담담했던 입술. 혹은 중추절 달같이 눈부신 머리카락 같은 것을. 떠올리는 것만으로도 좀 부끄러워져서 제 소매를 만지작거리며 다시 한 걸음 발을 옮기려는데, 툭, 새빨간 것이 발치로 떨어졌다.

동백,

…일리는 없다.

피다.

툭, 툭, 핏방울이 턱 끝으로 흘렀다. 혜령은 아침나절에 코피로

* 음력으로 매달 열엿샛날
** 불교에서 전쟁을 맡은 삼전신(三戰神)의 하나

더러워진 소매를 들어 상처를 어루만지며 천천히 고개를 들었다.

"아….."

그 남자다.

혜령을 습격했던 사내들 중 점박이 답호를 입었던 남자. 부러진 칼을 들여다보며 허겁지겁 도망쳤던 사람이 왜 다시 자신의 초막 앞에 서 있다가 둔기를 휘둘렀는지 혜령은 영문을 몰랐지만, 무작정 무릎을 꿇었다.

"계집. 두 번이나 수모를 줬겠다?"

낮은 목소리에는 감정이 없다. 혜령은 무서워서 어깨를 부들부들 떨었다. 욕을 하거나 침을 뱉으면 아, 화가 났구나, 하고 생각이나 할 텐데 남자는 꼭 나무로 된 신상처럼 멀었다. 현기증이 일었다. 이마를 눈밭에 파묻히도록 절하며 혜령은 그의 말을 듣기만 했다.

"시장바닥 계집이 무슨 수를 쓴 거냐? 엉?"

"나리, 무슨 말씀이신지… 저는, 아무것도…."

혜령은 울고 싶은 심정으로 겨우겨우 말을 이었다. 남자는 자꾸만 모를 말을 했다. 자신들이 그렇게 터무니없이 패배할 리가 없었다, 볼썽사나운 꼴을 당했다, 체면이 땅에 떨어졌다, 하며 그는 묻고, 윽박지르고, 벌컥 괴성을 지르는가 하면 곧 얼음처럼 차가워졌다. 하지만 혜령은 계속 '용서해주세요' 하고 말했다. 다른 말은 모른다. 어려운 말은 더욱 모른다. 쉬운 말도 잘 설명할 수가 없다.

"용서해주세요! 살려주세… 아악!"

"요, 요, 볼 것도 없는 계집애 하나 때문에! 몇 번이고 내가 수모를 당하다니!"

남자의 손아귀에서 벗어나기 위해 넓지도 않은 마당 안을 달리고 또 넘어져 나뒹굴며, 혜령은 그저 제 눈으로 본 것을 띄엄띄엄 쏟아

놓았다. 활짝 핀 꽃 이야기를 하고, 가엾게도 밤새 떨어져 시들어간 동백꽃을 주워서 소매에 숨겼다가 시장으로 달려갔다는 말도 했다. 뒤죽박죽 떠드는 혜령의 말 따윈 아랑곳없이 남자가 툭 둔기를 눈밭에 던져놓았다. 마당을 지나 방문턱에 더듬더듬 팔을 뻗어, 몸을 기댄 채 혜령은 숨을 몰아쉬었다. 목에서 피 맛이 났다. 남자는 비릿하게 웃으며 허리춤에서 뽑아낸 칼을 휘둘렀다. 열린 방문이 요란한 소리를 내고 대나무 바구니에 담겼던 조각천이며 매달아 놓은 기름병 따위가 마구 댓돌로 떨어졌다.

"어수룩한 것이 나를 능멸하다니!"

불쾌한 음성으로 남자는 혜령의 머리를 걷어찼다. 혜령은 비명을 지르며 도토리처럼 굴러갔다. 구르고 기고 넘어지며, 혜령은 마당을 벗어나고 시든 동백나무를 지났다. 남자는 큰 소리로 웃었다. 칼끝이 휘날리는 머리 타래를 스쳤다. 겨울바람에 귓바퀴가 뚝 떨어질 것만 같았다.

"너 같은 것이! 너 때문에 나는 상관 앞에서도 수치를 당하고 부하들에게도 면목이 없게 됐다. 계집애 하나 때문에!"

모르겠다.

살려달라고 했을 뿐이다. 죽이지 말아달라고. 약사님을 용서해달라고.

그렇게 빌었을 뿐인데 그렇게도 공고한 악의가 태어나다니, 도저히 이해할 수 없었다. 혜령은 지난여름 산사태로 무너진 산비탈 앞에 멈추어 섰다. 발밑이 아찔하게 직각으로 꺾여 있었다. 눈이 쌓인 계곡이 보였다. 요란한 소리를 내며 얼지도 않고 흐르는 급류 소리가 혜령의 거친 숨소리를 삼켰다.

아, 이제 정말로 죽는구나.

혜령은 어깨를 늘어뜨렸다. 머리채가 휘어 잡혔다.

"살려, 주세….".

"요, 계집애가… 허억, 계집애가! 젠장, 벌레만도 못한 것이, 헉, 나를… 나를, 허억….".

명치를 얻어맞고, 혜령은 콜록거리며 눈밭에 모로 쓰러졌다. 기침이 새어 나와서, 입으로 눈이 들어가는데도 멎지 않았다. 기침 때문에 눈물이 흘렀다. 뺨이 뜨거운 것은 피 때문일까 눈물 때문일까.

원망하는 마음은 없었다.

그저 조금 안타까울 뿐.

무엇이 안타까운지도 잘 몰랐다. 혜령에게 말은 좀 어려워서, 그냥 눈물 젖은 눈에 들어오는 약봉지며 파묻힌 말린 여지 하나에 이름을 붙일 수 있을 뿐이었다.

'역시 주고 올걸.'

말린 여지의 맛을 상상했다. 끈목 매듭을 지으며 풍기는 달큰한 향만큼이나 맛이 좋겠거니 생각하며 행복했다. 가슴 속이 한껏 부풀어 올라서 선물로 주어야지, 다짐했다. 다짐과 함께 심장이 뛰었다.

따뜻했다.

세상에는 떠올리는 것만으로도 괜히 기뻐지는 사람도 있구나.

기쁘다.

기뻐서 얼른 만나고 싶다.

조금 전까지는 그렇게 생각했다.

"너 같은 것 하나 죽어도."

이 분은 풀리지 않는다.

남자는 그렇게 말하며 발로 혜령을 걷어찼다. 나무둥치를 잡고 간신히 버티고 선 두 다리 아래로 눈과 눈물과 흙덩어리가 떨어져 몇

길 아래 급류에 휩쓸렸다.

떨어진다.

죽는다.

꽃처럼 져서 부모님이 계신 저 하늘로 돌아간다.

마음을 비우고도 미련이 남아 우악스럽게 나무둥치를 움켜쥔 혜령의 손 앞에 남자는 떡 버티고 서서 핏발 선 눈으로 검을 높이 들어 올렸다. 달빛이 검신을 타고 흘렀다. 눈부셨다.

"손목째로 잘라주마."

혜령의 몸을 에워싸듯 한 무리 바람이 불었다. 하늘을 향해 땅을 단숨에 떠밀어 올릴 기세로 부는 바람에는 가늘고 차가운 눈송이들이 뒤섞여 반짝반짝 빛났다. 하늘로 하늘로 소용돌이를 그리며 핏방울과 눈물과 눈송이들이 날아올라서 마치 온 지상이 구름인 것 같다. 혜령은 처참하게 찢어진 구름 저편에서 높게 치솟은 산봉우리를 등지고 흰 것이, 구름의 무리처럼 우아하게 날아오는 것을 보았다.

용이다.

모습이 눈부셔서 잘 보이지 않는데도 혜령은 그것이 용이라는 사실을 알았다. 하얀 용은 눈과 빛과 바람을 거스르듯 천천히 두 발을 땅에 디뎠다. 하늘을 전부 뒤덮을 것처럼 거대하던 위용은 간데없고 거기 다만 한 명의 소년이 서 있었다.

"약…."

부름이 끝을 맺기도 전에 약사는 서슴없이 혜령에게 손을 뻗었다. 혜령은 고개를 저었다. 점박이 답호를 입은 남자가 살 맞은 새처럼 파득 떨더니 희열에 찬 웃음을 터뜨리며 약사의 어깨에 검을 꽂았다. 비명은 검을 맞은 약사가 아니라 혜령의 입에서 터졌다. 혜령은 입술을 깨물었다. 울음을 참으며 애원했다.

"나리, 저는 저 하늘로 돌아갑니다. 어머님과 아버님 곁으로요."

"잡아라. 어서."

혜령의 팔목에 차가운 손이 닿았다. 혜령은 한쪽 손을 뿌리쳤다. 약사의 등 뒤에서 남자는 두 번, 세 번 검을 휘둘렀다. 창의가 피에 젖었다. 그의 팔목을 타고 피가 흘렀다. 날카로운 검이 겨울바람에 울었다. 혜령은 가빠오는 호흡에 몸을 떨며 소리쳤다.

"죽지 마세요! 어서 가세요, 저는…! 저는 그냥 돌아가는 거니까! 그러니까…."

저는 괜찮아요.

허공에 놓인 한쪽 손에 부드러운 것이 닿았다. 동백이다. 철모르고 피었구나. 약사가 발을 디디는 자리마다 지독한 겨울인데도 꼭 봄인 양 다투어 피었겠구나. 전과 같이. 혜령은 자신의 마당 앞 동백나무들을 올려다보던 약사의 표정을 떠올렸다. 고개를 들어 그를 바라보았다. 어깨에서, 소매를 타고, 혹은 눈 섞인 바람에 묻어 피가 떨어졌다. 그날 이르게 피었다 소리도 없이 져버린 동백 꽃송이처럼 저 창공에서 이 지상으로. 계곡 깊은 탁류의 한가운데로.

"가지 마라. 제발, 잡아라."

"…저는."

"너희들은 항상 그러하다. 멋대로 달려들어 멋대로 이름을 붙이고는 멋대로 죽어버린다. 너희는 꽃이 지듯 쉬이 잊건만."

아, 그렇구나. 이 사람도 상처 입는구나.

혜령은 그의 흰 얼굴을 올려다보며 비로소 그의 떨리는 손을 맞잡았다. 얽힌 손가락에 힘이 들어갔다. 환하게, 서글프게, 새로 태어난 달 같은 얼굴로 약사는 단숨에 혜령을 끌어 올렸다.

울지 말아요.

차마 말하지 못해 숨을 삼키며 혜령은 다시 지상에 발을 디뎠다.

죽지 말아요.

젖은 어깨에 코를 묻자 피 냄새가 났다. 사위가 밝았다. 어마어마한 풍압이 사방으로 뻗어나갔다. 위압적인 목소리가 들렸다. 용의 노호성에 온 천지가 부르르 떨었다. 혜령은 눈물로 부연 눈을 떴다. 구름조차 물러나버렸는지 말갛게 개어 텅 빈 하늘에 달이 홀로 빛났다. 눈을 깜박여 눈물을 밀어내며 고개를 돌렸다. 부러진 칼 한 자루가 눈밭에 꽂혀 있었다. 그것은 쓰러지지 않았다. 미친 듯이 검을 휘두르던 남자는 자루만 남은 자신의 검 밑을 멍하니 내려다보았다. 동백나무를 등지고 서 있던 점박이 답호가 자리에 무너지듯 주저앉았다. 초라한 등을 구부리고 벌벌 떠는 남자의 목에서 저주와 악의와 절망이 뒤엉킨 언어가 끝없이 터져 나왔다.

"약사… 님."

자신의 몸을 품에 가두고 있는 약사의 팔에서 벗어나, 혜령은 뚝뚝 피와 함께 떨어진 눈물이 눈밭에 조그만 구멍을 내는 것을 보았다.

"약사님, 이걸."

기듯이 움직이는 혜령의 등을 따라 약사의 시선이 옮겨왔다. 피에 젖은 소년이 불안한 얼굴로 달을 이고 있었다. 혜령은 기어 밟힌 여지를 눈 속에서 끄집어내 내밀었다. 빨갛게 언 그녀의 손끝을 바라보던 소년이 다가와 여지를 집어 들었다.

"달겠지요."

"달다."

고개를 끄덕여 답하며 그는 입김을 불어 여지에 붙은 눈을 흩었다. 어느새 기침은 멎었다. 혜령은 눈물 젖은 눈으로 부드럽게 웃었다. 푸른 그녀의 입에 여지를 넣어 주고, 그는 무릎을 꿇어 혜령과 눈을 맞췄다. 달겠지. 그의 눈이 그렇게 물었다.

"…달아요."

그는 손을 뻗었다. 손끝이 조심스럽게 혜령의 젖은 머리카락 끝을 스쳤다. 눈이 물방울이 되어 흘렀다. 눈물과 피와 녹은 눈이 함께 그녀의 뺨과 입술을 적셨다. 피가 멎고 눈물이 그치고 상처와 고통이 함께 가시는 동안 그는 혜령의 머리를 쓰다듬어주었다.

뜨겁다.

가슴 깊은 곳이 펄펄 끓듯 뜨거워 눈가가 붉어졌다.

혜령은 마주 손을 뻗어 그의 목도리를 끌어당겼다. 손끝에 뜨거운 숨결이 닿았다. 살아 있구나, 이 사람은 꿈이 아니구나. 기이한 흥분과 감격에 혜령은 웃었다. 어두운 그의 눈동자에 비친 자신은 얼마나 덧없어 보일까.

잘못 피었다 한숨과 함께 져버린 그 동백 같은, 그런 목숨인데.

"피면 그저 지게 마련이니."

"약사님."

"쉬이 와서 쉬이 가는구나. 너희들은. 금세 죽는구나. 헌데 나는. 그런데도 나는."

긴 머리카락을 쓸며 따라 내려온 손길이 혜령의 어깨를 잡았다.

무릇 산목숨이란 봄바람에 꽃 피듯 왔다가 봄비에 꽃 지듯 그리 가더라. 가뭇없이 스쳐 간 그림자에 기대듯 남은 생은 이내 뜻을 잃기도 하느니.

말하는 이의 손끝이 떨렸다. 혜령은 자신의 등을 얼싸안은 그 팔에 몸을 맡겼다. 안겼다, 하고 생각하는 것보다 앞서 눈물이 다시 흘렀다. 기침은 벌써 멎었는데 숨이 막혔다. 가슴 속 깊은 곳이 저렸다. 이상하게 슬픈데 온몸 가득 따뜻한 기운이 흘렀다. 귓가에서 그의 목소리가 울렸다.

"나는 너를 잊을 거다."

그 억누른 목소리가 꼭 흐느끼는 것만 같아서 혜령은 눈을 감았다. 입안에 여지 맛이 남았다.

하늘로 돌아가자, 하늘로. 멀리 지평선 너머로 가자.

귓가에 여지맛 속삭임. 달고 시리고 아찔한 목소리에 한껏 웃으며 눈을 떴을 때, 그녀는 기분 좋은 겨울바람과 흰 구름 속에 있었다. 눈보라를 가득 담고 한껏 육중한 몸을 산봉우리에 부려 놓은 북쪽 구름 떼를 지나 그녀는 높이 날아올랐다. 그의 품에 안겨서 십수 년 살아온 교현 성곽을 벗어나 교룡호며 병풍처럼 교현을 둘러친 교룡산을 발치에 두고, 그대로 하늘로 돌아갈 것처럼 높이 높이.

용은 아무 말도 하지 않았다.

혜령은 젖은 솜처럼 무겁던 옷가지에서 습기가 날아가는 기척을 느끼며 가만히 몸을 기대고 숨을 골랐다.

이윽고 찬란한 빛과 채운을 두른 용은 멀리 지평선을 향해 날았다. 혜령은 한참 만에야 나른한 몸을 일으켜 고개를 들었다. 교룡호보다 몇 배나 거대한 호수가, 구름을 헤칠 듯 뾰족하게 치솟은 산봉우리들이, 거대한 성벽과 푸른 전각들이 연이어 나타났다. 희고 투명한 구름과 검고 음산한 폭풍과 누른 빗방울을 일별하며 그녀는 얼음으로 뒤덮인 땅을 내려다보았다. 모든 것이 작았지만 또한 압도될 만큼 거대해서 혜령은 지금까지의 제 인생이 죄 꿈이고 이것이야말로 정녕 현실이 아닌가 여겼다. 얼핏 손을 뻗어 저를 단단히 받아 업은 날개와 목을 쓸어보니 용의 잔등에는 오래된 바위만큼이나 상처가 많았다.

“약사님. 저요.”

그녀는 눈을 가늘게 떴다. 끝 간 데 없이 탁 트인 시야로 짠 내음이 풍겼다. 오색 비단 치마 같은 하늘과 술잔에 담긴 맑은 술처럼 고요한 물이 맞닿은 곳에서 구름과 바람과 비와 태양이 다 함께 태어나고 있었다. 울고 싶었다. 세상 모든 것의 울음소리가 거기에 있는 것처럼 짠 내음과 만물이 태동하는 장관에 눈이 부셔서 그냥 울고 싶었다. 갓 태어난 구름이 뺨을 스치며 눈물을 대신하듯이 물방울을 남겼다.

“저요, 오래오래 살게요.”

“천 년도 살 수 없지 않으냐.”

“그래도 오래 살게요. 열심히 노력해서 백 년 정도.”

오래된, 어마어마하게 거대한 세계가 일순 피에 젖은 소맷자락에 담을 수 있을 것처럼 소담하게만 보였다. 용의 등에 기댄 채 혜령은 세계를 향해 손을 뻗었다. 굳은살이 박이고 여기저기 얼어 터진 작은 손가락 틈새로 일찍 핀 동백처럼 새붉은 여명이 흘렀다. 혜령은 숨을 한껏 들이마셨다. 마음 깊은 곳이 옥죄듯 서글퍼지고, 그러나 한편 따뜻해서 그녀는 등을 곧게 펴고 부드럽게 웃었다.

“그러면 백 년 동안은 너를 기억해주마. 혜령.”

그리고
낙원까지

전설이 있다.

일검지임(一劍之任)<sup>*</sup>으로는 일세에 감히 겨룰 자가 없다던 유(柳)씨를 홀로 무너뜨린 남자에 대한 전설. 천승(千乘)의 마차를 끄는 군왕이나 아홉 국을 아울러 호령하는 열후(列侯), 만 명의 병졸을 이끈 장수가 아니라 두 자루 검을 든 젊은 사내 한 사람 앞에 일곱 대를 이어 온 유씨의 비도(飛刀)가 맥을 잃었다 했다.

회자되는 이야기는 이러하다.

매미가 패악을 부리며 싱그럽게도 울어 내던 여름, 연교(連翹)라는 이름을 밝히며 사내 하나가 유가장으로 날아들었다. 이름과는 달리 꽃보다는 그저 한 마리 새 같은 사내였다. 경금국(庚金國)의 개국을 함께한 이래 여러 보물을 지켜온 유가장에는 당시 수십 명의

* '칼을 한 번 내둘러서 완수하는 일'이란 뜻으로, 자객의 임무를 이르는 말

무장한 병사와 비도술을 배우려는 수백 명의 제자가 있었으나 그가 쌍검을 한 번 휘두르자 가을바람 앞에 지는 잎처럼 쓰러지고 말았다.

"무도한 자를 벌하러 왔다."

연교는 그리 뜻을 밝히고 나는 듯이 걸어 당시 가주였던 유한채(柳寒茱)를 향해 검을 겨눴다. 한 쌍의 검이 날개처럼 바람을 가르고 요란한 금속성이 빈 마당에 떨어졌다. 반그림자가 모랫바닥에 어릴 새도 없이 훌쩍 박차고 날아오른 두 인영(人影)은 전광석화와 같은 속도로 내달려 유가장의 사당 안으로 사라졌다. 이윽고 초록이 짙은 정원을 가로질러 살아 나온 것은 가주인 유한채가 아니라 홀연 들이닥쳤던 연교였다. 나들이 떠난 목동처럼 가뜬하니 걸음을 옮긴 침입자가 마당 한복판에 멈추어 섰을 때, 늘어뜨린 칼날에서는 그제야 핏물이 흘러 바닥을 적셨다. 실로 깨끗한 솜씨였다. 유가장의 텅 빈 마당에는 유한채의 젊은 처와 어린 딸만이 울부짖으며 덩그러니 남았다.

적수가 없던 가주의 목숨을 단숨에 앗을 정도의 고수이니 이로써 유가장은 끝장이리라.

그리 예감하고 모두가 제 목숨을 부지하기 위해 도망치는 와중에 유한채의 처, 옥취란(玉翠蘭)은 외동딸을 품에 꼭 껴안은 채 통곡했다. 매미들이 만가(輓歌)라도 연주하는 양 다투어 울부짖었다. 연교는 물끄러미 취란을 내려다보았다. 그리고 검을 한 번 들어 올렸다가 사람을 향해 후려치는 대신 새하얀 모래 위에 툭 동댕이쳤다.

"내 복수를 위해 악귀라도 될까 하였거니 이제 예 남은 것이라고는 지아비를 잃고 우는 가엾은 부인네뿐이로구나."

244

한즉 그냥 두리라.

싱싱한 육체가 벼락같이 날아들던 그대로 연기처럼 가버렸다. 취란은 딸을 품에서 놓아주고 혼절했다. 그녀는 목숨을 건졌으나 유가장은 빛을 잃었다.

약관의 청년이 명성 높은 유씨를 능좌하였다는 이야기가 온 경금 땅을 다리도 없이 편력하는 동안 연교는 다시 진세(塵世)에 깃드는 일 없이 모습을 감추었다. 백약산(百藥山) 심심산천에 은거한 그를 모시려고 어느 땅의 후(侯)가 황금 만 꿰미를 짊어지고 갔더라 하였고, 또 어느 백(伯)이 기름진 옥토를 내밀었다 하였으나 어느 누구도 연교가 검을 들게 하지는 못했다.

다시 춤추는 것을 볼 수 없게 된 두 자루 검에 대한 풍문은 그리하여 전설로 남았다.

✳

연교가 무림을 떠난 지 팔 년, 그의 이름은 시간이 지날수록 시시해지는 대신 한껏 부풀어 올랐다. 사람 사는 곳이라면 선망은 언제고 호기심으로 불이 붙게 마련이다. 정화(丁火) 땅의 현후(縣侯) 마제엽(馬蹄葉)의 객사(客舍)도 그 점에 있어서는 시정과 다르지 않았다.

"연교 하면 쌍검이지. 그러니 이검귀(二劍鬼)라 불리지 않아? 두 자루 검이 제비처럼 날아올라 단숨에 상대의 목을 따버린다던데."

"하나, 하면 벌써 날아올라 둘, 하면 검이 뚝. 셋 하면 모가지가 철렁!"

풍문에 정화현후 마제엽은 식객이 삼천이라 했다. 들고 나는 이야 물론 허다하겠지만 그리 기세 올려 떠들 만큼 거두어 먹일 입도

많았고 떠들 입도 물론 많았다. 때를 얻어 높이 출사하기를 바라는
재사와 자칭 현인, 어쭙잖은 협잡꾼과 그만큼의 협객이 실로 구름
같았다.

"상대의 검날 위로 햇살이 채 떨어지기도 전에 날아든다는 거야."

"고명하신 이검귀께서는 그러할진대 어찌하여 우리 설 소저는."

떠들어 대던 목소리가 비웃음으로 변하고 시선이 한 군데 모였다.

"그런데 우리 설 소저는 어이하여 목을 내리치지 못하시나?"

열여덟 살의 검객(劍客), 설(雪)은 짊어진 두 자루 검을 뽑지 않
고 소란스러운 식객들 틈새를 차분히 걸었다. 살구나무가 잎을 흔
들었다. 설은 술렁이는 여름 바람에 묻은 땀 냄새를 맡았다. 세간의
질시에 일일이 상대할 이유는 없다. 떠보는 말로 들뜰 만큼 감정이
헐하지도 않다.

대저 말(言)이란 사람을 베지 못한다. 다만 들풀처럼 무수하다.
하나씩 꺾으려 들면 끝내 지쳐 도리어 베이고 만다. 그녀의 호흡이
문득 길어졌다. 녹음이 유난히 짙은 자리, 설은 눈을 감았다. 생각
과 말에 앞서 잘 단련된 몸이 먼저 움직였다.

검의 움직임이 흡사 춤사위 같았다.

손끝에 감각이 남았다. 설은 눈을 떴다. 감탄과 동경과 이죽거림
에 뒤엉킨 질시가 한여름 햇살과 똑같이 끈적거렸다. 말에는 대응
하지 않는다. 허나 검을 들고 달려드는 이를 상대하지 않을 수는 없
다. 설은 흰 날에 묻은 피를 닦아 내고 다시 걸었다.

"설 소저! 연교의 제자라는 우리의 설 소저는 어이하여 목을 치
지 아니하시나?"

"하나, 둘, 셋, 하면 동백처럼 목이 뚝뚝!"

"쌍검을 나래 삼아 구천(九天)을 부유하고."

"유가장의 순백색 모래에 피로 그린 해당화가 만발. 그런데 우리의 설 소저는."

"검이 바람 같아."

"아리따운 설 소저는 검이 바람 같아 구름만 흔드신다네."

검이 얕았다.

기꺼이 목을 벨 수 있었건만 이번에도 본능적으로 상대의 목숨을 붙여두고 말았다. 설은 객사를 빠져나와 빈객을 위한 수레에 몸을 실으며 입술을 깨물었다. 식객들이 놀리는 바는 알고 있다. 그녀가 정화현후의 비무대회에서 우승하여 그에게 출사하던 날부터 당연한 듯이 뒤따른 시기와 괴롭힘이었기에. 그들은 제 검을 자랑하듯 객사 안에서도 그녀를 공격했고 설은 그때마다 표정을 바꾸는 일도 없이 상대해주었다.

허나 결코 목숨을 거두지는 못했다.

적이 아닌, 어디까지나 같은 식객이니 그것은 자비로운 처사일 수도 있다. 그러나 설은 내심 심경이 복잡했다. 죽일 필요가 없다. 죽이지는 않아도 된다. 마음 깊은 곳에서 그녀 스스로 그리 여기고 있음을 아는 까닭이다.

잘 알려진 바대로 그녀의 스승은 연교다.

— 검을 뽑은즉 망설이지 않고 휘두름에 절도가 있으니 매우 훌륭하다. 한데 소저의 쌍검술은 혹 소천공자(素天公子)에게 사사하지 않았는가? 그 자태가 전하는 바와 흡사하다.

정화현후 마제엽이 입춘 전에 있었던 비무대회에서 우승자 설을 치하하며 그리 물었을 때, 좌중에 퍼져 나간 경악은 또한 이야깃거리가 됨직한 것이었다. 소천공자(素天公子)라 하면, 이검귀(二劍鬼)라는 악의 서린 이름을 입에 올리기 꺼릴 만큼 묵향 짙은 이들이 연교에게 여흥 삼아 붙인 별명이다.

— 스승에 비할 바가 아니거니와 감히 흡사하다 하시니 부끄럽게 여기나이다.

— 그렇다면 사사하였다는 말이렷다.

차마 거짓을 고할 수 없었다. 설은 그날의 고지식했던 자신을 자책했다. 스승이 곁에서 들었다면 기가 막혀 하며 단칼에 제자의 목을 쳤을 터다. 웃는 낯으로 한 번 날아 그가 얼마만 한 힘을 발휘할 수 있는지는 다른 누구보다도 유일한 제자였던 설이 가장 잘 알았다. 연교에게 목숨은 물결 위로 줄지어 흘러가는 복사꽃보다도 가벼웠다. 연교 자신의 목숨 또한. 그러하기에 명성 높으나 매양 고독하였던 스승은 어린 설을 제자로 들이며 엄중히 이르지 않았던가.

— 아설(阿雪), 하산할 때는 내 목을 베고 가라.

설은 그 중한 명을 따르지 못했다. 베어야 할 이유가 없다. 역시 그리 생각했기 때문인지도 몰랐다. 설이라는 여자는 검을 쥐고 살을 찢거나 뼈를 부술 자격이 애당초 없는 것인지도.

비무에서 승리한 설은 망설임 없이 마제엽에게 출사하였다. 꽃다운 나이의 처녀가 관직에 나서는 일은 이례적이었으나 그녀가 우승자라는 점, 무엇보다도 그 유명한 연교의 하나뿐인 제자라는 점 때문에 의문을 제기하는 사람은 없었다.

✳

설은 정화현후 마제엽의 부름에 답하여 그의 방문 앞에 읍하였다.

"설이 주공을 뵙습니다."

"왔는가. 가까이 오라."

마제엽은 신선을 만나 신통력을 얻었다고 전해지는 인물이었다.

병약하였으나 현명하고 신중한 성품으로 내외의 신뢰를 얻어 마침내는 정화 땅의 주인 자리를 차지했으며, 근자에 들어서는 여러 후백(侯伯)의 맹주로 명실공히 자리를 굳혀 가고 있었다.

설은 일 년의 절반을 자리에 누워 지내는 주인에게 다가갔다. 와상에 기대어 열린 창을 비스듬히 내다보던 주인은 푸르스름한 낯으로 웃었다.

"설. 시간이 없다."

"송구합니다. 그러나 쉽게 이룰 만한 일이 아니온즉."

제엽의 마른 손가락이 쥐고 있던 책장을 무심히 넘겼다. 병약한 그가 이 자리에까지 오른 데에는 어디까지나 신선 같은 행보와 더불어 수많은 식객을 거느린 덕이 컸다. 밖에서 보자면 마냥 유유자적한 영주 나리겠으나 사실 그는 몹시 초조했다. 검객이 검을 휘둘러 스스로를 증명하듯 제엽은 총신(寵臣)을 자처한 이상 황제의 기대에 부응하지 않을 수 없었으므로.

"가엾은 황상께서는 지금도 고통스러워하고 계시거늘."

"무력하와 드릴 말씀이 없습니다. 조금만 더 시간을 주십시오."

어린 황제께서 저 유명한 난적(亂賊)을 처단하고자 신실한 정화현후 마 씨에게 밀지를 건네신 것이 벌써 한 해 전의 일이다. 그러나 삼천 식객을 거느리고 천하에 수도 없이 많은 벗과 우방을 두고 있는 마제엽에게도 그것은 쉽지 않았다. 그 난석이 나름 아닌 경금국의 당당한 재상인 장등라(莊藤蘿)였기에 일의 지난함이 예사롭지 않은 탓이었다.

황도(皇都) 무토(戊土)의 창검 같은 성곽 안으로 어찌 들어갈 것이며 수백 겹 호위를 붙이고 사는 재상 장 씨를 무슨 수로 무릎 꿇릴 것인가.

아름다운 말과 충절 어린 글줄로는 사람을 묶지 못한다.

"설. 여섯 땅의 맹약도 덧없어서 벌써 나를 의심하는 자들이 즐비하구나. 내 힘이 미치지 못해 장 승상이 건재하다고 떠드니 어찌하면 좋겠느냐?"

"주공께서 언약하신 날은 아직 오지 아니한 줄로 아옵니다. 세간의 말이란 거품처럼 이는 것이요, 매사가 명일 하에 자명해지면 그저 뭇별처럼 빛을 잃게 마련이오니 마음 두지 마십시오."

"허나 이 몸이 바로 그 거품 같고 별 같은 말 위에서 살아왔구나. 멀리서 현인을 모셔 와 보잘것없는 이름이나마 잠깐 버티어 둘까 한다."

"세상의 모든 고명한 분께서 주인의 막하에 계시거늘 이제 더 모실 만한 분이 뉘라 더 남았겠나이까."

설의 담담한 말에 그럴 줄 알았다는 듯 힘없이 웃으며, 제엽이 이름 하나를 꺼냈다.

"네 스승을 청하고저 사람을 보냈다."

새카만 그믐 하늘 같아 별도 달도 떠오르지 않았던 설의 눈이 꼭 한순간 동요하였다.

"송구하오나 스승께서는 다시 검을 잡지 않겠노라 하신 분. 속세를 떠나 은거하셨으니 어찌 감히 청하겠습니까?"

"설. 네가 있으니 오시리라."

"불초 제자가 예 있은들 아니 오실 터입니다."

두 사람의 눈이 마주쳤다. 제엽은 집요한, 마치 탐색하는 듯한 시선으로 설의 눈을 뚫어져라 바라보았다. 그녀 안에 가라앉은 무언가를 눈빛만으로 끄집어낼 작정이라도 한 것처럼. 설은 웃지도 않았고 울지도 않았다. 불쾌해 찡그리지도 않았고 아파 창백해지지도 않았으며 기뻐 볼 붉히지도 않았다. 그녀는 훌륭한 검객이었다. 정 없이 날아 정 없이 베었으나 더더욱 정이 없는 탓에 깊이 자르지도 않는.

설은 뒷걸음쳐 주인의 방을 떠났다.

＊

아비가 죽었다.

유가장의 가주, 천하에 따를 자가 없다던 유한채(柳寒菜)가 허무하게도 목숨을 잃었다. 한채의 외동딸은 아비와 더불어 낯선 사내가 검을 맞부딪히며 사라져 갔던 방향에서 눈을 떼지 못했다. 사방에서 한꺼번에 터지는 비명은커녕 어미의 울음소리조차 귀에 들어오지 않았다. 선명한 색채로 가득한 여름날 사내는 겨울 구름 가운데 묻혔다가 잘못 흘러온 동짓달처럼 서늘했다.

"설련(雪蓮)."

유가장의 주부(主婦), 옥취란(玉翠蘭)이 목소리를 떨며 어린 딸을 불렀다. 그러나 그녀가 유설련의 어깨를 끌어당겨 품에 안아도, 딸은 어머니에게 우는소리를 하거나 품에 안기는 대신 무표정하게 앞을 쏘아볼 뿐이었다. 어린 설련에게는 눈부시게 반짝이는 햇살 사이로 부유하듯 걸어 나오는 남자만이 선명했다. 커다랗게 뜬 그녀의 눈앞에서 아리도록 흰 보래가 열기를 토해 냈다. 일렁이는 빛에 휩싸인 채, 칼을 휘두르면 살에 닿을 만한 거리에 멈추어 선 남자의 눈이 검고 깊었다. 생강나무꽃처럼 다디달아 차라리 쓴 내음이 번졌다.

"복수를 위해 악귀라도 될까 하였거니."

영원 같은 찰나가 지나고 그가 소맷부리 아래로 검을 쥐었던 손을 움직였다. 흰 칼날은 두 여인이 아니라 저만큼이나 흰 모래 위로 핏물을 뿌렸다.

"덧없구나."

설련은 남자의 눈을 말끄러미 치어다보았다.

복수.

그 말을 귀에 담아두었다. 겨우 열 살 남짓. 설련은 얼마 살지 못한 제 삶에 한 번도 툭 튀어 오른 적 없는 무언가가 거기 어디 있으리라 하였다. 매일 등을 돌리고 잠들던 부모의 공허한 눈빛이 맴돌던 곳은 유가장의 높다란 담장도 반듯하니 지어 놓은 본채의 처마 끝도 아니라 저 남자가 날아들어 온 먼 어드메였을진저.

"그냥 두리라."

남자가 등을 돌렸다. 한 걸음 한 걸음이 십 년 같고 백 년 같았다. 어머니가 그녀를 품에 꼭 가두어 놓지 않았더라면 설련은 저도 모르게 손을 뻗었을지도 몰랐다. 눈을 깜박거리자, 눈물이 꼭 한 방울 흘렀다. 제 몫인지 아니면 그녀를 안았던 취란 몫인지 알 수 없었다. 남자가 서 있던 자리에 날카로운 바람이 잘못 긋고 지나간 자리처럼 가느다란 선이 하나 남았다. 모래가 약간 패였고 그 틈새로 피가 스몄다가 굳어 가고 있었다. 검에 베인 상처 같기도 하고 혹은 새빨간 꽃가지 같기도 했다.


유가장은 단숨에 몰락했다.

자검(刺劍)과 비수로써 쌓아 올린 명성이었다. 그 맹주가 젊은이 한 사람에게 목숨을 잃고 말았으니 값이 없어질 수밖에 없다. 세상 인심이란 풍족할 때는 파도처럼 밀려들었다가도 궁핍할 때는 새 떼처럼 흩어지는 야박한 것인지라 유가장은 금세 황량해졌다. 첫서리가 내리기도 전에 유가장의 어린 딸은 홀로 남았다. 취란마저 떠나니 그녀를 설련, 하고 불러줄 이는 천지사방에 아무도 없었다. 설련은 울지 않았다. 아무도 살지 않는 유가장의 고적한 뜰을 여름날의 연교처럼 가로질렀다. 그가 유한채의 피가 묻은 검을 들고나와 한 번 휘둘러 만들어 놓았던 채찍 같은 핏자국은 자연 없어진 지 오래였다. 피는 흐르고 모래는 흩고 바람은 멀리 갔다. 있던 것은 죽고 죽은 것은 썩었다. 그러나 그녀는 잊지 않았다. 모든 것이 설련의 눈꺼풀 안쪽에만 찍힌 듯이 남았다.

설련은 눈을 감고 심호흡을 했다. 찬 공기에 바람이 씽 울었다. 감잎이 이마에 와 붙었다. 친히 어전에서 하사받았다던 봉황당(鳳凰堂) 편액마저 경금국 일곱 황제의 세월만큼 늙어버린 사당에 먼지가 뽀얗게 앉았다. 그녀는 어린 손으로 잠금쇠가 부서진 문을 밀었다. 바깥보다 조금 더 찬 기운이 사철 서리던 사당에 이제 제사를 모실 이 없을 위패가 고즈넉이 늘어섰다. 송곳처럼 날카로운 빛이 조각나 떨어졌다. 설련의 그림자가 그 위를 덮었다. 자복자복 걸어 안쪽 깊이 모셨던 작은 단으로 갔다가, 그녀는 소리 없이 입술을 벌렸다.

유가장이 대대로 모셨던 봉황인장이 거기 없었다.

'그렇다면.'

어린 심장이 쿵쿵 거세게 뛰었다.

'내가 인장을 되찾아 놓아야지.'

그것은 거기 있어야 옳았다. 유가장이 권세를 누린 것도 명성을 얻은 것도 애초에는 그에서 비롯하였다. 이미 없어졌다 한들 손에 쥐었던 금전과 목으로 넘긴 쌀도 없었던 것이 되지는 않는다. 그녀는 유씨였고, 유씨는 이제 그녀 외에는 없었다.

‘그러니 내가.’

설련은 홀로 유가장을 떠났다. 걷고 또 걷고 가고 또 갔다. 담장을 벗어나자 세상은 넓고도 커서 지치도록 걸어 당도한 길 너머에 또 길이 이어졌다. 인장을 되돌려놓자고 마음을 굳힌 후 그녀는 망설이거나 헤매지 않았다. 제 태어난 곳으로 되짚어 오른다는 연어처럼 더없이 자연스럽게 풍문 틈새를 헤집어 그녀는 백약산으로 향했다. 거기에 그녀가 아는 한 가장 강한 사람이 살았기에 그녀는 흔들리지 않았고 머뭇거리지도 않았으며 슬프거나 괴롭거나 혼란하지도 않았다. 그녀는 그저 조용히 갔다.

유난히 많은 눈이 내려 산짐승도 발이 갇혔던 정월, 설련은 기어이 연교를 찾아냈다.

“복수를 하러 왔나?”

그가 물었다.

“검을 배우러 왔습니다.”

설련의 정수리로 겨울 햇볕이 산란했다. 그의 눈은 처음 올려다보았던 때와 똑같이 검고 깊었다.

죽여다오.

아무도 그리 말하지 않았다.

죽을 테냐.

그리 말하지도 않았다.

나어린 소녀의 발이 무릎 너머 허벅지까지 푹푹 빠질 만큼 많은 눈을 부려 놓은 구름이 바람도 타지 못한 채 머리 위를 맴돌았다. 치솟은 전나무들 우듬지에 버티고 앉아, 구름 떼는 정처를 잃은 양 소리 없이 들끓기만 했다. 성성한 가지 하나가 뚝 꺾이며 한 줌 눈이 무릎을 꿇고 앉은 설련의 어깨를 덮었다.

"그러하면."

연교는 쌓인 눈이 쏟아지는 그 속도보다도 빠르게 검을 뽑았다. 한 치짜리 짧은 검이었다.

"그러하면 팔을 잘라 뜻을 보여라."

말이 채 끝나기도 전에 설은 얼어 터진 손으로 기꺼이 검을 들어 단숨에 제 어깨를 찔렀다. 자연 피가 솟았다. 그러나 붉고 뜨거운 동백이 눈 위에 뚝뚝 피는 일은 없었다. 낡은 베옷 어깨에서 솟은 피가 화급히 팔을 뻗은 연교의 어깨를 먼저 적신 탓이다. 꽃은 눈밭을 대신해 그의 옷어깨에서만 피었다.

"어리석은 것이!"

내처 팔을 자르려 드는 설련의 손을 잡고 그는 힘껏 칼을 뽑아냈다. 설련은 뺏긴 칼이 그의 손에서 놓여나 외따로 팽개쳐지는 것을 보았다.

'아아, 꺾인 꽃가지처럼 붉은 핏자국.'

설련은 눈을 감았다. 몽롱하게 멀어지는 의식을 놓아버리자 모든 잊지 못할 기억들이 어린 그녀의 몸을 뒤흔들다 이내 집어삼켰다. 뜨거운 이마가 알싸한 생강나무꽃 냄새에 파묻혔다. 습기를 머금은 삭풍이 울었다. 떠밀리듯, 눈구름은 비로소 흐르기 시작했다.

숲 여기저기에서 툭, 툭, 나무들이 눈을 떨구는 소리가 들렸다.

✳

설은 마제엽에게 출사할 제 군이 유설련이라는 본명을 대지 않았다. 유씨의 자검술을 무너뜨린 장본인이 연교였으니 무남독녀가 원수를 따랐다면 성가신 입방아를 피할 수 없을 터였고, 어차피 그녀에게는 그럴싸한 명성이 필요하지도 않았다. 십 년을 채우지 못하

고 팔 년 만에 말없이 하산했을 때 곧장 정화현후의 비무대회 소문
을 들었으며, 그녀는 흐름에 몸을 맡겼을 뿐이다. 언제나 그러했듯
그녀에게는 망설임이 없었다. 유가장에 전하는 봉황인장을 되찾는
다. 있던 자리에 돌려 두면 제 일은 끝난다.

'어쩌면 그리하려고 태어난 것이 아닌가.'

막연하게나마 떠올리곤 했다. 생에 점지된 사명이란 것이 혹 있
다 하면 설 자신에게는 바로 그것이라고.

'그러하니.'

객사로 돌아와 호흡을 정리하며 설은 보드레한 하늘 귀퉁이를 덮
은 매지구름을 눈으로 훑었다. 객사에 사람이 없을 리 만무하건만
사위는 조용했다. 설은 기척을 감춘 검의 수를 가만히 헤아렸다.

담장 너머는 비었다.

문 저편도.

설은 발끝을 밀어내며 등을 문에 기댔다. 기름에 미끄러지듯 몸
을 낮추고 검을 뽑자 사방에서 여러 사람이 왁 달려들었다.

— 하나, 하면 벌써 날아올라….

제 목소리가 아닌 노랫소리가 머리를 가득 채웠다.

— 둘, 하면 검이 뚝.

설은 호흡을 고치지도 않고 한 쌍의 검을 우아하게 비껴 날받이
로 상대의 검을 채어 냈다. 뚝 떨어지는 대신 허공으로 치솟은 제
검을 황망하니 올려다보며 식객 하나가 두 손을 들고 물러났다. 셋,
하면.

— 셋, 하면 목이.

"악!"

피는 솟지 않았다. 비명만 난비하였다. 설은 검을 긴장시킨 채 팔

목을 잃고 울부짖는 몇 명의 사내들 너머로 시선을 고정했다. 가운데 섰던 사내의 몸이 횡베기 자세로 검을 든 채로 우뚝 멈추었고 히쭉히쭉 웃던 머리가 깨끗하게,

뚝,

떨어졌다.

— 셋, 하면 목이 철렁.

— 흡사 동백처럼.

감상에 앞서 시야가 확 밝아졌다. 설은 한 걸음 물러섰다.

"불초 제자께서는 춤이라도 추고 계시는가?"

어린 제자의 앞으로, 연교는 동백 잎에 앉는 봄바람보다 가볍게 검을 한 번 그으며 성큼 다가들었다. 벽에 길고 부드러운 핏자국이 남았다. 저문 목숨을 대신해 피워 낸 듯이 무참한 꽃가지였다. 차가운 얼굴에 표정 올리는 일 없이 연교는 걸어와, 검을 들어 올리더니 이내 그것을 머리가 없는 사내의 남은 목에 깊이 찔러 넣었다. 완벽한 어느 한순간처럼 굳어 있던 몸은 비로소 쇠붙이에 찔린 반대 방향으로 천천히 기울어 벽이 무너지듯 허물어졌다. 객사 마당에는 손목을 잃은 사내들의 비명만이 남았다.

"묻지 않았느냐, 아설. 나는 검무를 가르치지 않았다."

"송구하오나."

설은 겨우 입을 열었다.

"한 주인에게 의탁한 처지로 작은 장난에 지나지 않아….."

"나를 베지 않아 저이들도 베지 못한 것이 아니냐."

"스승님의 돈후한 은혜에 감히."

"지금, 베라."

"감히 어찌."

설은 검을 늘어뜨렸다. 연교는 입꼬리를 들어 올려 웃었다. 그가 눈을 마주한 채로 손을 뻗어 검을 쥔 설의 손을 잡아끌었다. 설은 훌쩍 스승을 뿌리치며 한 장이나 뛰어 달아났다.

"베지 못해 도망쳤더냐?"

설은 뒤를 돌아보았다.

"아닙니다."

더 질문을 받지 않고, 그녀는 멀리 더 멀리 날았다. 지붕과 지붕을, 담과 담을 박차고 정화현의 번화한 거리를 모두 발아래 두자 하늘이 가까웠다. 숨을 들이마시자 더운 공기에 숨이 막혔다. 축축한 습기에 묻어오는 시정(市井)의 온갖 냄새들. 마차 굴러가는 소리. 외쳐 부르는 소리. 한탄하는 소리, 짖고 까불고 원망하는 소리들에서 설은 홀로 고요하였다.


"설."

팔 년 전, 피로가 겹친 몸에 상처마저 덧나 앓아누웠던 설은 닷새 만에 깨어났다. 죽어 이상할 것 없는 상태였으나 운이 닿았든지 아니면 참말 사명이라도 있어 조상이 돌봤던지 숨이 돌아왔다.

내 이름을 알고 있는가?

설은 커다란 눈으로 멀뚱멀뚱 연교를 올려다보았다. 단신으로 검을 익혀 유가장을 습격했을 만큼 원한이 깊었다면 하나뿐인 딸 이름 정도야 알아도 이상할 게 없는데도 하릴없이 낯설었다. 설만큼이나 감정이 옅은 남자였다. 그는 시선을 되받아 쐐기를 박듯 말했다.

"군(君)과 사(師)가 다르더냐? 답해라, 설."

"…네. 스승님."

“일어나라.”

“네.”

열이 다 내리지 않은 몸을 마음이 벌떡 일으켰으나 쉽게 움직여 주질 않았다. 머리에 따르지 못하는 몸을 번거롭게 여기며 설은 아등바등 이를 악물었다. 한참 만에 땀투성이가 되어 일어나 앉자 연교의 검은 눈이 누그러졌다.

“잘했다. 아설(阿雪).”

팔 년 동안 연교가 부르는 소리야말로 설의 세계 전부이거나 그 이상이었다. 걸어도 걸어도 길에 다시 길이 연이었던 천하처럼, 아설, 하는 그 부름에는 듣고 또 들어도 그다음이 남아 있었다. 검은 배우고 또 배워도 부족했다. 앎이 깊을수록 승패는 가늠하기 어려웠고 하늘의 뜻은 막연하고 혼란스러웠다. 이내 들리리라 여겼던 하늘의 소리(天命)가 혹 처음부터 인간에겐 주어지지 않은 것 아닌가 달관하기 시작할 무렵 그 여백에 결의가 고였다.

목숨을 걸자.

기실 그 외에 더 바칠 것도 없다. 건다 함은 죽겠다는 뜻에 다름 아니다. 진력을 다해 쓰러져 죽는 길 외에 설에게는 제 몫이 남아 있지 않은 듯했다. 백악산을 향해 숙명처럼 걸었던 바와 마찬가지로 그녀에겐 십 년을 채우고 하산하여 적을 벨 미래가 그저 선명하여 의심의 여지조차 없었다.

“봉황인장이 뉘 손에 있는지는 아느냐?”

몇 해가 지나 스승에게 품은 뜻을 흘렸을 때 연교는 자연 그리 물었다.

“무토성 사공(司空) 장 씨에게 가 있나이다.”

“인장이 절로 그에게 갔더냐?”

“아닙니다.”

“뉘가 들어다 바쳤더냐?”

“그러합니다.”

“그이가 네 적이더냐?”

설은 고개를 떨어뜨렸다. 끄덕이려 했던 것인지도 몰랐으나 보일 듯 말 듯 숙인 머리를 들어 올릴 수 없었다.

“스승님. 인장을 들어다 바친 이는.”

어릴 적부터 마음은 고요하고 정신은 공허하여 무엇도 그녀를 흔들지 못했다. 아비가 죽던 날 뺨에 떨어진 더운 것은 잘못 튄 피거나 어미의 눈에서 흘러 묻은 물일지언정 제 눈은 한 줄기 핏자국만 좇고 있었다. 그래서 작은 술렁임에도 그녀는 당혹감을 느꼈다.

설명하거나 이름을 배우기 어려운 뭇 감정에 그녀가 붙일 만한 것은 행동뿐이었다.

걷거나 검을 휘두르듯 선명한, 목표가 명확한 행동들이 그녀는 좋았다.

삶이란 반복되는 어떤 행동들이 쌓여 적당히 뭉뚱그려진 것에 지나지 않을 터였다.

“그미는 제 어미이나이다.”

연교는 허, 하고 탄성인지 뭔지 모를 소리를 내고 기름하니 눈을 내리감았다.

다시 그 일을 입에 올리지 않고 여러 날이 흐른 후에 그는 녹초가 되도록 검을 휘두른 제자 뒤로 와서 말했다. 문득 생각난 듯이.

“원수인 내게 머리를 숙일 만큼 절실하니 이루리라.”

무엇을?

설은 그 찰나 떠오르고 만 질문을 던지는 대신 담담한 시선을 닥

나무 틈새로 던졌다. 조소하며 자신은 과연 무어라 답하고 싶었던가. 서늘한, 시리도록 차서 오장육부가 얼어붙을 것만 같은 감정이 자신에게도 있다는 사실에 설은 무엇보다도 놀랐다.

인장을 찾아 봉황당에 돌려놓으리라.

저 자신에게 들려주듯 되뇌자 마음 깊은 곳에 갈앉았다 떠오르려던 질척한 것이 도로 고개를 뉘었다.

"아설, 검이 무디다."

스승이 나뭇가지를 꺾어 쥐고 시야를 막아섰다.

설은 새빨간 꽃가지 하나를 머릿속에 그렸다.


"소저."

거리를 휘젓고 다니는 데도 한계가 있다. 밤이 되어 종을 칠 무렵에는 설도 객사로 돌아가지 않을 수 없었다. 와보니 손님이 계셨다.

마제엽의 종자였다.

"주공께서 부르십니다."

설은 곧장 따라나섰다. 그녀가 돌아왔을 때 객사는 어수선했다. 사람이 죽고 다친 흔적은 이미 어디에도 남아 있지 않았다. 설을 보자 식객들은 꼬리라도 달렸더라면 그걸 둘둘 말았을 법한 태도로 자리를 피했다. 그들이 저희 방에서 밖을 훔쳐보는 것은 설이 고수가 아니더라도 눈이 달렸다면 금방 알 수 있을 터였다.

"청한 분께서 귀한 걸음을 해주신 덕에 주공께서 매우 기뻐하셨습니다."

종자가 답을 기대하지 않는 어투로 넌지시 말을 건넸다. 설은 무심한 낯으로 듣고만 있었다. 종자는 그럴 줄 알았다는 듯 곧 몸을 다시 돌리고 더는 입을 열지 않았다.

“설 소저 오셨습니다.”

“들라.”

짧은 청에 따르는 짧은 승낙의 말과 더불어 문이 열렸다. 설은 검을 패용하고 제엽과 대면했다. 예상대로 스승은 거기 있었다.

“공자께서 네 첫 임무를 거들고자 어려운 걸음을 해주셨다.”

제엽은 과연 기분이 좋아 보였다.

병약하게 태어난 몸으로 다종다양한 영주들 가운데 맹주가 된 데에는 그의 수많은 식객이 중요한 요소였던 만큼 제엽은 이름난 사람을 좋아했다. 씹던 것을 뱉고 현인을 맞이한다느니 수레를 몰아 친히 저자건 계곡이건 가리지 않고 찾아가 허리를 굽힌다느니 하는 여러 고사가 제엽의 풍모를 한층 돋보이게 해주었던 것도 사실이다. 그런 그에게 어느 왕과 재상이 청해도 결코 응한 일 없었던 연교가 날아든 것이다. 연교는 다른 사람으로 보일 만큼이나 유쾌한 얼굴이었다. 오만하게 버티고 앉은 그를 두고 들으란 듯이 제엽은 설에게 말했다.

“설 너는 지난 정월 비무대회에서 어엿하게 천하제일이 되었지. 그러면 쪽에서 나온 것이 더 파랗다(靑出於藍)는 말마따나 너도 이제 스승보다 썩 실력이 낫더냐?”

“작은 겨룸에서 한 번 이겼기로 어찌 그러하겠습니까. 제가 수레를 끄는 말이라면 스승께서는 천 리를 달릴 준마십니다.”

“허면 네게 명한 기책(奇策)을 스승께 청한다면 어떠할까?”

“그것은.”

설은 비무대회에서 분명 연교에게 배운 대로 쌍검을 썼다. 제 몸을 지키는 데 힘을 쓰지 않고 거의 무방비해 보일 만큼 천연스러운 자태로 검을 휘둘러, 소리도 무게도 없이 내딛는 것이 연교의 쌍검이었다. 춤추듯 아름답게 움직인다 한들 어디까지나 검이 하는 일이라 자연 베고, 피를 쏟는다. 무심하게 앞을 향한 채 두 자루 검이 날개처럼 퍼덕이면 그 둘레에 머문 것은 나무도 풀도 돌도 꽃도 이냥 베이고 말았다.

이건 그저 죽기 위해 한 번 싸우는 자의 검술이 아닌가.

설은 겨우 열 살 남짓까지였다 한들 누가 뭐래도 명문 유가의 후예였다. 그런 그녀가 헤아리기에 연교의 검술은 결코 자객에게 적합한 것이 아니었다.

"그것은 곤란한 줄 아옵니다."

"왜냐."

"주공께서도 아시는 바와 같이 기책(奇策)이라 함은 그야말로 하늘에 뜻을 의탁하여 한 번 행하는 것으로, 하책(下策) 중의 하책이옵니다. 때가 닿지 않으면 성패를 장담하기 어렵나이다."

"설 너는 곤란하다, 때가 맞지 않는다, 그 말뿐이로구나. 내가 왜 너를 가려 뽑았더냐?"

"송구합니다. 조금만 더 기다려주시면."

"그 조금이 언제더냐. 내 목숨이 다하면 그예 움직이려느냐?"

"사흘."

제엽의 눈이 커졌다. 설은 묘한 표정을 짓고 있는 스승을 응시했다.

"사흘 후에 무토로 가겠나이다."

✳

정화현후 마제엽(馬蹄葉)은 정화현 을병(乙病) 출신이다. 경금국에서 삼대를 모신 대부(大夫) 가문으로, 제엽은 부친인 마제충(馬除蟲)이 정화자사로 부임한 후 첩에게서 얻은 아들이다.

포의(布衣)<sup>*</sup>의 몸인 그가 전국적 명사가 된 연유를 캐자면 열다섯 해 전 왕 씨의 반란을 빼놓을 수 없다. 변새(邊塞)의 대장군이 두 마음을 먹고 군을 돌려 무토마저 한때 문이 열렸던 그 시절 정화현 역시 바람 앞의 등불처럼 위태로웠다. 일곱 문을 둘러싼 적의 군세는 거셌으며 이름난 장수가 그 선두를 맡으니, 당시 현후였던 마제충은 물론 두 아들이 전투에서 차례로 목숨을 잃고 말았다. 이때 제엽은 분연히 떨쳐 일어나 사재를 털어 군을 돌보는 한편.

"아무아무 때 적의 괴수가 죽으리라."

하였다. 썩은 밥을 먹고 마소가 쓰러져 나가는 와중인지라 사람들이 '도련님이 희망을 주시려고 그리 말하신다'며 믿지 않았으나 과연 그 말대로 되니, 모두가 놀라며 한편 기뻐하였다. 그와 같은 일이 여러 번 더해져, 제엽은 반란이 평정되고 어린 황손이 제위에 오르자 공을 인정받아 정식으로 정화현후에 봉해졌다.

"나리께서 어찌 때를 아십니까?"

묻는 이가 있으면 제엽은 항시 겸손한 태도를 잃지 않으며 답했다.

"별을 읽어 압니다."

그가 말하기를 어린 시절 삼천 발 수염을 기른 노인을 산꼭대기에서 우연히 만났는데 그가 제엽에게 친히 아홉 죽간을 건네며 '사직을 위해 진력하라' 당부했다는 것이다.

선인에게 기술서(奇術書)를 받았다는 그 일화는 제엽을 둘러싸고 여러 차례 반복하여 일어나는 이적으로 근거를 얻었고, 그의 이름이 더욱 가볍고도 그럴듯하게 전국으로 퍼지는 데 힘을 보탰다. 그리하여 뭇사람들의 포외(怖畏)<sup>**</sup> 속에서 여러 해를 지내는 사이 제엽은 명

* 벼슬이 없는 선비를 비유적으로 이르는 말
** 두렵고 무서움

실상부한 대륙의 맹주로 자리잡을 수 있었다.

다만 제엽의 기술(奇術), 즉 그가 읽어 낸 하늘의 뜻은 대개 정적의 죽음에 한정됐다. 마치 제엽 자신이 하늘의 사자라도 되는 양 그를 적대하여 깃발을 든 이는 하나둘 목숨을 잃었던 것이다.


"아설."

개사로 돌아온 설은 비단을 댄 창 앞에 앉았다. 흰 달빛이 창가에 쏟아져 수면에 깃든 햇빛 한 줌처럼 아롱거렸다.

"아설, 너 기책을 일임받았느냐?"

어둠에 묻혀 그 경계를 알기 어려운 그림자가 몸을 일으켜 목소리를 얻은 듯 현실감 없는 목소리가 울렸다. 설은 몸을 일으켜 깊이 읍해 보였다. 스승은 달빛뿐 다른 온기도 빛도 없는 황량한 방을 둘러보았다. 설은 스승의 시선이 다시 자신에게 돌아오기를 기다려 답했다.

"그렇습니다."

"그 말인즉슨, 저 사내가 얻은 세간의 명성이 거짓이라는 뜻이로구나."

"죄 거짓은 아닙니다. 다만 작은 수단으로써."

"천명을 빙자해 자객을 부림이 작은 수단이더냐? 기만이로다."

마제엽이라는 한 인간이 하늘의 뜻을 빌어 기일을 정하면 대적자의 목숨이 진실로 진다. 그는 그것이 기서(奇書)를 손에 넣은 덕분에 천문을 읽어 미리 알 뿐이라 하였다.

그러나 거짓이다.

예정대로 일어나는 일과 예정대로 일으키는 일은 결과적으로 다르지 않다.

쉬운 이야기다.

"설, 내 힘이 되어주겠느냐?"

비무대회의 우승자로서 배례하는 설의 머리 위로 제엽의 나지막한 목소리가 울렸다. 흩날리는 꽃잎 대신 빛을 산란하며 산산이 흩어져 흐르는 깃털 같은 구름들 아래 제엽의 낯빛은 푸르스름했다. 설은 산 것 같지 않은, 그러나 목소리에 담긴 열기만은 그악스러우리만큼 팔팔한 날것인 그 남자를 당돌하게도 마주 보며 답하였다.

"그리하기 위한 검입니다."

이례적으로 여성에게 낭중 지위를 주고 곁을 지키도록 하명한 지 닷새가 지났을 무렵 제엽이 설을 불렀다. 정화 땅의 먼 지평선을 지우듯 농염한 노을이 타오르던 날이었다.

─설.

아직 눈이 죄 녹지 않았을 백약산의 깊은 계곡을 떠올리며 설은 제엽의 늘어진 그림자에 기대듯 이마를 숙였다. 파득파득 해오라기 날갯짓 같은, 눈 부서지는 소리. 손을 뻗으면 닿을 양 묵직하게 떨어져 엉금엉금 흐를 눈구름과 몹시도 이를 산중의 밤이 그녀의 감은 눈에 선했다. 스승의 글 읽는 소리가 끊어질 듯 끊어질 듯 이어지다 문득 멈출 때면 흐릿한 등불에 이끌려 검훼(黔喙)<sup>*</sup>가 기어 내려왔다는 뜻이었다. 스승은 소리 없이 소매를 휘둘러 등불을 감추고는 채 익지 못한 어둠 사이로 홀로 흰 미소를 짓곤 했다.

오늘은 범이 왔구나.

속삭이고는 새어들었던 달빛처럼 훌쩍 초막을 벗어났다가 한 점

* 산에 사는 짐승

266

티끌 없이 되돌아오는 스승의 발아래에서 채 떨어내지 못한 눈이 버석거렸다. 돌아오면 반드시 설의 곁에 앉아 싸늘하게 식은 두 손을 펼쳐 온기가 남은 그녀의 어깨를 살짝 쥐었다가 마치 피의 빛을 나누듯, 조용히,

아설.

이름을 불렀다.

"설. 듣고 있는가?"

"하문하십시오."

스승을 향했던 상념을 접고 공손하게 읍한 설에게 제엽이 내린 명은 그녀의 예상 밖이었다.

"기책을 행하려 한다. 태사 장 씨를 베라."

"베라 하심은?"

"검이 아니면 무엇으로 베랴. 태사의 목을 베어 성상(聖上)께서 민막을 혁거하시옵도록 진췌하고자 함이니 그로써 사직이 바로 서리라."

기책이라 하면 암살을 둘러 이름이다.

설은 등을 보이고 선 주인을 향해 잠시 침묵을 지켰다. 태사의 목을 벤다. 그러한 일을 꿈꾸지 않았다. 그가 얼마만 한 난적인지 어떻게 어린 황제를 괴롭히는지 그녀는 관심이 없었다. 무토의 깊은 궁궐로 들어서 봉황인장을 돌려받기만 한다면 족했나. 유가장이 지킬 충의의 방책은 봉황인장을 봉황당에 뫼셔 길이 지키는 것, 그뿐이었다. 황제의 목소리에 귀를 기울이고 수십 수백 개의 성읍을 들어 부수든 세우든 차지하든 그녀에게는 아무래도 상관없었다.

"설, 어찌하여 대답이 없느냐?"

검을 들었으니 피를 보는 것 또한 당연한 일이다.

그녀는 태사 장 씨에게 원한이 없었다. 봉황인장이 그의 손에 있으리라 짐작하였으나 어미에게도 아비에게도 아니 눈앞에서 아비를 살해한 연교에게조차 그녀는 아무런 증오도 분노도 여실히 느낀 일이 없었다. 그러하니 가문의 보물을 잠시 손에 넣은 자임에랴. 설은 태사 장등라를 만나고 싶었다. 인장을 돌려받기 위해서는 그의 면전으로 가야 했고, 그리하기 위해 자연 강한 힘이 필요했다.

당당한 무사로서 그를 꺾고 나서가 아니라 다만 자객으로서라도 다르지 않다.

유씨의 이름은 옛날에 흘려보냈다.

지고한 이름이 머물 곳은 봉황당에 되돌아온 인장 위면 족하다. 설 자신은 그저 무명의 낭중으로서, 아니면 자객으로서, 그저 잊힌 대도 좋다.

"존귀하신 명에 따르겠사옵니다. 다만 시간을 주십시오."


그리되었다.

"스승님. 병가(兵家)의 일입니다. 기만이 아니라 군략(軍略)이 아니온지."

"모략(謀略)이겠지. 천문을 읽는 척하며 실은 자객을 고용해 피를 뿌리고 있었다니 그 도련님도 알 만하구나."

연교가 이죽거렸다.

"스승께 누를 끼쳐 송구합니다."

"불초 제자가 누를 끼친 줄은 아시는가?"

압니다. 설은 스승의 눈을 바라보았다. 빛이 없는 검은 허방에 시린 것이 어리었다. 자객이다. 급습에도 불구하고 스승이 동요했을 리 없음을 설은 알았다. 그녀의 손이 패용한 검에 닿았다. 빛이 없고 바람이 없으며 감정이 없는 공간을 날카로운 금속이 가르고 지났다. 설은 기합 소리도 없이 발검(拔劍)하며 오른발을 반 뼘 앞으로 밀어냈다. 몸이 절로 기운 자리로 그녀가 튕겨 낸 검이 툭 떨어져 나무 바닥에 꽂혔다.

"아설, 네 정녕 가려느냐?"

스승은 설이 숨은 습격자를 맞아 싸우는 양이 전혀 보이지 않는 사람처럼 심드렁하니 물었다. 달빛처럼 그는 자유로웠다. 그림자는 무슨 수를 써도 달빛을 차지하지 못한다. 빛은 잠시 가렸다가 그림자가 물러가면 태연히 그냥 거기에 있다.

연교가 그러했다.

그는 그냥 거기에 쭉 있었다. 검이 날아들고, 비수가 창틀을 긁어내고, 도합 세 명의 흑의(黑衣) 무사들이 설을 에워싸거나 혹은 무기를 겨누는 내내 그는 팔짱을 낀 채 그저 서 있기만 했다.

"아설. 네가 사람을 죽이러 가려느냐?"

"그러합니다."

세 자루의 검을 두 자루로 받아 내며 설이 헐떡였다.

"불초 제자는 사람을 벨 수 없지 않으냐."

설이 쳐 낸 검 한 자루가 날아 연교가 기대어 선 창틀을 두 조각으로 갈랐다.

"스승께서는 불초 제자를 잘못 알고 계십니다."

"설. 그것이 주인의 귀에 들면 곤란하리라."

연교의 검은 단 한 번 움직였다.

"안심해라. 저들은 발설치 못하리니."

설은 세 남자의 머리가 목에서 떨어져 일순 허공으로 떠오르는 순간을 보았다. 검이 지나간 꼭 그만큼의 높이가 어둠을 집어삼켰다.

"네가 말미를 얻어 무엇을 했는지 나는 안다. 무토에 홀로 숨어드는 것은 무리한 일인즉 너는 당당히 정문으로 들기를 택하였을 터, 그예 어미를 그리는 어린 새처럼 굴었겠지. 아니냐?"

나뒹구는 세 개의 머리가 공교롭게도 똑바로 드러누워 설을 쏘아보고 있었다. 빛이 꺼진 눈 세 쌍 앞에 설은 고개를 끄덕였다.

"그러합니다. 무토성에 깃든 어미에게 서신을 띄웠나이다."

— 멀리서 구름을 바라보며 낳아주신 품을 그립니다. 단장의 아픔은 없으시온지.

짧은 글월을 전하기 위해 몰래 사람을 구하고 힘들여 번 돈을 썼다. 어렵사리 답신이 왔으나 문장은 깊지 않고 정 또한 얕아 설은 실로 어머니 본인을 마주 대한 듯 그 얼굴을 떠올렸다. 옥취란은 딸인 설련을 곁으로 청하지 않고 담담하게 글을 맺었다.

"네 모친을 뵙고 그예 장 씨의 목을 베겠다면 빈손으로는 힘들 게다."

"압니다. 하여 미끼를 던졌나이다."

"던졌겠지. 네 모친이 바라는 것이 무언지 아설 너는 잘 알 테니."

설은 다시 한번 글을 올렸다.

— 강녕하시옵니까, 어머님. 감히 어머님과 나누고자 하는 기쁨이 있기로 뵙기를 청하나이다. 일찍이 나라에 큰 역적이 있어 그 이름을….

그 이름 하늘을 호령하고, 한 쌍의 검을 들어 올려 벽력을 참칭하니 뭇사람들이 구태여 부르기를 이검귀(二劍鬼)라.

"스승께서는 불초 제자를."

"너는 내 목을 가져간다 쓴 것이 아니냐?"

"…스승께서는 불초 제자의 얕은수를 비웃지 마소서. 제 뜻을 잘 아시거니와."

"허면 지금이라도 이 목을 베면 될 일이다."

연교의 검이 성큼 설의 목 앞으로 날아들었다. 설은 눈을 피하지 않았다. 연교는 검 등으로 설의 목을 살짝 쳤다. 기대듯, 차디찬 금속이 덥고 희고 부드러운 목을 타고 횡으로 스쳐 지났다. 하나뿐인 제자의 어깨를 다른 쪽 손으로 감싸고 연교는 여전히 자상한 스승인 양 웃었다.

"아설, 약속하지 않았느냐? 하산할 때는 나를 베고 가겠노라고. 팔 년간 너를 가르친 빚을 이제 받아야겠다."

"……"

"사람을 죽일 수 없는 그 검으로 어디까지 견디랴. 나를 베고 네 뜻한 바를 행하면 반드시 이루리라."

"저는 압니다. 아옵니다, 스승님."

"네 무엇을 안다 하느냐?"

어깨를 감쌌던 손이 설의 가느다란 목으로 올라왔다. 찬 검과 더운 손 사이에서 설의 목이 떨었다. 거문고의 갓 매단 줄이 밤공기에 떨 듯.

"스승님께서 본디 신선이 되려 하셨음을 압니다. 산에 들어 곡기를 끊으셨던 스승님의 수행을 망친 것이 저이온데, 이 불초 제자가 목숨마저 앗을 수는 없습니다. 이제라도 수행하여 등선(登仙)하십시오."

"너는 나를 모른다."

"스승님."

"살아 아니 가고 죽어 낙토(樂土)로 가리라."

올려다본 스승의 눈이 검고 깊었다. 아비가 죽던 날 그가 혈혈단신 날아내린 순간부터 설은 이 불가해한, 아득한, 진흙탕처럼 질척거리는, 검은 불꽃 같은, 느꺼운, 그 눈을 기억했다.

그것은 때로 그녀에게 모든 것처럼 느껴지기까지 했다.

그것은 심지어 그녀를 멈추게, 혹은 걷게 만들기까지 했다.

입 맞출 수 있을 만큼 가까운 거리에서 설은 스승의 손가락이 점점 자신의 목을 죄어들어 이윽고 그녀의 세상이 끝장나 버리는 찰나를 마치 예언처럼 그려보았다.

"그리는 못 가십니다. 등선하여 오래도록 낙원에서 사십시오."

"아설, 나는 낙원으로는 갈 수가 없다. 죄를 지은 몸으로 어찌 가겠느냐."

스승의 손이 떨어지고 검이 멀어지고 온기와 한숨과 눈동자가 어둠에 쓸려나갔다.

"나를 베지 못하면 너는 무토에 갈 수 없으리라."

조용히 문이 닫히고 과연 발자국 소리 없이 스승은 사라졌다. 설은 죽은 세 남자의 목을 가지런히 놓아두고 잠자리에 들었다.

죽은 자는 해를 끼치지 못한다. 혼백이 활개 치는 세상은 꿈속뿐이나 설은 결코 두려운 꿈을 꾸지 않았다.

— 나를 베고 세상으로 돌아가라.

그녀의 꿈에는 항상 스승이 보였다. 스승은 그녀와 함께 백약산에서 마치 일천 년을 지새울 듯이 검을 휘둘렀다.

— 아설, 너는 나를 모른다.

'이것이.'

이른 새벽, 눈을 뜨며 설은 입 속으로 뇌었다.

'이것이 왜 천 년이 아니란 말인가?'

부드럽지 못한 깜박임에 눈물이 맺혔다가 귓가로 흘렀다.

유가장의 가주 유한채를 벤 후, 연교는 검을 버리고 세간을 떠나 백약산에서 등선을 준비하였다. 설은 그를 사사하고 몇 년이 흐른 후에야 그것을 깨달았다. 연교가 부러 화전을 일구고 버섯이며 나무 열매를 따다 속세의 먹거리를 마련한 것은 어디까지나 어린 계집아이였던 설을 위해서라는 사실을. 만약 그녀가 문하에 들지 않았다면, 연교는 곡기를 끊고 송홧가루 등속을 핥다가 어느 날 문득 사람의 껍질을 벗고 훌훌 날아 극락으로 떠났을지도 모른다.

허면 들판의 해오라기처럼 자유로이 우화등선할 스승을 붙들어 둔 것은 설 자신이다.

그리 깨닫자 설은 그에게 무언가 갚아주고 싶었지만 그럴 만한 것을 찾지 못했다. 말로 형용할 수 없어, 그녀는 그냥 아무 말도 하지 않기로 했다.

"왜 제 아버지를 베셨나요?"

어느 가을 설이 물었다. 그는 평범한 남자였다. 매일 글과 검을 가르쳐주고 가끔은 노래를 불렀다. 훌쩍 사라졌다 훌쩍 돌아올 때면 옷가지며 새 서책이 들려 있었다. 높은 참나무에 올라앉아 나란히 바람을 쐬기도 하고 반대쪽 등성이까지 나아가 대숲을 뛰어다니며 오르고 또 올라도 닿을 수 없는 하늘을 함께 올려다보기도 했다. 때로 웃고 때로 찡그렸다. 엄한 스승이며 자상한 청년이었다. 그런 사람이 왜 제 아비를 벤 것인지 설은 도무지 이해할 수 없었다.

"내 어미를 네 아비가 베었다."

설은 별로 놀라지 않았다. 그 비슷한 사연이 있지 않을까 예상해 보았기에. 잠자리에서 혼자 몇 가지쯤 떠올렸던 것 가운데 개중 그럴듯한 이야기였다.

"왜 스승님의 어머님을 제 아버지가 베었습니까?"

"내 어미가 배신한 죄로."

"누구를요? 제 아버지를요?"

아비에게 그런 정이 있을 리가.

설은 그러한 생각에 놀라고, 놀라는 자신에게 다시 놀랐다. 그녀가 아는 유한채는 정이 옅은 사내였다. 어미, 옥취란도 나아가 그녀 자신도 기이하리만큼 무감하였다. 나고 자라 보고들은 풍광이 그러할진대 혈육이 보다듬고 끈적끈적하리만치 애착을 품는 정념을 따로 알 리 없었다. 유한채는 과연 유가장의 가주답기는 했다. 규율을 어기면 벌하고 뛰어나면 발탁해 그에 맞는 이름을 주었다. 이따금 도망을 놓는 일문의 제자가 있어도 정해진 규율로 단죄할 뿐이었다. 다른 무문의 배신이며 관계에서 오는 다른 풍파가 허다하였건만, 한채가 직접 검을 들어 누구를 벤 적은 설이 아는 한 한 번도 없었다.

한채는 애당초 그런 증오며 분노 따위의 정조차 창호지 한 장처럼 얇았다.

설에게 유한채는 부친이라기보다 가문의 주인에 가까웠다. 한채 본인에게도 설은 그저 유가장의 식술 정도로나 보였으리라.

"…내 어미가 아비를 저버렸다."

스승의 대답이 조금 느리게 날아들었다. 처서가 지나 이슬 젖은 풀들이 원숙한 빛을 머금은 날이었다. 하늘은 낮고 깃털 같은 구름들이 갈필로 그은 것처럼 둥그스름하게 지는 태양을 휘감고 있었다. 설은 연교의 말을 이해하는 데 한참이나 침묵하며 눈을 굴려야만 했다.

스승의 어머니가 아버지를 저버렸다.

처음에 설은 그것이 스승의 어머니가 설의 아버지인 유한채를 배신했다고 이르는 줄 알았다. 그런데 아니었다. 한채는 설의 아비다. 스승은 선을 그어 분명하게 말하였다. 스승의 어머니가 스승의 아버지를 저버렸기에 한채가 검을 들었다고.

수수께끼가 깊어졌다.

"스승님의 아버님을 어머님께서 저버리셨다 한들, 그것을 어찌하여 제 아비가 단죄하였단 말입니까?"

"법도였다."

"그러나."

"…법도였다. 아설, 썩어 문드러지는 건 인간의 마음뿐이니라. 마음이 썩어 무도(無道)하거니 베었다. 모두 같다."

설은 씹어 뱉듯 말을 토해 내고 홀로 바람을 거슬러 걷는 스승의 뒷모습을 눈에 담았다. 그가 유가장의 흰 정원으로 날아내려 검을 늘어뜨리던 광경이 조금 전의 일처럼 선연하게 되살아났다. 등등한 살기를 두 어깨에서 뿜어내며 마치 경공이 아니라 다만 그 증오로 허공을 질주하는 것만 같았던 그때가.

무도한 자를 벌하러 왔다.

햇볕을 반사하며 찌를 듯이 번뜩이던 검신이 보이지 않을 만큼 빠르게 날아들어, 그는 유가장이 자랑하던 정원을 홀로 가로질렀다. 봉황당에서 한채를 참살할 때에 그는 과연 어떤 표정을 지었을 것인가.

마음이 썩어 무도하거니 베었다.

"아설. 죄가 되는 건 마음뿐이다. 육신은 죽어 썩게 마련이나 마음은 길을 벗어나니 만상을 망가뜨린다. 그러하니. 그러하니 사감

(私感) 없이 타인을 벤즉 업이 쌓일지언정 무도하지는 않다. 베라.
베기 위해 검을 쥐었으니 검에 비쳐 부끄럽지 않도록 피를 기꺼워
하라.”

높이 치들어 이슬을 먹고 축축한 공기를 먹고 바람을 일으키듯
찰나를 저미면 마음 깊이 갈앉은 진흙 같은 상념들도 이내 잦아들
곤 했다. 소슬바람에 귀밑머리가 날렸다. 늘어뜨린 소맷자락을 검배
로 받아 쓸며 아무것도 다치게 하지 못하는 차디찬 흉기로써 그저
춤을 출 때에, 설은 제 몸의 열기와는 정반대로 한없이 식어 가는
제 마음속을 빤히 들여다보았다.

베라.

스승은 말했다.

베라, 거침없이. 서슴없이. 증오를 짊어지고 업보를 끌고 타인의
피를 뒤집어쓰면서도 세상 그 무엇보다 가벼이 날아오를 수 있을
터이니 멈추지 마라. 아설, 나의⋯.


“큭!”

소맷자락이 찢어져 나가는 걸 막지 못했다.

설은 몸을 재게 놀려 담벼락을 한 번 박찼다.

“⋯뉘십니까.”

제비를 돌아 솜씨 좋게 내려서며 사위를 경계하자 틈을 찾지 못
한 습격자가 기척을 죽여 달아났다. 설은 자신이 백약산이 아니라
정화 땅의 마 씨 객사에 서 있다는 것을 떠올렸다. 이제 어린아이가
아니다. 스승의 슬하에 의지해 세상천지 두두물물 무엇 하나 돌이
키지 않고 그저 검만 휘두르던 시절은 이미 졌다. 계곡을 떠난 물처
럼 흘러 벌써 어디 먼 대양으로 묻어오고 만 신세다.

‘지난 일에 마음을 팔았구나. 두어라, 설. 어리석다.’

설은 입술을 깨물었다.

‘흘려보내기 위해 십 년을 채우지 않고 문하를 물러난 것이 아니더냐? 내내 붙들고 있으려거든 어이하여.’

호흡을 가다듬어 다시 검을 움직였다. 해가 중천에 떴다. 구름은 먼 지평선에 걸려 움직일 줄 몰랐다. 길바닥이 거대한 솥단지 속에 든 것처럼 절절 끓었다. 올려 묶은 머리카락 몇 가닥이 땀에 젖어 늘어졌다. 목덜미로, 귓가로, 이마로. 한 바퀴 검을 휘둘러 기합만으로 맨바닥에 상처를 냈다. 패인 자리는 검었다. 설은 검 끝을 돌벽에 기댔다.

— 짐승도 낳아 준 품을 파고든다 하기로 어머님께 간청하옵거니 한번 나아가 뵙기를 바라나이다. 부디 지절한 정을 돌이키시어 치맛자락에 품어주십시오. 긴 별리에도 사모의 염은 여위지 않아 유씨의 여식 된 도리를 다하기 위해 천하를 떠돌았사오며, 이에 결실을 얻어 가문의 적을 베었기로 어머님께 그 수급을 바치고저 하나이다. 모녀가 앉아 원수의 머리를 보고 함께 옛일을 그리워할 수 있다면 다시없이 기쁘겠습니다.

정화현후가 연교의 제자를 얻었다는 풍문은 허다할지언정 그것이 유가장의 홀로된 영애라는 사실은 아는 이가 없다. 아비가 죽은 뒤 그녀를 돌볼 사람은 아무도 남지 않았고 어미 역시 얼마 되지 않아 딸을 버렸다. 취란은 젊고 아름다웠으며 남편이었던 유한채에게도, 나아가 그의 딸에게도 미련이 없었다. 지아비가 사라지자 의리를 지킬 이유도 함께 사라졌던 것인지 취란은 한 번 돌아보지도 않고 유가장의 봉황인장을 집어 떠나 버렸다.

‘본시 그런 핏줄일 터다.’

어머니에게 버림받은 딸이면서도 설은 그리 받아들였다.

별로 슬프지도 않았다.

유가장의 가주 부부가 서로 정이 없다는 것쯤이야 설은 걷기 시작할 때부터 눈치챘다. 어쩌면 말을 배우는 것보다 먼저 알고 있었는지도 모른다. 옥취란은 이팔(十六)의 나이에 팔리듯 시집을 왔다. 유한채는 그때 이미 서른 가까운 나이였으며 상처한 지 오륙 년쯤 된 때였다. 전처와도 데면데면했던 모양으로 아이가 없었다. 유가장의 가주가 되고, 상처하고, 몇 년이나 지나 취란과 혼인하고도 한채는 제 반려에게 정을 붙이지 못했다. 그 후로 다시 오 년이나 흐른 후에 겨우 설련이라는 딸이 태어났으니, 빈말로도 빠르다고는 할 수 없다. 한채도, 취란도, 어쩌면 사랑이라는 걸 할 수 없는 인간이었던지도 모른다.

그런 어머니가 태사 장등라의 곁을 차지했다 한다.

무토로 스며들 방도를 찾기 위해 제 나름 사람을 풀어 정보를 모으면서도 설은 반신반의했다. 봉황인장은 보물이다. 경금국이 설 때에 신령한 선녀인지 신장(神將)인지가 현현하여 황제에게 주었다는 전설 때문에 그것은 군주의 증표처럼 여겨졌다. 그만하면 황가에 두어야 옳겠지만 첫 황제가 덜컥 유가장에 두리라 약조한 탓에 일곱 대가 지나도록 그 극진한 어보(御寶)가 일개 사가에 남았던 것이다.

그만한 보물을 들어 바쳤으니 태사가 돌봐줄 만도 하다. 설은 거기까지 예상했다. 그래서 사람을 풀어, 그녀가 무토 어디 예쁘장한 민가에 앉아 마님 노릇이라도 하고 계실까 물었다. 교태를 부리거나 사람을 품을 줄 모르는 여인이니 홀몸이리라 여겼다. 한데 그 어머니가, 열여섯에 시집와 스물이 넘어 딸 하나 겨우 낳아놓고는 제 의무는 다하였노라며 폐륜한 그 여인이, 누구도 아닌 바로 태사의 여자가 되었다 한다.

"옛 지아비에게 의리를 지키겠노라며 연교의 목을 은밀히 요구한답니다."

소식을 물어 온 정탐꾼이 그리 고했을 때는 더 놀랐다. 입막음을 부탁하고 설은 곧장 서신을 썼다. 짐승도 낳아준 품을 파고든다 하기로, 운운. 절절한 언어와는 달리 손끝은 조금치도 흔들리지 않았다. 반듯하니 종이를 메워 발 빠른 이를 샀다. 답신은, 몹시도 빨랐다.

'내 미처 몰랐을 뿐 어미에게도 얼마간 사람다운 마음이 있었던가?'

복숭아색으로 이윽하니 물들어 사창이 한껏 젖어 드는 새벽이면 깨어 그리 돌이킬 때도 있었다. 돌돌괴사(咄咄怪事)*. 모를러라. 되짚어도 되뇌어도 어미와 아비가 서로를 다정스레 치어다본 적조차 없다. 아비가 한번 안아준 적도, 어미가 한번 쓰다듬어준 적도 없다.

— 나는 이제 유씨에게 볼일이 없으니 내 길을 가련다. 너도 너 알아서 살아라.

심지어는 을씨년스러운 유가장의 안방에 어린 딸을 내던져놓고 휭하니 그리 가버리지 않았던가.

'…곡절이야 어떻든 됐다. 딸로서 청을 드렸으니 당당히 태사의 면전에 서리라.'

머리는 얼마든 있다. 스승 아니라 뉘든 머리는 달고 다닌다. 아무것이든, 하나 채어다 좋은 자단 상자에 담아 바쳐 올리면 된다. 건넨 상자를 열어보기 전엔 이목구비를 알 수 없을 터이니 문제가 없다. 어미든 아니면 태사 장 씨든 뉘라도 상자를 열면, 그 틈을 놓치지 않고 몸을 던져 태사의 목을 벤다. 지엄한 무토성에서 일국의 재상을

* 매우 놀랍고 괴상한 일

농락하고 흉사를 일으키는 것이니, 물론 사형에 해당하는 죄다. 그쯤이야 각오했다. 장등라가 죽으면 봉황인장을 감히 감추어둘 이가 없을 터인즉 젊은 황제께서 옛 약조를 들어 도로 유가장의 봉황당으로 돌려주시리라. 더 바랄 바가 없다. 이룰 바도 없다. 유가장의 자손으로서 결착을 지었으니 떠나면 된다. 죽어, 어딘가의 나락으로.

혹은 아무것도 없는 허방으로.

'그러한데.'

마음을 굳혀 이제 사흘 후 떠나면 되건만 아직 두 가지 문제가 통 해결되지 않았다.

'어찌하여 나 같은 것을 노려 성가신 짓을 한단 말인가?'

하나는 어찌 된 영문인지 계속해서 그녀를 노린 자객이 줄을 잇는다는 점이었고 다른 하나는.

— 하산하려거든 나를 베고 가라. 그리해야 네 바라는 바를 이루리라.

다른 하나는, 여전히 그녀의 검이 한 끗 차이로 인간의 목 앞에서 멈추고 만다는 점이었다.

'스승의 저주인가.'

쓰게 웃으며 그녀는 생각하였다. 몇 번째인지도 모를 자객들은 뿔뿔이 꼬리를 감추었다. 조금만 더 검을 휘둘렀다면. 아니, 설이 조금이라도 미욱하여 실수를 저질렀더라도 자객들은 목숨을 잃었을 터였다. 그러나 그녀의 검술은 더없이 훌륭하여 그 주인이 바라는 곳에서 날아 예상한 지점에서 어김없이 멎었다.

'그렇지 않으면 미련인가?'

스승이 그러했듯 그녀도 검을 한번 털어 냈다. 붉은 꽃가지와도 같은 혈흔 대신 바람 소리만 발자국이 어지럽게 찍힌 마당을 긋고 지나갔다. 구름 그림자 아래 새 그림자가 칼날 자국 위를 쓰는 것에 설은 여느 계집애들처럼 한눈을 팔았다.

땀방울이 발치에 떨어졌다.

상념이 자객처럼 짓쳐들어와 그녀의 기억을 뒤흔들었다.

＊

백약산의 겨울은 이르게 왔다 더디게 갔다.

봄은 아예 잊힌 옛이야기 같고 짧은 낮은 더욱 짧아 언제나 어둠이 더 익숙한 산중에 눈이 소복하니 쌓였다. 밤이 닥치자 그간 살라 먹은 낮을 벌충하기라도 하듯이 빛을 뿜어 놓는 눈 덕분으로 온 천지가 대낮처럼 밝았다.

그날 설은 홀로 전나무 숲을 거닐었다. 곧 열여덟이 되는 몸은 가볍고 싱그러웠으며 두 자루 검을 나볏하게* 휘두르는 자태는 달이라도 무리 없이 벨 성싶게 깨끗했다. 스승은 며칠 전부터 초막을 비워, 설은 혼자였다. 가끔 산짐승이 먹을 것을 찾아 내려올 뿐 찾는 이 없는 초막은 고요했다. 하늘에는 달이 없었다. 대신 그 빛마저 집어삼킨 양 지면을 덮은 눈이 빛났다. 설은 초식을 마무리 짓고 바윗돌 위를 디뎠다. 야트막하게 발자국이 남았다.

"아설."

호흡을 고르자 기척을 부러 감추었던 사람이 모습을 드러냈나.

"수행이 아직 부족하구나."

젖은 풀잎 위를 디뎌도 맺힌 이슬이 굴러떨어지지 않고 자국눈이 내린 숲을 질주해도 발자취가 없다. 어지간한 고수란 다 그쯤은 하

* 반듯하고 의젓하게

지 않는가 하고 스승은 별스럽지 않게 입에 올리곤 했다. 설은 과연 아무런 발자국도 남지 않은 스승의 지난 길을 눈에 담으며 공손하게 고개를 숙였다.

"다녀오셨습니까."

"저 홍진(紅塵)의 수레바퀴들은 눈이 돌아갈 만큼 빠르게 돌거니 아설의 시간은 홀로 멈추어 계셨는가? 며칠 사이 검이 도리어 무뎌진 듯 보이니."

"송구합니다."

연교는 때로 하산하여 며칠씩 자리를 비웠다. 단 두 사람이 단출하게 꾸리는 살림이라 하여도 필요한 것은 끊이지 않게 마련이었다. 인간의 아이는 산철쭉이나 어리연꽃처럼 물과 햇볕만으로는 살아갈 수 없었다. 한창 자랄 때의 어린애는 많이 먹었고 자주 아팠다. 배움은 빨랐고 수행은 날로 깊었다.

"얼마나 늘었나 한번 보자꾸나."

눈을 뒤집어쓴 가지 하나를 툭 꺾어 쥔 연교가 빙그레 웃었다. 설은 두 자루 검을 겨누었다. 온몸을 긴장시키고 눈앞에 그녀 자신의 전 인생이 놓여 있기라도 한 양 열렬히 달려들었다. 베고, 찌르고, 갈랐다. 날은 바람을 일으켰고 길이 든 육신은 한꺼번에 울부짖었고 그녀의 눈은 스승의 그림자를 뒤쫓았다.

한발 늦다.

언제나 조금 늦고 만다. 검은 그림자를 베고, 옷자락에 묻어온 생강나무꽃 냄새를 찌르고, 웃음소리를 잘랐다. 시선조차 느리다는 것을 설은 잘 알았다. 검을 겨눌 때 시선에 의지하는 자는 하수다. 고수라면 눈으로 보지 않는다. 읽지도 않는다. 별의 뜻도 선현의 가르침도 의미를 잃는 순수한 본능의 세계가 거기 있다.

"저런. 잎 하나 상하지 않았구나."

숨을 헐떡이는 설의 등 뒤에서 연교는 느긋한 자세로 나뭇가지를 뻗었다. 그가 끝을 흔들자 그제야 잎에 쌓였던 눈이 먼지처럼 반짝이며 흩어졌다. 나뭇가지 끝이 설의 무방비한 미간을 살짝 스쳤다. 바싹 달아오른 피부에 꼭 한순간 차디찬 것이 닿았다가 바로 다음 순간 멀어졌다.

"아설, 죽었다."

"…아."

"안 죽었나?"

그러면 다시 한번 벨까, 하고 묻듯 가지를 들어 보이는 스승을 향해 설은 저도 모르게 고개를 가로저었다. 연교는 소리 내어 웃었다. 쓰러진 나무들 틈새에 잠자던 울새 한 마리가 포르르 날았다.

"나는 좀 쉬련다."

제 몫을 다한 나뭇가지를 무심히 던져놓으며 연교는 총총히 멀어졌다. 설은 스승이 팽개친 나뭇가지 쪽으로 걸어갔다.

매화다.

얼마간 겨울을 지냈더라면 꽃이 벌었을 터인데 급작스러운 때를 당하여 꺾이고 말았구나.

설은 눈에 젖어 반짝거리는 여린 가지 끝에 입술을 가져다 댔다.


그녀가 초막으로 돌아왔을 때 스승은 없었다. 쉬겠다 하더니 어디로 가버린 건지 그녀는 알지 못했다. 등잔은 불을 붙인 흔적 없이 차디찼고 먹거리를 올려둔 상은 그녀가 밀어놓은 자리에서 움직이지 않았다. 뒤주 앞에 던져놓은 보퉁이만이 낯설었다. 스승이 가져온 것이다. 설은 곧바로 알아보았다. 새 의복이거나 서책이거나 아니면 말린 고기며 약간의 곡식일 터였다. 지난 몇 년간 그랬다. 설은 깊은 생각 없이 손을 뻗어 보퉁이를 풀었다. 여성용 솜옷과 버선이 한 켤레. 예법이며 문법책이 서너 권. 붓과 먹, 기름병이 나왔다.

설은 이왕 짐을 푼 김에 정리라도 해둘까 하여 심지를 자르고 불을 붙였다. 그리고 스승이 두고 쓰는 벼루 아래였던가 아니면 보기와 달리 정리에는 관심이 없어 대충 던져놓은 허리띠 아래였던가 아니면 마지막에 무심결에 들어 올린 보자기 속이었던가, 그 어딘가에서 설은 서신을 발견했다.

국향모(菊香茅)라는 이름이 얼핏 보였다.

여자 이름이다.

설은 무심결에 서신을 펼쳤다.

근계(謹啓)<sup>*</sup>

우선은 그 공손한 인사말에 놀랐다.

어린 도련님.

연이어 그런 다정하고도 정중한 부름이 보였다. 설은 눈을 꾹 감았다가 번뜩 떴다. 백일몽인가. 아니다 이 시각이면 밤꿈이다. 아니다, 꿈조차 아니다. 도련님. 감히 입안으로 뇌지도 못한 단어에 현훈증이 팽 일었다. 때맞춰 바깥바람 소리가 웽 울더니 문짝을 파르르르 흔들어 놓고 갔다.


도련님께서 모다 잊고 사람들 틈에 섞여 사시기를 바라 마지않았습니다. 마님도 그리 바라시리라고, 헛되이 먹은 나이를 앞세워 주제넘은 참견을 올렸던 적도 있사옵니다. 매달리는 쇤네에게 웃으시며 가산을

---

넘겨주시곤, 이리 말씀 남기셨지요.

— 송교지수(松喬之壽)*를 탐함이 아니라 그저 더는 세속에 마음이 없어 산에 오르노니 장차 어드메 먼 단구(丹丘)라도 찾아 훌훌 등선(登仙)하련다.

그예 영영 신선이 되시어 홍진을 등지신 줄로 믿었던 도련님께오서 마음이란 소소리바람에도 뒤척이는 것이라며 갑자기 찾아오셨기에, 쇤네는 혹 경사를 맞아 가정을 꾸리셨는가 여기기도 했사옵니다.

하화(荷花) 마님께서 그리 가시고 이제 강산도 전과 같지 않습니다. 쇤네의 목숨이 다함도 머지않은가 합니다. 오랜만에 뵙자온 양이 처음으로 평안해 보이시니 그 흔연하신 풍의(風儀)에 이 향모(香茅), 비로소 괜한 걱정을 놓습니다.


절하여 올립니다, 로 끝나는 데까지 눈이 따라가지 못했다. 검 아니라 세상만사가 시선보다 빠르다. 시선은 언제나 차마 따르지 못하거나 감히 따르지 아니한다. 설은 하화, 하고 입술을 달싹여 그 이름을 잘근거렸다.

하화. 백하화(白荷花).

설은 얼른 서신을 덮었다. 질끈 감은 눈꺼풀 안쪽으로 수백 수천의 별들이 흘렀다.

— 내 어미가 아비를 저버렸다.

스승의 말이 떠올랐다.

— 무도(無道)하여 베었다.

* 인품이 뛰어나고 오래 사는 사람

✳

　떠나기로 약조한 날이 이틀 앞으로 다가왔다.

　설은 일찍 일어나 머리를 감고 방바닥을 나뒹구는 세 개의 목을 외면한 채 방을 벗어났다. 마제엽의 식객은 삼천. 수를 헤아려 진정 삼천이 되는가는 알 수 없는 노릇이지만 그리 떠들어 댈 만큼 많은 것만은 사실이다. 자연 객사는 하나가 아니었고 설은 널리 인재를 구한 비무대회에서 우승한 준재(俊才)였으므로 그런대로 상급의 객사를 배정받았다. 그에 몸을 기댄 지 여러 달. 검 솜씨는 비할 데 없이 훌륭하지만 사람을 다치게 하지 못하는 그녀를 두고 식객들은 질시와 빈정거림이 뒤엉킨 시비를 걸어오곤 했다.

　'스승님께서 몇을 상하게 하신 후 죄 이 객사를 떠나 을씨년스럽기 짝이 없구나.'

　스승은 검을 버린 걸로 돼 있다. 다시 검을 쥘 일은 없다 말하며 오만하게 세속의 모든 유혹을 뿌리쳤다고. 자연 그가 베어버린 사내들은 연교가 아니라 설에게 당했다고 알려졌다. 설은 착오를 바로잡기 위해 입을 열었지만 그녀의 설명은 쉬이 통하지 않았다. 애초에 소문을 퍼뜨린 장본인이 바로 연교일지도 몰랐다.

　'성가시고 사소한 일에 마음 쓸 필요가 있느냐?'

　어차피 며칠 후면 떠날 몸이다. 팔목과 머리를 잃은 사내들 덕에 어떤 평판을 얻든 설에겐 큰 의미가 없었다.

　'아니다. 다른 객들이 자취를 감춘 것은 그 습격과 관련이 있을 게다.'

　설이 검을 휘둘렀다. 그래서 사람이 상했다. 설마 그 이유 하나로 꽁무니를 감출 식객뿐일 리 없다. 이름을 알리고 얼굴을 팔아 어떻게든 주인의 곁에 서려는 작자가 개미 떼처럼 몰린 객사였다. 아무도 남지 않았다면 다른 이유가 있을 터.

주인이 알고 계시리라.

주인의 명이 아니었다면 소 같고 말 같은 식객 기백 명이 두말없이 자리를 비웠을까. 어림없다. 설은 두 자루 검을 걸머지고 정화현후의 사저로 갔다.

"설."

드물게도 자리에 앉은 주인의 기분은 꽤 좋아 보였다. 설은 다섯 걸음 거리를 두고 허락을 구해 마주 앉았다. 시동이 내준 차에는 손을 대지 않았다. 찻잎이 빙글빙글 돌다 새카맣게 가라앉았다. 아무 냄새도 나지 않는, 기이한 차였다. 주인은 약을 한 포 차와 함께 삼켰다.

"설. 너 스승에 대해서는 좀 아느냐?"

제엽은 쾌활한 목소리로 불쑥 그렇게 물었다. 설은 텅 빈 객사와 연이은 자객에 대해 여쭐 기회를 놓쳤다. 제엽은 앳된 얼굴의 표정 없는 검호를 놀리듯 침묵을 즐겼다.

"백하화(白荷花)는 유가장의 쟁쟁한 문하 가운데서도 첫손에 꼽히는 고수였다. 네 스승의 돌아가신 모친 말이다."

아무것도 모르는 척 설은 주인의 말에 귀를 기울였다.

"부용검(芙蓉劍) 백하화라면 과연 쌍검에는 천부적이셨다시. 그분은 유운대(柳蕓薹) 나리의 두 번째 부인이셨으니, 유가장의 선대 가주인 유한채(柳寒菜) 나리에게는 서모(庶母)가 된다. 운대 나리께서 돌아가실 즈음 하화 마님은 갑자기 행적을 감추었는데, 슬픔을 못 이겨 몰래 떠났다고 전해지네만 실상은 야반도주에 가까운 것 같더군."

백하화는 유운대의 문하로, 당시 후계자였던 유한채와는 남매같이 자랐다. 한채의 모친, 그러니까 설에게는 조모(祖母)가 되는 문(文) 씨가 죽은 후 운대는 재주가 뛰어났던 하화를 두 번째 처로 삼았다고 한다. 그 해에 한채 역시 혼례를 치렀다. 설의 어미인 취란과 혼인하기 전, 약관에 맞아들인 처는 젊고 건강했지만 한채와는 별로 사이가 좋지 못했다.

하화와 운대의 혼인 생활도 길지 못해 겨우 두 해 만에 파경을 맞았다. 운대가 갑작스러운 병으로 숨을 거두고 하화가 종적을 감추었기 때문이다.


"알아본 바로는 부용검 백하화가 유가장에서 몰래 도망친 이듬해에 아들을 낳았는데…. 소천공자(素天公子)니 이검귀(二劍鬼)니 요란한 별명이 붙은 네 스승, 바로 그 사람이라 하더구나. 추측하건대 유복자를 잉태한 것을 알고는 혹 후계 싸움에 휘말려 자식을 잃을까 염려해 도주하지 않았겠느냐? 결국 오 년 남짓 도망 다니다 유가장의 천라지망(天羅地網)에 걸려 검을 받았다. 유가장의 새 가주가 된 양아들 한채 나리께서 친히 납셔서 서모였으며 나아가 존경스러운 사저(師姐)였던 하화 마님을 베신 게지."

제엽은 찻잔을 들어 올리며 설의 표정을 살폈다.

"필시 연교가 유가장에 원한을 품은 까닭은 그 때문이다."

설은 스승의 서신에서 하화라는 이름을 보았을 때 그 비슷한 내용을 미루어 짐작했기에 조금도 놀라지 않았다.

— 내 어미가 아비를 배신하였기 때문이다.

스승은 일찍이 그렇게 말했다. 죽은 지아비 곁을 떠나 자식을 기르는 것이 배신일 리 없다. 그러니.

"설, 놀랍지 않으냐? 네 스승에게는 저 유가장의 피가 흐르고 있는 게다. 내 보고받은 기록에도 남아 있느니라. 하화 마님이 믿을 만한 시종에게 보낸 서신에 '이 아이의 성은 유씨다' 하고 똑똑히 기록하셨으니."

유씨.

설의 눈가가 파르르 떨렸다.

— 내 어미가 아비를 저버렸다.

다만 후계자 싸움에 휘말릴 것을 저어하였다면 왜 지아비를 저버렸다 일컬었으랴.

'아마도 하화 할머님께서는….'

설은 감히 추측하였다.

— 마음이 썩어 무도(無道)하거니 베었다.

'황감한 일이지만, 아마도 하화 할머님께서는 다른 사내와 정을 통해 스승을 낳으셨으리라. 지아비가 아닌 엉뚱한 사내의 아이를 품었기에 모습을 감추셨고, 그것을 알게 된 양아들의 손에 그 목숨을 앗기고 마셨으리라.'

서모라고는 하나 한때나마 유가장의 여주인이었던 사람이 외도를 범했다면 사제(師弟)이자 양아들이며 동시에 가문의 수장인 아비로서는 그녀를 단죄할 수밖에 없었을 터다. 부정을 벌함이 패륜만은 아니었으리니.

'그러면 스승께는….'

설은 눈을 감고 호흡을 골랐다. 자꾸만 마음이 흐트러졌다.

'스승께는 유가의 피가 흐르지 않는다.'

스승이 백씨 여인과 다른 어느 사내의 소생이라 한다면. 부정을 저질러 얻은 자식이라면. 그렇다면 유씨와 옥씨의 딸인 유설련과는 전혀 피가 섞이지 않은 새빨간 남인 것이다.

"왜 웃느냐, 설."

제엽이 의아한 듯 물었다. 설은 저도 모르게 떠올랐던 미소를 거두어들이며 모르는 척 발을 뺐다.

"아닙니다. 다만 그러한 것은 소신과 관계가 없는 일인가 하여."

"호오. 관계가 없다? 네 스승이 아니냐."

"저는 하해와도 같은 사제의 은혜를 입은 몸이니, 스승의 옛 은원은 중하지 않습니다."

시치미를 떼는 설을 앞에 두고 제엽은 거무스름한 눈가를 누그러뜨리고는, 그녀의 어깨너머 허공으로 소리쳤다.

"기특한 제자를 두셔서 참으로 흡족하시겠구려."

주인의 말과 시선에 비로소 설은 일어나 물러섰다.

"현후께서 하실 일은 제 뒷조사가 아니실 터인데요."

연교는 닫힌 문을 등지고 서 있었다. 웃는 낯으로, 그는 번개처럼 날아들었다. 이른 아침의 선연한 볕이 창 반대편에 선 그의 옷자락에만 함빡 물들었던 양 걸음걸음 희었다. 시선은 물론이거니와 말도 인식도 그의 움직임을 미처 따라잡지 못했다. 마치 숨을 한 번 토해 내듯 손쉽게, 그는 훌쩍 걸어와 짧은 검을 꺼냈다. 그가 검을 꺼내는 순간을 설도 제엽도 볼 수 없었다. 검은 태초부터 거기 있었기나 한 것처럼 극히 자연스럽게 튀어나와 제엽의 목줄기에 가닿았다.

— 나를 베면 너는 비로소 한 사람 몫의 살수가 되리라.

설은 비명을 지르거나 당황하는 대신 제 검을 꺼내 스승의 검을 걸어냈다.

죽으려는가.

이 검에 베이려는가.

들끓는 춘정에 비길 만큼 격렬한 생사의 고비가 온몸의 근육을 팽팽하니 잡아당겼다.

— 베라. 거침없이, 서슴없이, 수라도(修羅道)에 떨어질지언정 결코 무도하지 않거니 그것이 검이다.

편경처럼 검이 울었다. 대려(大呂)로 시작해 곧장 임종(林鍾)으로 굴렀다가 신(神)을 떠나보내듯이 흘러가는 소리에 방 안은 가득 찼다가 급히 비었다. 제엽을 엄호하며 버티어 선 설과 눈을 맞추며 연교는 싱긋이 웃고 역시나 소리 없이 물러섰다.

연교는 쥐고 있던 검을 꽃가지처럼 가뿐하게 던졌다.

"이리도 충성스러운 아이인데 현후께서는 의심이 지나치신 것이 아니온지."

날아든 검이 난을 친 병풍에 가 박혔다. 그림 속의 쭉 뻗은 잎사귀 위로 핏자국이 번졌다. 그것을 신호 삼아 숨어 있던 사내 셋이 쏟아져 나왔다. 자객이었다.

'몰랐다.'

설은 충격을 받았다. 객사에서 신경을 곤두세우고 지내느라 정작 군주 앞에서는 마음을 놓았다. 마제엽이 자객들과 어떤 식으로든 연이 있으리라 추측하면서도 설 자신이 군주와 독대하는 상황에서 수를 꾸미리라고는 상상하지 못했다.

'내 무뎌졌구나.'

한탄하고,

'헛되이 군주를 믿었구나.'

설워했다. 그녀의 막연한 신뢰에 주인이 같은 온도로 응하지 않았음을 비로소 안 까닭이다.

"공자께서는 검을 버리시지 않았던가요?"

제엽이 습소(濕笑)*하자 연교는 태연히 한쪽 눈썹을 들어 올리며 왼고개를 쳤다.

"검은 버렸사오나 젓가락은 하나쯤 주워 쓰기도 합니다. 애제자가 출사하여 곤란을 겪는데 두고만 볼 수 없지요."

"애연(愛緣)이 깊으신 줄은 미처 몰랐습니다."

"아니, 저는 무도할지언정 무정(無情)하지 못한 몸인지라."

새물거리며 연교는 창백하게 질린 설을 몰아 주인의 면전에서 물러났다.

"설."

출사한 몸이니 그 부름에 답해야 마땅하였다. 설은 열린 문 앞에서 주인을 향해 고개를 숙였다.

"원망하느냐?"

"아닙니다."

"네가 아는 것은 나도 안다. 그러나 사람 마음은 알아도 다 아는 것이 아니니라. 반 시진 사이에도 열두 번쯤 바뀌는 것이 정(情)이고 염(念)이거늘."

"주인께 심려를 끼쳐 송구합니다."

"더 지체할 이유가 없으리."

"명에 고개 숙여 따를 뿐. 두 마음 없으니 두 말도 않겠나이다."

포권하여 주인의 명을 삼가 받들었다. 그녀는 사흘 후에 가겠다 하였다. 이제 겨우 이틀이 남았다. 그러나 주인은 그녀를 더 믿을 수 없다 말한다. 설은 제엽을 이해했다.


* 억지로 웃음

객사로 돌아오는 동안 연교는 말이 없었다. 거짓말처럼 고요한 뒷모습을 눈으로 좇으며 설은 아무것도 생각하지 않았다. 주인을 바라볼 때처럼 경계하지도 동정하지도 이해하지도 않았다. 그저 보았다. 쏟아붓는 눈송이를 향하듯 혹은 바람에 나부끼는 버들가지를 그리듯.

"아설."

스승이 부를 때 눈을 들어 그를 보았다. 누구보다도 낯익고 누구보다도 낯선 흰 얼굴 하나. 그는 만사에 그러했다. 그냥 거기 있었다. 유가장으로 날아들어 그녀의 세상을 뒤집어엎을 때에도 그러했듯 언제나 그는 몹시도 자연스럽게 그녀의 시야에 젖어 들었다.

반드시 거기 있어야만 하는 사람처럼.

마치, 하늘처럼.

"불초 제자여. 네가 몰래 사람을 풀어 네 어미의 행적을 밟을 때 네 군주가 그것을 몰랐겠느냐?"

군주의 식객은 삼천. 정화현의 당당한 영주이며 저 무토성의 태사 장 씨를 상대로 여러 영지의 맹주로 추앙받는 마제엽이 청맹과니도 아닐진대 설마하니 제 수하에 거둔 낭중 계집애 하나의 동태를 알지 못하랴.

설은 고개를 떨어뜨렸다. 부끄러운 일은 하지 않았다. 맡은 바 소임을 다하기 위해 말미를 얻어 서신을 보냈을 뿐이다. 그러나 그에 관해 주인께 사뢴 적은 없다. 사뢰자면 부득이하게도 설 자신의 출신에 대해 발설해야만 하기 때문이다. 연교는 말 없는 제자를 묵묵히 바라보다 나직하게 한숨을 쉬었다. 그녀의 수련이 벽에 부딪혀, 그녀가 침묵 속에 홀로 천애(天涯) 위를 거닐던 것을 그저 두고 지켜보던 시절처럼.

"그이는 의심을 하고 있다."

"압니다."

"어찌하려느냐. 너는 남에게서 피를 볼 인물이 못 된다."

"합니다. 해야만 합니다, 저는….”

"아설."

부름에 따르는 답을 기다리는 대신 연교는 설이 짊어진 검을 한 자루 꺼냈다. 그녀는 제 검이 스승의 손으로 옮아가는 것을 저지하기는커녕 눈치채지도 못했다.

"아설. 나를 베렴."

"그리는 못 합니다."

그 말도, 스승은 다시 들어줄 마음이 없어 보였다.

"내 목을 가져가라, 아설. 곧장 떠나면 네 주인의 의심을 더 받지 않아도 되리라. 자, 어서 베라. 네 어미에게 내 목을 가져가겠노라 연락하지 않았느냐? 어서."

"차마… 차마 못 합니다. 천덕사은(天德師恩)이라 하였거늘 스승께 제 어찌."

"네가 정 그렇다면."

연교는 웃으며 검날을 설의 목줄기에 바싹 가져다 댔다. 설은 숨을 삼켰다. 등 뒤는 회칠한 벽. 더 물러날 수는 없다. 물러날 자리가 설령 있었다 한들 백약산의 수천 길 산중에서도 스승의 눈을 피하지 못했던 몸이니 서분한살에 꿰인 날짐승처럼 이내 뚝 붙들리고 말 터였다.

"네가 아니 하겠다면 내가 너를 베겠다. 들어 알지 않으냐, 아설. 나는 유씨의 천생(賤生)이며 너는 내 원수의 딸이다."

압니다. 백약산에서 흔들거리는 불빛 아래 향모라는 침모(針母)

가 쓴 서신을 보았을 때부터 진작 알고 있었습니다. 하화 할머님의 존함을 유씨의 딸이었던 제가 어찌 모르겠습니까?

그러나 설은 그 말을 입에 올리지 못했다. 그녀는 말간 눈을 들어, 제 목을 당장이라도 벨 듯이 다가선 스승을 올려다보았다.

압니다.

과연 무엇을 안단 말인가?

모릅니다.

그녀는 알지 못했다. 그가 백하화의 소생임을 인지한 순간 제 마음에 일어난 풍파를 한 조각도 이해할 수 없었다.

'과연 무엇이란 말인가.'

백약산에서 스승과 제자로 지낸 마지막 겨우내 고민하고 또 고민했다. 무엇이었나, 이 그립도록 벅찬 감정은. 대관절 무엇이었던가. 겨우 열 살 먹은 계집애였던 유설련의 눈앞에 꽃잎처럼 날아내려 만하(晩夏)의 가장 서러운 햇살처럼 꽂히던 그의 모습을 한 번도 잊을 수가 없었는데. 긴 세월 그림자를 짙게 남긴 그 찰나의 벅찬 술렁임은 다만 피의 이끌림이었던가. 아니면 미지의 다른 어떤 것일 터인가.

손을 뻗으면 등을 감싸 안을 수 있을 만큼 가까운 거리에서 그녀는 설핏 웃었다. 연교의 기름한 눈이 휘둥그레졌다. 설은 꼭꼭 싸맨 제 옷깃을 늦추고 흰 목을 아낌없이 드러냈다. 반보 앞으로 상체를 세우자 여느 때처럼 생강나무꽃 향기가 그녀의 머릿속을 가득 채웠다.

가깝구나.

"나를 베라 했다. 아설, 검을 뽑아라."

"벨 수 없습니다. 등선하시라 말씀드렸건만."

“베지 않겠다면.”

“저를.”

사이를 가른 검이 없었다면 스승의 옷어깨에 어린 제자의 뺨이 닿았을 터다. 제 손으로 길을 들이고 기름을 먹여 닦아 낸 검날이 스승의 손에서 더욱 예기로워, 설은 양양하게 웃었다.

“저를 베십시오, 스승님.”

무엇이든 개의치 않는다.

설은 눈을 감았다. 죽어도 좋다. 그 마음의 기저에서 약동하는 맥박을 그녀는 헤아리지 않았다. 스승의 검 앞에서 눈을 감는 이 순간 자신이 유가장의 해묵은 사명을 이 사람에게 떠넘기는 것에 흡족하여 그리도 마음 기꺼운 것인가. 아니면.

“저는 팔 년 전의 그 여름날에 아비와 더불어 죽었어야 할 몸. 이제껏 누린 목숨은 어차피 스승님 것이 아닙니까?”

아니면.

목숨조차 아무래도 좋을 만큼 그의 검이 그저 사랑스러운 것인가.

✳

그것은 유설련이 국향모(菊香茅)의 서신을 훔쳐보고 오래지 않은 날이었다. 설의 신산한 마음처럼 검 끝도 보법도 혼란하기 그지없어 연교는 내내 엄한 표정으로 나무라는 말을 했다. 모처럼 날이 맑았나 싶더니 안개가 자욱하게 끼어 백약산의 무수한 봉우리들이 죄다 꿈속의 삼신산(三神山)인 양 아득하였다.

“아설, 별천지로구나. 저걸 좀 봐라.”

“호리병 속에 있는 것 같습니다.”

“그래. 참말 고요하다. 병 주인이 덮개를 닫아놓곤 우릴 영 잊으신

296

모양이지."

바람과 물과 세월이 파놓은 골짝마다 흰 용처럼 길고 음울한 숨을 토해 냈다. 설은 냉기에 어깨를 움츠렸다.

"추우냐?"

"네."

"수행이 부족해 그렇지. 더 뛰렴."

연교는 어린 제자의 등을 가볍게 두드렸다.

"아설, 저 제일 높은 봉우리를 누가 먼저 돌고 오는지 내기하자. 이기면 내 좋은 걸 주마."

며칠 전 하계(下界)에 다녀오면서 가져온 물건들을 말하는 모양이라고, 설은 지레짐작했다. 장난스럽게 웃는 스승을 곁눈질하며 이 사람이 개중 무얼 상이랍시고 내밀 요량인지 별스러운 호기심이 일기도 했다.

"합시다, 내기."

"요 며칠 동안 정신을 영 빼놓고 원숭이처럼 끙끙 앓더니 이제야 눈에 총기가 도는구나. 뭐 그리 탐나는 것이 있었더냐?"

"아, 아닙니다. 그저….

"그저?"

오히려 스승 쪽에서 호기심이 나는지 말꼬리를 잡고 빙글빙글 웃는다. 설은 슬그머니 시선을 피했다. 삐죽 솟아 구름을 홰홰 감고선 상상봉(上上峯) 앞으로 머리빗만 한 노을이 얼비쳤다.

"저 제일 높은 봉우리를 돌아오면 됩니까?"

"너, 말을 피하는구나?"

"감히 먼저 가겠습니다."

바람을 빌려 타듯 사뿐히 절하고 뛰어오르자 연교의 경쾌한 웃음소리가 뒤통수로 따라왔다. 하나로 묶어 대충 기른 머리카락이 등 뒤로 늘어졌다.

슬슬 잘라 낼까.

검을 뽑을 적이면 묶은 머리카락이 손등을 스치기도 하였다. 쪽에서 나와 더욱 푸른빛이란 스승 된 자의 숙원이기도 하련만 설은 제 자질이 아무래도 스승만큼은 아니리라 짐작하였다. 검을 쥐기 위해 태어난 자와 얼마간 수련을 쌓아 그럭저럭 검의 허락을 얻은 자 정도의 차이다. 스승의 검은 받아 낼수록 공고했고 틈을 노릴수록 완벽했다. 찰나의 방심이 치명상으로 이어지는 세계에서 스승은 어찌 그럴 수 있을까 싶을 만큼 한 치의 흔들림도 없었다.

하산할 때엔 머리를 자를까.

하산, 하는 말이 떠오르자 걸음이 잠시 흐트러졌다. 그 순간 발치의 눈이 뽀득 소리를 냈다. 지면에 디딘 걸음에 썩은 나뭇가지가 부러졌다. 등 뒤에는 바람이 긁고 지난 흔적뿐 어디에도 발자국이 없다. 마음이 어지러운데 어찌 걸음이 가벼울까. 설은 조소하며 숨을 골랐다. 그 순간까지도 그녀는 십 년을 채울 작정이었다. 스승을 이길 수는 없으리라만 열 해를 꼬박 곁에서 익히면 적의 안전으로 나아갈 기회 정도는 잡을 수준이 되리라 기대했다. 봉황당에 인장을 돌려놓는 걸로 생애를 끝낼 터였다.

죽든 살아남든 종래에 다를 바 없으리니.

가장 높은 봉우리를 돌아 돌아가려 할 때에 날카로운 것이 휙 날아들었다.

성실하게 수행해온 설의 육신은 그녀 자신의 시력과 청력과 인식을 뛰어넘어 먼저 움직였다. 그녀가 싸늘한 겨울바람을 베어 낼 듯 검을 내리쳤을 때 바싹 마른 나뭇가지 하나가 반 토막 나 떨어졌다.

"장난이 심하십니다."

"수행이란다."

스승은 기분이 좋아 보였다.

"날이 새겠다. 발이 느리구나."

"송구합니다."

"꼭 이길 듯이 굴더니 그새 흥이 식은 모양이지. 어린아이들은 어찌 그리 변덕이 심한가 모르겠다."

투덜거리며, 스승이 무얼 내밀었다.

붓도 먹도 쌈지나 새 신도 아니다.

검을 갈 숫돌이나 날을 닦을 기름도 아니고 검집을 튼튼하게 감을 끈도 아니다.

"네가 졌으니 그걸 주마."

깃꼴로 갈라진 초록색 잎 곁으로 누런 꽃이 자그맣게 벌었다. 산중이니 꽃이야 드물지 않건만 하필이면 엄동설한에 굴속 같은 안개 틈새에서 들꽃을 내미는 심사를 얼른 이해할 수가 없어, 설은 굳이 스승에게 되물었다.

"이게 무업니까?"

"설련화(雪蓮花). 밤이면 본디 잎을 닫는다. 이른 봄에나 필 것이 눈에 묻혔기에 그만 꺾었다."

아닌 게 아니라 자그마하긴 해도 꼭 연꽃처럼 생겼나. 소담한 꽃잎이 설 자신의 기분 탓인지 어째 파르르 떠는 것도 같다. 설련(雪蓮)이라는 제 본딧이름이 게서 온 줄을 알면서도 꽃을 제대로 들여다본 적은 없었다.

왜 이러한 때 내 이름을.

설의 표정이 어두워지자 연교는 그녀가 망연히 쥔 꽃을 도로 가져가더니 고개를 숙여 굳이 어린 제자와 눈을 맞추었다.

"그 꽃 싫어하는 줄 몰랐구나."

스승님은 제가 유씨의 딸이라는 걸 왜 이리 사무치게 하십니까?

설은 그리 묻고 싶었다. 백악산에 묻혀 연교의 제자로 마냥 살아갈 수는 없다. 그녀는 이룰 것이 있어 입산한 몸이다. 일생 몸부림 쳐도 어차피 어린 설이 아니라 유씨의 후계자 설련이다.

"네가 보기 싫으면 나만 실컷 봐야겠다."

연교의 차게 식은 손가락이 귓가를 스쳤다. 민가에서 까불며 산으로 들로 나물 따러 다니는 계집애들처럼 꽃을 귓가에 꽂은 설은 그 자리에 붙박여 섰다.

그렇구나. 나는 이 사람이….

"아설, 봄은 영영 오지 않을 것 같은데 꽃은 홀로 봄을 기다리는 구나. 그예 오지 않겠느냐?"

이 사람이 못 견디게 좋다.

"사은(師恩)이 가없으니 제 목숨이 다하여도 차마 갚을 길이 없을 줄로 압니다."

"아설?"

"스승님. 불초 설은 그만 하직하려 합니다. 삭비(數飛)*하심에 배움이 채 미치지 못하고 물러가니 참복함을 스스로 알아 감히 고개를 들지 못하나이다. 부디 보체를 진중하시어 큰 뜻을 이루소서."

두 자루 검을 엇갈려 쥐면 누구도 상대가 되지 못하니 그야말로 귀신의 솜씨라는 연교가 잠시나마 넋이 나간 것은, 그의 생을 통틀어 그때가 처음이었다. 설은 제 말을 마치고 재빨리 귓가의 설련화

---

* 어미 새가 새끼에게 나는 것을 거듭 가르친다는 뜻

를 뽑아내 연교에게 내밀었다. 연교는 그것을 받아 들 만큼 분별을 되찾지 못해 어린 강아지가 갑자기 짖어 대는 것에 놀란 어린아이 처럼 멍하니 서 있었다.

설은 열없이 손을 놓았다. 자연 꽃은 눈 위로 떨어졌다. 어지럽게 찍힌 발자국은 설 자신의 것뿐이어서 그녀는 몹시 부끄럽게 여겼다.

그 길로 유설련은 연교의 문하를 떠났다.

＊

"저는 팔 년 전의 그 여름날에 아비와 더불어 죽었어야 할 몸. 이 제껏 누린 목숨은 어차피 스승님 것이 아닙니까?"

마제엽이 백약산으로 서신을 띄워 스승을 청했다 들었을 때도 설 은 죄스럽게 여겼을지언정 만에 하나라도 연교가 그에 응하리라고 는 기대치 않았다. 그는 어느 왕후장상이 온갖 좋은 것을 짊어지고 와도 돌려보낸 사람이었다. 세속에는 더 미련이 없어 등선을 준비 하던 이가 이제 와 정화현후의 빈객으로 풍파에 발을 들일 리가 없 을 것 같았다.

그런데 그가 왔다.

잠시 하계에 다니러 가는 신선처럼 제대로 된 검 한 자루 없이 객 사에 나타나선 동백꽃을 떨구듯 사람의 목숨을 거두었다. 다시 뵙 자온 것이 스승의 손에 죽기 위해서였나 보다. 설은 눈을 감은 채 영원과도 같은 침묵 속에서 그리 생각하였다.

아니 올 성싶은데 남몰래 왔다 가버린 봄처럼 싱그럽고도 찬란하 였던 그 설련화 꽃빛이 떠올랐다.

'…하마 죽었나.'

설은 가만히 엿살폈다.

‘눈 뜨기를 기다려 숨을 끊어주시려는가?’

스승은 감히 마주할 수 없다는 양 시선을 설의 머리 위 허공에 두고 괴로운 듯 입술을 가로 다물고 계셨다. 왜 베지 않느냐 따져 묻듯 얌전히도 검 앞에 목을 늘어뜨린 설을 두고 그는 벽을 한 번 내리쳤다. 그녀의 목전에 놓였던 검이 섬광과 함께 기둥에 가 박혔다.

“나의 아설, 너는 어찌 나를 이리도 괴롭히느냐?”

연교는 돌아섰다.

“내 차라리 스스로 목을 베련다. 가져가 제자의 큰 뜻을 이루어라.”

“무, 슨 말씀을! 스승님!”

그를 이겨본 적이 없다. 그는 검을 들어 사람을 베기 위해 태어난 사람 같았다. 두 자루 검을 쥐고 한 발을 내디디면 이미 질풍처럼 만상을 휘감아 올려, 그에 대항하거나 증오를 품을 여유조차 상대에게 남기지 않았다. 설을 가르칠 때 그는 부러 아이의 눈높이에 맞추어 겨루어주었던 것이지 진심으로는 한 번도 다투지 않았다.

그러니 설이 무엇을 벨 작정으로 검을 뽑은 연교를 상대한 것은 사실상 그것이 처음이었다.

그녀는 스승 자신을 베고자 하는 스승을 저지하기 위해 한 자루 남은 검을 번개처럼 뽑아 들었다. 걷고, 다가서고, 날을 들이댔다. 그는 검으로써 죽고자 하였고 그녀는 검으로써 살리고자 하였다.

피가 흘렀다.

‘아아, 붉은 꽃가지.’

설은 기껍게 웃었다. 누구의 피인지는 중요하지 않았다. 설은 연교의 날을 맨손으로 잡았다.

“어리석은 것이!”

처음 그의 문하에 들었던 겨울날처럼 그가 놀라 제 피 묻은 검을 내던지는 것을 그리워 못 견딜 심정으로 눈에 담았다.

"어떻습니까, 스승님. 못난 설도 검으로써 능히 피를 낸다는 것을 아셨으니 이제 저를 보내주시렵니까?"

"어리석은 소리를 어디까지 하려느냐? 무참하구나, 아설. 쌍검을 익힌 자가 한 손만 가지고 기책을 이루겠다니."

"제 어미를 보셨지요."

"무슨 말을 하느냐?"

"들어주십시오, 스승님. 스승님께서 제 아비를 베고 은모래가 덮인 마당으로 걸어 나오셨을 때 제 어미는 눈물을 흘리고 계셨습니다."

설은 피 흐르는 한쪽 손을 무명천으로 감아 상처를 누르고 싱긋이 웃음을 물었다. 바로 어제 일처럼 모든 것이 선명하다. 눈꺼풀 안쪽에 불로 지져 찍어놓은 양 모든 것이, 그날의 빛과 그림자와 흩어진 핏자국 하나까지 죄다 그녀 안에 남았다.

"그때 말씀하셨지요."

— 내 복수를 위해 악귀라도 될까 하였거니 이제 예 남은 것이라고는 지아비를 잃고 우는 가엾은 부인네뿐이로구나.

"그러나 스승님. 그 말씀은 틀렸습니다."

"틀렸다?"

"그러합니다. 제 어미는 그저 당신의 팔자가 설워 우셨나이다."

어미도 아비도 정이 옅었다. 직박구리도 서로 고와 시저귀고 꽃도 바람이 살가워 잎을 흔들건만 인간의 부부 된 두 사람은 돌을 쪼아 만든 두 개의 비석보다도 매사 냉랭하였다. 나고 자라 본 것이 그뿐인지라 설은 여느 사람이란 매양 다 그런 줄로 알고 컸다.

— 그대의 씨를 받아 후계를 낳아 드렸습니다. 이로써 소첩의 책무는 다한 줄로 아옵니다.

어느 날엔가 옥취란은 설이 듣는 자리에서 그리 말하였고 유한채는 수양버들 춤추는 양을 바라보며 끝내 아내에게 대꾸조차 않았다. 결국 그 한채의 시신이 식기도 전에 취란은 딸을 팽개쳤다.

— 나는 이제 유씨에게 볼일이 없으니 내 길을 가련다. 너도 너 알아서 살아라.

돌이켜 보면 그녀가 제 피붙이인 설을 품에 힘껏 안았던 것은 연교가 유가장으로 날아들어 목숨이 경각에 달린 바로 그때뿐이었다. 봉황당 벽에 흩뿌려진 아비의 피가 지워지는 것보다도 어미의 낯에서 그늘이 걷히는 쪽이 더 빨랐다.

세상에 태어나 겨우 열 해 남짓 살았으면서도 설은 알았다.

'그렇구나. 어머님께서는 아버님도 나도 유가장도 죄 마음에 둔 적이 없으셨구나.'

서책이 누누이 부모의 사랑을 사모해야 한다 설파한다.

뭇사람들이 부모에게 받은 은혜를 칭송한다.

설은 오를 수 없는 삼호(三壺)나 발 담글 수 없는 요지(瑤池)를 배우듯 아주 막연하고 어렴풋하게만 부모의 자애를 이해했다. 그녀 자신의 부모는, 아무튼 절실한 애정 같은 것은 아예 타고 나질 못한 족속이었던 모양이라고. 아마 그런 부모에게서 난 유설련 자신도 꼭 그러하리라고, 그녀는 별 감흥도 없이 멋대로 단정을 내리고 살았다.

"…옥취란이라는 여인은 유한채라는 사내와 마찬가지로 사람을 품을 줄 모르는 이로구나. 애착을 품을 수 없는 이로구나. 저는 쭉 그리 믿었나이다. 그미에게 중한 것은 당신의 안위뿐이리라고. 그러하기에 스승님께서 날아내려 제집에 변고가 닥쳤을 때도 그미는 저를 품에 안아주셨던 겁니다.

304

'설련, 너는 유씨의 사람이다만 나는 아니란다.'

그런 뜻이었나이다. 스승님께서 검을 버리지 않으셨더라면 아마 제 어미가 딸인 저를 스승님의 검 아래로 떠미는 광경을 보셨을 터입니다. 그러고는 말씀하셨겠지요.

'이 아이가 마지막 남은 유씨의 피요. 나는 유씨가 아니니 그대의 원한과는 연이 없을 터, 가엾게 여겨 놓아주시오.'

라고 말입니다."

"아설, 네 아비가 정녕 사람을 품을 줄 모르는 이였겠느냐? 그이는 다만 너와 네 어미를 괴지 않았을 뿐이리라."

연교가 조소하였다. 설은 침착하게 고개를 끄덕였다.

"그럴지도 모릅니다. …제 어머니가 무토성으로 가셨다는 걸 저는 진작부터 알았습니다. 그때는 장 씨와는 막연히 동향이라 연줄을 댄 것으로만 여겼사옵니다만 기책을 일임받고 동향을 살핀 즉시 제가 오래도록 그미를 오해하였음을 깨달았나이다. 제 가계는 정이 옅지만 없는 것이 아니더이다. 아니…."

설은 제 말을 고쳐 이었다.

"아니, 정이 옅기는커녕 지독하더이다. 썩었더이다. 제 어미가 중히 여겨 마음에 품은 것은 당시 사공(司空)*이었으며 지금은 당당히 일국의 태사가 된 장 아무개 그 한 사람뿐이었습니다. 제 어미에게는 가문의 지고한 보물도, 죽어 넘어진 지아비도, 제 배에서 난 딸도, 아무튼 무엇 하나 귀하지 않았던 것입니다. 제왕의 증표라는 인장을 들어다 바친 바도 아첨하기 위해서가 아니라 연모하는 이에게 당연히 주어야 할 물건이라 여긴 덕이겠지요."

* 치수, 토목, 건축 등을 담당하는 고위직

그믐밤 훌쩍 열어 내다본 숲의 어둠처럼 아득한 눈에 제 눈을 맞추며 설은 웃었다. 본시 정이 옅은 가계다. 웃거나, 울거나, 화를 내거나 혹은 온기를 나누며 행복을 느낄 줄도 모르는 그런 족속들이다. 내내 그리 믿어 왔건만.

"제가 틀렸습니다. 제가, 어리고 어리석었습니다. 제 어머니 옥취란은 뉘보다도 정념이 깊은 여인이었더이다. 삼라(森羅)한 물물(物物)을 모다 내다 버리곤 사람 하나를 쭉 품었던 것이더이다. 그러니."

"아설, 네 어미가 어떤 정을 품었건 지금 네 가고자 하는 길에 무슨 상관이 있단 말이냐? 네 어미를 네가 오해했다 하여 네가 죽으러 가야 할 이유가 어디에 있느냐. 너는 내 목을 가져가야만 하느니."

"아니요. 스승님, 아직 사뢸 말씀이 남았나이다. 들어주사이다."

어미에게도 제법 사람의 정이 있던가?

신기하였다. 별스러운 일이라 여겼다. 아비에게 조금은 의리가 남아 연교의 목을 두루 수배했는가 추측하며 기이한 감상에 사로잡히기도 했다. 그러나 그녀가 처음부터 장등라를 연모하였음을 이해한 순간 설은 깨달았다. 연교의 목을 바란 것은 취란이 아니라 경금국의 태사인 장 씨 그 사람이라는 걸. 어떤 복잡한 정치적 수사를 위해서 그는 이검귀(二劍鬼)라는 고수의 목을 하나쯤 얻고자 하였고, 유가장의 주부(主婦)였던 취란이 그를 대신해 이름을 걸었을 따름이다. 강산이 변한다는 세월만큼 살을 부대끼며 지낸 옛 지아비도, 제 배 아파 낳아 걷고 뛰고 말하도록 기른 자식도, 취란의 연모를 꺼뜨리지 못했다.

"더 들어 무슨 의미가 있느냐, 아설. 나를 죽이지 아니할 이유가 진정 네게 있단 말이냐?"

그야 연모가 꺼지지 않을밖에.

설의 반듯한 눈매가 가늘어졌다. 속눈썹이 설련화의 젖은 잎처럼 떨며 호듯한 그림자를 떨어뜨렸다. 그 속에서 구슬 같은 두 눈이 한 번 시선을 흘렸다가 결의를 굳힌 듯 되돌아와 똑바로 연교를 직시하였다. 검을 익히고도 선녀처럼 가냘픈 등이 한 번 꼿꼿이 서자 다시 흔들리지 않았다.

"불초 제자에게도 그 어미의 피가 흐르고 있는가 합니다. 중한 것 하나 있으면 그로써 온 천지가 흡족하여 그 밖의 다른 것이 죄 부질없사온즉. 감히…."

어린 제자는 춤추듯 걸어 연교가 팽개친 검을 주워들었다. 어느 때보다도 소리 없고 경쾌한 걸음이었다. 그림 같이 옷자락이 팔랑이며 그녀의 걸음을 조금 뒤처져 따랐다. 설은 날에 묻은 피를 옷자락으로 훑고는 스승과 저 사이에 검을 세로로 내리꽂았다.

"설이, 감히 스승을 연모하였나이다."

연교는 말을 잃었다. 시작도 없고 끝도 없으며 무엇 하나 태어나거나 죽지 않은 막막한 영겁이 그를 둘러싼 양 아뜩하였다. 그의 새카만 눈에 비친 앳된 홍안이 서툴게 웃었다. 그녀는 말을 잃은 스승에게 언어로 세례를 주듯 조용히, 단호하게, 제 목소리를 쏟아 놓았다.

"사모의 염이 깊어 해야 할 일도 이뤄야 할 일도 매양 손이 가지 않고 눈이 흐려졌더나이다. 백악산 산중에 스승과 더불어 영영 그리 살아버릴까 몰래 꿈꾸고, 또 바랐나이다. 가문의 중한 사명도 그냥 두면 잊히리라 생각도 했습니다. 스승님께서는 이 제자를 모르십니다. 이 제자가 어미의 피를 타고난 몸인지라 이미 마음이 썩은 줄을, 그리하여 인간답게 생각하지 못함을 전혀 알지 못하십니다. 그러니."

"아설, 너는."

"그러니 더는 설득하려 마십시오. 당신 죽는 것을 제 어찌 보겠습

니까? 마음이 썩어 제게 남은 것이라곤 이 꽃가지처럼 흩어진 핏자
국과 한 자루의 검뿐이온즉… 여기에 두고 가겠나이다. 이미 인간
이 아니니 유가장의 딸로서 죽겠습니다. 살아 뜻을 이루십시오.”

아설.

연교는 겨우 불렀다.

나의 아설.

팔 년 동안 수십 수백 수천 번 그랬듯이 제 하나뿐인 제자를 불렀
다. 하나, 둘, 셋, 설은 속으로 숫자를 헤아렸다. 하나, 하면 날아올
라 결코 다시는 지상에 얽매이지 않을 듯이 양양하게 허공을 가로
지르며 둘, 하면 상대가 누구든 몇 명이든 휘황한 검이 뚝뚝. 셋, 하
면 아까운 머리가 동백꽃처럼 소리도 없이 져 내리니 그것이 바로
저 연교 나리라네… 노랫소리. 노래하는 소리.

그러나.

“부디 보체를 진중하소서.”

그러나 설에게는 아설, 하고 부르는 그 목소리만이 동백꽃처럼
떨어졌다.

동그스름한 귓바퀴로.

유일한 제왕에게 바친대도 그 이상 정중할 수 없을 만큼 천천히
고두(叩頭)하는 아리따운 몸뚱이 위로.

길지도 짧지도 않은 그녀의 전 생애가 단 한 번의 부름이 되어 이
냥 날아내렸다.

✳

유설련은 홀로 떠났다.

밤 깊어 자시(子時)가 지날 무렵 정화현후 마제엽은 흔들어 깨우

는 손길에 눈을 떴다. 타고난 체질이 약한 탓에 정신은 쉬이 돌아오지 않았지만 그도 온갖 음모가 소용돌이치는 정계에서 노회한 터라 금세 상황을 눈치챘다.

"자객인가?"

일대에서 가장 지위가 높은 자의 침실에 숨어들어 대담하게도 멱살을 잡고 일으켰던 장본인은, 그 말에 소리 없이 웃었다.

"그대 식의 표현을 빌자면 기책(奇策)이지."

"청한 손님이 더러운 수를 쓸 줄은 몰랐군그래. 누구의 사주냐?"

"사주 같은 건 아니 받아."

"검을 버렸다더니."

"하나 주웠지."

연교는 등잔에 불을 밝히며 잡고 있던 제엽의 옷자락을 놓아주었다. 제엽의 마른 몸이 무너지듯 침상에 흐트러졌다. 속도를 맞추어, 연교의 검이 그 옷어깨와 목 사이의 빈 곳을 찔렀다.

"주웠다?"

"주웠으니 써주는 것이 인지상정."

제엽은 눈만을 굴려 침상 옆쪽을 훑었다. 피 냄새가 난다 싶더니 그의 착각이 아니었다. 침실에 숨겨 두었던 호위들이 동강 나 나뒹굴고 있었다. 냉엄한 어둠 아니더라도 본딧모습은 짐작으로나 알아볼 만큼 참혹한 꼴이었다.

발치에 채던 것이 누구 몸뚱인가 보군.

제엽은 몸보다는 수십 배쯤 튼튼한 정신으로 그렇게 생각했다. 자기 자신을 제외한 인간의 죽음은 그에게 별로 대단한 일이 못 됐다. 남의 목숨 따위에 동요했더라면 애당초 서자에 약골로 태어난 그가 정화현의 후(侯) 자리까지 오를 수 없었을 터다.

"나를 죽이러 온 게 아니군?"

"주운 걸 쓰러 왔다니까. 말귀가 어둡네, 당신."

"쌍검의 달인이 주운 검 한 자루로 뭘 하겠다는 건가? 설을 뒤쫓아 가기라도 하려는가?"

"유가장의 자검술은 한 자루로 충분하지."

제엽은 그런대로 여유를 회복했다. 잘못 움직이면 쓱 목을 베일 상황이지만 적어도 눈앞의 남자에게는 살의가 없었다. 그렇다면 살 수 있다.

"유가장의 자검술? 야아… 연교 나리가 친히 기책을 행하러 가겠다, 이 말씀인가? 영광이구먼."

"사랑하는 제자를 죽게 둘 것 같아? 나는 무도한 놈이지만 무정하지는 않거든."

"나와는 다르군."

"썩어 빠졌다는 건 똑같아."

썩어 빠졌다. 그 말이 썩 유쾌하여 제엽은 웃었다. 연교는 웃지 않았다.

썩는 건 마음뿐이다. 육신은 흙으로 돌아가건만.

"그래서, 현후 나리. 당신을 위해 기책을 반드시 성공시켜 보이지. 대신 내 제자는 놓아줘."

정화현후 마제엽은 신기묘산을 행하는 인물을 자처하고 있다. 그가 천명을 받든 양 적의 죽음을 참언하고 그것이 정확히 맞아 들어가는 것. 그것이 그에게 명성을 가져다주었다. 자연 실상을 알고 보면 뒤로 검은 손을 써 암살을 행했을 뿐 이적(異蹟)도 고아한 예지(叡智)도 아니라는 사실은 극구 감추어야만 한다.

비밀을 지키려면 내막을 아는 이를 줄이는 것이 당연한 일. 제엽은 설을 살려둘 생각이 없었다. 일에 성공하든 실패하든 죽는다. 설은 어린아이가 아니다. 그녀는 주인이 자신에게 암살을 임무로 내리는 순간 제 처지가 결코 안락하지 못하리라는 사실을 알았다.

"약조하면 믿을 텐가?"

"어차피 당신이 추적을 붙일수록 덧없는 목숨만 스러질 뿐이야. 시체가 늘면 제아무리 아둑시니 같은 백성들이라도 무언가 눈치를 채고 말걸. 그건 당신도 바라는 바가 아니겠지."

"망혼일(亡魂日) 전에 태사를 죽여. 일을 완수한다면 설은 놓아주지. 당신에 대해서도 손 떼겠어."

"권좌에 앉은 치들은 혀가 두껍지만 손해 보는 일은 하지 않으리라 믿지."

침상에 박혔던 검을 뽑아내며 연교는 널브러진 시체들 사이를 가볍게 걸었다. 제엽은 구멍이 난 옷자락을 슬쩍 잡아당겨 보며 씁쓸하게 웃었다.

"과연, 깨끗한 솜씨로군. 제 손으로 멸문시킨 집안의 검법까지 익히셨을 줄은 몰랐어. 누구 문하에서 배웠나? 그 댁의 후계자는 설 하나뿐인 줄 알았는데."

연교는 조소하듯 입꼬리를 들어 올렸다.

"유가의 피를 이은 것은 그 아이만이 아니야."

그가 소리 없이 사라진 후 제엽은 몹시 천천히 일어나 친히 등불을 켰다. 늘 기척을 감추고 곁을 지키던 호위들은 본디 몇 명인지도 구분할 수 없을 몰골로 절명한 채였다. 여유로운 척 가장하였지만 어쩔 수 없이 긴장했던 몸이 풀리며 제엽은 도로 침상에 걸터앉았다.

정화현후의 높은 명성을 시기한 누군가가 자객을 보낸 거로 해둘까.

긴히 청하였던 연교가 제자와 더불어 주인의 목숨을 구원한 후 떠났다고, 그렇게 이야기를 꾸며볼까.

"셋, 하면 동백처럼 머리가 뚝뚝… 이던가. 허, 그것참."

반 치쯤 열린 문틈으로 달빛이 나무 그림자를 휘감아 안고 내려앉았다. 제엽은 눈을 감았다. 사람의 피와 살, 더는 흘러나올 수 없는 비명의 잔향이 어지러웠다. 그는 바깥을 내다보거나 아랫사람을 부르는 일을 단념하고 기대앉아 아침을 기다리기로 했다. 어차피 그 건물 안에 살아남은 생물이 그 자신뿐이리라는 것을, 보지 않고도 짐작할 수 있었기 때문이다.

＊

어머니는 백씨였다.

연교의 어머니는 보름달처럼 둥그런 얼굴에 눈빛이 형형했고 어지간한 사내들보다도 힘이 장사였으며, 집에 사내를 들이는 일 없이 늘 혼자였다.

그리고 어머니는 한곳에 오래 살지 않았다. 산기슭에서 밭을 일구다가 결실을 보기도 전에 부랴부랴 가산을 챙겨 어디 투전판 뒷방으로 숨어들기도 했고 장사치를 따라 현을 넘기도 했다. 연교는 그때 어렸으므로 자세한 사정은 알지 못했다. 그가 말을 배우기도 전부터, 아니 태어나지도 않았던 무렵부터 어머니는 도망치고 또 도망쳐야만 했으니까.

모자가 마지막으로 정착한 곳은 계수현(癸水縣)에 속한 작은 섬이었다. 반나절이면 해안선을 따라 한 바퀴를 다 돌 만큼 소박하고 이렇다 할 농토도 없는 마을. 삼십 대에 들었다고는 하나 몸이 날렵하고 아름다운 외모의 어머니는 꽤나 눈에 띌 수밖에 없었다.

왜 섬이었을까.

연교는 내내 그 의문을 품고 살았다. 섬은 도망칠 곳이 없다. 배를 타지 않으면 멀리 사라질 수가 없고 숨을 만한 자리도 마땅하지가 않다. 어느 모로 보나 도망치는 사람이 살 곳이 못 된다. 그걸 어머니가 몰랐을 리가 없는데 왜 하필 섬이었을까. 드넓은 경금국에서 차라리 천추강(千秋江)을 건너 현동(玄冬) 땅까지 넘어가거나 만춘산(萬春山) 어느 골짜기로 내려가 숨죽여 살았다면 적어도 도망치는 시늉이나마 더 해볼 수 있었을 텐데.

긴 시간이 흐른 후에, 그러니까 연교 자신이 두 자루 검을 휘두르며 홀로 백 명을 당해 내는 고수가 되었을 즈음 그는 문득 떠올렸다. 의문 그 자체야말로 어머니의 대답이 아니었을까, 하고.

도망칠 곳이 없다는 것.

도망칠 수 없다는 것.

바로 그런 장소로 스스로를 밀어 넣고 싶어서 어머니는 굳이 섬으로 갔던 것이리라고. 어머니는 실은, 죽고 싶었던 게 아닐까. 아니, 죽이러 오기를 바랐던 게 아닐까.

검을 익히며 연교는 이미 죽고 없는 어머니를 떠올렸다.

그것은 그가 다섯 살 때의 일이었다.

물맞이 섬이라고 불리는 그곳에 남자 하나가 찾아왔다.

워낙 손바닥만 한 섬인지라 어느 집 아궁이에 불이 언제 붙었고 지난밤엔 뭘 해 먹었는지 모두가 훤히 아는 곳이었다. 자연 외지인이 찾아오면 금세 소문이 났다. 연교는 다섯 살이었지만 섬 아이들이 대개 그러하듯 제 입성에 뭔가 보태려고 해안을 들쑤시며 거북손이니 모자반 따위를 찾아다녔다. 고사리손에 뭐라도 한 줌 쥐기 전엔 집에 가지 않을 작정이었다.

"너 집에 뉘 왔간?"

그리 물으며 중년 사내 하나가 뭘 내주었다. 연교는 주는 것을 덥석 받았다가 텅 빈 소라 껍데기인 것을 알고 성을 내며 휙 집어던졌다. 떨어진 소라 껍데기 주위로 물을 머금은 개흙이 부드럽게 부풀었다. 걷어붙인 맨발로 사내는 어린애를 놀린 게 재미나는지 낄낄 웃었다.

"찾아온 이가 뉘간? 너 아바이?"

"난 아부지 없어!"

연교는 잔뜩 골이 나서 목이 터져라 소리를 질렀다. 사내는 어머니에게 마음이 좀 있었던 것 같다. 연교는 그때 어려 그런 걸 알 턱이 없었지만 중년 사내로서는 마음에 둔 과부에게 젊고 훤칠한 남자가 불쑥 찾아왔으니 신경이 쓰였을 터다. 사내는 환심을 사려는 듯 속이 든 소라를 내밀었다. 연교는 뿌리치려다 머뭇머뭇 사내의 손과 그 친근한 척하는 붉은 얼굴을 번갈아 가며 쳐다보았다.

"냉큼 어마이 뵈러 가선 이바구를 좋이 허구."

그 뒤에 또 뭐라고 했다. 연교는 아니 들었다. 소라를 낚아채곤 이냥 집으로 달렸다. 바다 비린내가 폴폴 났다. 하긴 섬에선 어디서나 바다 냄새가 났다. 발을 잘 닦고 돌아오지 않으면 어머니가 싫은 낯을 지었던 것이 마당에 들어서서야 떠올라서, 그는 걸음을 늦췄다.

알량한 섬돌에 낯선 신이 두 짝 놓였다. 가지런히 놓이지 않아서 연교는 그것이 마음에 걸렸다. 소라를 쥔 채로 손을 쓱쓱 바짓단에 문질렀다. 손을 들여다보니 조그마한 손톱 밑에서 고운 모래알이 반짝거렸다. 연교는 킁킁 손 냄새를 맡았다. 소라 냄새.

"…왜 돌아가지 않겠다는 겁니까? 하화 누님."

억눌러 조곤조곤 대화하던 목소리가 갑자기 문지방을 넘었다. 모르는 남자다.

혹시 저 사람이.

연교는 저도 모르게 기대했다.

혹시 저 사람이 아버지일까?

어머니는 때로 연교의 머리를 감겨주며 ‘네 아비는 유가장의 가주니라’ 속삭이곤 했다. 비밀이라며 그 비밀을 지키기는커녕 의미를 미루어 짐작할 수도 없을 어린아이에게 자장가처럼 외고 또 외었다. 혼자선 감당하기 버거운 듯이.

네 아버지는.

“이제 네가 그 댁의 가장이지 않니? 난 네 서모로 그 집엘 돌아가 뻔뻔스레 지낼 만큼 무도하지 않다.”

“누님, 제가 누님을 얼마나 찾아 헤맸는지 모르십니까? 지난 다섯 해 동안 한시도 잊지 못했습니다.”

“큰 나리가 어떻게 돌아가셨는지 네 정녕 몰라 이러는 게야? 그건 내가….”

“죄는 제가 다 받습니다. 제가 받겠사오니 누님, 함께 돌아갑시다. 하화 누님!”

“나는 더 죄를 지을 수가 없다! 그러니 돌아….”

어머니가 벌떡 일어나 문을 벌컥 연 것과 연교가 떨어진 신을 바로 놓기 위해 섬돌에 다가선 것은 거의 동시였다. 연교는 어머니가 아니라 그 뒤를 따르던 남자와 눈이 마주쳤다. 네 아버지는 유가장의 주인이란다. 주문처럼 듣던 말이 일순 살아왔다. 연교는 남자의 신 한 짝을 손에 쥔 채 그의 눈동자가 당혹과, 경악과, 그리고 분노로 변이해 가는 광경을 지켜보았다.

“교(翹)야!”

어머니는 부르짖었다.

그러나 남자가 더 빨랐다. 그의 품에서 검이, 훗날 비로소 유씨의 자검이라 알게 된 바로 그 검이 번뜩였다. 폭풍 직전의 수면처럼 어지럽게, 천변만화하는 푸른 잎사귀처럼 무수히 반짝이는 은빛 달무리들이 어머니를 덮쳤다.

"더러운… 더러운 년!"

남자는 베고 또 베었다.

"배신하다니! 저버리다니! 어느 놈이냐, 어느 놈과 배가 맞았느냐?"

연교는 도망쳤다. 도망치려고 했다. 내려놓았던 소라를 밟은 것, 남자가 역신(疫神)처럼 절규하며 어머니의 이름을 부르던 것, 눈앞이 하얗게 명멸하던 것을 끝으로 연교의 시야가 멀어졌다.

깨어났을 때 그는 혼자였다. 겨우 다섯 살짜리 어린애에 불과한 그가 어째서 살아남은 것인지는 아무도 알지 못했다. 그 자신도 몰랐다. 마침 이웃들은 모조리 물질을 나간 터라 어머니의 죽음을 본 이는 없었고, 남자는 누구의 눈에도 띄지 않고 사라졌다. 마을 사람들 몇이 어머니의 참혹한 시신을 수습해주었다고 했다. 연교는 울지 않았다. 일어나 앉게 되자 어린 것이 기이하다 싶도록 조용히 절하고는 뭍으로 갔다.

스승을 찾아 백약산에 들고 무림에 몸을 맡기는 동안 세상은 마치 그가 나서기를 기다렸던 것처럼 자연스럽게 움직여주었다. 그는 어려움 없이 성장했다. 몸도 마음도 무수히 다쳤으나 아픈 줄 모르도록. 검날에 묻은 피를 일만 번쯤 떨어내고 제 몸의 상처를 일만 번쯤 돌보면서도 두려움을 모르도록, 그는 자랐다.

— 네 아비는 유가장의 가주란다.

어머니의 목소리는 희미해졌지만, 그 은밀한 목소리는 잊히지 않았다.

— 배신하다니!

어머니와 끈이 닿아 있던 침모를 만나 그녀가 선대 가주의 후처였다는 이야기를 들었을 때, 비로소 연교는 저간의 사정을 알게 됐다. 찾아온 남자가 누구였는지. 그가 왜 어머니를 베어버렸는지. 연교는 이해했고 그러므로 결의를 굳혔다.

무도하니 벤다. 그를 베는 것이 내 할 일이다.

손에 감겨 오는 칼자루의 감촉에 홀린 듯 검을 휘두르며 연교는 불현듯 생각했다.

'어머니를 죽인 그는 왜 나를 남겨두었을까.'

제정신이 아닌 상태로 섣불리 상황을 판단하고 그냥 물러간 것일 테지만 어쩌면 그는 무의식중에 연교를 살려준 것일지도 모른다.

죽이러 오도록.

놓을 수 없고 용서받을 수도 없는 정념에 몸을 태운 가련한 족속, 살아 마음이 썩어 들어갈 뿐 무엇 하나 의미를 더하지 못하는 그 무도한 목숨을 죽이러 오도록.

✳

전설이 있다.

한때는 세도하였던 아흔아홉 칸 저택에 이제는 다북쑥과 이끼만이 가득할 뿐 인적조차 없더라는 유가장의 전설. 일곱 제위를 더불어 모시며 번창하였던 시절의 수많은 영광과, 단숨에 무너질 때의 기괴하리만큼 유장한 오욕이 그럴듯한 이야깃거리가 되어 담과 좁은 길 사이를 넘나들던 끝에 간신히 남아 전하는 그런 전설이 있다.

어느 방 그늘에서 귀 밝은 이 묻기를, 유가장의 봉황당 잠긴 그 문을 열어보았는가 하고. 떠도는 것이 일이라는 상인들 사이에선지

글줄깨나 알아 가담항설(街談巷說)마저 남겨 전하는 문사들의 붓에 이끌려선지 이야기는 꼬리를 물고 퍼졌다. 호기심에 굳게 잠긴 사당 문을 열면 사직을 세우듯 거기 봉황인장이 신령한 생물처럼 놓여 계시더라고. 떠났던 곡절은 있는데 돌아온 곡절은 도통 아는 이가 없다더라고.

연유 없고 전할 수도 없는 곳에 진실을 감히 장담하는 이 없이 다만 이야기가 있다.


"⋯왜."

그 자리에서 모두가 같은 말을 입에 올렸다. 눈을 커다랗게 홉뜬 옥취란은 자신의 눈에 마지막으로 비친 것이 핏빛임을 믿지 못해 그리 물었고, 아니 어쩌면 그녀의 펄떡거리는 육신을 꿰뚫은 검이 날카롭고 재빨라서 의문에 젖었고, 채 말을 맺지 못한 채로 죽었다. 설은 울울창창한 숲 같은 창검이 제 몸 위를 옥벽(獄壁)처럼 뒤덮는 순간 날아올랐다. 궁궐의 천장은 겨울 하늘인 양하였다. 붉은 칠을 한 아흔아홉 개의 기둥이 그녀의 주위를 에워쌌다. 베고 또 베어도 끝이 없어, 설은 새빨간 한 개의 덩어리처럼 보였다. 피가 실로 개울을 이루었다.

왜.

설은 통증조차 느껴지지 않는 왼어깨를 늘어뜨렸다. 오른손을 들어 올려 불필요하리만큼 커다란 호를 그리며 검을 휘두르자, 이제 뭘 벨 수 없을 만큼 망가진 날에 남의 뼈가 와 부딪혔다. 설은 앞으로 걸었다. 퇴로를 걱정할 필요가 없어 삶이 하찮았다. 날갯죽지가 욱신거렸다. 날개가 돋는 양. 쏟아지는 피가 낱낱이 업보이고 어리석은 미련 덩어리기나 한 양. 그렇다면야 다음 순간 그녀는 훌훌 날아 고요한 저 구름 위로 갈 터였다.

"왜…."

발치에서 철벅 소리가 났다. 여자의 손가락이 발목을 휘어 감는 것을 알면서도 설련은 아래를 내려다보는 대신 떨치고 걸었다. 그녀를 낳아 기르고 어른 손가락이었다. 아버지가 죽던 날 어린 설을 품으로 끌어당기던 그 손가락이었다.

들끓는 정의 깊이에 때로 경탄하였다. 설은 어머니의 피 냄새를 맡았다. 얼마간은 그녀의 핏방울이 뒤섞여 같이 썩어갈 터였다. 한데 뒤엉켜, 누구도 분간할 수 없도록. 설은 거의 저 자신의 손과 들러붙은 양 느껴지는 검자루를 고쳐 쥐었다.

성벽조차 부는 바람을 멈추게 하지는 못한다.

수백 수천의 호위병도 그림자를 베어 낼 수는 없다.

"여유롭구나, 숨어든 쥐새끼여."

죽음을 예감하면서도 장등라는 사람의 장벽 뒤에서 실소하였다. 그를 베어 낸들 나라가 넘어지랴. 그가 죽은들 하늘이 무너지랴. 달라지는 것은 없다. 돈주머니를 틀어쥐고 옥좌 뒤에 숨을 사람이 자리를 바꿀 뿐. 검 한 자루 들고 피를 뒤집어쓴 자객 역시 살아서 용문을 나설 수는 없으리라.

"무엇을 바라 어리석은 역모에 발을 들여 죄를 짓느뇨?"

물음에도 설은 흔들리지 않았다. 여기서 죽는다. 그것이 또 어떻단 말인가. 그녀에게 목숨은 꽃 같은 것이었다. 스승이 한 번 검을 휘둘러 핏자국으로 만들어놓았던, 바로 그 꽃가지 하나에 다름 아니었다. 아직도 귓가에는 백약산 자락마다 사락사락 눈 쌓이던 소리마저 들려오건만. 팔 년. 설은 세월이 그녀에게 새겨놓은 훌륭한 솜씨로 걷고 베고 사람을 죽였다. 아낌없는 죽음이 그녀 자신의 목숨과 똑같이 값없어, 그녀는 호흡을 흐트러뜨리지도 않았다.

"불초 제자께서는 춤이라도 추고 계시는가?"

설은 왜, 하고 입술을 움직였다. 시야 저편을 물들이며, 기다리지 않았던 봄처럼, 하얀 옷자락이 날아드는 광경을 본 것만 같았다.

'어찌하여 낙원으로 아니 가십니까?'

왜.

그때 무토의 성벽 너머에서 모두가 왜, 하고 물었다. 시체 위에 시체가 쌓이고 불길이 치솟았다. 훗날 사람들은 그날 무토의 대궐을 집어삼킨 불길이 하도 거세서, 꼭 밤하늘을 억지로 불태워 낮이 잠간 되돌아온 것만 같았다고 입을 모을 것이다.

설이 눈을 깜박이는 사이 그녀의 스승은 단 한 자루의 검으로 수백 수천 개의 홍화를 피웠다. 그가 이름을 떨친 쌍검이 아니라, 봉황당에 쓰러뜨려 맥을 끊어버린 사람을 꼭 빼닮은, 가볍고도 날카로운 자검으로 다가서자 비로소 설은 입가를 일그러뜨려 감히 물었다.

"왜."

그러나 설에게는 대답이 필요치 않았다.

검을 쥐지 않은, 비어 있는 손으로 핏자국과 핏자국을 겹칠 수도 있을 터였다. 일렁이는 그림자들이 만 갈래로 찢어져 그녀에게 달려들었다. 그녀는 죽음을 디디고 서 있었다. 왕조의 거대한 시체 위에.

스승은 고요 속을 걷듯 비명 사이를 누비며 그녀에게 날아내렸다.

등을 마주 대자 피에 젖은 옷자락과 그 너머의 살갗으로부터 맥박이 천천히 그 속도를 맞추었다. 설은 긴, 어쩌면 그녀의 인생 전부 같을, 싸움을 시작했다.

— 내 죄가 많아 낙원으론 못 가겠더라.

전설이 있다.

자객 있어 뜻 품듯 검을 품고 무토의 구중궁궐로 날아들었다는, 그런 전설.

혹자는 태사의 목 베어 낸 후 기상이 드높은 그 자객이 형장의 이슬로 사라졌다 하고 혹자는 갈고 닦은 검술이 때를 얻지 못해 그저 태사의 어깨에 깊은 상처 하나만 남긴 채 도망쳤다더라 한다. 다른 누군가는 또 말하기를 자객이 사내가 아니었는데, 태사가 제 지위 높은 것을 믿고 하늘의 뜻을 우습게 여기니 일찍이 경금국 용좌에 봉황인장을 내리셨던 상제께서 지엄하게 내려보낸 원군(元君)이심에 틀림이 없다고. 천명을 받들어 신령한 잡상을 거느린 원군께서 벽력처럼 호통을 치자 그예 태사가 놀라 병을 얻었으니 이내 자리를 내놓고 물러앉으리라 한다. 모든 것은 하늘의 명부에 쓰인 그대로인즉 증거가 없는 곳에 그림자가, 그림자 스치고 가는 곳에 그저 전설이 있다.

들불처럼 일어나 무성하게 자라다 먼먼 어느 날엔가 방방곡곡 흔적만 남기고 꺼져버릴 전설, 한 번 검을 떨쳐 활짝 핀 동백꽃 가지처럼 지면에 허공에 마음에 시선에 생채기를 남길 그런 전설이,

있다.

＊

그때 설은 열네 살이었다.

열넷. 이칠이면 냉혹한 세간에선 청루(靑樓)의 어린 항아가 머리를 얹을 나이다. 알면서도 연교의 눈에 어린 제자는 그저 열 살 아이 그대로처럼 보였다. 지나치게 어두운 밤이면 깜박깜박 깨기도 하고 잠결에 흐느끼기도 한다. 저는 몰라서 어른처럼 구는 게 꽤나

귀여웠다. 다시 필 걸 알아도 지는 꽃이 아쉽듯 사람은 주위가 스산할 걸 모르지 않으면서도 작은 틈에 그만 곁을 내주고 만다. 연교는 자신이 어린아이 하나를 두고 살갑게 구는 꼴이 내심 우스우면서도 굳이 설에게서 거리를 두지는 않았다.

"아설, 일어나라."

그날 설은 연교와 겨루다 홱 팽개쳐져 눈구덩이에 처박혔다. 연교가 부러 아이를 더러 다치라고 그러는 것이 아니라, 그저 힘 조절을 매양 잘 해낼 수만은 없는 탓이었다. 하기야 사람을 죽일 검을 익히는데 저는 전연 아니 다치려고 들면 그것도 안 될 말이다. 제 손에서 제 몸에서 수없이 피를 봐야 적의 피도 볼 수 있다. 머리로는 알아도 아리잠직한 계집애가 널브러져 얼굴을 눈에 푹 파묻고 쭉 뻗은 것을 보면 가슴이 선연했다. 연교는 그럴 적마다 그냥 냉큼 가서 툭 털어 일으키곤 검이고 무어고 거두어버린 후 솜이불에 폭 감싸 방에 들여앉혀 놓을까 생각도 했다.

생각한 후에는 그런 걸 떠올린 자신이 또 우스워서 더욱 검을 바투 쥐었지만.

"아설, 죽었니?"

이번엔 좀 아팠나 보다. 연교는 어정어정 곁으로 다가가 꾸부정하니 허리를 굽혔다. 대답이 돌아오지 않았다.

"정말 죽었니?"

혼절이라도 했나 하여 곁에 앉아 볼을 쿡 찌르니 하르르 몸을 뒤집곤 누운 채로 눈을 반짝 떴다.

"안 죽었구먼."

야단을 쳐야 온당할 터인데 말짱한 것이 다행스럽고 그새 코가 새빨갛게 언 것이 또 귀여워서 히쭉 웃어버렸다. 털고 일어서려는

데 열네 살, 아직 다 자라지 못한 손을 뻗어 연교의 옷자락을 꾹 잡
고는 설이 말끄러미 치어다보았다.

"스승님. 왜 등선하지 아니 하시나요?"

등선할 작정이었다는 걸 어느 틈에 눈치챘을까.

연교는 저간의 며칠을 돌이켰다. 자릴 비운 새 누가 다녀갔을까.
그럴 만한 사람은 얼른 떠오르지 않았다. 그러면 세간을 뒤적이다
뭘 좀 보았을까. 그런 것에 눈썰미가 아주 빠른 아이도 못 된다. 그
러면 무얼까. 잘은 몰라도 이 어린 계집애가 표정 없는 얼굴로 슬그
머니 묻는다고 정녕 무감한 것이 아님을 익히 아는지라, 연교는 열
없이 또 웃고 말았다.

"등선하려 하셨지 않습니까?"

"그랬던 것도 같다. 사람이 매번 마음먹은 대로야 되겠느냐. 조석
으로 달라진다."

"세상을 등지려던 마음도 조석으로 바뀌겠습니까."

"암은, 바뀌지. 굳센 마음이야말로 쉽게 썩고 쉽게 여위느니."

"여전히 산에 은거하여 계시지 않습니까. 일전에 왔던 공(公)께서
일백 대의 수레를 내린다 하였어도 아니 가시었지요. 설이 다 들었
습니다."

왜 아니 가십니까?

무언으로 묻는 얼굴이 불안해 보이기도 하고 울 것 같기도 했다.
울 아이가 아니다. 알면서도 가끔 그러했다. 연교는 시선을 피했다.

"내 죄가 많아 낙원으론 못 가겠더라. 우리 어린 제자는 마음 두
지 마라."

"스승님, 그렇지만…."

"아설, 너 약조하지 않았니? 일을 이루려 하산할 적엔 내 목숨을

거두어주고 가기로. 나를 베고 간다 하여 너를 문하에 두었으니 잊지 마라."

"…네에."

어미의 목숨을 거둔 이를 죽이려고 검을 배웠다. 수행은 힘겨웠고 힘을 기르는 일은 지루하였으며 육신이 한시도 편안할 날이 없었다. 피를 흘리고 부딪치고 깨졌으며 비틀렸다. 베는 것은 찰나이건만 베려는 것은 장구하였다.

일곱 대 제위를 앙보(仰輔)하며 지켜온 봉황당의 문을 활짝 열어젖히고 당대의 가주를 뒤쫓았을 때, 연교는 처음으로 유한채의 얼굴을 마주하였다. 만남은 짧았다. 대화도 없이 그는 기껍게 검을 휘둘렀고 해야만 하는 일을 처리하듯 어렵지 않게 그 숨을 거두었다.

그때 연교는 그에게 명성을 가져다주었던 쌍검술을 쓰지 않았다.

연교는 자검을 행하였다.

그 의미하는 바를 한채는 마지막 순간 깨달았을지도 모른다. 그는 몸의 모든 구멍에서 피를 쏟으며 경련했다. 유가장의 젊은 가주의 그 죽어가는 얼굴은 어찌 보면 웃는 것도 같았고 혹은 화를 내는 것도 같았다. 이리 검을 휘둘러도 애송이가 얻을 만한 건 아무것도 없으리라, 하고 전배(前輩)다운 금언을 웅얼거린 것일 수도 있다.

어느 쪽이건 한채의 끝은 길지 않았다.

검을 겨룬 몇 합 되지 않는 시간보다도 짧았다. 피는 사방으로 흩어졌다. 연교는 제 검을 한채의 몸에 찔러 넣은 채 그가 축 늘어지는 내내 서 있었다. 그리고 피가 뚝뚝 듣는 그 날카로운 금속을 쥐고 지옥처럼 들끓는 태양 아래 정원을 가로질렀다.

유한채의 어린 딸과 눈이 마주쳤을 때 매미가 울었다. 연교는 검을 한 번 허공에 그어, 묻은 피를 떨어냈다. 새하얀 모래 위로 상흔처럼 번진 핏자국을 여자아이가 눈으로 좇았다. 아이의 뺨에서 맑은 물이 흘렀다.

천천히,

마치 영원이란 바로 그런 것인 양.

"악귀라도 될까 하였거니."

벨 수 없다.

불현듯 이는 마음이 후회는 아니었다  무도하여 이미 인간을 벗어난 자를 베는 데 한 점 망설임은 없었다. 그러나 그의 복수도 그의 인내도 그때 모두 끝이 났다.

연교는 검을 버리고 산에 들었다. 친모를 한때 모셨다 하여 이따금 왕래가 있던 침모를 다시 찾아가 가산을 정리해준 후 말리는 손길도 마다하며 홀로 떠나 초막을 지었다. 세상에 별 미련도 없어 그는 그만 낙원으로 가고자 마음먹었다. 낙원이 세상 너머 어딘가 있다면 대관절 그것이 어떤 곳이기에 기껍고도 영원히 살고 싶어질지 참으로 궁금하여서.

그는 비로소 한번 살아볼까 했다.

살고 싶어졌으면 했다.

그런 그에게 소녀가 찾아왔다. 새카만, 깊이를 알 수 없는 눈에 묘한 열기를 품고 그녀는 홀로 눈 덮인 산으로 그를 만나러 왔다.

이 아이에게 죽는 건가.

제가 그러했듯 이 아이가 장차 제 목숨을 끝내주려나 여겼다. 나쁘지 않지. 도리어 유쾌해지기까지 했기에 연교는 어린 유설련을 제자로 받아주었다.

네 해.

시간은 금세 흘렀다. 꽃이 피고 지고 바람이 불고 비가 내리더니 무성한 잎은 어김없이 죽어 떨어졌다. 네 번째로 눈이 덮인 기슭에서 연교는 기묘한 감정을 자각했다.

이 아이에게 죽는 것을 기다려 나는 살아왔던가.

아니면 그저 이 아이가 사랑스러워 목숨마저 아무래도 좋은 것인가.

"아설, 안 죽었으면 냉큼 일어나지 않고."

"일어… 납니다."

"다 자란 망아지만 한 것이 어리광을 부리려느냐?"

"안 부립니다. 일어납니다, 두고 보십시오."

"어련하겠니."

연교는 이를 악물고 허둥거리는 어린것을 두고 키득키득 웃었다. 눈 덮인 저편 나무뿌리가 드러난 곳에 파닥거리는 새 비슷한 무엇이 보였다. 연교는 샛노란 그것에 시선을 고정했다. 뿌옇게 번졌다가 이윽고 선명해진 시야에 시리도록 선명한 색의 설련화가 피어 있었다.

연꽃을 빼닮은, 작고 강인한, 숨죽여 피는 그 꽃에 심장이 뛰었다.

멈춰 있지 않은 것은 죽게 마련이다.

살아 있는 모든 것은 썩게 마련이다.

생생한, 끔찍하도록 생생한 이 열기에 마음은 썩어버리겠거니.

"자, 아설. 손잡아주마."

"죄송합니다."

"밤새 누워 있을 모양이니 별수 없지 않니. 눈이 또 내리면 폭 덮여 찾지도 못할라."

"덮이도록 누워 있지 않습니다. 두면 금세 일어납니다."

"어린 것이 말만 앞서는구나."

바라보는 시선이, 부르는 목소리가, 닿는 손길이 매일 죄로 쌓이리니, 이 마음이 썩어 육신을 버리지 못하겠구나.

그러나 나의 아설.

'그러나 나의 아설. 네가 내 낙원이로다.'


또, 전설이 있다.

계수현의 어디인지 무토성 앞의 견고한 망루인지 정화현의 당당한 성가퀴 위거나 그것도 아니면 만춘(萬春)과 천추(千秋)의 먼 땅, 현동(玄冬)이라 이름 붙은 새외(塞外) 어디의 얼어붙은 벌판을, 길도 아닌 땅에 두 사람이 걷더라 한다.

계집 하나 그 곁에 사내 하나.

한 손에 다른 한 손을 겹쳐 쥐고, 남은 손에는 아무것도 없이, 그림자를 밟으며, 산 것인지 죽은 것인지 모를 걸음으로 산 것도 죽은 것도 아닌 온갖 무거운 만상(萬象)을 등지고.

어쩌면 태어나지도 않았던 헛된 목숨인 양 걸어서 갔다고도 한다.

세상에 없을 낙원까지.

# [외전 1]

## 일화(逸話) - 독법(讀法)

— 검은 흔적이니라.

눈을 감고, 설은 스승의 목소리를 떠올렸다.

— 검이 곧 그 사람이고, 그 사람이 고스란히 검이다.

눈을 뜨고, 설은 스승을 흉내 내듯 발끝을 앞으로 밀어냈다. 빛을 쫓는 그림자보다도 빠르게, 버들잎 끝을 스치는 봄바람보다도 가볍게, 그녀의 젊은 육신이 여러 장을 뛰어넘었다. 소리도 없이 번져 나간 검광(劍光)이 채 스러지기도 전에 설은 사뿐 내려앉았고, 그녀의 그림자 위로 거대한 몸뚱어리가 요란하게도 무너졌다.

아설, 검이란 그걸 쥔 사람 그 자체란다.

칼날이 상하는 속도, 방식, 녹이 슬거나 덜 닦인 흔적, 환도막이로 미끄러지는 핏방울, 발끝을 움직이는 버릇, 호흡에서 느껴지는 냄새, 맥이 뛰는 속도. 사람이 검을 일만 번 휘두르는 동안 그의 검은 그를 닮는다. 사람이 숨을 일만 번 쉬는 동안 그의 체형은 자연 그 삶을 닮는다.

"내가 졌다."

무릎을 꿇은 사람의 선언과 함께 함성이 터졌다.

홍안의 미인이 매서운 솜씨를 지녔다며 희롱 반 칭찬 반 섞어 지분거리던 소리가 뚝 끊겼고 날아드는 시선이 날카로워지기 시작했다.

백약산을 등진 지 열닷새.

설은 초조했다. 뜻한바 길은 명확하건만 유설련이라는 계집애는 스승 문하로 들기 전이나 후나 여전히 보잘것없어, 도무지 봉황인장을 찾을 길이 오리무중이었다. 그녀는 하산하여 그럭저럭 규모가 큰 저자로 들자마자 걸어오는 시비를 마다하지 않고 닥치는 대로 싸웠다. 강을 건너다가도 뱃삯을 갈취하는 불량배를 손봐주는가 하면 산적들과도 무모하기 짝이 없는 난투극을 벌였으며 시장이 서는 곳마다 들끓게 마련인 자칭 고수들과 검을 겨루기도 했다.

그녀는 검을 뽑으라는 말 앞에 절대로 웃거나 물러나지 않았다.

사양하는 법도 없었다.

죽이지 않는다 한들 피까지 두려울 리야.

그렇게 열닷새. 정화현 경계를 넘자마자 객점에서 만난 사내들과 다짜고짜 한바탕 벌인 설은 그녀의 검술과 마찬가지로 가볍게 주위를 둘러보았다.

"제게 더 용건이 남은 분 계시온지요?"

그 말에 뜨뜻미지근한 공기 가운데 불온한 기운이 감돌았다. 거리를 재는 눈길. 힘의 우위를 가늠하며 주먹을 고쳐 쥐는 손길. 승리의 영광과 패배의 수치심을 가정하는 마음길. 검 아니라 그저 매 순간이 실은 형태를 쌓아 올려가는 과정이었다. 설은 그 자리를 떠났다. 그녀의 그림자가 거두어진 자리에는 아무런 발자취도 남지 않았다. 깃털을 디뎌도 그 결이 상하지 않는 것이 고수라고 했다. 하얀 눈밭을 질주해도 거품 같은 눈송이 하나 튀어 오르지 않아야만 보법을 논할 만하다 하였다.

남기지 않아야 하는 것은 발자취만이 아니다. 종내에는 상대에게 공포와 오뇌를 읽히지 않아야만, 겨우 힘을 겨루며 피로 밥을 먹고 살 수 있을 터였다.

— 아설, 검이 무디구나. 무잇에 헛눈을 팔고 있느냐?

목소리가 들려오는 것 같을 때마다 설은 잠시 멈추어 서곤 했다.

골똘히 자기 자신의 조각난 상념을 긁어모아 그 끝을 반추하노라면 앞으로 나아가야 마땅할 걸음이 자꾸만 뒤로 이끌렸다. 고개를 돌려 멀리 구름에 싸인, 이제는 보이지도 않을 백약산을 향할 때 그녀의 검은 더 이상 예기롭지 못하였다.

— 망설이면 멈추고, 두려워하면 미끄러지느니.

그러면 스승님, 돌아보면 어찌 됩니까?

설은 자기 안에 남은 스승의 그림자에게 물었다.

— 돌아보면 미련이 남고, 미련이 남으면.

스승의 검이 물 흐르듯 움직여 어린 설을 겨누었다. 과거의 핏자국이 몇 번이고 반복해 날을 타고 떨어지는 것만 같았다. 발자취 남지 않는 고수도 그림자는 피하지 못하는 법이었다. 설은 눈을 깜박였다. 그 짙은 그림자.

"미련이 남으면."

발검하여 등 뒤를 베어 내는 데까지 그야말로 찰나의 시간밖에 들지 않았다. 설은 뒤를 밟아 기습을 감행한 적이 그녀의 모든 과거 그 자체인 양 떨구어 내고는 날아오를 듯 도약하였다.

사람은 비상하건만 그림자는 아래로 아래로 짙게 떨어졌다.

그 짙은, 그림자.
핏자국 같은.
발자국 같은.
'미련 같은.'

✳

정화현후 마제엽에게 출사한 후, 설은 이따금 그의 명을 받들어 여자들을 호위하곤 했다.

마제엽이 설을 거둔 진의야 따로 있었겠지만 그 뜻을 들키지 않기 위해서라도 그는 설을 어딘가에 '써야' 하였기 때문이다. 연교의 수제자라는 유명세 덕에 설은 시선을 모았고, 제엽의 객 중에서도 극히 드문 여성이었기에 수요는 충분했다.

설은 지체 높은 마님을 호위하거나 나들이에 따라붙는 일에 자주 불려 갔다.

말 많은 이들은 제엽이 방을 꾸미는 귀한 가구를 사들이거나 정원에 옮겨 심을 꽃나무를 구하듯 설을 거두었다고 떠들었다.

설은 개의치 않았고, 제엽은 그러한 소문을 원했다.

"당신은 좋겠네요."

그렇게 말한 것은, 멀리서 정화현으로 시집을 온 젊은 여자였다. 설은 자신보다 몇 살쯤 위로 보이는 그 귀한 마님에게 공손히 고개를 숙였다. 여자는 쥘부채를 팔락거리다가 그것을 설의 가슴팍으로 쏙 내밀고, 꽤나 고압적인 태도로 말했다.

"들었어요? 당신은 참 좋겠다고 하잖아요. 누굴 베어 죽일 때조차 요만큼도 망설이지 않겠죠? 그거 얼마나 좋을까."

"황공한 말씀이오나 저는 사람을 죽이지 않습니다."

"어머, 당신 고수라면서요? 고수면서 사람을 죽이지도 않는다니, 그러면 어떻게 이기죠?"

"상대가 이길 수 없다고 납득하게 만듭니다."

여자는 쥘부채를 거두어들여 통통한 뺨을 가리고는 지그시 설을 바라보았다.

"흐응. 그래요? 그거참 대단하군요, 과연 고수네요. 꼭 우리 아버지 같지 뭐야?"

설은 여자의 부친이 이름난 고수인가 하여 잠시 고민했지만 그것을 눈치챘던지 여자가 까르르 웃음을 터뜨렸다.

"우리 아버지는 검 같은 거 안 써요. 바보 같긴! 하지만 우리 아버진 고수예요. 뭘 어떻게 해도 도리가 없다는 걸 내가 인정하게 만들거든요. 언제나 그랬죠. 그래서 나도 시집을 온 거예요. 우리 아버진 고수고, 나는 하수니까."

누구나 멋대로 설에게 자기 자신을 투영하거나 자기가 아는 누군가를 빗댔다. 설은 익숙하게 입가를 비틀어 웃어 보였다. 여자는 한참이나 설을 붙들고 자기 살아온 이야기를 털어놓았다. 망설임에 관해. 단념하는 일의 괴로움에 관해. 언제나 과거에 붙들려 그 그림자를 질질 끌고 살아가는 법에 관해.

"지, 그러니 고수께서는 나를 위해 그 대단한 검술을 보여줘요."

마지막은 항상 그랬다.

위험하지 않은 나들이는 옛날로 옛날로만 돌아갔고 그녀들은 대개 가상의 무언가를 베어 내기 위해서인 양 설에게 그리 명하였다. 베라, 고. 과연 무엇을? 설은 묻지 않았다. 그녀는 허공을 베었다. 발자취 남지 않는 걸음으로 바람만을 베었다.

뻗어나간 검등 너머로 여자들의 시선이 똑바로 날아와 설에게 박히는 순간이면, 설은 모든 것을 잊었다.

생각하면 안 된다.

생각하면 들키고 만다.

검을 쓰는 일은 모든 것을 떠들어 대는 일. 걸음에서 망설임을, 시선에서 혼란을, 발검에서 두려움을 읽어 내는 일.

'이 검에서도 보일까?'

설은 검을 거두어들이며 시선을 떨어뜨렸다.

'이 검에서도 보일까? 내 감정이.'

망설임이.

채 누르지 못한 못난 연심이.

'…연심일 리가.'

무릎을 짚고 고개를 떨어뜨리자 가쁜 호흡에 묻어 땀방울이 코끝으로 굴렀다. 심장이 요란하게 뛰었다. 발아래가 묵직하여, 그녀는 흰 모래 위로 깊이 찍힌 자신의 발자국에 붙들리듯 내려앉았다.

'연심일 리가. 감히 그리도 아름다운 이름일 리가.'

수치심이 그녀의 평정을 깨뜨렸다. 설은 고개를 들어 간신히 자신이 지켜야 할 여자를 시선에 넣었다. 여자는 아무것도 눈치채지 못한 듯 웃었다.

"대단하군요. 설이라고 했죠?"

"네."

"설, 역시 누구 하나 죽여주지 않을래요?"

"참으로 죄송한 말씀이오나 저는 사람을 죽이지 않습니다."

설은 여자의 가벼운 말에도 틈을 주지 않고 즉시 답했다.

"아쉬워라. 홀로 미망을 벗어나 자유로우시니 이 가엾은 중생을 위해 하나쯤 죽여주면 좋을 텐데."

"저도 미망에서 영 벗어나지 못한 중생에 불과합니다."

"정말로 아쉽네요. 죽어버리면 더는 그리워하거나 뒤를 돌아보지도 않을 거 같은데."

여자는 방긋방긋 환하게 웃었다.

"설. 당신을 오늘 꼭 내 나들이에 붙여달라고 조른 건 나예요. 현후께서는 관대하셔서 내 남편의 고집을 들어주셨지요."

"사람을 죽여달라고 부탁하시려고요?"

"당신은 못 죽인다면서요."

"안 죽입니다."

"어때요. 역시 죽여버리면 더는 찾게 되지 않을 것 같아요?"

여자는 하얀 모래가 깔린 강변 너머 반짝거리는 수면을 바라보았다. 그녀의 눈을 스치는 온갖 감정들을 설은 모르지 않았다. 시선은 언제나 너무나 많은 것을 떠들어 댔다. 설은 그녀와 같은 방향으로 서서 눈부신 여울과 물안개 낀 저편, 먼 땅을 응시했다.

그 너머. 더 너머. 멀고 먼 골짜기에 아득한 전설처럼 쏟아지던 눈송이를 떠올렸다.

─돌아보면 미련이 남고, 미련이 남으면.

스승은 알았을까.

스승은 그녀의 겁에서 읽었을까.

한 번이라도, 한순간이라도, 그는 유설련 자신조차 다 알지 못할 감정들을 이해하였을까.

"마님. 사람이 죽으면 별이 된다지 않습니까?"

설은 말했다.

"그러니 죽여버리고 나면 가버린 사람이 저 별 어딘가 하나에 계시겠거니 하겠지요. 수억 개 별 무더기로 마음이 흩어져 내내 찾아 헤매게 되겠지요.”

그러고도 미련이라는 것이 남아, 마음 가장 깊은 곳에 찰랑찰랑 차오르는 것이다.

“마님. 저는 사람을 아니 죽입니다. 벨 것이 없으니 마님을 고이 댁으로 모셔드리고 돌아가겠습니다.”

“사람이 아니면 벨 수 있겠지요?”

여자는 돌아서는 설의 옷자락을 잡고 자기 소매를 훌훌 걷었다. 검을 쥐면 툭 부러질 것처럼 가냘픈 손목에 마찬가지로 가느다란 옥팔찌를 찼다. 여자는 손목을 꼭 죄게 맞춤한 그 팔찌를 가리켰다.

“이걸 베도록 해요. 이 고장 제일가는 고수시라니 설마 못 하지 않겠지.”

설은 팔찌를 물끄러미 내려다보다 여자가 마음 준비할 새도 주지 않고 단숨에 베어 냈다. 여자는 설이 검을 꺼내는 것조차 눈치채지 못했다. 단단히 죄었던 보물이 동강 나 떨어지자 그 자리에는 단사 자리* 같은 발그스름한 흔적이 남았다.

아아, 붉은 꽃가지!

외치는 이는 없었다. 여자는 망연히 섰고 설은 물러났다.

“이 마음은. 이 마음은….”

여자는 동강 난 팔찌 앞에 주저앉았다. 그러나 울지 않았다. 말을 마치지도 않았다. 그 마음이 무엇인지 어디로 갔는지 아니 과연 떠나보낼 수나 있는지 그녀도 알지 못했기 때문이었다.

— 돌아보면 그저 미련이고 미련이 남으면 기어이.

‘채 누르지 못한 연심.’


* 오랏줄에 묶였던 자국

감히 연심일 리가.

설은 고개를 젓고 힘껏 백사장에 발자국을 찍었다.

'그리 고운 것이 아니라 다만 미련이 남아, 기어이 썩어 버린 무엇이리라.'

사람이 날아오르지 못하고 기꺼이 그림자를 향해 돌아설 때에 썩어 버린 마음일랑 하 달콤하고 간혹 애절하여 걸음걸음 흔적을 남기기도 하거니와, 설은 나락으로 온 몸을 던지고 싶었다.

발자국 하나가 버거워 무너지고 싶었다.

# [외전 2]

## 삽화(挿話) – 무간(無間)에서

세상은 그저 지옥이거니.

들끓는 초열지옥을 지나 겨울이 오면 무자비한 그 눈 아래 팔한지옥이 펼쳐질 뿐. 사느니 어디든 무간지옥이어서 연교는 두 자루 검을 떨쳐 버릴 때 한 점 거리낌이 없었다. 죽는 것이 사는 것과 다르지 않으니, 흡사 꽃 지는 것이 눈 내리는 것과 닮은 바와 같았다.

닭출한 살림을 정리하고 백약산에 들 적에 그는 이 무간(無間)에서 저 무간으로 넘어가누나, 하고 웃었다. 사이가 없는데 세상 모든 곳이 틈새이니 어찌 된 노릇인지 몰랐다. 어머니가 죽어 쓰러졌을 때 그의 나이 다섯 살. 맨발이 백수십 번 불어 터지고 온몸이 상처로 뒤덮여 살 돋는 것이 거지 반 새로 태어나는 것같이 하고 나니, 비로소 천하에 대적할 이 없었다. 그때 연교의 나이 겨우 약관.

‘낙원으로 가보리라.’

지옥이 아닌 곳으로. 천상으로. 낙토로. 과연 그러한 것 어딘가 존재하기나 할까 비웃으며, 그는 훌훌 털고 산에 들었다. 시해선(尸解仙)이라던가. 진세(塵世)의 육신 벗고 마치 죽은 듯 보이나 실은 선계에 오른 것이라는 신선이.

그의 몇 안 되는 벗들은 은거하는 그를 붙잡고 물었다.

“이보게, 소천공자. 자네 아예 죽겠다는 겐가?”

죽은 것처럼 보이는 신선이란 과연 속세에선 죽은 것 그대로 겠다.

연교는 그때도 웃었다. 이검귀(二劍鬼)로 불릴 적에 비산하는 피와 살점 사이에서도 웃던 그대로.

“가게 두게나. 지옥에서 태어나 지옥을 거닐며 살았으니 죽어서라도 낙원을 밟아봐야 할 것 아닌가.”

농을 던지는 사람도 있었다.

그도 꽤 그럴 법했다. 지옥에서 태어나 지옥을 노닐고, 겨우 스무 해 만에 세속을 등지는 것이다. 이까짓 세상이야 별거 아니라며 죄 벗어 던지고 낙원으로.

억겁의 업보처럼 쌓이는 눈 덕분에 나이 든 나무들조차 하나둘 비명을 지르며 쓰러지던 겨울, 연교는 불빛 하나 없이 맨몸으로 찾아든 소녀를 다시 만났다. 어리고, 희고, 부드러운 손가락이 새파랗게 얼어붙은 채 서슴없이 검을 쥐었다.

“복수를 하러 왔나?”

그가 물었다.

“검을 배우러 왔습니다.”

어린 것이 검을 들어 제 팔을 찔렀을 때 그는 그가 다시 한번 낙원을 등졌음을 깨달았다. 그는 때로 죽고 싶었다. 그러나 언제나 살기를 택했다. 살아 지옥을 걸었다. 검이 살갗을 스치고 검이 피를 마시고 무게가 느껴지지 않는 그 발걸음 아래 그림자조차 썩어 문드러지는 생애를. 그는 지쳐 잠든 어린애를 껴안았다. 우는 대신 피를 흘리는, 가엾은, 진탕에서 살아야 할 계집애는 무서우리만큼 아름다웠다.

'지옥이다.'

팔 년.

그는 일만 번 각오를 고쳤다. 매일 그는 죽어서는 안 되었고 매일 그는 죽고 싶었다. 그를 지옥에서 꺼내기 위해 그녀는 그의 눈앞에 나타난 것 같기도 했다. 따지고 보면 시해선(尸解仙) 중에는 확실히 '검에 찔리는' 방법으로 세속을 떠난 이도 있었다.

하나 그녀는 그를 놓지 않았다.

그녀는 그를 두고 홀로 산을 내려갔고, 그는 그녀를 쫓아 다시 저 홍진에 발을 디뎠다. 지옥에서 지옥으로. 틈새 없어 영겁을 타오르는 무간으로.

그러나,

그럼에도,

그리하여,

'나의 아설.'

들어보렴, 나의 아설.

지옥에서 또 다른 지옥으로 걸어 들어간들 무에 어떻단 말이더냐? 날 때부터 지옥이었거니 사는 내내 지옥이었더라. 그리하여 닿을 리 없는 낙원까지 피 흘리며 가매 지옥만이 영원하단들 그 또한 어떻겠느냐?

때때로 그는 생각했다.

손을 뻗어 꺾지 못할지언정 저 눈부신 꽃이 피고 눈이 내리고 때로 아득한 천길 단애로 떨어져 내리는, 이 서러운 세상은 제법 다정한 지옥이 아니겠느냐고.

〈끝〉

## 작가의 말

정확하게 절망하고, 눈부시게 부서진다 하더라도 삶은 삶이라고 말해보고 싶었다.

혹은 아무 말도 하지 못한 채 흐지부지 지나가더라도, 찰나의 눈부심을 사랑이라고 부르고 싶었다.

서로가 서로에게 허락하는 다정한 지옥 같은 마음이, 때로는 우리가 붙잡을 수 있는 전부일지도 모른다고 생각했다.

…라고 그럴싸하게 말하지만 사실 여기 실린 글들을 다시 묶어내는 일은 매우 수치스럽다. 문장들 사이에는 세상을 다 아는 양 폼을 잡은 치기, 보잘것없는 재주에 대한 변명, 후회할 수밖에 없는 나약함 같은 것이 가득하다. 솔직히 결함투성이라고 밖엔 볼 수 없지만, 매번 그렇듯 혹시나 하는 뻔뻔함으로 내놓는다.

이 모든 얄팍함과 부서지기 쉬운 결의 속에서도, 누군가는 무언가를 아끼고 세상은 대체로 아름다우며 삶은 여전히 사랑스럽다는 사실을 끝내 부정할 수 없었기 때문이다. 어설프지만, 그것이 어렸던 나와 지금의 내가 똑같이 긍정하고 싶은 것이다.

몇몇 글은 스터디 같은 모임의 와중에 쓰였고, 몇몇 글은 의뢰를 받아 썼으며, 어떤 글은 개인 홈페이지가 아직 운영되던 시절 리퀘스트를 받아 지었다. 그 시간들을 지나오는 동안 혼자 썼다고 생각한 적은 한 번도 없었다. 도움을 주었던 분들, 곁에서 힌트를 준 인연들 모두에게 감사한다는 말은 이렇게 적어 놓고도 늘 부족하게 느껴진다.

나는 여전히 어리석고, 쉽게 겁을 먹고, 멀리서만 바라보는 사람에 가깝다. 그래서인지 싸우는 사람들을 오래 동경한다. 끝까지 버티는 사람들을. 그리고 이 세상이 좀 더 모두에게 관대하기를, 부서지고 깨질 때 누구도 완전히 혼자가 아니기를 소망한다. 별것 아닌 순간에 태어나는 애정이나, 무작정 오래 남는 미련 같은 것들이 무수히 이야기되기를 원한다.
약점투성이의 우리들이 이 먼지와 진흙으로 가득한 세계에서 기어이 서로를 위해 곁을 내어주는 것. 기꺼이 찰나의 다정함을 발명해 내는 것. 그렇게 살아 나가는 것.
그것을 바란다.

덧없이 함께.
다정하기를.


2026년 봄

김인정

# 수록 지면

**선화** 蟬化
- 2013년 11월 〈웹진 거울〉 발표
- 2021년 2월 《거울 아니었던들》(아작) 전자책 출간


**화선** 花仙
- 2007년 7월 〈웹진 거울〉 발표
- 2013년 9월 《홀연》(온우주) 수록


**권커니, 그대여 종일토록 취하시라** 勸君終日酩酊醉
- 2007년 2월 〈웹진 거울〉 발표
- 2021년 2월 《거울 아니었던늘》(아작) 전자책 출간


**누마의 여름**
- 2018년 4월 〈브릿G〉 발표


**화적** 花賊
- 2013년 9월 〈웹진 거울〉 발표
- 2021년 2월 《거울 아니었던들》(아작) 전자책 출간

## 연화검, 혹은 흩날리는 티끌

‣ 2023년 10월 〈리디〉(우주라이크소설) 전자책 출간


## 동백 冬柏

‣ 2010년 7월 〈웹진 거울〉 발표
‣ 2013년 9월 《홀연》(온우주) 수록


## 그리고 낙원까지

‣ 2011년 7월 〈웹진 거울〉 발표
‣ 2016년 4월 《그리고 낙원까지》(에픽로그) 출간
‣ 2019년 11월 《그리고 낙원까지》(소울에임) 전자책 출간

# 다정한 지옥


| | |
|---|---|
| **초판 발행** | 2026년 4월 20일 |
| **지은이** | 김인정 |
| **펴낸이** | 박은주 |
| **디자인** | 김선예, 이다솔, 이수정 |
| **마케팅** | 박동준 |
| **발행처** | (주)아작 |
| **등록** | 2015년 9월 9일 (제2015-000140호) |
| **주소** | 10542 경기도 고양시 덕양구 청초로 19<br>아이에스비즈타워센트럴 A동 707호 |
| **전화** | 02.324.3945-6　　　**팩스**　02.324.3947 |
| **이메일** | arzaklivres@gmail.com |
| **홈페이지** | www.arzak.co.kr |
| **ISBN** | 979-11-6668-836-2  03810 |